KB180393

영화 보고 오는 길에 글을 썼습니다
김중혁 영화 에세이

영화 보고 오는 길에 글을 썼습니다

김중혁 영화 에세이

안온

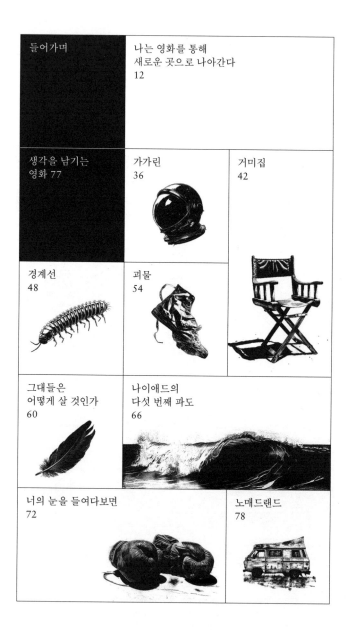

영화 보고 오는 길에 글을 썼습니다

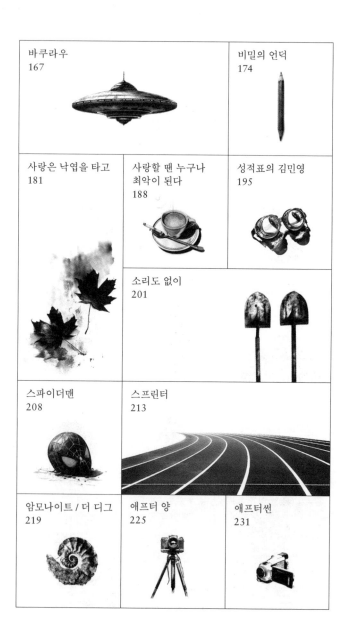

영화 보고 오는 길에 글을 썼습니다

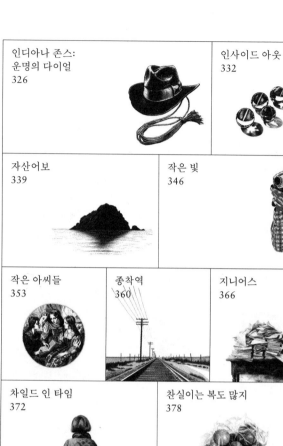

영화 보고 오는 길에 글을 썼습니다

코다 403	콘크리트 유토피아 409	클로즈 415
탑건: 매버릭 421		파벨만스 427
패터슨 433	퍼스트 카우 440	페어웰 446
페인 앤 글로리 453	포드 V 페라리 458	
프리 가이 464	플로리다 프로젝트 470	피그 477

영화 보고 오는 길에 글을 썼습니다

나는 영화를 통해
새로운 곳으로 나아간다

영화 보고 오는 길에 글을 썼습니다

1.

대학 시절에는 학교보다 극장에 더 자주 갔다. 대구의 작은 예술영화 전용극장에서 수많은 영화를 보았다. 하루 동안 너무 많은 영화를 보는 바람에 내용은 전부 뒤엉켰지만, 상관없었다. 영화는 내게 도피처였다. 꿈도 없었고 작가라는 꿈도 생기기 전이었다. 돈은 없는데 영화 관람료는 저렴했다. 편안한 집도 없던 내게 극장은 많은 걸 제공했다. 영화 속에 들어가면 현실을 걱정할 필요가 없었다. 밤이 되면 작은 자취방에서 현실과 싸워야 했지만, 날이 밝으면 도망칠 곳이 있었다.

소설가가 되어야겠다고 마음먹은 다음부터 극장은 도서관이 되었다. 다른 사람들은 어떤 이야기를 하고 있는지 영화로 확인했고, 내가 진짜 하고 싶은 이야기가 무엇인지 알아내기 위해 더 많은 영화를 찾아다녔다. 책도 읽었지만 영화를 더 많이 봤다. 책 속의 세계를 관통하기 위해서는 많은 시간이 필요하다. 아무리 집중해도 책 한 권을 꼼꼼하게 읽으려면 사나흘은 걸린다. 영화는 두세 시간이면 충분했다. 이야기의 시작과 끝을 한방에 관통하는 데 영화만큼 좋은 미디어가 없었다. 영화는 교재이자 참고서였다.

한때 영화 기자가 되고 싶어서 영화 잡지 《키노》 편집부에 입사 원서를 내기도 했지만, 나의 관심사는 영화보다 이야기였다. 아무리 아름다운 장면이 나와도, 배우가 미친 연기로 영화를 씹어 먹어도, 음악이 훌륭해도, 이야기가 별로면 마음이 가지 않았다. 영화를 많이 볼수록 나의 취향은 분명해졌다. 영화 기자나 영화 평론가가 될 수 없다는 걸 깨달았다. 기자나 평론가는 다각적으로 영화를 둘러봐야 하는데, 나는 이야기가 마음에 들지 않으면 영화가 만든 세계에 입장할 마음이 들지 않았다. 이야기가 마음에 들면 음악도 다시 듣고, 촬영 방식도 면밀하게 살펴보고, 소품과 장소도 눈여겨보았다.

〈그래비티〉는 우주에서 미아가 되는 단순한 구성이지만, 많은 것을 품고 있는 훌륭한 이야기라고 생각한다. 〈화양연화〉는 많은 사람이 훌륭한 영화라고 칭송하지만, 내 마음을 빼앗지는 못했다. 그 안에 든 이야기가 나를 끌어당기지 못했다. 아마도 취향의 문제일 것이다. 허진호 감독의 〈8월의 크리스마스〉 이야기는 좋아하지만, 〈봄날은 간다〉 이야기는 별로 좋아하지 않는다. 사람들은 이야기를 대할 때 자신의 인생 전체를 대입한다. 시간을 편집하여 이야기를 배치한 것이 영화라면, 관객은 영화를 보면서 다시 그 이야기를 자신의 방식대로 편집한다. 어떤 이야기는 몹시 짧은 분량이지만 누군가에게는 압도적으로 길게 느껴지고, 어떤 이야기는 장대한 서사시와 같은 분량이지만 누군가에게는 바람처럼 순식간에 지나가버린다.

글을 쓰고 싶게 만드는 영화가 있다. 내 안의 뭔가를 건드렸기 때문이다. 걸작이 아니어도, 많은 사람의 사랑을 받는 작품이 아니어도, 심지어 내가 마음에 들어하지 않는 작품이어도 내 안의 뭔가를 건드릴 때가 있다. 이유를 알 수 없어서, 글을 쓰기 시작한다. 영화가 던진 질문에 답을 하다 보면 서서히 윤곽이 드러난다. 내가 몰랐던 감정을 발견할 때도 있고, 숨기고 싶었던 과거의 사건이 솟아날 때도 있다. 글을 쓰지 않았더라면 알지 못했을 것이다. 영화는 나를 새로운 세계로 끌고 간 다음 이리저리 뒤흔들다가 아무 데나 던져버린다. 정신을 차리지 않으면 무슨 일이 일어났는지 알 수 없다. 아무 말도 할 수 없는 걸작보다 글을 쓰게 만드는 범작을 나는 더 좋아한다. 물론 대부분의 걸작은 말을 하고 싶게 한다. 영화는 내게 계단이고, 통로이기 때문이다. 나는 영화를 통해 새로운 곳으로 나아가고 싶다. 영화는 내게 목적지가 아니라 환승역이다.

영화를 보고 오는 길에 머릿속으로 글을 쓴다. 몇 가지 풀리지 않는 궁금증과 아무리 생각해도 도무지 이해할 수 없었던 주인공의 행동을 다시 한번 떠올린다. 영화 속에 나왔던 장소를 그려보고, 음악을 흥얼거리며, 대사를 읊조린다. 나만의 글을 쓰기 시작한다. 어떻게 시작해야 할까? 첫 문장은 어떤 게 좋을까? 방금 본 영화에서 어떤 글이 나올 수 있을까? 집에서 OTT로 영화를 봤을 때도 마찬가지다. 영화가 끝나면 현실로 돌아와야 한다. 돌아오는 길에 글을 쓰기 시작한다.

2.

글을 쓰는 과정을 보여주면 나의 머릿속에서 어떤 일이 일어나는지 설명하기 쉬울 것 같다. 요약하고 압축할 수밖에 없지만 한 편의 영화를 보고 난 후 한 편의 글을 완성하기까지의 과정을 정리해보려고 한다.

—— 영화를 본다

다양한 곳에서 다양한 영화를 본다. 극장에서 볼 때도 있고, OTT로 볼 때도 있다. 휴대전화로는 보지 않는다. 보지 못한다. 외국 영화를 보려면 자막이 화면의 반을 가린다. 아이패드나 노트북으로 본 적은 있다.

영화를 볼 때면 메모를 한다. 영화를 보고 나서 곧바로 글을 써야 할 때는 빼곡하게 메모를 하고, 글로 쓰지 않을 때도 중요한 대사나 인상적인 장면에 대해 메모를 할 때가 많다. 화면에서 눈을 떼지 않고 메모를 하는 건 무척 까다로운 작업이다.

전자기기의 도움을 받을 때도 있다. '와콤 뱀부 폴리오'를 사용하면 어두운 극장에서도 마음껏 메모를 할 수 있다. 아무렇게나 빠르게 메모한 글을 패드로 옮길 수 있다. 글씨를 잘 알아볼 수 없어도 상관없다. 모든 글씨가 동영상처럼 저장돼 있기 때문에 리플레이하면 어떤 글씨인지 알 수 있다. 고유명사, 사건의 핵심이 되는 장면, 꼭 기억해야할 대사 같은 걸 빼곡하게 적어둔다. 글을 쓸 때 많은 도움이 된다. 영화의 전체적인 흐름을 알 수 있고, 좋았던 장면을 복기해볼 수도 있다. 아무렇게나 적어둔 내용을 컴퓨터로 옮기면서 첫 번째 글이 시작된다. 영화를 보면서 했던 생각을 좀더 구체적으로 정리하는 순간이다. 불완전한 메모에 살을 붙인다. 그럴듯한 영화 메모가 완성된다.

—— 패스트 라이브즈

지금부터 예로 들 영화는 셀린 송 감독의 장편 데뷔작 〈패스트 라이브즈〉다. 약간의 스포일러가 포함돼 있다. 스포일러가 중요한 영화는 아니지만, 만약 〈패스트 라이브즈〉를보지 않았다면 영화를 보고 와서 이 글을 읽길 바란다. 그러면 글쓰기의 과정을 좀더 쉽게 알 수 있을 것이다.

영화의 주인공은 두 사람이다. 열두 살 때 한국에서서로 알게 된 나영과 해성. 나영이 캐나다로 이민을 가는 바람에 헤어졌다가, 20여 년 만에 미국 뉴욕에서 재회하면서벌어지는 이야기다. 영화를 보는 내내 무언가 몽글몽글한것이 마음의 창문에 맺히더니, 영화가 끝날 때쯤에는 왈칵눈물이 쏟아졌다. 영화를 보고 나오면서 눈물을 훔쳤다. 이렇게 좋은 영화에 대해 글을 써야 한다니…… 믿을 수 없었다. 이번 원고는 펑크를 내버릴까? 영화가 너무 좋아서 도저히 글을 쓸 수 없었다고 솔직하게 말할까? 좋은 영화를 보고 나오면 글을 쓰고 싶지 않을 때가 있다. 나의 언어로 영화의 아름다움을 망치고 싶지 않은 마음이다. 글을 쓰는 사람이어서 언어의 한계를 자주 느낀다. 언어는 때로 강력하지만 자주 무기력하다. 영화 자체로 온전히 완벽한데, 거기에 무슨 말을 보탠다는 게 미안해진다. 그래도 알고 싶었다. 내가 울었던 이유를 스스로에게 캐묻고 싶었다. 언어의 한계를 느낄 때마다 글을 쓰지 않으면 작가로 살아가기 힘들 것이다. 어떻게든 써야 한다. 내가 쓰고 싶은 글은 영화에 대한 것이 아니라 영화로 인해 시작되는 이야기다.

—— 네 가지 시작점

영화에 대한 글을 쓸 때는 제일 먼저 첫 문장을 떠올려보곤 한다. 어떻게 시작하면 좋을까, 어떤 이야기부터 꺼낼까, 은은하게 시작할까, 도발적으로 시작할까. 제일 먼저 '톤 tone'을 잡아야 한다. 대략 네 가지 정도의 시작점이 떠올랐다.

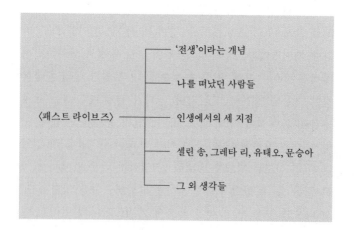

〈패스트 라이브즈〉
— '전생'이라는 개념
— 나를 떠났던 사람들
— 인생에서의 세 지점
— 셀린 송, 그레타 리, 유태오, 문승아
— 그 외 생각들

영화에서 '전생'에 대한 이야기가 자주 나오고, 홍보 문구에서도 전생 이야기를 하고 있다. 전생 이야기로 글을 시작하면 좀 뻔해질 것 같다는 생각이 들었다. '나는 전생에 어떤 존재였을까?' 이런 질문이 떠오르고, 윤회나 내세 같은 이야기를 꺼내게 될 것 같은데, 내가 느낀 영화의 질감과는 잘 어울리지 않는다. 첫 번째 버전은 킬 kill!

두 번째로 떠오른 생각은 '나를 떠났던 사람들'이다. 지나온 삶을 돌이켜보면 시기마다 친했던 사람이 있었다. 직장 때문에, 취향 때문에 어떤 사람과 친해졌고, 자연스럽게 멀어졌다. 영화를 보고 나면 그렇게 멀어진 사람들이 떠오른다. 내가 떠난 경우도 있고, 상대방이 떠난 경우도 있지만, 자연스럽게 멀어졌다고 하는 게 맞을 것이다. 그런 사람들을 떠올리며 글을 쓰려고 보니 '지나치게 개인적'이라는 생각이 들었다. 모든 글은 개인적이지만 오랫동안 잊고 지냈던 사람들을 한 명씩 떠올리면서 글을 쓰면 심연에서 끄집어 올려야 할 이야기가 너무 많을 것 같다. 생각만 하고 글은 쓰지 않는 것으로!

자연스럽게 세 번째 생각으로 이어졌다. 영화는 세 개의 시기를 다루고 있다. 12세, 24세, 36세의 두 사람에 대한 이야기다. 왜 12년일까? 12년 주기로 이야기를 풀어 나가는 걸로도 글 한 편을 쓸 수 있을 것 같다. 인간의 삶을 어떻게 바라보느냐에 따라서 이야기의 패턴도 바뀔 것 같다. 인생은 대하소설일까, 에피소드 별로 구분할 수 있는 코믹 시트콤일까, 순식간에 지나가버리는 짧은 단편영화일까, OTT에서 자주 구성하는 6부작 시리즈일까. 각자 생각이 다를 것이다. 좀더 깊이 생각해볼 필요가 있는 질문인 것 같다. 일단 보관!

　네 번째 생각은 배우들로 이어졌다. 그레타 리, 유태오, 문승아 배우가 매력적이었다. 배우들의 전작들을 살펴보았다. 배우들에 대한 기사도 찾아보았다. 시간이 금방 흘러간다. 글을 써야 하는데 자료만 보고 있다. 배우 이야기로 시작한다면 영화 주간지의 기사처럼 보일 것 같다. 때로는 그런 글을 쓰기도 하지만 〈패스트 라이브즈〉에서는 다른 이야기를 하는 게 어울릴 것 같다.

　다섯 번째, 여섯 번째, 일곱 번째 생각도 떠올랐지만 생각만 하다가는 글을 쓰지 못한다. 일단 시작을 해야 끝을 낼 수 있다. 나머지 생각은 천천히 살펴보기로 하고 세 번째 생각을 붙들고 글을 쓰기 시작한다.

—— 골똘하게 생각하기

셀린 송 감독은 영화를 세 개의 시기로 나누었다. 다양한 이유가 있겠지만 플롯을 명확하게 보여주기 위한 방법인 것 같다. 12세, 24세, 36세는 대략 청소년기, 청년기, 성년기로 이름 붙일 수 있다. 각 시기의 특성에 따라 사람을 대하는 방식이 다르다. 12세 때는 처음으로 관계에 대해 진지하게 생각하고, 24세 때는 좋아하는 사람에게 푹 빠져서 지내고, 36세 때는 평생 함께할 사람을 선택하게 된다. 내 인생의 시기는 어떻게 나눌 수 있을까? 소설의 챕터를 구분하듯 명확하게 시기를 나눌 수 있을까? '그날 내 인생의 한 시

기가 끝났다는 걸 알 수 있었다' 같은 문장처럼 인생의 전환
점이었던 날을 콕 집어서 말할 수 있을까? 생각해보니 그런
날이 꽤 많다. 수십 년이 지났지만 여전히 선명하게 기억나
는 날이 있다. 문득 한 점의 그림이 떠올랐다. 얼마 전 미국
에서 보고 온 그림이다.

—— 갑자기 생각난 일을 이어 붙이기

보스턴 미술관에서 보고 온 그림은 폴 고갱의 유명한 작품
〈우리는 어디에서 왔는가? 우리는 무엇인가? 우리는 어디
로 가는가?〉였다. 인간의 탄생부터 죽음에 이르기까지의 과
정을 오른쪽에서 왼쪽으로 시선을 옮겨가며 볼 수 있게 그
린 그림이다. 제목은 고갱이 직접 지었고, 그림 설명은 가까
운 사람에게 보내는 편지에 상세하게 적었다. 미술관 의자
에 앉아서 한참 그림을 보았는데, 〈패스트 라이브즈〉를 보
고 나왔을 때 느꼈던 기분과 비슷했다. 오랫동안 그림을 그
려나갔을 고갱의 시간이 느껴졌고, 삶을 되돌아보면서 선
명하게 기억나는 몇 개의 이미지가 떠올랐다. 고갱의 이야
기와 〈패스트 라이브즈〉를 연결시키면 괜찮은 글이 나올
것 같다. 시작해보자.

—— 조사하기

생각이 정리되면 조사를 시작한다. 우선 고갱의 그림을 인
터넷에서 찾은 다음 다운로드했다. 바탕화면으로 설정해두

고 자주 들여다보면서 이야기를 떠올려야 한다. 고갱의 삶과 그림에 얽힌 이야기도 찾아보았다. 유명한 그림이어서 여러가지 이야기를 읽을 수 있었다.

조사를 할 때는 시간 배분이 무척 중요하다. 너무 많은 것을 알고 글을 시작하면 쓰는 동안 흥미가 떨어진다. 반대로 아무것도 모른 채 글을 시작하면 누군가 수십 번 했던 이야기를 반복하게 될 수도 있다. 다른 사람들의 글을 읽는 이유는 그 안에서 새로운 것을 발견하기 위해서이기도 하지만, 내 생각이 충분히 독창적인가를 확인하기 위해서이기도 하다. 자료 조사를 하다가 내 생각과 거의 비슷한 글을 발견할 때도 있다. 그러면 처음으로 돌아가야 한다.

오기가미 나오코 감독의 영화 〈안경〉 2007 에 기묘한 약도가 등장한다. 대충 그려놓은 그림으로는 도저히 장소를 확인할 길이 없는데, 그 아래 이런 글이 적혀 있다. '왠지 불안해지는 지점에서 2분 정도 더 참고 가면 거기서 오른쪽입니다'. 엉성한 약도로도 길을 잘 찾아간다. '언제 글을 시작해야 하는가?'라는 질문에도 이렇게 답할 수 있다. '조금만 더 찾아보면 나에게 꼭 필요한 자료를 발견할 것 같다는 생각이 들 때쯤 곧바로 첫 문장을 시작한다.'

—— 첫 문장 쓰기

어떤 연결고리로 글을 쓸 것인지는 대충 정해졌다. 이제 어디에서 글을 시작할 것인지 정해야 한다. 실제로 쓴 에세이를 보면서 설명하겠다.

A — 작년에 처음으로 미국에 다녀왔다. 보스턴 대학교의 초청으로, 한국소설을 번역하는 학생들과 만나는 자리였다. 초청에 흔쾌히 응한 이유 중 하나는 좋아하는 농구 팀 '보스턴 셀틱스'의 경기를 볼 수 있다는 기대감에서였다. 열네 시간이 넘는 비행은 몹시 힘들었지만 그래도 다녀오길 잘했다. 보스턴의 경기장 'TD 가든'에서 농구 경기도 봤고, 아이스하키 경기도 봤다. 유니폼도 하나 샀다. 또 하나 기억에 남는 것은 보스턴 미술관Boston Museum of Fine Arts에서 보았던 그림이다.

B — 보스턴 미술관은 뉴욕의 메트로폴리탄 미술관, 시카고의 시카고 미술관과 함께 미국의 3대 미술관 중 하나로 손꼽힌다. 8천여 점의 그림과 다양한 조각들이 전시되어 있을 정도로 무척 넓은 공간이다. 명성을 알고 있었기에 꼼꼼하게 보는 건 포기했고, 좋아하는 시대의 그림만 천천히 보고 오기로 마음먹었다. 널찍한 복도를 산책하면서 그림 사이를 걸어가다가 폴 고갱의 작품과 마주쳤다. 보스턴 미술관 소장품 중에서도 아주 유명한 그림 중 하나인 〈우리는 어디에서 왔는가? 우리는 무엇인가? 우리는 어디로 가는가? D'où venons-nous? Que sommes-nous? Où allons-nous?〉. 첫인상은 '엄청나게 크다'는 것이었다. 폭이 무려 4미터에 달한다. 오른쪽에서 왼쪽으로 보아야 하는 그림이고, 인간의 탄생부터 죽음에 이르기까지의 과정을 파노라마처

럼 펼쳐놓았다. 고갱은 그림 왼쪽 상단에 친절하게 제목을 적어두었고, 지인에게 보내는 편지를 통해 그림 설명까지 해두었다.

C — 고갱은 죽기 직전에 이 그림을 그렸다. 그는 궁금했을 것이다. 4미터 크기의 캔버스 앞을 왔다갔다하면서 탄생과 죽음을 동시에 느꼈을 것이고, 삶이라는 수수께끼를 풀고 싶었을 것이다. 나는 좌우로 여러 번 왔다갔다하면서 고갱을 느껴보았고, 그림과 멀찍이 떨어져 있는 의자에 앉아서 한 시간 가까이 그림을 보았다. 우리의 인생도 저렇게 펼쳐볼 수 있다면 얼마나 좋을까? 한눈에 한 사람의 생애를 파노라마처럼 볼 수 있다면 얼마나 좋을까? 죽기 직전이 되면 '인생이 주마등처럼 스쳐 지나간다'고 한다. 영어권에서는 '인생이 눈앞에서 빛처럼 빠르게 지나간다'고 표현한다. 빛은 몹시 빠르기 때문에 아마도 우리는 인생의 다양한 장면을 고갱의 그림처럼 볼 수 있을지도 모른다. 고갱의 눈앞으로 삶의 다양한 장면이 빛처럼 빠르게 지나갔는지도 모른다.

D — 셀린 송의 〈패스트 라이브즈〉를 보면서 고갱의 작품을 떠올렸다. 영화는 세 개의 시기로 나뉜다. 12세, 24세, 36세의 주인공들. '해성'과 '나영'이 서로에게 호감을 느끼던 12세 무렵, 갑자기 나영의 가족이 캐나다로 이민을 가게 되면서 둘은 이별한다.

나는 미국에 다녀온 이야기에서부터 글을 시작했다. 쓸데없는 TMI로 생각될 수도 있다. 보스턴 셀틱스 농구 경기를 본 이야기와 아이스하키 이야기는 필요 없지 않냐고 할 수도 있다. 필요 없는 얘기 맞다. [A]로 시작하는 게 마음에 들지 않는다면, [B]로 글을 시작할 수도 있다. 보스턴 미술관 이야기로 글을 시작하면 좀더 핵심에 근접한 글쓰기처럼 보일 수 있다. 아니면 [C]로 시작할 수도 있다. 약간 고쳐 쓰자면 '폴 고갱은 죽기 직전에 〈우리는 어디에서 왔는가? 우리는 무엇인가? 우리는 어디로 가는가?〉라는 대작을 그렸다. 그는 그림을 그리면서 궁금했을 것이다'로 시작할 수 있다. 주제에 바싹 붙어서 쓰는 것이다. 아니면 [D]로 시작할 수도 있다. 〈패스트 라이브즈〉와 고갱의 그림을 바로 비교하는 것이다. 곧장 주제로 뛰어들 것인가, 아니면 숨을 고르다가 뛰어들 것인가, 아니면 주위를 어슬렁거리면서 준비운동을 하다가 뛰어들 것인가의 차이다. 장단점이 있다. 어떤 도입부를 선택하느냐에 따라 글의 톤이 달라진다. 그렇게 여러 번 글을 쓰다 보면 자신만의 스타일이 생긴다.

　　보스턴 셀틱스의 농구 경기와 아이스하키 경기 이야기를 넣은 것은, 영화의 분위기를 글로도 표현하고 싶었기 때문이다. 36세의 해성은 갑자기 '노라'로 이름을 바꾼 '나영'을 찾아간다. 친구들에게는 휴가를 떠나는 거라고 설명하지만 다들 믿지 않는다. 노라는 이미 결혼한 상태고, 예상 날씨는 '심각한 뇌우'인데 해성은 굳이 왜 미국에 가는 것일까?

　　큰마음 먹고 가서 확인해야 할 무언가가 있기 때문 아닐까? 그렇다면 글도 보스턴 미술관으로 곧장 가지 않고, 어딘가 잠깐 들렀다 가는 쪽이 좋을 것 같다. 글이 시차를 극복하려면 약간의 도입부가 필요했다. 그런 생각을 하면서 [A]로 시작하는 글을 선택했다. 때로는 [B]처럼, 또는 [C]처럼 글을 시작할 때도 있다. 글을 다 쓰고 나서 고칠 수도 있다.

—— 마무리하기

한 편의 영화 글을 완성하는 데 보통 다섯 시간 정도 걸린다. 자료 조사하는 시간을 빼고 온전히 글을 쓰는 데 그 정도가 필요하다. 때로는 이틀이 걸릴 때도 있고, 가끔 두 시간 만에 글을 완성할 때도 있다. 내 컨디션 때문이 아니라 영화와 나의 관계 때문에 그런 것 같다. 때로는 할 이야기가 많은 영화가 있고, 걸작이지만 할 이야기가 적은 영화도 있다. 완성하고 보니 쓰지 않는 편이 더 좋았겠다 싶은 글도 있다. 글을 쓰다가 나도 모르는 골목으로 들어가서 새로운 풍경을 발견한 것처럼 기쁨으로 가득 찬 적도 있다. 영화에 대해 골똘하게 생각하다 보면 좋은 문장이 들이닥칠 때도 있다.

3.

영화에 대해 글을 쓰는 일은 기쁨을 온전하게 누리고, 슬픔에 대해 깊게 생각하고, 고통을 피하지 않으려 애쓰고, 몰랐던 일에 대해 알게 되는 과정이다. 한 편의 영화를 보고 돌아오면서 글을 쓰는 일을 나는 무척 사랑한다. 때로는 글을 쓰기 위해 영화를 보는 것 같기도 하고, 때로는 영화를 보고 난 다음 원고를 보내야 할 마감이 없는데도 머릿속으로 첫 문장을 써보기도 한다.

　책에 실린 글을 읽고 영화가 보고 싶어지면 좋겠다. 이미 본 영화라면 다시 보게 되면 좋겠다. 영화를 보고 나서 '나도 글을 써볼까?'라는 마음이 들면 더 좋겠다. 자신만의 첫 문장을 떠올리고, 자신만의 결론에 도달하는 여행을 떠나면 좋겠다. 이 여행은 중독적이어서 앞으로 영화를 보고 나면 곧장 글이 쓰고 싶어질 것이다. 영화를 보고 오는 길에 저마다 다른 여행을 떠나는 글의 여행자들이 되면 좋겠다.

Past Lives

A — 작년에 처음으로 미국에 다녀왔다. 보스턴 대학교의 초청으로, 한국소설을 번역하는 학생들과 만나는 자리였다. 초청에 흔쾌히 응한 이유 중 하나는 좋아하는 농구 팀 '보스턴 셀틱스'의 경기를 볼 수 있다는 기대감에서였다. 열네 시간이 넘는 비행은 몹시 힘들었지만 그래도 다녀오길 잘했다. 보스턴의 경기장 'TD가든'에서 농구 경기도 봤고, 아이스하키 경기도 봤다. 유니폼도 하나 샀다. 또 하나 기억에 남는 것은 보스턴 미술관에서 보았던 그림이다.

B — 보스턴 미술관은 뉴욕의 메트로폴리탄 미술관, 시카고의 시카고 미술관과 함께 미국의 3대 미술관 중 하나로 손꼽힌다. 8천여 점의 그림과 다양한 조각들이 전시되어 있을 정도로 무척 넓은 공간이다. 명성을 알고 있었기에 꼼꼼하게 보는 건 포기했고, 좋아하는 시대의 그림만 천천히 보고 오기로 마음먹었다. 널찍한 복도를 산책하면서 그림 사이를 걸어가다가 폴 고갱의 작품과 마주쳤다. 보스턴 미술관 소장품 중에서도 아주 유명한 그림 중 하나인 〈우리는 어디에서 왔는가? 우리는 무엇인가? 우리는 어디로 가는가?〉. 첫인상은 '엄청나게 크다'는 것이었다. 폭이 무려 4미터에 달한다. 오른쪽에서 왼쪽으로 보아야 하는 그림이고, 인간의 탄생부터 죽음에 이르기까지의 과정을 파노라마처

럼 펼쳐놓았다. 고갱은 그림 왼쪽 상단에 친절하게 제목을 적어두었고, 지인에게 보내는 편지를 통해 그림 설명까지 해두었다.

C—— 고갱은 죽기 직전에 이 그림을 그렸다. 그는 궁금했을 것이다. 4미터 크기의 캔버스 앞을 왔다갔다하면서 탄생과 죽음을 동시에 느꼈을 것이고, 삶이라는 수수께끼를 풀고 싶었을 것이다. 나는 좌우로 여러 번 왔다갔다하면서 고갱을 느껴보았고, 그림과 멀찍이 떨어져 있는 의자에 앉아서 한 시간 가까이 그림을 보았다. 우리의 인생도 저렇게 펼쳐볼 수 있다면 얼마나 좋을까? 한눈에 한 사람의 생애를 파노라마처럼 볼 수 있다면 얼마나 좋을까? 죽기 직전이 되면 '인생이 주마등처럼 스쳐 지나간다'고 한다. 영어권에서는 '인생이 눈앞에서 빛처럼 빠르게 지나간다'고 표현한다. 빛은 몹시 빠르기 때문에 아마도 우리는 인생의 다양한 장면을 고갱의 그림처럼 볼 수 있을지도 모른다. 고갱의 눈앞으로 삶의 다양한 장면이 빛처럼 빠르게 지나갔는지도 모른다.

D—— 셀린 송의 〈패스트 라이브즈〉를 보면서 고갱의 작품을 떠올렸다. 영화는 세 개의 시기로 나뉜다. 12세, 24세, 36세의 주인공들. '해성'과 '나영'이 서로에게 호감을 느끼던 12세 무렵, 갑자기 나영의 가족이 캐나다로 이민을 가게 되면서 둘은 이별한다.

그로부터 12년이 흐른다. 해성은 나영의 소식을 수소문하고, 나영은 해성이 자신을 찾고 있다는 걸 알게 된다. 24세가 된 둘은 12년 만에 영상 통화로 얼굴을 마주한다. 뉴욕에 살고 있는 나영의 이름은 '노라'로 바뀌었지만 장난기 가득한 말투와 자신의 일에서 최고가 되려는 욕심은 여전하다. 극작을 공부하고 있는 노라는 하고 싶은 것도 많고, 갖고 싶은 것도 많다. 해성은 괜찮은 대학교의 평범한 공대생이다. 두 사람은 영상 통화와 이메일로 서로의 안식처가 되려고 노력한다. 오랜만에 만난 두 사람은 행복하고 즐겁지만, 결국 멀어지기로 결심한다. 두 사람은 서울과 뉴욕의 시간 차이를 이겨내기 힘들었고, 앞으로 나아가는 동력이 중요한 24세의 방향 차이를 이겨내기 힘들었다. 다시 12년이 흐른다. 36세가 된 해성은 노라가 7년 전에 결혼했다는 사실을 알고 있지만 노라를 만나러 뉴욕으로 간다.

이미 결혼한 첫사랑을 만나러 뉴욕으로 간다는 설정은 자극적인 막장 드라마 같지만, 〈패스트 라이브즈〉의 목적지는 그런 예상과는 한참 멀리 떨어져 있다. 노라는 해성에게 묻는다. 24세 때 왜 자신을 찾았냐고.

해성: 그냥 한 번 더 보고 싶었어. 잘 모르겠어. 왠지 니가 날 두고 그냥 확! 가버려서, 좀 열받았던 것 같아.

노라: 미안.

해성: 뭐가 미안해?

노라: 그치. 미안할 건 없지.

해성: 네가 내 인생에서 사라졌는데 내가 널 확! 다시 찾았지.

노라: 왜 그랬어?

해성: 그냥. 몰라. 그냥 군대에서 네 생각이 나더라고.

노라: 그랬구나. 우리 그때 진짜 애기들이었잖아.

해성: 맞아. 그리고 12년 전에 다시 만났을 때도 애기들이었지.

노라: 이제는 애기가 아니지.

해성: 그치.

　　감독은 선을 긋는다. 해성과 노라는 더이상 애기가 아니며, 사랑에 빠진 두 사람이 모든 걸 버리고 먼 곳으로 도망가는 이야기는 기대하지 말라고. 심지어 노라와 노라의 남편 '아서'와 해성이 나란히 바에 앉아 술 마시는 장면도 등장한다. 영화에서 가장 아름다운 장면이기도 한데, 세 사람은 서로의 머리를 쥐어 뜯으면서 싸우는 대신 인연에 대한 이야기를 나눈다. 노라와 해성의 인연, 노라와 아서의 인연, 그리고 해성과 아서의 인연. 노라가 잠시 자리를 비운 사이, 아서는 해성에게 말한다.

"당신이 여기에 와서 기뻐요. 당신은 옳은 일을 한 거예요."

　　셀린 송 감독은 고갱처럼 질문을 던지고 싶었는지도

모른다. '우리는 어디에서 왔는가? 우리는 무엇인가? 우리는 어디로 가는가?' 12세 때의 두 사람은 어디로 사라졌으며, 24세 때 모니터로 만났던 기쁨은 무엇이었으며, 36세가 된 두 사람은 어떻게 살아갈 것인가? 노라가 나영이었던 시절, 친구들에게 이민을 가고 싶은 이유에 대해 이렇게 말한다.

"한국 사람들은 노벨문학상을 못 타."

　　24세가 되어 둘이 모니터로 만났을 때 해성이 묻는다. 요즘도 노벨문학상을 타고 싶냐고.

"요즘은 퓰리처에 꽂혀 있어."

　　노라의 꿈은 조금 더 현실적으로 변했다. 노벨문학상은 단순한 꿈이었지만, 퓰리처는 '어쩌면 가능할지도 모르는' 꿈이다. 36세가 되어 뉴욕에서 만났을 때 해성이 다시 묻는다.

"너 어릴 때는 노벨상 타고 싶다고 했고, 12년 전에는 퓰리처 타고 싶다고 했잖아. 이제는 뭘 타고 싶어?"

　　요즘은 그런 생각 안 해봤다면서 한참 고민하던 노라는 이렇게 대답한다.

"토니상."

토니상은 미국의 연극, 뮤지컬계에서 가장 권위 있는 상이다. 연극 대본 작업을 열심히 하고 있는 노라이기에 토니상은 어쩌면 가장 실현 가능한 꿈일 것이다. 문제는 그런 생각을 할 틈 없이 바쁘게 살고 있다는 것이지만.

어린 시절에는 우리 모두 특별한 방향을 생각하지 않는다. 삶의 방향보다는 현실에서 뛰어노는 게 더 중요하다. 꿈을 물으면 대통령이나 우주 비행사나 과학자 같은 대답을 내놓는 아이들이 많다. 삶의 방향을 생각하지 않기 때문이다. 나이가 들수록 우리는 '삶에는 어쩌면 정해진 방향이 있을지도 모른다'는 생각을 하게 된다. 특별한 길로 가기는 몹시 어렵고, 우리가 선택할 수 있는 길은 '덜 평범한 길'과 '평범한 길'과 '평범하지도 못한 길' 정도다. 평범하지도 못한 길을 피하기 위해서, 우리는 평범한 길을 빨리 선택하는 지도 모른다. 해성은 여자친구와 헤어진 이유에 대해 노라에게 이렇게 말한다.

"직업도 평범하고, 수입도 평범하지. 다 평범해. 걔는 조금 더 잘난 사람이랑 만나야 돼서."

12세 때에는 서로에게 비범한 관계였지만, 24세 때에는 서로에게 평범하지 않으려 애쓰던 관계였다. 그리고 36세 때 평범해진 자신을 깨달아버린 두 사람이 만났다. 해성은 아마도 특별했던 자신의 12세를 찾기 위해, 그 시절의 나영을 찾기 위해 뉴욕에 왔을 것이다. 나영이었던 노라는 해성에게 잘라 말한다.

"네가 기억하는 나영이는 여기에 존재하지 않아. 근데 그 어린애는 존재했어. 너의 앞에 앉아 있지는 않지만, 그렇다고 없는 건 아니야. 20년 전에, 난 그 애를 너와 함께 두고 온 거야."

영화를 다 보고 나면, 두 사람의 삶이 파노라마처럼 펼쳐진다. 우리는 과거와 현재와 미래를 동시에 볼 수 없지만, 그림이나 영화를 통해 누군가의 삶을 펼쳐볼 수는 있다. 12세, 24세, 36세였던 두 사람은 12년 후에 어떤 삶을 살고 있을까? 두 사람은 어디로 가는가? 영화에는 48세, 60세인 두 사람이 등장하지 않지만, 우리는 고갱이 되어서 상상으로 두 사람의 삶을 그려볼 수 있다. 삶이라는 커다란 캔버스 앞에서 빛처럼 빠른 삶을 견디고 있는 두 사람의 궤적을 그려볼 수 있다. 두 사람의 삶을 보면서 우리의 삶도 상상해볼 수 있다.

Gagarine

흑백 푸티지로 시작.

유리 가가린
제라르드 깜짝 등장
(드니 라방,
멋있다)

ㄴ 건물이 캐릭터가 되어
주인공을 떠나온다.
장소이자 인격체

색안경 끼고
태양 보기

집은 빼앗겨도
우편함은 못 빼앗기.
ㄴ 영화 <Up>처럼 날아버리?
지속 연락할 사람이 있다.

개기일식
보기 위한
준비들.

음악
The Roots 처럼
생생한 드럼 쉬에
래핑과 멜로디가 실리는 ……

우리는 땅에 발을 디디고 산다. 중력의 영향을 받는다. 중력 덕분에 우리의 골격과 근육이 발달할 수 있고, 중력 덕분에 방향감각을 찾을 수 있다. 중력이 없다면 비나 눈도 내리지 않을 것이고, 식물도 뿌리를 내리지 못할 것이다. 눈에 보이지 않지만 중력은 인간의 삶을 지배하고 있다.

　　인간은 중력의 존재에 감사하면서도 중력에서 벗어나고 싶어 할 때가 많다. 마음껏 하늘을 날고 싶을 때도, 어디론가 둥둥 떠다니고 싶을 때도 있다. 어깨를 짓누르는 책임감에서 벗어나 자유롭고 싶을 때, 우리는 중력 없는 세상을 꿈꾼다. 우주선에서 무중력상태를 경험하는 사람들을 보면 장난감을 손에 쥔 아이들 같은 표정을 짓고 있다. 과연 그런 상태로 살아가면 행복할까? 우주 비행사 마이클 콜린스는 이렇게 썼다.

"처음에는 그저 둥둥 떠다니기만 해도 굉장히 재미있지만, 그 뒤 한동안은 그게 귀찮아진다. 그저 한 장소에 가만히 머물고 싶어진다."

　　미국의 과학 저술가 매리 로치가 쓴 《우주 다큐》세계사, 2012에는 우주 비행사들의 무중력 경험이 많이 등장한다. 그런데 귀찮고 성가시다는 표현이 잦다. 우주 비행사 앤디 토머스의 말.

"무슨 물건이든 아래에 절대 내려놓을 수 없다는 건 정말로 화나는 일이에요. 두 손이 계속 몸 앞에 떠 있으니, 손을 넣

　　　　　　　　　　　　　　　　　　　　가가린

을 주머니가 있으면 좋겠다는 생각이 들더라고요."

무중력상태에서는 장비가 과열되는 일도 많다. 중력상태에서는 뜨거운 공기가 위로 올라간다. 밀도가 작고 가볍기 때문이다. 무중력상태에서는 덜 가벼운 게 없다. 무게 자체가 없다. 뜨거운 공기가 계속 머물러 있으니 장비를 과열시킨다. 인간이 내쉬는 숨도 똑같다. 환기가 잘되지 않는 곳에서 잠을 잔 승무원들은 이산화탄소로 인한 두통을 겪는다.

중력은 때로 거추장스럽지만, 인간의 마음을 안정적으로 만들어주는 힘이 있다. 중력 덕분에 우리는 집을 짓고 의자를 놓고 침대를 설치한다. 앉아서 쉬거나 잠을 잔다. 인테리어를 하고, 예쁜 것들을 두고 보면서 마음에 안정을 찾는다. 만약 지구 전체가 무중력상태라면 그리워할 집도 없을 것이다. 둥둥 떠다니는 집은 상상할 수 없다. 집은 언제나 그 자리에서 우리를 기다려줄 것만 같다.

파니 리에타르 Fanny Liatard 와 제레미 트루일 Jérémy Trouilh 감독의 영화 〈가가린〉은 집의 의미를 '우주 비행'이라는 키워드와 절묘하게 엮어낸 작품이다. 제목 '가가린'에는 여러 의미가 담겼다. '가가린'은 1960년대 초반 파리 외곽 지역에 지어진 주택 단지 이름이다. 러시아 최초의 우주 비행사 '유리 가가린'의 이름을 딴 것이다. 1963년 6월, 유리 가가린은 가가린 주택 단지에 직접 방문하기도 했다. 세월이 흘렀고, 가가린 주택 단지는 낙후된 건물로 전락했다. 프랑스 정부는 2014년에 가가린 주택 단지를 철거하라는 명령을 내렸고, 주민들은 동네를 떠날 수밖에 없었다. 2019

넌 8월 31일, 주민들이 지켜보는 가운데 가가린 주택 단지는 발파 철거됐다.

〈가가린〉은 다큐멘터리 영화가 아님에도 두 감독은 가가린 주택 단지의 모습과 실제 주민의 모습을 화면에 담았다. 가가린 주택 단지에 대한 짧은 다큐멘터리를 요청받았던 감독들은 현장에 가자마자 가가린 주택 단지에 매료됐고, 이야기를 떠올렸다. 한 소년이 있었다. 가가린 주택 단지 옥상에서 하늘을 보며 우주 비행사를 꿈꾸는 십대 소년. 이름은 유리. 엄마는 새로운 사랑을 찾아 집을 나갔고, 유리는 동네 사람들에게 도움을 받으면서 자라는 중이다. 어느 날 가가린 주택 단지의 철거가 결정되고, 유리는 사랑하는 이웃과 동네를 지키기 위해 외로운 싸움을 시작한다.

전 세계 어디서나 이와 비슷한 일이 벌어지고 있다. 한국의 여느 도시 재개발 현장의 풍경과 다르지 않다. 어떤 사람은 "충분히 살기 좋은데 굳이 왜 재개발하냐"라고 항의하고, 어떤 사람은 "도저히 살 수 없는 곳이다. 하루빨리 재개발해야 한다"라고 주장한다. 집을 어떤 도구로 생각하느냐에 따라 의견이 달라지는 것이다. 어떤 사람은 재산 증식의 도구로 생각하고, 어떤 사람은 추억이 쌓이는 곳으로 생각한다. 가가린 주택 단지를 떠나던 한 주민은 현관에 있던 우편함을 뜯어내면서 이렇게 소리 지른다. "집은 뺏겨도 우편함까진 못 뺏겨." 그 사람에게 집은 소식이 도착하는 곳이다. 〈가가린〉의 주인공 유리에게 집이란, 엄마가 **돌아와야** 할 공간이자 엄마가 없을 때 자신을 사랑으로 키워준 공간이다.

재개발 때문에 사람들이 하나둘 떠나자 유리는 자신만의 우주선을 만든다. 사람이 떠난 집을 개조해 우주선처럼 꾸미고 그 안에서 식물을 키운다. 빗물을 받고 환기 장치를 설치하고 기계 장치를 개조해 우주선 실내처럼 만든다. 인부들이 도착해 철거 작업을 벌이지만 유리의 존재를 알아차리지 못한다. 이제 곧 철거를 위한 발파가 진행되면 유리는 그 속에서 꼼짝없이 죽을 수밖에 없을 것이다.

1994년, 남산에 위치한 외인아파트 발파 철거 장면을 본 적이 있다. 1972년에 세워져 주한미군 등 외국인 전용 아파트로 사용되다 남산 미관 개선을 이유로 철거된 것이다. 거대한 폭파음과 함께 아파트가 아래로 주저앉는 장면은 경이로웠다. 아파트가 내려앉은 곳은 먼지구름으로 빼곡했다. 먼지구름만 보자면 우주선 발사 장면과 무척 닮았다. 아마도 〈가가린〉을 만든 두 감독 역시 비슷한 생각을 했던 모양이다. 영화 후반부의 가가린 주택 단지를 발파 해체하는 장면은 우주선 발사를 준비하는 모습과 거의 똑같다. 구경꾼들이 몰려들고, 스탠바이를 시작한다. 가가린 주택 단지는 거대한 우주선인 셈이고, 그 안에는 유일한 비행사 유리가 탑승하고 있다.

가가린 주택 단지는 무생물이지만, 영화를 보고 나면 거대한 생명체처럼 느껴지기도 한다. 말없이 묵묵하게 모든 장면을 응시하고, 환한 빛으로 사람들을 위로하기도 하며, 커다란 벽이 되어 주민들을 보호하기도 한다. 가가린은 울고 웃던 주민들의 모든 삶의 풍경을 지켜보았다. 사람들의 기억 역시 중력의 영향을 받는다. 그래서 집 안에 차곡차곡 쌓이게 된다.

　　우주에 관심 많은 유리가 동네 주민을 위해 작은 이벤트를 마련했다. 커다란 천으로 막을 만들고 작은 구멍을 뚫어 개기일식을 볼 수 있게 한 것이다. "맨눈으로 보면 안 돼요." 유리의 충고를 듣고 사람들은 천 아래 모여 개기일식 장면을 신비롭게 쳐다본다. 가가린 주택 단지 전체에 그늘이 드리워지는 장면은 아름답기도 하고, 감동적이기도 하다. 사람들은 하나가 되어서 우주의 신비를 온몸으로 느낀다. 재개발 때문에 뿔뿔이 흩어질 수밖에 없는 마을 사람들의 마지막 축제 같은 것이었다. 〈가가린〉 속 개기일식 장면에 등장한 사람들 대부분은 실제 주민이었다. 영화가 끝나면 실제 주민들의 인터뷰도 들을 수 있다. 한 아이가 이렇게 말한다.

"이제 사진만 남았어요. 다 무너지더라도 나중에 꼭 다시 지을 것 같아요. 그냥 건물인 건 아는데 얘기를 많이 하게 되니까 사람인 것처럼 '걔'라고 불러요."

　　가가린 주택 단지는 다시 지을 수 없다. 대신 〈가가린〉을 보는 사람들 마음속에서 가가린 주택 단지는 다시 지어질 것이다. 가가린 주택 단지와 함께 자신이 살고 있는 집의 의미도 다시 한번 생각해보게 될 것이다. 주변에 어떤 추억들이 차곡차곡 쌓이고 있는지 제대로 들여다보게 될 것이다.

COBWEB

오, 압도적인 장면이 많다. 특히 이 장면,

임수정, 정수정 몹시 웃김

신영현 장현 전여빈 미쳤음

신연식 각본. 코미디로 목적 쭉 쓰시네

조용한 가족 반칙왕 놈, 놈, 놈.

→ 다 재미있는 Comedy 였지.

1970년대. 김기영 감독이 떠오르는 캐릭터

모그 음악, '나는 너를'

아직도 여름살이해?

로버트 올트먼 Robert Altman 감독의 영화 〈플레이어 The Player〉1992에는 시나리오 작가에게서 초안을 듣고 흥행 여부를 판단하는 영화사 간부 그리핀 밀이 등장한다. 그의 역할은 이야기에서 재미없는 요소를 걷어내고, 대중적인 요소를 결합시켜 영화를 흥행시키는 것이다. 그의 사무실에 찾아온 시나리오 작가가 이런 스토리를 꺼내놓는다.

"텔레비전 스타가 사파리 여행을 가는데…… 그녀는 난쟁이 종족한테 발견됩니다. 그녀는 숭배를 받게 됩니다."

밀은 상대의 말을 끊는다. 그는 상대의 말을 끝까지 듣는 법이 없다. 길고 지루한 설명이 이어질까 봐, 쓸데없는 이야기를 장황하게 늘어놓을까 봐, 이야기의 주도권을 상대가 쥐게 될까 봐 말을 끊는 것이다. 말을 끊고 나서는 지금까지 들은 이야기를 자기 방식으로 요약한다.

"〈부시맨〉이랑 비슷한데 콜라병 대신 여배우군요."

이런 식으로 이야기를 단순화시킨다. 그러자 시나리오 작가는 이렇게 부연 설명을 한다.

"〈아웃 오브 아프리카〉에 〈귀여운 여인〉을 합친 것 같죠. 그녀는 텔레비전에 남느냐, 아프리카 종족을 보호하느냐 고민합니다."

〈부시맨〉이랑 비슷하고, 〈아웃 오브 아프리카〉와 〈귀여운 여인〉을 합친 것 같은 이야기가 가능할까? 세 편의 영화를 모두 본 사람이라면 그게 불가능하다는 걸 알고 있다. 시나리오 작가는 〈아웃 오브 아프리카〉와 〈귀여운 여인〉을 합칠 생각이 전혀 없지만 그런 식으로라도 설명을 계속해야 한다. 둘 다 성공한 영화고, 자신의 작품도 성공할 수 있으리라는 믿음을 전해야 하기 때문이다.

작가가 자신의 작품을 한두 줄로 요약하는 것을 '로그라인 log-line'이라고 부른다. 로그라인은 항해사들이 바다에서 길을 잃지 않으려고 지도에 항로를 그린 일지를 뜻하는 용어다. 스토리의 로그라인은 이야기가 다른 길로 벗어나지 않게 하는 강력한 요약이다. 대중적으로 성공한 이야기들은 로그라인이 짧고 단순한 경우가 많다.

천만 관객을 끌어들인 이병헌 감독의 〈극한직업〉2019을 요약해보자. "잠복근무를 위해 형사들이 차린 치킨집이 소문난 맛집으로 대박 나는 이야기"다. 영화를 본 사람들은 많은 게 빠진 요약이라고 생각하겠지만 보지 않은 사람은 '재미있겠네'라고 여길 것이다. 형사들이 잠복근무에 성공했는지 여부가 중요했다면 로그라인은 달라졌을 것이다. 〈극한직업〉의 재미는 어긋남에 있다. 잠복근무를 해야 하는데 치킨 주문이 쇄도하고, 범인을 뒤쫓아야 하는데 배달을 가야 하는 그 어긋남이 코미디를 유발한다.

2022년 커다란 반향을 일으켰던 드라마 〈이상한 변호사 우영우〉의 로그라인은 "천재적인 두뇌와 자폐스펙트럼을 동시에 가진 신입 변호사 우영우의 대형 로펌 생존기"

다. 한 문장에 많은 정보가 담겨 있어서 먼저 궁금해진다. 자폐스펙트럼을 가진 사람이 '어떻게' 변호사를 할 수 있으며, '어떻게' 대형 로펌에 들어갈 수 있는지 궁금할 수밖에 없다.

많은 사람이 읽는 웹소설 역시 로그라인이 무척 중요하다. 명작이라 불리는 〈화산귀환〉LICO, 네이버웹툰 연재 중 의 로그라인은 "한때 무림의 최고수였던 '청명'이 어린아이로 환생해서 망해버린 자신의 문파 '화산파'를 부활시키기 위해 고군분투하는 이야기"다. '무림'이라는 단어로 장르를, '환생'이라는 단어로 설정을, '부활'이라는 단어로 이야기의 전개 과정을 알 수 있다.

우리는 로그라인을 읽으면서 이야기를 상상한다. 대략 어떤 이야기인지 정보를 미리 얻을 수 있다. 스포일러는 알고 싶지 않지만 어떤 이야기인지 알아야 돈과 시간을 절약할 수 있다. 〈범죄도시〉 시리즈2017-가 그토록 많은 사람에게 인기를 얻은 이유도 로그라인에 적힌 그대로의 '아는 맛'이기 때문이다. 〈범죄도시〉의 로그라인은 '살벌한 덩치와 강력한 펀치를 지닌 형사 마석도가 악질 범죄를 저지른 놈들을 손쉽게 처리한다'일 것이다. 영화는 악을 손쉽게 처단하는 마석도에 대한 관객의 기대감을 100퍼센트 충족시켜주기에 관객들은 편안한 마음으로 관람을 마친다.

이야기를 만드는 사람 입장에서는 로그라인이 지나친 요약 같기도 하다. 이야기의 재미를 한 줄로 요약하기란 힘든 일일뿐더러 한두 줄로 설명할 수 없는 복잡한 재미를 던져주는 작품도 많기 때문이다. 스포일러에 모든 게 담긴 이야기도 로그라인은 재미없을 수 있다. 관객들에게 '아는 맛' 대신 '몰랐지만 강력한 맛'을 선사하고픈 창작자도 많기 때문이다. '아는 맛'만 추구하면 나중에 그 맛에 질릴 수도 있다. 다양한 맛을 추구하기 위해서는 로그라인에 너무 의존하지 않는 게 좋은데, 영화 관람료도 많이 오른 상황에서 시간을 소중하게 여기는 현대인에게 새로운 맛을 추구해보라고 추천하기가 쉽지 않다.

2023년 추석 극장가에는 관객이 많지 않았다. '아는 맛'이 별로 없었고, 많은 사람이 입 모아 추천하는 영화가 거의 없었다. 김지운 감독의 〈거미집〉은 명배우 송강호와 임수정, 전여빈, 박정수, 오정세 등이 출연했는데도 흥행에 실패했다. 영화 관람료 인상, 아시안게임 중계, 긴 연휴, 물가 인상 등 이유는 다양하겠지만 〈좋은 놈, 나쁜 놈, 이상한 놈〉2008, 〈밀정〉2016 같은 흥행작을 만든 김지운 입장에서는 당혹스러울 정도로 관객이 모이지 않았다. 그런데 로그라인 때문일지도 모르겠다는 생각도 든다.

"1970년대, 다 찍은 영화 〈거미집〉의 결말만 바꾸면 걸작이 될 거라 믿는 김열 감독이 검열, 바뀐 내용을 이해하지 못하는 배우와 제작자 등 미치기 일보 직전의 현장에서 촬영을 밀어붙이는 이야기."

물론 로그라인에는 몇 가지 정보가 담겼다. 1970년대가 배경이고, 감독이 주인공이고, 송강호가 감독을 맡고, 영화를 찍는 현장 이야기라는 것. 그러나 이는 웹소설이나 웹툰의 로그라인에 익숙한 젊은 층에게 매력적인 이야기도 아니고, 1년에 한 번 영화관으로 나들이해서 '감동'과 '스펙터클'을 기대하는 장년층을 끌어당기는 이야기도 아니다. 막상 영화를 보고 있으면 다른 생각을 잊고 마음껏 웃을 수 있는 코미디로 느껴진다. 배우들의 코믹 연기도 훌륭하고, 상황과 상황이 맞물리면서 웃긴 요소들이 점점 배가되는 전개도 매력적이다. '이 영화 진짜 웃기다'라고 왜 아무도 얘기해주지 않는지 모르겠다. 나는 자주 웃었고, 한참 동안 웃었다. 밀처럼 〈거미집〉의 로그라인에 참견하고 싶어졌다.

"1970년대, 영화 〈거미집〉의 후반부를 다시 찍으려고 모인 배우와 감독은 〈조용한 가족〉과 〈반칙왕〉보다 웃긴 연기를 선보이면서 〈밀정〉보다 긴박하게 영화를 찍는데, 〈달콤한 인생〉보다 더 근사한 엔딩과 함께 〈좋은 놈, 나쁜 놈, 이상한 놈〉을 능가하는 케미를 보여준다."

　　　　김지운은 이런 로그라인을 싫어할 것이다. 이번 영화는 동어반복이 아닌 앞으로 나아간 것이라 주장할 테고 나도 그 말에 동의하지만, 많은 사람이 〈거미집〉의 재미에 빠져들면 좋겠다는 생각으로 끼어들어보았다. 로그라인으로 영화를 설명하기란 참 힘들다.

Border

알리 아바시

당신은 누구죠?
나는 누구죠?

수치심
죄책감
볼느

티나의
이야기

아동
포르노
범인 찾기

발가벗고 수영하는 모습
아름답다.

히미쉬, 네안데르탈스,

집 안에 들어갔을 때
모든 감정이 냄새에 묻어
있다면, 얼마나 역겨울까,
다른 힘 바보는
불가능하겠지.

"난 누구라도
같이 잔느 게 좋아요."

인간 ─ 티나 ─ 트롤 ─ 동물

경계선들을 그으면
편하다.

1943년 미국 미시간주의 디트로이트에서 일어난 인종 폭동은 역사상 가장 잘 알려진 폭동 사건일 것이다. 자동차 생산이 호황이던 1940년대, 30만 명이 넘는 백인 노동자와 5만 명이 넘는 흑인 노동자가 디트로이트로 밀려들었다. 백인 거주자들은 흑인들이 지역과 사회에 위협이 된다고 판단하여 강력하게 분리를 원했다. 한 자동차 회사에서는 백인들과 같은 생산 라인에서 일할 수 있도록 흑인 노동자 세 명을 승진시켰다가 2만 명이 넘는 백인 노동자로들부터 격렬한 항의를 받기도 했다. 곪아가던 상처가 터진 것은 1943년 6월. 백인과 흑인이 맞붙으면서 34명이 죽고, 433명이 부상을 입었으며 2천 명이 체포되었고, 2백만 달러 상당의 재산이 파괴되었다.

《휴먼카인드》인플루엔셜, 2021에서 저자 뤼트허르 브레흐만은 디트로이트 폭동에 대한 알려지지 않은 이야기를 소개했다. "이웃이 된 사람들은 서로에 대해 폭력적인 행동을 하지 않았다. 웨인 대학의 흑인과 백인 학생들은 피의 월요일 내내 평화롭게 수업을 같이 들었다. 그리고 군수공장에서의 백인 노동자와 흑인 노동자 사이에는 아무런 혼란도 없었다." 디트로이트 폭동을 조사하던 사회학자들이 밝혀낸 사실이었다. 흑인과 백인이 격렬하게 무력 충돌을 했다고만 알고 있던 사람들에게 감춰진 진실을 보여준 것이다.

많이 접촉할수록 더 많은 분쟁과 다툼이 일어난다고 생각하지만 오히려 반대였다. 상상 속의 적, 만나본 적 없는 위협적인 존재가 가장 위험하다. 직접 대화를 나누고 가까워지고 나면, 그 사람의 삶을 알고 나면, 나와 똑같은 사람이란 걸 알고 나면 미워할 수 없게 된다는 얘기다. 브레흐만은 이 사건을 설명한 후에 감동적인 문장을 덧붙인다.

"만일 우리가 부정적인 경험을 더 잘 기억한다면 그럼에도 불구하고 접촉이 우리를 더 가깝게 만드는 이유는 무엇인가? 결국 대답은 간단했다. 우리가 마주치는 모든 불쾌한 사건들 속에도 즐거운 소통의 경험은 얼마든지 있다는 것이다. 악이 더 강해 보이더라도 선의 숫자가 더 많다."

이웃끼리 때로는 오해하고 작은 다툼도 생기겠지만, 함께 살다 보면 결국 서로를 이해하게 된다는, 나쁜 경험이 강렬해 보이더라도 결국 서로의 착한 마음이 쌓여 관계가 두터워진다는 의미일 것이다. 브레흐만의 문장을 읽으면서 떠오른 영화가 바로 알리 아바시 Ali Abbasi 감독의 〈경계선〉이다.

〈경계선〉의 주인공 티나는 남들과는 조금 다른 외모 때문에 세상과 쉽게 어울리지 못하지만, 후각으로 상대의 감정을 읽을 수 있는 능력을 갖고 있다. 어느 날 티나 앞에 수상한 짐을 가득 든 남자 보레가 나타난다. 보레의 외모는 어쩐지 티나와 닮았고, 두 사람이 사랑에 빠지는 과정에서 하나둘 비밀이 밝혀진다.

영화는 제목 그대로 '경계선에 대한 탐구'라 할 만하다. 출입국 세관 직원이라는 티나의 직업부터 의미심장하다. 불법적인 물건을 들고 경계선을 넘으려는 자들을 색출하는 것이 티나의 임무다. 티나는 경계선 위에 서 있는 셈이다. 티나의 존재 역시 경계선과 관련이 있다. 티나는 자신이 인간의 몸에서 태어났고, 염색체 결함이 있는 못난 인간이라고 여겨왔는데, 보레와 만나면서 자신이 인간이 아닌 트롤이라는 사실을 알게 된다. 티나에게 찾아온 보레 역시 트롤임이 밝혀진다. 트롤은 인간과 야생동물 사이에 있는 존재다.

그러나 영화에 등장하는 두 명의 트롤, 티나와 보레는 상반된 존재이기도 하다. 티나는 인간의 손에 의해 자란 문명화된 트롤이고, 보레는 인간에게 폭력을 경험한 적 있는, 인간을 증오하는 트롤이다. 문명화된 티나는 트롤과 인간 사이의 존재이기도 하다. 보레는 자신에게 고통을 준 인간에게 복수하고 싶어 하지만, 이미 인간과 살면서 정들어 있던 티나는 그럴 마음이 없다. 티나의 이웃인 에스테라와 스테판은 편견 없이 티나에게 사랑을 준 존재로 티나는 그들을 해치고 싶지 않다. 티나는 트롤이라는 자신의 정체성을 선택할 것인가, 아니면 문명화된 인간으로서의 삶을 선택할 것인가.

우리는 대개 자신을 균형 잡힌 인간, 중립적인 인간이라 여기지만 영화를 보는 내내 자신이 얼마나 편견 가득한 존재인지 알게 된다. 영화에서는 티나의 얼굴을 향해 "못생겨서"라는 폭력적인 말을 하는 사람도 등장한다. 티나를 보는 우리의 속마음도 크게 다르지 않을 것이다. 외모에 대한 정보밖에 없는데도 그 사람 자체를 비판하고 단정 짓는 경우는 흔하다. 〈경계선〉을 보고 있으면 우리가 얼마나 많은 선을 긋고 있는지 알 수 있다. 국경을, 자연과 도시를, 인간과 동물을, 착한 사람과 나쁜 사람을 나눈다. 잘생긴 사람과 못생긴 사람을, 내 편과 내 편이 아닌 사람을 구분 짓는다. 티나는 자신에게 쏟아지는 수많은 편견과 무시를 참으면서 고통스럽게 살아왔지만, 자신에게 친절을 베풀었던 에스테라와 스테판을 떠올리며 인간에 대한 보레의 복수를 멈추게 한다.

우리는 인간이라는 종에 대해 자주 절망한다. 이기적이고, 지구를 망가뜨리고, 툭하면 전쟁을 일으키고, 말도 안 되는 기준으로 차별을 일삼고, 아무 이유 없이 사람을 죽이기도 하는 인간. 도무지 사랑할 구석이 없다. 그렇지만 멀리 보지 말고 가까운 곳을 보자. 나를 지지해주는 부모, 사랑스러운 배우자, 함께 일하는 믿음직스러운 동료, 해맑게 웃고 있는 아이를 보자. 먼 곳의 적을 사랑하기는 어렵지만, 가까운 사람은 충분히 사랑할 수 있다.

사랑을 가까운 사람에게만 집중하면 문제가 생기기도 한다. 가까운 사람을 지키기 위해 선을 긋고 경계선을 세우고 외부 침입자를 경멸할 수 있다. 가까운 사람을 사랑하면서 편견과 거리를 두는 방법은 없을까?

2003년, 한 심리학자팀이 3세에서 5세까지의 아이들을 대상으로 실험을 진행했다. 모든 아이에게 빨간색 또는 파란색 셔츠를 입혔다. 어른들은 색에 대한 편견 없이 모든 아이를 똑같이 대했다. 3주 만에 몇 가지 결론이 나왔다. 아이들은 자신과 같은 색깔의 티셔츠를 입은 아이들이 '더 똑똑하고 더 좋다'고 이야기했다. 반면 자신과 다른 색깔의 티셔츠를 입은 아이들에게 더 부정적인 견해를 가졌다. 디트로이트의 상황과 크게 다르지 않은 셈이다.

　타고난 차별주의자인 우리에게는 진정 방법이 없는 것일까? 《휴먼카인드》에서 그 답을 일부 찾을 수 있다. 브레흐만은 열 가지 규칙을 제시한다. 자세한 내용은 책에서 읽으시고 정말 좋은 책이니 꼭 읽어보시길 나 역시 꼭 지키고 싶은 세 가지 규칙만 이야기하겠다. 첫째, 윈윈 시나리오를 기반으로 생각하라. 누군가를 이길 생각보다 함께 이길 생각을 하자는 것이다. 둘째, 다른 사람들을 이해하려고 노력하라. 비록 그들이 어디서 왔는지 모른다고 할지라도. 이 규칙을 수행하는 데 〈경계선〉 같은 영화가 큰 도움이 될 것이다. 셋째, 뉴스를 멀리하라. 뉴스는 지속적으로 나쁜 소식을 전하고, 나쁜 소식을 과장하고, 나쁜 소식을 반복한다. 세상에는 나쁜 소식보다 좋은 소식이 훨씬 많다는 것을 잊지 말아야 한다. 우리는 선해질 수 있다고 믿어야 한다. 내가 상대를 사랑하면 그 사랑이 돌아올 거라고 믿어야 한다. 〈경계선〉의 티나가 그랬던 것처럼.

Monster

<라쇼몽>이 떠오른다.

진실보다는 각각 다른 이면을 '이야기 하고 싶다'는 사실

진실은 하나가 아니다.

D → 사건 ← B

↑
A

각각 다른 처지에 놓여 있는 사람들

계속 돌아가는 영사기

영화가 뒤죽박죽. 시간이 아닌 다른 기준으로 편집된 이야기

빌 머레이가 주연인 영화 〈사랑의 블랙홀〉1993은 '타임 루프 Time Loop' 장르물의 고전이다. 타임 루프 장르는 '시간'이라는 소재를 가장 흥미롭게 사용하는 방식 같다. 타임 루프는 주인공이나 주요 인물이 시간의 고리 속에 갇혀 특정 시간을 반복적으로 경험하는 이야기다. 되풀이되는 시간 속에서 어떤 사람은 능력치를 향상시키고, 어떤 사람은 세상을 구하고, 어떤 사람은 인생의 의미를 깨닫는다.

'성촉절'을 취재하러 간 기상캐스터 필 코너즈가 2월 2일에 갇히는 이야기다. 영화에서는 2월 2일 하루가 끝없이 반복된다. 코너즈는 하루가 반복되는 상황을, 처음에는 즐긴다. 마음에 드는 여성의 정보를 반복적으로 알아내서 데이트하거나 평소에는 절대 하지 않을 행동, 이를테면 난폭운전, 강도 행각 등을 태연히 벌인다. 건강에 좋지 않은 음식도 마구 먹어댄다. 그러다 슬슬 지겨워진다. 모든 상황을 반복해 겪는다는 게 쉬운 일은 아니다.

'하루가 끝없이 반복된다면 어떨까'라고 상상해보는 이유는 인간의 시선이 지극히 단편적이기 때문이다. 우리의 눈은 입체를 볼 수 있지만 사건의 여러 면을 볼 수는 없다. 결정을 내리는 순간, 우리는 한 가지 길을 선택하는 것이기에 선택하지 않은 경우의 결과를 알 수 없다. 만약 내가 선택할 수 있는 모든 경우의 결과를 미리 안다면 얼마나 좋을까? 후회도 줄어들 것이고, 실패도 막을 수 있을 거다. 어쩌면 삶의 진실을, 어쩌면 인생의 비밀을 알아차릴 수 있을지도 모른다.

우리가 소설을 읽고 영화를 보는 이유도 다양한 경우

의 결과를 경험하고 싶기 때문일 것이다. 이기적인 선택을 하는 사람은 반드시 비극적인 결말을 맞을까? 착한 행동을 하는 사람은 백 퍼센트 해피엔딩을 맞을까? 어떤 이야기는 그렇다고 하고, 어떤 이야기는 그렇지 않다고 한다. 우리는 어느 쪽이 좀더 그럴듯한지 따져보면서 이야기를 즐긴다.

구로사와 아키라黑澤明 감독의 영화 〈라쇼몽〉1950은 한 사건을 다각도에서 살펴보는 작품이다. 숲속에서 발생한 살인 사건에 대해 네 명이 각각 다른 이야기를 들려준다. 무엇이 진실일까? 〈라쇼몽〉에서 진실은 중요하지 않다. 네 명의 진술이 다른 이유가 중요하다. 각자 자신에게 유리한 쪽으로 이야기를 펼쳐나가며 인간의 이기심은 진실을 손쉽게 왜곡한다. 〈라쇼몽〉을 보고 나면 우리는 이런 질문을 떠올릴 수밖에 없다. '이 세상에 하나뿐인 진실은 가능한가?'

고레에다 히로카즈是枝裕和 감독의 신작 〈괴물〉을 보고 나면 〈라쇼몽〉을 떠올리게 된다. 세 명의 관점에서 이야기를 반복적으로 보여준다는 점에서 비슷하다. 목적은 전혀 다르다. 〈라쇼몽〉의 주제가 손쉽게 왜곡되는 진실이라면, 〈괴물〉의 주제는 쉽게 만들어지는 인간의 편견이다. 우리는 몇 가지 제한된 정보를 통해 인간을 쉽게 판단한다. 그러고 확신한다. '아, 그 사람은 그런 사람이야, 확실해.' 잘못된 정보를 주변에 퍼뜨리기도 한다. 마크 트웨인의 말이 떠오른다.

"곤경에 빠지는 건 뭔가를 몰라서가 아니다. 뭔가를 확실히 안다는 착각 때문이다."

영화 보고 오는 길에 글을 썼습니다

〈괴물〉의 주인공 무기노 미나토는 학교에서 돌아와 갑자기 제 손으로 머리를 자르기도 하고, 신발을 한 짝만 신고 오기도 하고, 귀를 다쳐서 오기도 하는 등 이상 행동을 보인다. "돼지 뇌를 이식한 인간은 인간일까, 돼지일까?"와 같은 섬뜩한 질문을 엄마에게 던지기도 한다. 그러다 미나토의 엄마 무기노 사오리는 담임 선생 미치토시가 아들을 폭행했다는 이야기를 듣고 학교로 찾아간다. 학교에서는 폭행이 아닌 '불필요한 접촉이 있었을 뿐'이라면서 막무가내로 사과만 한다. 대체 학교에서는 무슨 일이 있었던 것일까? 첫 번째 이야기는 엄마 사오리의 시점, 두 번째 이야기는 담임 선생 미치토시의 시점, 세 번째 이야기는 미나토의 시점에서 영화가 펼쳐진다.

각본을 쓴 사카모토 유지가 이렇게 다양한 시점으로 이야기를 구성하게 된 데에는 자신의 경험이 큰 역할을 했다고 한다. 언젠가 차를 타고 집으로 돌아가는 길, 도로에서 신호등이 파란색으로 바뀌었는데도 앞에 선 트럭이 꿈쩍도 하지 않았다. 경적을 여러 번 울린 후에야 트럭이 움직였다. 알고 보니 트럭은 휠체어 탄 사람이 건널목을 건너가도록 기다려주고 있었던 것이다. 사정도 모르고 경적을 눌렀던 게 마음에 남은 유지는 '다른 사람에게 상처를 주었다가 깨닫게 되는 이야기를 언젠가 쓰겠다'고 결심했다.

첫 번째, 엄마 사오리 시점에서 이야기를 따라가다 보면 미치토시 선생에게 큰 문제가 있다고 생각하게 된다. 미치토시는 아이를 손찌검하고 '돼지 뇌'라고 놀리기도 하며, 유흥업소에 드나들기도 한다. 심지어 "당신 아들이 다른 학생을 괴롭힌다"라고 주장하면서 학부형을 다그친다. 보다 보면 고구마 백 개를 한꺼번에 삼킨 듯한 답답함이 밀려온다.

두 번째 시점으로 넘어가면 이야기는 완전히 달라진다. 미치토시 선생은 평범하다. 책의 오자를 발견해서 출판사로 보내는 특이한 취미가 있고, 등교하는 학생들에게 아침에 뭘 먹었는지 물어보는 다정함도 지녔으며, 넘어진 아이의 신발을 챙겨주는 세심함도 보인다. 미나토에게 상처를 입힌 것에도 의도가 없다. 날뛰는 미나토를 막아 세우려다가 부딪친 것뿐이다. 미치토시는 억울한 오명을 뒤집어쓰고, 폭력 교사로 낙인찍힌 채 점점 피폐해져간다. 어디서부터 잘못된 것일까?

고레에다 감독은 관객과 게임을 하는 것이다. 정보를 조금씩 흘려보내면서 '이 사람은 어떤 사람일까요?'라고 퀴즈를 낸다. 우리는 추측하고 예상하고 분석하면서 어떤 사람이 더 '올바른' 사람인지 알아내려고 한다. '괴물은 누구일까?'라는 질문을 던지는 영화 속 카드 게임과 비슷하다. 두 사람은 카드를 보지 않은 채 집어서 자신의 이마에 갖다 댄다. 상대의 카드는 볼 수 있지만 내 이마의 카드는 볼 수 없다. 질문과 추측을 통해 정답에 가까워지려 노력한다.

영화를 끝까지 보고 나면 질문 자체가 잘못됐다는 걸 알게 된다. '올바른' 사람이 따로 있는 게 아니라 각자의 처지에 놓인 '다양한' 사람이 있을 뿐임을 알게 된다.

세 번째 시점인 미나토 이야기로 접어들면 수면 아래 감추어졌던 비밀이 서서히 드러난다. 미나토의 신발이 한 짝이었던 이유와 '돼지 뇌'의 비밀을 마주한 관객은 깜짝 놀라게 된다. 고약한 할머니 같던 교장의 또 다른 모습과 사고로 일찍 세상을 떠난 미나토 아빠의 비밀, 고래 울음소리처럼 묵직하게 학교 전체를 뒤흔들던 관악기 소리의 비밀까지 주체할 수 없을 정도로 다양한 정보가 쏟아지는 것을 마주하게 된다.

하나의 사건에 유일한 진실이 있지 않듯 어떤 사람이든 하나의 얼굴만 지닌 게 아니다. '그 사람이 어떤 사람인지 알 것 같아'라고 확신하는 순간에도 그 사람은 변하고 있다. 영화가 끝나고 우리는 영화 속 인물들에 대해 생각하기 시작한다. 그들의 행동과 말투와 미묘한 표정을 떠올리면서 이해해보려고 노력한다. 주인공 요리는 우주 전체의 모든 것을 처음으로 되돌리고 싶어 한다. 트웨인의 말을 빌려 온다면, 뭔가를 확실히 안다는 착각을 버리고 아무것도 모른다는 생각으로 돌아갈 수 있을까? 우리 모두 그럴 수 있다면 요리가 살아가는 세상은 아름다울 수 있을 것이다.

The Boy and the Heron

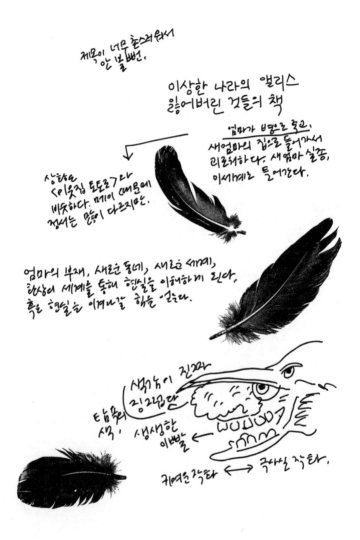

제목이 너무 촌스러워서
안 볼 뻔.

이상한 나라의 앨리스
잃어버린 것들의 책

엄마가 병으로 죽고,
새엄마의 집으로 들어가서
리로워하다. 새엄마 실종,
이세계로 들어가다.

상황은
<이웃집 토토로>라
비슷하다. 매기이 때문에
정서는 많이 다르지만.

엄마의 부재, 새로운 동네, 새로운 세계,
환상의 세계를 통해 현실을 이해하게 된다,
후로 현실을 이겨나갈 힘을 얻는다.

생김새가 진짜
징그러웠던

탐욕의
색, 생생한
이빨

키여운 자슥타 ← → 극사식 자슥타.

가끔 기분이 울적해지면 미야자키 하야오宮崎駿 감독의 애니메이션 〈이웃집 토토로〉1988를 다시 본다. 전체를 다시 볼 시간이 부족하면 좋아하는 장면만 다시 본다. 비 오는 버스 정류장에서 사츠키와 메이가 토토로와 나란히 서 있는 장면이나 고양이 버스가 하늘을 나는 장면을 보고 있으면 곧바로 행복해지고, 마음에서 따스한 기운이 피어오른다. 신나게 뛰어다니고 뭐든지 잘 먹는 메이의 표정을 보는 것만으로도, 토토로의 배 위에 올라가서 장난을 치는 메이의 웃는 얼굴을 보는 것만으로도 울적한 기분이 사라질 때가 있다.

하야오 감독의 신작 〈그대들은 어떻게 살 것인가〉는 여러모로 〈이웃집 토토로〉와 비슷한 구석이 많다. 아픈 엄마, 새로운 곳으로 이사 간 아이, 낯선 세계에서 만나는 기이한 생명체가 등장한다는 점 등이 그렇다. 게다가 두 작품 모두 하야오의 개인 경험이 많이 반영되어 있다. 그러나 분위기는 전혀 다르다.

하야오는 여섯 살 때부터 열다섯 살이 될 때까지 엄마가 병상에 누워 있어서 혼자 집안일을 씩씩하게 해나갈 수밖에 없었다. 그런 경험이 〈이웃집 토토로〉의 씩씩한 사츠키와 〈그대들은 어떻게 살 것인가〉의 아웃사이더 마히토를 만들어냈다. 〈이웃집 토토로〉가 어린 시절 하야오의 씩씩한 버전이라면, 〈그대들은 어떻게 살 것인가〉는 어린 시절 마음속의 외로운 풍경을 담아냈다. 은퇴를 발표했다가 번복한 후 7년이라는 제작 기간을 거쳐 만든 〈그대들은 어떻게 살 것인가〉가 하야오의 가장 개인적인 작품이라는 얘기도 여기서 비롯되는 것 같다.

〈그대들은 어떻게 살 것인가〉에 영향을 준 작품은 세 개 정도다. 우선 일본 작가 요시노 겐자부로의 소설 《그대들, 어떻게 살 것인가》 양철북, 2012 에서는 제목을 가지고 왔다. 하야오가 어린 시절에 어머니에게 선물로 받은 책이다. 영화에서도 주인공이 어머니에게 같은 책을 물려받는다. 두 번째는 1952년에 만들어진 프랑스 애니메이션 〈왕과 새〉다. 다양한 새가 등장하고 새들의 왕국이 주요 배경이라는 점에서 비슷하다. 마지막으로 아일랜드 작가 존 코널리의 소설 《잃어버린 것들의 책》 폴라북스, 2008 은 하야오의 어린 시절을 떠올리게 하는 에피소드가 많아 내용 면에서 영화와 가장 비슷한 작품이다.

《잃어버린 것들의 책》에도 아픈 엄마 때문에 힘들어하는 아이가 나온다. 아픈 엄마는 아들 데이빗에게 신화, 전설, 모험담 같은 이야기를 읽어달라고 부탁한다. 엄마는 평소 로맨스나 미스터리 소설을 좋아했지만 아들이 모험 가득한 삶을 살아가길 바라는 마음에서 그런 부탁을 한 것이다.

"때를 기다리며 조용히 잠들어 있다가 누군가 읽어주는 순간부터 이야기는 꿈틀거리며 살아난다. 이야기는 그렇게 읽는 사람의 상상력에 뿌리를 내리고 마음을 움직인다. 이야기는 누군가에게 읽혀지기를 원한다고 엄마는 데이빗에게 속삭이곤 했다. 이야기가 원하는 것은 바로 그것이라고, 그래야만 이야기 속의 세상에서 우리가 사는 세상으로 건너

올 수 있는 거라고 했다. 우리가 생명을 주기를 이야기들은 기다리고 있다고 했다.”

　　소설 속 엄마는 데이빗에게 이야기를 몸에 지니고 살아가는 법을 가르쳐준 것이다. 〈그대들은 어떻게 살 것인가〉의 주인공 마히토가 처한 환경은 데이빗과 거의 비슷하다. 엄마는 병을 앓다가 세상을 떠났고, 이후 아빠는 다른 여자와 재혼한다. 마히토와 데이빗 둘 다 새엄마의 집으로 들어가 살아야 했고, 그곳에서 겉돌다가 새로운 세상을 만났다.

　　〈그대들은 어떻게 살 것인가〉는 하야오 감독 개인의 경험이 무척 많이 담겨 있는 만큼 대중적이지 않다. 이야기 전개가 낯설고, 마히토가 무슨 생각을 하는지 도무지 알 수가 없다. 현실과 환상과 상상이 뒤죽박죽 섞여 있다. 새엄마의 집으로 이사 간 직후 말하는 왜가리를 만나 왜가리가 이끄는 탑 속 세계로 들어가니 펠리컨과 앵무새들이 사는 나라가 등장한다. 하얗고 귀여운 와라와라는 하늘을 날아다니고, 거대한 바다에는 죽음의 배가 돌아다닌다. 시종일관 시큰둥한 마히토의 얼굴에서는 모험이 주는 설렘이 보이지 않는다. 고통뿐이다. 하야오는 〈그대들은 어떻게 살 것인가〉를 통해 어린 시절의 기억과 경험이 고통 그 자체였으며, 그 고통에서 벗어나기 위해 수많은 이야기를 상상했다고 고백하는 것 같다.

“저는 애니메이션을 통해 어린 시절을 회복할 수 있는 방법을 끊임없이 찾고 있습니다. 저의 어린 시절은 끝나지 않았습니다. 그리고 많은 애니메이터가 마찬가지라고 생각합니다."

　　하야오가 인터뷰에서 한 말이다. 애니메이터뿐 아니라 모든 사람이 그럴지도 모르겠다. 어린 시절에 받은 상처나 결핍을 치유하고 채우기 위해 어른이 되어서도 끊임없이 노력하는 게 아닐까. 우리는 어린 시절로부터 결코 자유로울 수 없다.

　　많은 사람이 애니메이션을 좋아하고, 하야오를 좋아하는 이유 역시 우리의 어린 시절을 되돌아볼 수 있게 하기 때문일 것이다. 우리의 결핍이 무엇이었는지, 우리의 행복이 무엇이었는지 잊고 살다가 애니메이션을 보는 순간 깨닫는 것이다.

　　하야오는 왜 영화 제목을 〈그대들은 어떻게 살 것인가〉로 정했을까? 작품 속에는 어떻게 살아야 하는가에 대한 답이 전혀 나오지 않을뿐더러 그런 질문을 하는 사람도 없다. 겐자부로의 《그대들, 어떻게 살 것인가》에 대한 내용이 나오는 것도 아니다. 다만 영화 속에는 하야오의 관심사가 모두 등장한다. 자연을 사랑하는 생태주의자의 면모도 드러나고, 전설과 옛이야기를 좋아하는 스토리텔러의 모습도 볼 수 있으며, 낯선 세계로 빠져드는 판타지 애호가의 면모도 확인된다. 그의 작품들을 하나씩 떠올려보게 된다. 근미래의 풍경을 유쾌하게 그려냈던 〈미래소년 코난〉1978, 하늘을 날아다니던 〈마녀 배달부 키키〉1989, 현상금 사냥꾼 비행사가 등장하는 〈붉은 돼지〉1992, 금지된 세계의 문으로 들어갔던 〈센과 치히로의 행방불명〉2001.

하야오는 언제나 미래를 근심하고 과거를 반성했지만, 현재만큼은 유쾌하게 그려냈다. 자신이 꿈꾸는 이상향과 현재 하는 고민을 웃음으로 포장했다. 그런데 〈그대들은 어떻게 살 것인가〉에서는 그런 웃음이 잘 보이지 않는다. 대신 감독은 어린 시절에 했던 질문을 떠올렸다. '그대들은 어떻게 살 것인가?' 하야오는 그 질문에 답하기 위해 수십 년 동안 애니메이션을 만들었고 이번 작품을 통해 그에 대한 답을 우리에게 보여준다. 감독은 이렇게 말하는 것 같다.

"여러분, '어떻게 살 것인가'라는 질문에 답하기 위해 저는 일생을 바쳤습니다. 잔혹하고 난폭한 세상과 맞서 싸우기 위해 아름다운 것들을 그렸고, 어린 시절을 잊어버린 사람들을 깨우기 위해 귀여운 것들을 그렸습니다. 균형을 맞추기 위해 노력했는데, 이제 저는 지쳤습니다. 여전히 세상은 폭력으로 가득합니다. 아직도 전쟁 중입니다. 여러분도 그 질문에 답해보시겠습니까? 그대들은 어떻게 살 것입니까? 제게 답할 필요는 없습니다. 여러분이 마지막 작품을 만들 때쯤 자신에게 대답하면 됩니다. '나는 이렇게 살았다'라고요. 답을 물려줄 수는 없습니다. 다음 세대에게 물려줄 수 있는 것은 답이 아니라 질문입니다."

〈그대들은 어떻게 살 것인가〉는 하야오라는 위대한 예술가의 삶을 조금이라도 알고 있는 사람에게는 더욱 친절한 영화일 수밖에 없다.

Nyad

WOW
아네트 베닝
그리 포스터

'다이아몬드는 고난을 겪은
석탄일 뱉이다'
다이아몬드로 글을 쓴다, 흑연으로, ……

상어를 쫓아주는
남자

"여긴 저물녘 바다예요,
당신은 그냥 지나갈 뿐입니다."

배우들은 정말
대단해, 자신의
내기를 그대로 스토리에
이용하는 용기

메리 올리버

The Summer day

Who made the world?
Who made the swan, and the
Who made the   black bear?
…… the grasshopper?
Tell me, what else should I have done?
Doesn't everything die at last, and
          too soon?
Tell me, what is it you plan
  to do with your one wild and
              precious life?

영화 보고 오는 길에 글을 썼습니다

스포츠는 삶의 은유로 자주 쓰인다. 1루, 2루, 3루를 걸쳐 홈으로 돌아오는 야구는 인생의 축소판으로 불리고, 42.195킬로미터를 달려야 하는 마라톤이나 권투는 고통으로 가득한 우리의 생애를 압축한 것 같다. 유럽의 축구 경기는 전쟁의 한 형태를, 단거리 달리기는 단 몇 초 만에 운명이 바뀌는 우리 삶의 결정적 장면을 떠올리게 한다. 스포츠가 삶과 닮아서인지 우리는 스포츠 스타들을 응원하면서 우리 자신도 함께 응원한다. 내가 응원하던 팀이 졌을 때 내가 진 것 같은 고통을 느끼는 이유도 그 때문이 아닐까.

스포츠를 소재로 삼는 영화들은 그런 역학을 잘 이해하고 있다. 쓰러지더라도 계속 일어서고, 지더라도 계속 도전하는 스포츠 선수를 보며 관객은 삶의 동력을 얻는다. 영화 〈록키〉1976의 주제음악을 들으면 마음속에서 쉬고 있던 열정이 들끓으면서 어쩐지 계단을 뛰어 올라가야 할 것 같다. 물론 우리는 스포츠 스타가 아니라서 계단을 뛰어 올라가는 순간 휘청거리는 다리를 부여잡으며 곧장 후회하겠지만, 그렇게 스포츠 이야기는 우리를 움직이게 한다.

유명한 스포츠 영화는 대략 네 종류로 나눌 수 있을 것 같다. 실화를 바탕으로 한 감동 스토리 〈우리 생애 최고의 순간〉2008, 〈국가대표〉2009, 〈리바운드〉2023, 오합지졸이던 선수들이 좋은 코치를 만나 한 팀이 되어가는 이야기 〈후지어〉1986, 〈머니볼〉2011, 역경을 딛고 일어나 패배에도 굴하지 않고 앞으로 나아가는 이야기 〈록키〉, 〈밀리언 달러 베이비〉2004, 사람들에게 덜 알려진 생소한 스포츠를 통해 기묘한 스토리를 전하는 영화 〈쿨 러닝〉1993, 〈소림축구〉

2001. 물론 이 네 가지가 혼합된 영화도 많다. 얼마 전에도 그런 영화를 만났다.

〈나이애드의 다섯 번째 파도〉는 실화를 바탕으로 한다. 수영 선수 다이애나 나이애드는 1978년 스물여덟 살에, 쿠바에서 미국 플로리다까지 백 마일이 넘는 거친 바다를 종단하는 도전을 했다가 실패했다. 스포츠 해설가로 살아가던 나이애드는 60세 생일에 도전을 다시 해보기로 마음먹었다. 많은 사람이 반대했지만 나이애드는 고집불통이다. 바다 수영에는 수많은 위험이 따른다. 거친 파도와 싸워야 하고, 조류나 상어도 큰 장애물이다. 나이애드에게는 종단을 함께할 팀이 필요하다. 수영은 나이애드가 하지만 뒤에서 도움을 줘야 할 사람이 많다. 나이애드를 도와 긴 항해를 시작할 팀이 만들어지고, 그들의 도전이 시작된다.

〈나이애드의 다섯 번째 파도〉가 눈길을 끄는 가장 큰 이유는 배우들이다. 나이애드 역할의 아네트 베닝, 코치 보니 스톨 역할의 조디 포스터는 자신들의 나이 든 모습을 보여주는 일에 거리낌이 없다. 포스터는 한 인터뷰에서 "관객들에게 완전히 멋지게 늙은 두 여자를 보여주고 싶었다"고 말했다. 영화 초반에는 그들의 외모를 보며 시간의 무상함을 느끼지만 영화가 진행될수록 두 사람의 에너지에 점점 빨려 들어가게 된다. 두 사람이 과거의 영광을 이야기할 때는 그저 나이 든 여자 같지만, 새로운 일을 계획하면서 들뜬 모습을 보일 때는 마치 아이 같다. 한탄하지 않고 앞으로 나아갈 때 그들은 세월을 초월한다.

나이애드에게 도전을 부추긴 것은 두 가지다. 첫 번

째는 60번째 생일, 두 번째는 한 편의 시다. 나이애드는 어머니의 유품을 정리하다 시집 한 권을 발견하고, 이를 닦으면서 그중 한 편을 읽는다. 메리 올리버의 시 〈여름날 The Summer Day〉《기러기》, 민승남 옮김, 마음산책, 2021이다.

"말해봐, 내가 달리 무엇을 해야 했을까? / 결국 모두가 죽지 않아? 그것도 너무 빨리? / 말해봐, 당신은 이 하나의 소중한 야생의 삶을 / 어떻게 살 작정이지?"

나이애드는 이 문장을 떠올리면서 잠 못 이루는 밤을 보낸다. 예순이라는 나이, 한국에서는 환갑에 해당하는 나이, 해야 할 일보다 해온 일이 더 크게 보이는 나이. 나이애드는 시의 구절을 예사롭게 여기지 않는다. "하나의 소중한 야생의 삶"을 위해 새로운 도전을 시작한 나이애드는 벽에다 이런 문구를 붙여두었다.

"다이아몬드는 고난을 겪은 석탄 덩어리일 뿐이다."

다이아몬드가 대단해 보여도 별것 아니라는 뜻일 수도 있고, 석탄 덩어리처럼 별것 아닌 것들도 고난을 겪으면 다이아몬드처럼 반짝인다는 뜻일 수도 있다. 나이애드는 별것 아닌 다이아몬드가 되기 위해 고난을 견디기로 했다. 처음으로 도전하던 스물여덟 살 때 나이애드는 이런 인터뷰를 했다.

"토크쇼 진행자나 버스에서 마주친 분들이나 늘 똑같이 물으세요. '왜 멀쩡한 아가씨가 이런 고문을 자처해요?' 피학적으로 보이겠지만 마라톤 수영의 핵심은 가장 오랜 시간 가장 큰 고통을 견뎌내는 사람이 성공한다는 거예요."

간단해 보이지만 가장 어려운 성공 공식이다. 한편으로는 이런 공식이라도 있다면 좋겠다는 생각도 든다. 오래 버티는 것만으로 백 퍼센트 성공할 수 있다면 누구나 버틸 것이다. 어린 시절 코치에게 성폭행당했던 기억을 악몽처럼 달고 사는 나이애드에게는 이런 단순함이 필요했을 것이다. 버티면 이기고, 나아가면 도달한다는 공식. 수영을 좋아했던 어린 시절에는 불가능했지만, 그런 공식이 가능하다는 걸 스스로에게 증명하고 싶었을 것이다. 나이애드는 다섯 번째 도전 끝에 성공한다. 스포일러가 아니다. 실화를 바탕에 둔 영화이며, 제목에도 나와 있다. 나이애드는 종단을 성공한 직후에 이렇게 말한다.

"세 가지를 말하고 싶어요. 하나, 절대 포기하지 마라. 둘, 꿈을 좇기에 늦은 나이는 없다. 그리고 셋, 수영은 고독한 스포츠 같지만 팀이 필요하다."

나이애드는 처음에 독불장군처럼 굴었지만 도전이 여러 번 거듭되는 동안 팀의 중요성을 깨닫는다. 속마음을 누구보다 잘 아는 친구이자 모든 여정의 동반자가 되어준 코치 스톨, 보트를 운전해주는 항해사, 해양 생물의 위험성을

영화 보고 오는 길에 글을 썼습니다

알려주는 의사, 상어들의 접근을 막아주는 바다 전문가까지 여러 팀원의 도움이 없었다면 나이애드는 성공하지 못했을 것이다. 단순히 'Nyad'였던 원제를 한국어로 옮기며 '나이애드의 다섯 번째 파도'라고 한 것 역시 처음에는 깨닫지 못하던 것을 실패와 좌절을 통해 알아간다는 의미를 보여주기 위해서가 아닐까. 포기하지 않고 다섯 번쯤 도전하면 뭔가 깨닫는 게 생기는 모양이다.

'마지막'이라는 단어는 여러 의미로 사용할 수 있다. '난 이제 끝이야, 마지막이야'처럼 체념의 의미를 강조할 수도 있지만 '마지막으로 한 번만'같이 의지를 다지는 용도로 사용할 수도 있다. 우리는 언제가 진짜 마지막인지 알지 못한다. 삶에는 마지막이 없고, 죽음에만 시작과 마지막이 있다. 나이애드는 도전에 성공할 때까지 이렇게 말했을 것이다. "마지막으로 한 번만 더 해볼까?"

Small, Slow But Steady

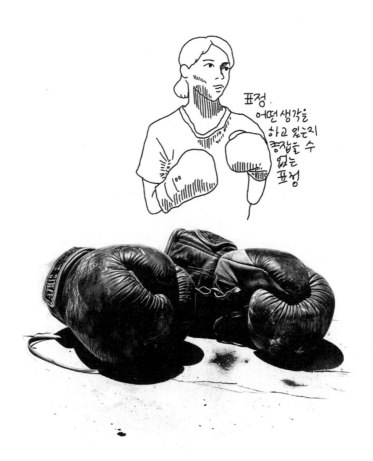

영화 보고 오는 길에 글을 썼습니다

미야케 쇼三宅唱 감독의 〈너의 눈을 들여다보면〉은 선천적 청각장애인 여성 복서의 이야기다. 실존 인물 오가사와라 케이코의 자서전을 바탕으로 했다. 장애가 있는 여성, 그리고 권투를 소재로 삼은 영화라는 이야기를 들으면 누구나 떠올리는 이미지가 있을 것이다. 나도 편견이 있었다. 역경을 딛고 일어서서 끝내 자신의 목표에 다가가는 이야기, 혹은 계속 맞으면서도 앞으로 전진하는 불굴의 의지에 대한 이야기가 아닐까. 보고 나니 그런 영화가 아니었다.

권투를 좋아하는 케이코는 프로 복서로서의 삶을 선택한 후 단 하루도 허투루 보내지 않는다. 아침에는 달리기를 하고, 낮에는 호텔 청소를 하고, 저녁에는 코치와 함께 훈련하거나 시간이 나면 체육관 거울에 묻은 먼지를 닦는다. 귀가 들리지 않는다는 약점을 극복하기 위해 케이코는 더 많은 것을 더 빨리 보려고 노력한다.

코로나19 때문에 케이코에게 큰 변화가 생겼다. 대화를 나눌 때 많은 사람은 눈과 입과 몸짓을 보면서 귀로 듣는다. 케이코는 듣지 못한다. 그런데 코로나 이후로 마스크 때문에 입을 볼 수 없다. 케이코는 상대방이 뭔가 말할 때마다 '마스크를 내리고 다시 말해달라'는 몸짓을 할 수밖에 없다. 모든 사람에게 그럴 수 있는 것은 아니다. 편의점 직원이나 길 가다 부딪친 남자에게는 그럴 수 없다. 처음 보는 사람에게 마스크를 내리고 말해달라고 부탁할 수는 없다. 언제나 상대방의 입과 눈을 보면서 대화해야 했던 케이코에게 또 하나의 벽이 생긴 셈이다. 눈을 들여다본다는 것은 케이코에게 특히 중요한 삶의 방식이다.

　　　　　　　　　　　너의 눈을 들여다보면

케이코에게 권투를 가르치는 관장은 기자와의 인터뷰에서 케이코의 장단점에 대해 이렇게 이야기했다. 장점은 눈이 좋다는 것. 단점도 명확했다.

"작고, 리치도 짧고, 스피드도 느리고요. 하지만 뭐랄까요, 인간적인 기량이 있어요. 정직하고, 솔직하고, 아주 좋은 녀석이에요."

정직하고 솔직한 건 권투에 어떤 도움이 될까? 오히려 정직하지 못해야 좋지 않을까? 상대를 속여야 더 좋은 펀치를 날릴 수 있고, 솔직하지 않은 속임수를 사용해야만 상대에게 더 큰 충격을 줄 수 있지 않을까? 영화에는 이에 대한 답이 등장하지 않지만 정답을 유추할 수 있을 만한 대화가 나온다.

동생이 케이코에게 수화로 묻는다.

"복싱의 어떤 부분이 좋은 거야?"

케이코 역시 수화로 대답한다.

"때리면 기분이 좋아."

"무섭지 않아?"

"당연히 무섭지."

"그렇다니 안심이군. 보통 사람이구나 싶어서."

　　동생은 누나가 누군가를 때리기 위해서, 화풀이할 대상이 필요해서 권투를 하는 게 아닐까 의심했을 것이다. 혹시 자신을 고통에 밀어넣는 걸 즐기고 감정을 폭발시키는데 중독되지 않았나 걱정했을 것이다.

　　이어지는 장면은 시합을 분석하는 코치와 케이코의 대화다. 코치는 화이트보드에 펜으로 이렇게 적는다.

"왜 제대로 가드를 안 해? 두려우니까 앞으로 달려드는 거지. 쫄면 안돼. 발끈해서 뛰어들면 너도 위험해져. 감정 컨트롤이 중요해."

　　케이코는 화이트보드로 이렇게 대꾸한다.

"아픈 게 싫어요."

　　코치가 한숨을 쉬면서 이렇게 대꾸한다.

"그걸 누가 좋아하냐? 참 솔직하네, 솔직해."

　　코치는 글러브를 끼고 몸으로 직접 알려준다. 케이코가 물러나려 할 때마다 이렇게 외친다.

　　　　　　　　　　　　　　너의 눈을 들여다보면

"물러나면 안 돼. 앞으로 와. 버텨. 가드를 올려."

케이코는 상대를 때릴 때의 쾌감을 좋아하고 맞는 걸 싫어한다. 권투는 적당한 거리를 두고 상대와 싸우는 스포츠인데, 케이코는 화가 나면 달려들고 두려우면 물러난다. 몸이 느끼는 반응을 솔직하게 드러낸다. 관장은 케이코에게 이런 말을 들려주기도 한다.

"케이코, 복싱은 싸울 마음이 없으면 할 수가 없어. 싸울 마음이 사라지면 상대에게도 실례야. 위험하니까. 무슨 말인지 알겠어, 케이코?"

시종일관 어두운 표정을 짓고 있던 케이코는 영화 후반으로 갈수록 웃는 일이 늘어난다. 동생의 여자친구에게 춤을 배우고, 코치와 미트 연습을 할 때는 춤을 추듯 박자를 맞추고, 관장과 함께 거울을 보면서 섀도복싱을 한다. 권투 도장은 폐관을 앞두고 있고, 기뻐할 일이 많지 않은데도 케이코는 점점 더 많이 웃는다. 영화를 보는 사람도 케이코를 따라 웃게 된다. 마냥 웃을 상황이 아니지만 케이코가 환하게 웃으니까 따라 웃게 된다. 그러다 알게 된다. 우리를 웃게 하는 건 대단한 승리가 아니다. 승리를 위해 준비해가는 과정에서 겪게 되는 소소한 기쁨이다.

케이코가 경기에서 졌을 때 관장은 혼자 조용히 소리를 지른다. "좋았어." 졌는데 뭐가 좋다는 뜻일까? 아마도 케이코가 패배라는 과정을 통해 더욱 많은 것을 알게 될 테니, 그게 좋다는 뜻일 것이다. 케이코가 상처투성이로 혼자 앉아 있을 때 누군가 다가와서 알은체한다. 시합을 했던 상대 선수다. "저번 시합 때 감사했습니다." 무엇이 감사하다는 것일까? 함께 싸우고 함께 주먹을 주고받을 수 있어서 감사하다는 뜻일 것이다.

권투는 치고받는 격렬한 스포츠지만 상대방과 적당한 거리를 유지하는 게 중요하다. 너무 가까이 다가가면 주먹을 뻗을 수 없고, 계속 뒤로 물러나기만 해서는 상대를 가격할 수 없다. 권투는 두 사람이 다투는 스포츠지만 상대가 아닌 거울 속의 나 자신과 싸우는 것인지도 모른다. 그렇기 때문에 중요한 것은 결과가 아니라 과정이며, 그렇기 때문에 지고 나서도 "좋았어"라고 말할 수 있고, 나와 시합을 한 선수에게 "감사했습니다"라고 인사할 수 있는 게 아닐까. 〈너의 눈을 들여다보면〉을 본 사람은 각자 다른 감상을 품게 될 것이다. 교훈을 얻을 수도 있고, 쾌감을 느낄 수도 있고, 반성의 계기를 찾을 수도 있다. 그러나 케이코가 웃는 순간, 우리는 모두 함께 웃을 것이다. 그 이유만으로도 나는 이 영화를 앞으로 여러 번 돌려보게 될 것 같다.

Nomadland

집은
허상일 뿐인가,
마음의 안식처인가?

Home, is it just a word?
Or is it something you carry
I'm happy just   within you?
           to be here
if i ever find home
    ......

And that's why home is a
              question mark

소설가에게 집은 '반드시 공부해야 할 공간'이다. 사람들은 모두 집에서 생활하며, 대부분의 사건이 집에서 일어나기 때문이다. 집에 대한 정보를 많이 가질수록 다양한 사람의 모습을 그리기가 수월해진다. 소설을 쓰기 전 제일 먼저 떠올리는 것도 주인공은 어떤 사람이며 어떤 직업으로 돈을 벌며 어떤 집에 살고 있는가다. 학창 시절 '소설 구성의 3요소는 인물, 사건, 배경'이라고 단순 암기했는데, 소설가가 되고 보니 몸으로 이해가 됐다.

집 관련 텔레비전 프로그램을 보다가 가장 신기했던 건 사람들이 '뷰 View'를 무척 중요하게 생각한다는 점이었다. 강이 보이는 창문, 산이 보이는 통창, 도시가 한눈에 보이는 거실이 등장하면 사람들은 일제히 환호했다. '뷰맛집'이라는 신조어도 만들어냈다.

봉준호 감독의 영화 〈기생충〉2019을 떠올려보면 보이는 것이 곧 계급일지도 모르겠다는 생각이 든다. 반지하층에 살고 있는 사람들의 창문 밖으로는 술 취한 사람들이 노상 방뇨하는 장면이 보이지만, 부유한 사람들의 통창으로는 외부로부터 단절된 아늑한 정원과 잔디와 나무가 보인다. 집이란 외부로부터 자신을 분리시켜주는 공간이기도 하지만 외부를 관찰하는 공간이기도 하다. 가난한 사람은 자신과 닮은 가난을 관찰할 수밖에 없다.

2021년 아카데미 작품상을 받은 영화 〈노매드랜드〉는 원작이 따로 있다. 제시카 브루더의 동명 논픽션이다. 미국에서 고정된 주거지 없이 자동차에 살며 저임금 떠돌이 노동을 하는 노년 여성을 취재한 내용이다. 집을 포기하고 길 위의 삶을 택한 노년의 노동자들이 주요 인물로 등장한다. 영화에서는 '펀'이라는 가상 인물을 한 명 만든다. 경제적 붕괴로 도시 전체가 무너진 후 남편까지 세상을 떠나면서 세상에 홀로 남겨진 펀은 작은 밴과 함께 한 번도 가보지 않은 길을 떠난다. 길 위에서의 삶을 선택한 사람들과 만나고 헤어지면서 펀은 삶의 새로운 의미를 깨닫는다. 영화와 원작 모두 집에 대한 질문을 계속 던진다. 집이란 무엇인가? 우리는 왜 집을 사려고 하는가? 집은 우리 삶에서 어떤 의미인가? 집이 없으면 안 되는가? 차가 집이 될 수는 없는가?

영화 도입부에 '안젤라'라는 인물이 등장한다. 아마존에서 일하는 여성이며, '모리시'의 광팬이라 그의 가사를 온몸에 문신으로 새기고 있다. 그중에서 자신이 가장 좋아하는 가사를 읽어주는 장면이 있다.

"집은 허상일 뿐인가, 마음의 안식처인가? Home, is it just a word? Or is it something you carry within you? "

모리시의 〈집은 물음표다 Home is a Question Mark〉라는 곡에 나오는 가사다. 모리시의 노래 제목이야말로 이 영화의 주제다. 집이라는 거대한 물음표에 대해 우리는 어떤 답을 내놓을 수 있을까.

우연히 만난 친구 브랜디는 펀에게 "지낼 곳이 없으면 우리와 함께 지내요, 걱정돼요, 펀" 하며 따듯한 말을 꺼낸다. 브랜디의 딸 역시 걱정하며 이렇게 묻는다. "엄마 말로는 집이 없다고 하시던데 진짜예요?" 편은 당황하지 않고 이렇게 대답한다.

"아니. 난 홈리스가 아니야. 음…… 그저 하우스리스야. 두 개는 다른 거야, 맞지?"

편의 대사 속에는 영화가 던지는 첫 번째 질문이 숨어 있다. 홈과 하우스의 차이는 무엇일까? 우리는 '홈리스'를 이렇게 정의한다.

'정해진 주거 없이 공원, 거리, 역, 버려진 건물 등을 거처로 삼아 생활하는 사람.'

흔히 '노숙자'라고 한다. 편은 '하우스가 없을 뿐, 홈이 없는 것은 아니'라고 대답했다. 우리는 보통 홈과 하우스를 동의어로 사용한다. 물체로서의 집과 추상명사로서의 집을 혼용하지만 둘은 분명 다르다. 벽과 방으로 구성된 하우스가 없다고 해서 홈이 없는 것은 아니다.

책과 영화 속의 노매드들은 '잡 노매드Job Nomad'라고 할 수 있다. 일자리를 찾아 떠돌아다니는 사람들이다. 임시 직으로 일하는 노인도 많다. 한때는 전문직으로 일했지만 이제는 크리스마스 시즌을 앞두고 갑자기 배송량이 폭증하는 아마존 등에서 몇 개월 일할 수 있을 뿐이다. 일이 끝나면 다시 다른 지역으로 짧은 일거리를 찾아 떠나야 하는 그들에게 밴은 집과 같다. 이들의 모습은 달팽이를 닮았다. 포식자의 위협에 노출돼 있는 달팽이들은 언제든 숨을 수 있도록 집을 이고 다닌다.

영화 도입부에는 펀이 자동차에서 살게 된 계기가 자막으로 잠깐 등장한다. 펀은 석고보드를 생산하던 '엠파이어'라는 곳에서 살고 있었는데 건설 경기가 나빠지면서 마을 전체가 지도에서 사라졌고 우편번호까지 삭제됐다. 집이 사라진 사람들은 달팽이가 되어 자신의 집을 짊어지고 길을 헤매게 된 것이다.

펀이 고장 난 자동차를 정비소에 가져가는 장면은 그가 자동차를 어떻게 생각하는지 보여준다. 정비소에 있던 사람들은 펀에게 이렇게 충고한다. "제 생각에는 차라리 수리하는 대신 돈을 더 보태서 다른 차를 사는 게……." 펀은 바로 거절하면서 이렇게 대답한다. "그 차 내부를 꾸미는 데 많은 시간과 돈을 들였어요. 사람들은 그 의미를 이해 못하는데, 그렇게 쉽게 차를……, 저는 거기 살아요. 제 집이라고요." 펀에게 자동차는 하우스가 아니라 홈이다. 우리는 하우스를 산 다음, 거기에 시간과 돈을 들인다. 오랜 시간이 지나면 하우스는 홈이 된다.

시간과 노력과 돈이 들어간 밴이야말로 펀의 집이다. 영화 후반부에서 펀은 꼭 필요한 물건들을 제외하고 자동차에 있던 물건들을 사람들에게 나눠준다. 밴에 담겨 있던 시간과 노력과 돈을 말이다. 그토록 공을 들이면서 지키고 싶어 했던 것들을 갑자기 나눠주는 이유는 무엇일까?

노매드 그룹의 리더라고 할 수 있을 밥 웰스와의 대화에서 영화가 던지는 또 다른 질문을 찾을 수 있다. 웰스는

5년 전 아들을 저세상으로 먼저 보냈다. 그는 펀과 이야기를 나누다가 자신의 깊은 속내를 보였다. "이 생활을 하면서 제일 좋은 건 영원한 이별이 없다는 거예요. 여기서 많은 사람을 만나지만 난 그들에게 작별 인사는 안 해요. 늘 '언젠가 다시 만나자'라고 하죠. 그러곤 만나요. 한 달 뒤든 1년 뒤든, 더 훗날이든 꼭 만나죠. 난 믿어요, 머지않아서 내 아들을 다시 만날 거란 걸."

웰스는 삶보다 더 큰 것이 있다고 믿는다. 삶과 죽음을 모두 아우르는 여정이 있으며, 삶은 끝이 아니라 과정일 뿐이라고 믿는다. 웰스의 말을 듣는 순간, 나는 내가 살았던 모든 집을 떠올렸다. 우리가 시간이라는 도로 위에서 계속 달리는 존재라면, 결국 우리가 편안하다고 생각했던 모든 집은 덜컹거리는 자동차와 다를 바가 없었다. 집은 머무르는 장소가 아니라 다음 단계로 이동하기 위한 '탈것'이었다.

펀이 사람들에게 물건을 나눠준 이유 역시 그런 깨달음 때문이 아니었을까 싶다. 펀은 웰스에게 이렇게 고백했다. "우리 아버진 그러셨죠. 기억되는 한 살아 있는 거다. 난 기억만 하면서 인생을 다 보낸 거 같아요, 밥." 펀은 노력해서 기억하며 시간을 붙잡고 싶어 했지만, 결국 자신 역시 시간의 일부임을 깨달았던 것이 아닐까 싶다. 영화의 마지막 장면은 의미심장하다. 펀은 사막을 향해 걸어간다. 그러고 나서 자신의 밴을 타고 어디론가 계속 달려간다. 멋진 뷰를 포기하고, 자신이 뷰의 일부가 되기로 마음먹은 것 같았다. 펀이 이렇게 얘기하는 듯하다.

노매드랜드

"세상에서 제일 멋진 뷰 맛집은, 자신이 그 뷰에 들어가버리는 곳일 겁니다."

집은 정말 물음표투성이다.

In Front of Your Face

제58회 백상예술대상에서 '영화 부문 여자최우수연기상'을 수상한 배우 이혜영의 수상소감이 화제였다. 솔직하고 감동적이며 유머러스한 내용이었다. 수상소감의 모범이 될 만한 내용이라고 여기기에 전문을 적어두고 싶다. 만약 수상소감을 말할 기회가 있을 때 이 내용을 참고하면 좋을 것이다.

"홍상수 감독님 감사합니다. 그리고 심사위원 선생님들 감사합니다. 제가 후보가 되었다는 얘기를 듣고 바로 수상소감을 생각했었는데요. 너무 많은 버전이 머리에 떠올라서 아직도 정리를 못했어요. 근데 핵심은 이거였던 것 같아요. 제가 연기하는 모습을 지켜본다는 게 때로는 부끄럽고, 때로는 후회되고. 그냥 조용히 일어나서 극장 문을 나섰던 적이 여러 번 있었거든요. 근데 이 〈당신얼굴 앞에서〉에서는 제가 부끄럽지 않았어요. 그래서 꼭 받고 싶었어요. 이런 기회가 저한테 그렇게 많을 것 같지 않아서 받았으면 좋겠다고 생각했어요. 그런데 이번에는 두심이 언니 _{고두심 배우} 때문에 안 될지도 몰라. 그런 생각을 하면서 '아, 나의 운명아' 이러고 있었거든요. 근데 저를 불러주셨어요. 정말 너무나 감사합니다. 저 이거 잘 쓸게요. 감사합니다."

후보로 지명되자마자 수상소감을 생각했다는 말은 솔직하다. 누구나 그럴 것이다. '내가 상을 받는다면', '내가 사람들 앞에 서서 소감을 말해야 한다면'이라는 상상을 곧바로 할 수밖에 없다. 우리는 잠깐 이혜영 배우의 뇌로 들어갔다 올 수 있었다.

부끄럽지 않은 연기를 했고, 그래서 꼭 상을 받고 싶었다는 말에서 한 예술가가 자신을 완성해나가는 과정을 본 듯했다. 예술은 시간과의 싸움이다. 시든 소설이든 그림이든 음악이든 영화든 연극이든 창작이 완성되는 순간부터 낡아간다. 예술가는 자신의 지난 작품에 부끄러움을 느낄 수밖에 없고, 그 부끄러움을 최소한으로 줄이기 위해 노력하고 꿈꾸며 앞으로 나아간다.

　　감동 이후에는 짤막한 유머도 담겨 있다. 상을 꼭 받고 싶은데 선배 연기자 고두심이 후보에 있는 걸 보고 절망했다는 말은, 사람들을 웃게 하기도 하지만 동료 연기자에 대한 존경을 가득 드러낸 것이다. 함께 후보에 올라 영광이라는 의미이기도 하다. 마지막 한마디도 인상적이다. 이혜영 배우는 트로피를 높이 들면서 이렇게 말했다. "저 이거 잘 쓸게요." 어디에 쓴다는 것일까? 잘 보이는 곳에 트로피를 놓아두고, 부끄럽지 않은 연기를 하기 위해 마음속 칼을 벼릴 수 있는 도구로 쓴다는 말이 아니었을까.

　　수상소감을 듣고 나니 영화가 보고 싶어졌다. 홍상수 감독의 영화답게 짧고 간결한 이야기였다. 외국에서 살다 온 상옥은 한국에 있는 동생 정옥 집에 잠깐 머무는 중이다. 자신을 영화에 캐스팅하고 싶다는 감독 재원과 만나기 위해 서울로 간 상옥은 이태원에 위치한 어린 시절에 살았던 집에 잠깐 들렀다가 인사동의 오래된 술집에서 술을 마시고 집으로 돌아온다. 이것이 이야기의 전부다. 줄거리라고 할 게 없다. 홍상수 감독의 영화가 늘 그렇듯 중요한 것은 줄거리가 아니라 이야기 사이사이를 가득 채우는 대화와 대화를 나누고 있는 장소다.

홍상수 감독 영화 속 대사는 지극히 현실적이면서도 기묘한 느낌을 줄 때가 많다. 평범한 대화처럼 보이지만 단어 선택이 의외일 때가 많고, 물 흐르는 듯 부드럽지만 이상하게 느껴지는 대목도 많다. 상옥과 정옥이 커피숍에 앉아서 나누는 대화를 듣고 있다 보면 두 사람의 지난 수십 년이 낯설게 다가온다.

상옥: 그걸 했었어. 그 뭐지, 리쿼 스토어. 술 파는 가게. 지금은 내놓았어.

정옥: 그래? 술 가게를 했어? 그랬구나.

상옥: 술을 판 게 아니고……. 술집이 아니야. 술병을 낱개로 파는 거 있잖아. 소매상. 시애틀로 이사하고 나서 좀 편하게 돈 버는 게 없나, 하고 찾다가 한 게 그거야. 단골이 생기면 편한 일이거든. 난 참 단골이 많았지.

정옥: 그래? 아휴, 아무것도 모르고 살았네. 우리 너무 창피하다. 우리 너무 창피한 거 아니야?

동생은 서로 연락하지 않은 '우리'가 '창피'하다고 말한다. 창피하다는 단어가 정확한 표현일까? 창피란 '체면이 깎이는 일이나 아니꼬운 일을 당해 부끄럽다'는 뜻인데 두 자매가 연락하지 않은 일이 남부끄러운 일일까? 두 사람의 대화를 가만히 듣던 관객은 '창피'라는 단어가 놓인 자리 때문에 어색하다가 '창피'라는 단어의 뜻을 새삼 생각해보다가 '창피한 일'이란 대체 무엇일까 생각해보게 된다. 홍상수 감독은 언제나 일상에서 주고받는 말을 다시 생각하게 하고, 흔히 겪는 일을 특별하게 만들어 우리의 삶을 되돌아보게 한다.

영화는 아마 스크린 속에 우리의 삶을 비추는 예술일 것이다. 스크린 속 영화는 거울처럼 우리의 모습을 보여준다. 아주 많이 닮았지만 좌우가 조금 바뀐, 투명해 보이지만 먼지가 조금 묻은 우리의 삶이 영화에 담겨 있다.

〈당신얼굴 앞에서〉는 상옥이 잠깐 머무는 정옥의 아파트, 상옥이 어릴 때 살았던 이태원 집, 영화감독 재원과 술을 마시는 인사동 술집이 주요 장소로 등장한다. 정옥은 상옥에게 외국에서의 삶을 정리하고 한국으로 들어오라고 제안한다. 상옥은 그럴 생각이 없다. 아파트를 마련할 돈도 없다. 상옥에게 아파트가 막막한 미래라면, 어릴 때 살던 이태원 집은 풍성한 과거다. 지금은 다른 사람이 살고 있지만 어릴 때 놀던 마당이 그대로 있는 집을 보고 상옥은 "신기해요. 여기서 있었던 기억이 다 나요"라며 놀란다. 과거는 아름답게 머물러 있고, 미래는 너무 멀어서 쫓아가기 힘들다. 상옥은 현재에 집중하기로 한다. 영화 초반부에서 상옥은 나지막한 목소리로 기도한다.

"내 얼굴 앞 모든 것이 은총이고 내일은 없습니다. 과거도 없고, 내일도 없고, 다만 지금 이 순간이 천국입니다. 천국이 될 수 있습니다."

상옥은 재원과 술을 먹다가 아무에게도 말하지 않았던 비밀 영화를 볼 사람을 위해 어떤 비밀인지는 비밀! 과 어린 시절 이야기를 꺼내놓는다. 열일곱 살 때 서울역 앞을 지나고 있었는데, 갑자기 세상이 너무나 아름답게 느껴졌다고, 얼굴이 지저분하고 기름때가 묻은 아저씨가 지나가고 있었는데, 얼굴을 핥아줄 수도 있을 것 같은 느낌이 들 정도로 너무나 아름답게 느껴졌다고. 그때 세상의 실체를 보았다고, 상옥은 말한다. 그리고 덧붙인다.

"눈앞에 이미 다 있어요. 더할 것도 뺄 것도 없고, 그냥 다 완성돼 있어요."

우리의 눈은 때때로 멀리 있는 것을 잘 보려고 눈앞의 것을 놓치는 원시遠視처럼 작동한다. 미래를 위해 현재를 포기한다. 멀리 있는 것을 잡으려고 눈앞의 것을 보지 못한다. 누구나 상옥처럼 깨달음을 얻을 수 있는 것은 아니다. 어떻게 해야 상옥처럼 눈앞의 현재를 잘 즐길 수 있을까?

〈당신얼굴 앞에서〉에 나온 대사를 듣다가 힌트를 얻었다. 상옥과 재원이 만난 지 한참 지났을 때, 이런저런 이야기를 오랫동안 주고받은 후에야 갑자기 상옥이 이렇게 말을 꺼낸다.

"제가 말씀드렸던가요? 반갑다고."

재원이 대답한다.

"예."

　한 것 같지만 하지 않은 말들, 중요한 말인데도 하지 않고 지나가는 말을 잊지 말고 해주라는 것 같다. '반가워', '고마워', '좋아해', '미안해' 같은 말들. 그 말을 잊지 않고 하는 것이 현재를 잘 즐기는 방법이라는 생각이 들었다.

당신얼굴 앞에서

The Meyerowitz Stories

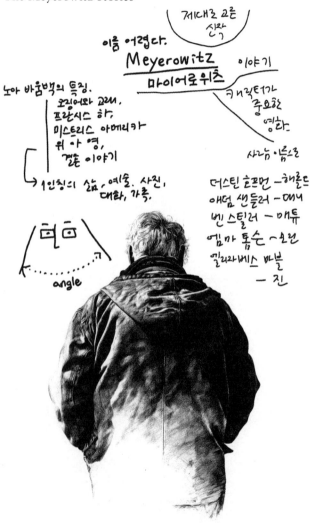

제대로 고른
신각

이름 어렵다.
Meyerowitz
마이어로위츠

이야기

캐릭터가
중요한
영화

노아 바움백의 특징.
오징어와 고래,
프란시스 하,
미스트리스 아메리카
위 아 영,
결혼 이야기

사람 이름으로

1인칭의 삶, 예술, 사진,
대화, 가족.

더스틴 호프먼 — 해롤드
애덤 샌들러 — 대니
벤 스틸러 — 매튜
엠마 톰슨 — 모린
엘리자베스 마블
　　　 — 진

angle

인간은 누구나 1인칭으로 살아간다. 타인의 고통을, 우리는 온전히 알기 어렵다. 겨우 짐작할 뿐이다. 짐작이라도 해보려는 시도 덕분에 우리는 간신히 연결되어 살아간다. '짐작 斟酌'의 한자는 술과 관련이 있다. 속이 보이지 않는 술병으로 술을 따를 때, 우리는 그 양을 가늠하기 힘들다. '짐 斟'은 '술을 따르다'라는 의미지만 '머뭇거리다'라는 뜻도 담겨있다. 술병을 많이 기울이면 술이 왈칵 쏟아지고, 완만하게 기울이면 술이 나오지 않는다. 우리는 머뭇거리면서, 술병을 조금씩 기울여가면서, 타인의 마음에 든 아픔이 어느 정도인지 어림잡아가면서 이야기를 나눌 수밖에 없다.

오랫동안 알고 지낸 사람에 대해 우리는 얼마나 알고 있을까? '알고 지냈다'는 것은 정확히 어떤 뜻일까? 그 사람의 취향이나 생김새의 변화는 알 수 있지만 그 사람의 마음이 어떤 과정을 통해 지금에 이르렀는지는 알 수 없다. 앞으로 나아가고 싶은 마음의 방향에 대해서도 알기 어렵다. 태어나자마자 같은 공간에 던져진 가족 역시 마찬가지다. 비슷한 환경에서 자란 형제자매가 전혀 다른 삶을 살아가는 것을 보면 몹시 혼란스러울 수밖에 없다.

예전에 쌍둥이로 태어난 미술가 한 분과 이야기를 나눈 적이 있다. 그때는 쌍둥이를 만난 게 처음이라서 궁금한 게 무척 많았다. 좋은 점은 무엇인지, 싫은 점은 무엇인지, 장점이나 단점, 타인의 시선에 대한 부담감, 취향이나 특기의 차이…… 질문이 끊이질 않았다. 오랫동안 이야기를 나눈 후 외모가 똑같은 사람은 있어도 마음이 같은 사람은 없다는 걸 알게 됐다. 물론 쌍둥이라고 해서 외모가 모두 똑같은 건 아니지만 구별이 쉽지 않은 쌍둥이도 많다. 정확한 기억은 아니지만 그 미술가는 "똑같다는 말 때문에 남들과 다르기 위해 노력한 적도 많아요. 동생은 활달한데, 저는 조용히 앉아서 그림 그리기를 좋아했어요. 자라면서 갈림길에 설 때마다 조금씩 어긋난다고 생각했는데, 이제는 완전히 다른 삶을 살아가고 있죠"라고 했다. 어떤 심정인지 조금은 짐작할 수 있을 것 같다. 우리는 각자 자신만의 길을 선택하며 누군가와 헤어진다.

노아 바움백 Noah Baumbach 은 1인칭의 삶을 가장 잘 다루는 감독이다. 〈오징어와 고래〉2005, 〈프란시스 하〉2012, 〈미스트리스 아메리카〉2015, 〈위 아 영〉2014, 〈결혼 이야기〉2019 등 그의 수많은 작품을 관통하는 키워드를 하나만 말하라면, '도시에서 사는 1인칭의 삶, 그리고 1인분의 삶'이라 할 수 있을 것 같다. 바움백 감독의 영화 속 주인공들은 가족이나 연인에게 상처받고 어처구니없을 정도로 외로운 상태에 빠지며 누구에게도 이해받지 못한다. 대부분의 주인공은 담담하게 그 사실을 받아들인다.

많은 사람이 〈결혼 이야기〉를 바움백의 최고작으로 꼽는다. 스칼릿 조핸슨과 애덤 드라이버의 연기는 극찬받았고, 베니스영화제에서도 황금사자상 경쟁 후보에 올랐다. 〈결혼 이야기〉가 부부의 이혼을 통해 가족을 바라봤다면, 제목을 외우기도 힘든 〈더 마이어로위츠 스토리스〉는 아버지에게 고통받는 삼남매의 이야기다. 〈결혼 이야기〉에 비하면 조금 기괴하고 엉뚱하지만, 1인칭의 삶을 조금 더 선명하게 보여준다. 더스틴 호프먼, 에마 톰슨, 벤 스틸러, 애덤 샌들러…… 등장하는 배우들의 이름만 들어도 설렌다.

영화가 시작되면 주차하기 위해 아버지와 딸이 거리를 헤매고 다니는 장면이 나오는데, 둘의 대화가 기묘하다. 대화하는 것 같지만 두 사람은 서로 각자의 이야기만 한다. 아빠는 주차할 자리를 찾지 못해서 화를 내고, 딸은 채식주의에 대해 이야기한다. 딸이 사진작가 신디 셔먼을 좋아한다고 하자, 아빠는 "이미 2년 전에 내가 추천했는데 네가 귓등으로 들었다"라고 대꾸한다. 아빠가 다른 차를 보고 욕설을 해대자 딸이 소리를 지른다. "아빠, 차에서 악쓰지 말아요. 저 사람은 어차피 못 듣고, 내 귀만 아파요." 아빠와 딸의 도입부 장면은 가족의 의미를 보여준다. 많은 사람이 집 밖에서 힘든 일을 겪은 다음, 집 안에서 가족에게 화풀이한다. 자신의 편이 되어주길 바라는 마음에 화풀이하지만 듣는 사람은 진심으로 공감하기 힘들다.

살을 부대끼고 사는 가족조차 서로를 이해할 수 없다면, 아니 오히려 너무 가까운 관계 때문에 공감하기 힘든 게 가족이라면, 우리는 가족을 어떤 눈으로 바라봐야 할까. 〈더 마이어로위츠 스토리스〉가 던지는 질문이다.

해롤드는 한때 '조금' 잘나가던 조각가다. 그에게는 큰아들 대니, 둘째 진, 셋째 매튜라는 세 자식이 있는데, 두 번의 이혼 때문에 서로의 관계가 조금 복잡하다. 대니와 진은 첫 번째 결혼의, 매튜는 두 번째 결혼의 결과다. 현재 해롤드는 세 번째 결혼을 해 모린과 둘이 살고 있다. 서로 다른 세 자식에게는 공통된 마음이 하나 있다. '아버지가 지긋지긋하다'는 것이다.

해롤드는 자신밖에 모르는 인물이다. 다른 사람의 고통은 안중에도 없으며, 한때 신문 헤드라인을 장식했던 자신의 과거에 묶인 채 살아가고, 잘나가는 동료 작가를 시기하며, 세상의 모든 일이 자기중심으로 돌아가야 직성이 풀린다. 자기가 하고 싶은 말만 하기 때문에 대화가 불가능하다. 오랜만에 만난 매튜와 식당에서 대화를 나누는 장면을 보면 해롤드의 진면목을 알 수 있다. 괄호 속 문장은 내가 그의 속마음을 추측해본 것이다.

해롤드: 청동작품을 전시할까 해. 그거 만들 적에 넌 내가 일하는 모습을 지켜봤지. 기억나니? [내가 잘나가는 작가였을 때, 다정한 아빠이기도 했지. 그렇지 않니?]

매튜: 전에도 얘기해주셨는데 기억 안 나요. [몇 번을 말하세요? 기억 안 난다니까요. 저한테 얘기했다는 건 잊어버렸죠?]

해롤드: 원래는 '무제'였는데 '매튜'라는 이름으로 하려고 해. [네 이름이 들어간 작품이라니, 멋지지?]

매튜: 대니의 딸 일라이자도 보고 싶네요. 자기 영화를 보내줬는데 잘 만들었더라고요, 봤어요? [손녀가 멋진 예술가인 거 알아요?]

해롤드: 그땐, 나는 네가 조소에 관심을 가질 줄 알았어. [아

직 내 얘기 안 끝났다.] 나는 네가 예술가가 될 줄 알았어.

매튜: 예술가랑 일해봐서 성질 더러운 거 알아요. [아빠 성질 더러운 거 잘 모르죠?] 저 동료들과 새로운 회사를 만들었어요.

해롤드: 모린이 내 전시회에 누굴 부른대. [몰라, 됐고, 난 그냥 내 얘기할 거야.]

우리는 자신이 누군가와 대화하면서 얼마나 많은 딴생각을 하는지 알고 있다. 우리는 마음에도 없는 소리를 자주 하고, 생각지도 못한 이야기를 하기도 한다. 얼굴을 보며 앉아 있는 순간에도 우리는 몇만 광년 떨어진 행성들일지 모른다. 같은 자리에서 같은 사건을 경험한다고 해서 마음 작동이 같을 리 없다. 가족도 그렇다. 대니는 아빠에 대해 이렇게 말한다. "가끔은 아빠가 용서받지 못할 끔찍한 일을 한 가지 저질러서 딱 그것만 원망하며 살고 싶어. 그런데 그런 게 없고 매일 자잘한 일만 있지. 찔끔찔끔." 큰 상처 대신 자잘한 상처가 쌓이는 곳이 바로 집이다.

바움백 감독은 가까운 사람과 함께 살아가는 최고의 방법은, 각자 최대한 행복해지는 것이라고 생각하는 듯하다. 그래서 아버지를 보면서 했던 대니의 마지막 혼잣말이 오랫동안 기억에 남는다.

"사랑해요. 용서할게요. 용서해주세요. 고마워요. 굿바이."

그의 속마음을 해석하면 이렇지 않을까 싶다. "그동안 좋은 일도 많았죠. 그러니 그 모든 시간을 사랑해요. 때로 나한테 했던 나쁜 짓들을 용서할게요. 내가 했던 나쁜 짓도 용서해주세요. 정말 고마운 일도 많았어요. 그렇지만 이제 각자의 길로 가요. 서로 행복해진 뒤에 다시 만나자고요. 굿바이."

The Father

왜 나이가 들면
시간을 더 궁금해 할까,
너무 빨라서, 생각보다 느려서?

기억은 물방울처럼,
똑똑, 똑, 간격이
점점 벌어지며
희미해지는 ……

미지적
안소니 시점

우리가 안소니의
뇌로 들어갈 수 있다면
얼마나 당황할까

어제와
그저께와
오늘 날의
구별이
모호해진다.

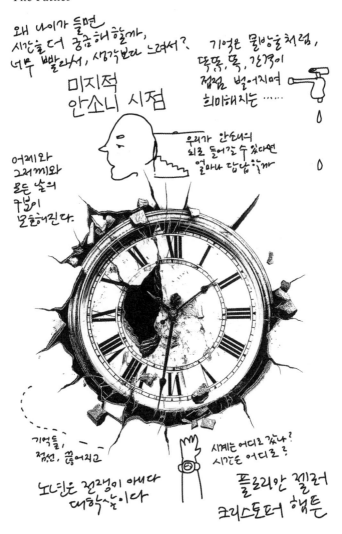

기억들,
점선, 끊어지고

시계는 어디로 갔나?
시간은 어디로?

노년은 질병이 아니다
대학살이다

플로리안 젤러
크리스토퍼 햄튼

소설가 호르헤 루이스 보르헤스의 단편소설 〈기억의 천재 푸네스〉《픽션들》, 민음사, 1994 는 세상의 모든 것을 기억하는 사람 푸네스가 주인공이다. 그의 기억력은 기적에 가깝다. 평범한 인간들이 탁자 위에 놓인 유리컵을 지각하는 동안, 푸네스는 포도나무에 달려 있는 모든 잎사귀와 가지와 포도알 수를 지각한다. 푸네스는 1882년 4월 30일 새벽 남쪽 하늘에 떠 있던 구름들의 형태를 기억한다. 물결들의 모양을 기억하고, 꿈을 복원할 수 있으며, 하루를 통째로 돌이켜 떠올릴 수 있다. 이것은 축복일까, 저주일까.

기억력에 자신 없는 사람들이 늘어나고 있다. 여기에는 클라우드 서비스가 한 몫을 한다. 클라우드 서비스란 인터넷으로 연결된 초대형 고성능 컴퓨터에 콘텐츠를 저장해두고 필요할 때마다 꺼내 쓸 수 있는 서비스다. '구름 Cloud' 이라는 형체 없는 곳에 데이터를 저장해두는 것이다. 인간들은 자료뿐 아니라 기억도 클라우드 서비스에 맡기기 시작했다. 휴대폰을 언제나 들고 다니니까 모르는 게 있으면 검색하면 그만이다. '아, 그 제품 이름이 뭐였더라?', '아, 그 배우 이름이 뭐였더라?' 쉽게 검색할 수 있으니 어렵게 기억하지 않아도 된다. 전화번호도, 일하면서 만난 사람의 이름도, 주소나 찾아가는 길도 굳이 기억하지 않아도 된다. 기억하려는 의지가 줄어드니까 기억력 자체가 감퇴할 수밖에 없다. 이것은 테크놀로지 발전의 축복일까, 저주일까.

푸네스는 자신의 기억을 '쓰레기 하치장'에 비유했다. 그는 이렇게 말했다. "나 혼자서 가지고 있는 기억이 세계가 생긴 이래 모든 사람이 가졌을 법한 기억보다 많을 거에요." 푸네스의 말을 읽으면서 나는 슬퍼졌다. 기억한다는 것은 축복보다 저주에 가깝다는 걸 알게 됐다. 억지로 기억하려 해도 우리는 많은 것을 잊기 마련이다. 이건 저주가 아니라 축복이다. 우리가 푸네스처럼 모든 것을 기억하게 된다면 쓰레기 하치장에서 아무것도 찾아내지 못할 것이다. 기억하는 것도 중요하지만, 무엇을 잊어버릴지 선택하는 것도 기억의 한 종류다. 푸네스에 대한 이야기를 쓴 보르헤스도 이렇게 말했다.

"난 상상력이 기억과 망각에 의해 만들어진다고 생각해요. 그 두 가지를 섞어놓은 것이라고 할 수 있죠. [……] 사람들은 기억도 해야 하고 잊기도 해야 해요. 모든 걸 다 기억해서는 안 돼요. 왜냐하면 내 작품에 나오는 푸네스라는 인물처럼 모든 것을 끝없이 기억하면 미쳐버릴 것이기 때문이에요. 물론 우리가 모든 걸 잊는다면, 우린 더 이상 존재하지 않게 될 거예요. 우린 우리의 과거 속에 존재하기 때문이지요. 그렇지 않으면 우리가 누구인지, 이름이 무엇인지도 알지 못할 거예요. 우린 그 두 가지 요소가 뒤섞인 상태를 지향해야 하는 거예요. 안 그래요? 이 기억과 망각을 우린 상상력이라 부르지요. 거창한 이름이에요."
《보르헤스의 말》, 서창렬 옮김, 마음산책, 2015

인간은 자신의 의지대로 어떤 것을 기억하려 애쓸 수 있다. 잊어버리지 않으려고 매일 반복하고, 갖은 수를 다 쓰면 끝내 기억할 수 있다. 하지만 잊는 건 마음대로 잘되지 않는다. 시간이 지나면 모든 것을 잊어버릴 것 같지만, 어떤 기억들은 절대 사라지지 않고 불시에 노크도 없이 뇌를 찾아온다. 인간의 기억이란 '절대 잊고 싶지 않은 기억'과 '절대 잊히지 않는 기억'으로 구성되어 있는 셈이다.

플로리안 젤러 Florian Zeller 감독의 영화 〈더 파더〉는 알츠하이머를 앓고 있는 노인 안소니의 이야기를 담고 있다. 알츠하이머를 다루는 영화는 대부분 환자가 겪는 고통을 주변에서 관찰하는 식으로 진행된다. 환자의 기억이 점점 사라지고 주변 사람들이 겪게 되는 슬픔을 묘사하는 장면이 자주 등장한다. 대체 머릿속에서 어떤 일들이 벌어지고 있는지 궁금하지만 알 길이 없으니까. 과거의 사소한 일들은 또렷하게 기억하면서 어제 본 사람은 몰라보는 것일까? 어째서 몇 개의 기억만 또렷하게 남는 것일까?

〈더 파더〉는 기존 영화들의 시점을 뒤집는 모험을 감행한다. 영화는 알츠하이머 환자의 1인칭 시점으로 진행된다고 할 수 있다. 주인공 안소니의 당황스러운 눈빛이 영화의 핵심이다. 영화를 보고 나면 알츠하이머에 대해 조금은 이해하게 된다. 병을 앓고 있는 사람의 머릿속이 매 순간 얼마나 복잡한지, 진실이라고 믿었던 것들이 얼마나 쉽게 허물어지는지, 기억이 얼마나 무너지기 쉬운 모래성 같은 것인지 조금은 체험할 수 있다. 안소니 홉킨스는 이 영화로 제93회 아카데미 남우주연상을 수상했다. 기억을 잃어가는 안소니의 상태를 사실적으로 묘사한 무엇이 사실인지는 잘 알 수 없지만 어마어마한 연기였다.

안소니가 기억하고 있는, 체감하고 있는 현실은 진짜

가 아니다. 그는 과거의 어떤 경험을 절대 잊지 못한 채 과거에 살고 있다. 몸은 현재에 있지만 머리는 과거와 현재를 계속 오간다. 인간의 머릿속에는 타임머신이 내장돼 있어서 수시로 과거의 여러 시점을 오갈 수 있다. 안소니가 우리와 다른 점은 그 과거를 현재로 믿는다는 것이다.

안소니가 창밖을 내다보는 장면이 있다. 길거리에서는 아이가 비닐봉지를 가지고 놀고 있다. 가방을 바닥에 던져 두고 분홍색 비닐봉지를 계속 하늘로 튕겨 올리는 놀이를 하는 중이다. 아이는 무조건 현재를 산다. 내일은 절대 오지 않는다는 듯, 비밀봉지가 바닥에 떨어지면 세상이 멸망하기라도 하듯 놀이에서 눈을 떼지 않는다. 안소니는 현재에 몰두하고 있는 아이를 통해 자신의 과거를 본다. 안소니에게도 아이와 같은 어린 시절이 있었을 것이다.

안소니는 시계에 집착하고 계속 시간을 물어본다. 아무도 훔쳐 가지 못하도록 자신의 시계를 감추고, 상대방 시계가 내 것이 아닌지 의심한다. 손목 위에 놓인 시계가 사라지자 혼잣말을 한다. "시간도 모르고 살게 생겼어." 시간은 순간이 아니라 관계다. 6시는 혼자 존재할 수 없다. 6시는 5시 이후에 오며 7시 이전에 놓여야 한다. 정신과 의사 프랑수아 를로르가 쓴 《꾸베 씨의 시간 여행》열림원, 2013에서는 노인이 이런 말을 한다.

"음악은 시간에 관한 아주 훌륭한 생각들을 제공해준다네. 어떤 음이 자네를 감동시키는 건 오직 자네가 그 이전의 음을 기억하고 그다음 음을 기다리기 때문일세…… 각자의 음은 어느 정도의 과거와 미래에 둘러싸여 있을 때만 그 의미를 가진다네."

삶의 어느 한순간이 행복해지기 위해서는 과정을 이해해야 한다는 의미일 것이다. 차곡차곡 쌓이는 시간을 살아내야만 이후에 오는 행복을 온전히 느낄 수 있다.

알츠하이머는 시간에 갇히는 병인 것 같다. 삶의 시간을 차곡차곡 쌓아야 하는데, 그러지 못하는 병. 안소니는 계속 시간을 묻는다. "지금이 몇 시지?" 반면 날짜는 묻지 않는다. 안소니의 뇌 속에서는 24시간이 쳇바퀴 돌 듯 계속 회전 중이다. 24시간 속에는 어린 시절도 들어 있고, 가슴 아픈 기억도 들어 있고, 어제도 들어 있고, 오늘도 들어 있다. 안소니는 수많은 기억의 시간 속에 유폐되어버린 것이다. 아침에 일어나면 또다시 익숙한 24시간이 반복된다. 그건 어쩌면 자신이 살아왔던 전 생애를 등에 짊어지고 하루를 살아내야 하는 경험인지도 모르겠다. 안소니는 마지막에 이렇게 외친다.

"여기서 나갈래. 누가 날 좀 데려가줘. 내 잎사귀가 다 지는 것 같아."

자신이 절대 기억하고 싶지 않은 시간에 갇히는 것, 이것은 분명한 저주일 것이다. 우리는 곰곰이 생각해두어야 한다. 무엇을 기억하고, 무엇을 기억하지 않을 것인지.

THE FIRST SLAM DUNK

송태섭의 플래시백, 혹은 선택일까?
아버지의 죽음, 형의 죽음,
죽음이 만들어낸 다짐,   비장하다,
죽음을 동력으로 삼는다.

강백호,
테이블 위로
올라간다,
즉시 퇴장가능,

냉정하고
상대 선수
응시하면
안됨!

농구경기   감독님,
망에서 보는   작전 타임 좀 불러요,
농구팬들   있는 때 끊어주세요,
                        산왕공고독냐,
            도무지 이해할 수 없는 작전들.

만화 <슬램덩크>를
좋아하던 사람들에게
주는 팬 서비스들이 많다.

아주 좋아하는 말이 있다.

"왼손은 거들 뿐."

만화 《슬램덩크》에서 이 대사를 처음 보았을 때 얼마나 좋았는지 모른다. 인생의 비밀을 가르쳐주는 대사 같았다. 그저 슛 쏘는 법을 알려주는 내용일 뿐인데 숨은 뜻이 백 개쯤 담긴 것 같았다. 나는 농구 선수가 아니지만 아직도 가끔 저 말을 중얼거리곤 한다.

'왼손은 거들 뿐. 그래, 어깨 힘을 빼고, 긴장하지 말고, 오른손으로 공을 꼭 붙들고, 그저 왼손은 거들 뿐.'

그 말을 내뱉으면 긴장이 풀리곤 했다.

농구는 에너지가 넘쳐흐르는 십대에게 매력적인 스포츠다. 농구는 격렬하다. 빠른 속도로 코트를 뛰어다녀야 하고, 자주 점프해야 하고, 상대와의 몸싸움도 각오해야 한다. 나는 고등학생 때 친구들과 어울려 농구를 자주 했다. 농구공을 붙잡기 위해 뛰어오를 때 하늘을 볼 수 있어 좋았다.

농구는 혼자 하기에도 매력적인 스포츠다. 야구나 미식축구처럼 장비가 많이 필요한 것도 아니고, 축구처럼 많은 인원이 필요한 것도 아니다. 골대 하나를 두고 3대3 농구를 할 수도 있고, 1대1 농구를 할 수도 있고, 혼자서 골대에 공을 던져 넣는 놀이를 할 수도 있다. 동네 농구장에서 혼자 슛 연습을 하는 아이를 심심찮게 볼 수 있다. 골대에

공을 던지고 튀어나오는 공을 다시 잡아서 슛을 쏘다 보면 시간이 금방 흐른다.

나의 십대 시절을 떠올리면 운동장에 나가서 농구공을 만지던 순간이 선명하다. 탱탱한 농구공이 바닥에 닿는 소리, 흙이 튀는 모습, 농구 골대를 향해 뛸 때 숨이 턱 끝까지 차오르던 순간, 해가 져서 골대가 잘 보이지 않는데도 열심히 슛을 쏘던 친구들의 모습이 떠오른다.

이십대 때 《슬램덩크》를 처음 보았다. 만화를 보는 내내 가슴이 뛰었고, 십대 시절이 여전히 이어지는 느낌이었다. 만화는 걸작이었고, 모든 캐릭터는 나의 십대 때의 친구들 같았으며, 감독인 안 선생님은 내가 한 번도 만나보지 못한 좋은 어른 같았다. 지금도 가끔 《슬램덩크》를 뒤적거리면 십대와 이십대 때의 내 모습이 겹쳐지곤 한다.

《슬램덩크》의 원작자 이노우에 다케히코井上 雄彦가 직접 감독과 각본을 맡은 애니메이션 〈더 퍼스트 슬램덩크〉가 개봉한다고 했을 때 많은 사람이 환호했다. 배우의 목소리로 "왼손은 거들 뿐"이라는 말을 들을 때 얼마나 소름 끼칠까. 〈더 퍼스트 슬램덩크〉는 삼십대, 사십대, 오십대의 압도적인 지지 속에 연일 흥행 신화를 이어갔다.

애니메이션은 원작 만화와 다른 길을 선택했다. 원작에서 역대급 경기로 꼽히는 산왕공고와의 32강전을 영상화했는데, 주목도가 높지 않았던 송태섭 중심으로 이야기가 펼쳐진다. 송태섭의 시선으로 다른 선수들을 묘사했을 때 이야기의 입체감이 살아나리라는 감독의 선택이었을 것이다. 이러한 감독의 전략에 대해서는 취향이 갈린다. 만화에

더 퍼스트 슬램덩크

서 인기가 많던 강백호나 서태웅의 분량이 많지 않기 때문에 실망을 드러내는 팬도 있고, 산왕공고와의 대결에 집중하는 형식이기에 가드 송태섭의 시선으로 이야기를 풀어나가는 게 좋았다는 팬도 있다.

내 생각에 〈더 퍼스트 슬램덩크〉의 가장 훌륭한 지점은 원작 만화를 읽지 않은 사람도 이야기에 쉽게 빠져들 수 있다는 것이다. 영화 시작과 동시에 경기가 펼쳐지고, 이야기 곳곳에 캐릭터가 잘 녹아 있다. 이야기를 따라가다 보면 인물을 이해할 수 있다. 농구 규칙을 잘 모르는 사람도 쉽게 이해할 수 있다. 원작 만화를 읽은 사람에 대한 팬 서비스도 곳곳에 숨겨두어서 모든 관객을 배려하려는 감독의 고민을 발견할 수 있다.

《슬램덩크》의 팬이라면 영화의 시작 부분을 마주할 때 주체할 수 없을 정도로 가슴이 뛸 것이다. 연필 스케치로 캐릭터가 완성되는 과정이 나오더니 그들이 관객 앞으로 걸어 나온다. 말 그대로 '만화를 찢고 나와서 애니메이션이 된' 캐릭터들이다. 북산고와 산왕공고 선수들이 단체로 걸어오는 장면은 경기장에서 실제 경기를 보는 것 같은 흥분을 자아냈다. 영화의 후반부, "왼손은 거들 뿐"을 비롯한 명장면과 명대사를 빠른 속도로 편집한 대목은 원작 팬들을 위한 서비스였다. 만화를 보지 않은 사람이라면 정확한 의미를 알 수 없는 장면들이 우리가 《슬램덩크》를 사랑했던 지난날처럼 빠르게 지나간다.

애니메이션 표현 역시 좋았다. 만화의 익살스러운 표

현보다는 실제 농구 경기를 보는 것 같은 사실적 표현이 많았다. 농구장 전체를 보여주는 웅장한 표현부터 선수들의 세밀한 움직임까지 실제 경기장에서 경기를 보는 듯하다. 장신 선수들 사이를 빠져나가는 키 작은 송태섭의 시점 숏이라든지, 상대 코트로 달려 나가는 선수들의 클로즈업 같은 장면은 애니메이션이라서 가능한 표현이다.

고등학교 때 슛 좀 날려 보고, 지금도 농구를 아주 좋아하는 사람으로서 농담처럼 꺼내보자면, 심판들의 판정에 아쉬운 부분이 많다. 농구 경기에서 골을 성공시킨 후 상대 선수를 바라보면서 세리모니를 하면 테크니컬 파울이다. 불필요한 자극을 했기 때문이다. 영화에서는 덩크를 한 후 상대를 지그시 바라본다. "넌 나한테 안 돼." 이런 메시지를 계속 주고받는데, 현실에서는 파울이다. 영화는 영화로 봐야지 뭐 이런 사소한 지적을 하나 싶겠지만 농구 팬 입장에서는 중요한 문제다. 영화에는 강백호가 갑자기 기록원들의 책상 위로 올라가는 장면이 있다. 역시 테크니컬 파울이다. 퇴장까지 당할 수 있다.

가장 거슬렸던 대목은 부상당한 강백호를 감독이 경기에 다시 투입하는 장면이었다. 원작 만화에도 비슷한 내용이 나왔고, 당시에는 '강백호는 역시 대단해' 하면서 넘어갔는데 다시 보니 몹시 신경 쓰인다. 강백호는 감독에게 이렇게 말한다.

"영감님의 영광의 순간은 언제죠? 저는 지금입니다."

더 퍼스트 슬램덩크

비장한 말이다. 의지는 알겠다. 그렇지만 등을 다친 선수다. 경기 출전을 강행하다 선수 생명을 잃을 수도 있다. 본인이 계속 뛰겠다고 고집을 부려도 빼는 게 맞다.

영화를 보고 나서 내가 《슬램덩크》를 좋아했던 이유를 떠올리게 됐다. 강백호의 무모한 도전, 농구를 조금씩 알아갈 때의 희열, 어울리지 않을 것 같던 다섯 명이 한 팀이 되는 과정, 서로의 약점을 메워주는 희생정신, 절대 포기하지 않는 마음에 박수를 보냈던 것 같다. 영화는 물론 재미있지만 두 시간 동안 원작의 모든 감동을 재현하기는 어렵다. 아직도 원작 《슬램덩크》를 보지 않은 사람이 부럽다. 만화를 다 보고 애니메이션을 봤을 때의 감동을 종합 패키지로 느낄 수 있을 테니까.

《슬램덩크》에는 "포기를 모르는 남자", "정말 좋아합니다. 이번엔 거짓이 아니라고요", "포기하면 그 순간이 바로 시합 종료예요" 같은 수많은 명대사가 나오지만 나는 여전히 "왼손은 거들 뿐"을 가장 좋아한다. 그 말에는 무언가를 시작할 때의 설렘이 담겨 있다. 아무것도 모르고 방황하던 시절이 떠오른다. 방향을 찾지 못할 때 내게 위로가 되어준 말이다. 그 시절에 나는 이 말을 이렇게 해석했다.

왼손과 오른손에 모두 신경 써서 슛을 던지면 오히려 공의 방향이 틀어질 수밖에 없어. 오른손으로는 힘을 전달하고, 왼손은 가볍게 얹어서 방향을 잡는 역할만 해. 애쓰지 말고 그냥 자연스럽게 삶을 받아들이자. 왼손으로 조금씩 방향을 수정해가면서 그렇게 물결이 이끄는 대로 흘러가보자. 자, 잊지 마. 왼손은 거들 뿐.

Don't Look Up

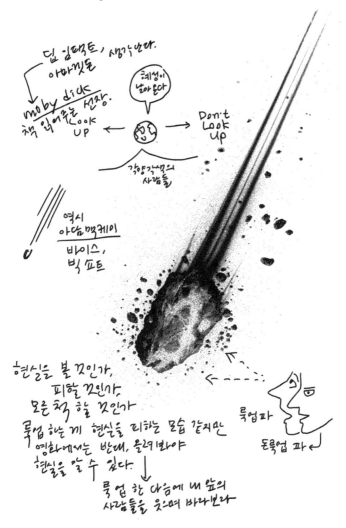

딥 임팩트, 아마겟돈

moby dick
책 읽어주는 선장.

혜성이
날아온다

Don't
Look
UP

각양각색의
사람들

역시
아담맥케이
바이스,
빅 쇼트

현실을 볼 것인가,
　　피할 것인가
모른척 할 것인가
룩업 하는 게 현실을 피하는 모습 같지만
영화에서는 반대, 올려봐야
현실을 알 수 있다.

룩업파

돈룩업 파

룩 업 한 다음에 내 앞의
사람들을 웃으며 바라본다

지구 종말 이야기가 매력적인 이유는, 모든 사람에게 죽음에 대해 생각할 기회를 주기 때문이다. '언젠가 우리 모두 죽을 것'이라는 막연함이 아니라 '며칠 후에 우리 모두 함께 죽을 것'이라는 구체성으로. 우주에서 정체 모를 혜성이 지구를 향해 날아들고, 과학자들이 입을 모아 혜성이 지구에 부딪칠 확률이 백 퍼센트라고 말한다면 기분이 어떨까?

나도 그런 이야기를 소설로 써본 적이 있다. 이야기를 떠올리는 것만으로도 우울하지만, 덕분에 죽음을 대하는 여러 사람의 다양한 모습을 상상할 수 있었다. 어떤 사람은 사과나무를 심을 것이고, 어떤 사람은 사랑하는 사람에게 달려갈 것이며, 어떤 사람은 멀리 있는 사람에게 전화를 걸것이고, 어떤 사람은 어떤 순간을 후회할 것이고, 어떤 사람은 특별했던 순간을 기억할 것이다. 죽음을 대하는 태도야말로 그 사람이 삶을 살아가는 방식이라는 사실을, 소설을 쓰면서 깨달았다.

할리우드에서는 지구 종말에 대한 영화를 주기적으로 제작한다. 외계인 침공, 기후변화, 바이러스로 인한 팬데믹 등 수많은 시나리오가 있지만 그중 가장 자주 반복되는 것은 혜성이나 행성과 지구가 충돌하는 내용이다. 광활한 우주에서 벌어지는 일은 우리가 알 수 없으니까, 알더라도 피할 수 없는 경우가 많을 테니까 그런 상상을 자주 하게 되는 모양이다.

1998년 소재가 비슷한 영화 두 편이 개봉했다. 〈아마겟돈〉은 지구로 돌진하는 소행성을 파괴하는 이야기다. 〈딥 임팩트〉는 5천억 톤의 미확인 혜성과 지구의 충돌을 막는 이야기다. 그로부터 23년 후인 2021년, 넷플릭스에서 〈돈 룩 업〉이 공개됐다. 지구를 향해 돌진하는 혜성의 존재를 발견한 후의 좌충우돌을 담은 애덤 맥케이 Adam McKay 감독의 영화다.

지구와 다른 별이 충돌한다는 설정은 23년이 지나도 바뀌지 않았지만, 재앙에 대처하는 사람들의 태도는 많이 달라졌다. 〈아마겟돈〉과 〈딥 임팩트〉에는 희망이 있었다. 〈아마겟돈〉의 감독은 그 어떤 시련이 닥치더라도 미국인들이 힘을 합치기만 한다면 극복할 수 있다는 메시지를 영화에 담았다. 〈딥 임팩트〉의 메인 포스터 광고 문구는 "바다가 치솟고, 도시가 무너져 내려도, 희망은 살아남는다"다. 지구와 별이 부딪치는 극적인 상황을 설정한 이유는 희망을 노래하기 위해서였다. 죽음이 삶의 동력이 될 수도 있다는 사실을 말하기 위해서였다.

2021년 영화 〈돈 룩 업〉에 이르러서는 상황이 좀 달라졌다. 대학원 박사과정 출신 케이트 디비아스키와 천문학자 랜달 민디는 어느 날 지구를 향해 돌진하는 혜성의 존재를 발견한다. 에베레스트 크기의 혜성이 지구와 충돌할 확률은 '거의' 백 퍼센트. 미국 대통령에게 이 소식을 알리지만, 관심이 없다. 텔레비전의 인기 프로그램에 출연해 이 소식을 알리지만, 역시 관심이 없다. 대통령과 언론과 기업은 어떻게 하면 지구와 혜성 충돌 이슈를 자신들에게 유리한 방향으로 이용할 수 있을지만 생각한다. 일반 대중들은 SNS에 빠져서 코앞에 닥친 죽음의 위기를 무시한다. 하늘을 올려다보기만 해도 우리에게 닥친 죽음을 알 수 있는데,

누구도 올려다보지 않는다. 심지어 '하늘을 올려다보지 말고Don't Look up 내 앞을 똑바로 보라'는 사람이 점점 늘어나고 있다.

맥케이 감독은 블랙코미디 장르의 대가다. 〈빅 쇼트〉 2016에서는 서브프라임 모기지 붕괴 직전의 미국 경제를 현란한 기법으로 풍자했고, 〈바이스〉 2019에서는 제46대 미국 부통령 딕 체니의 생애를 신랄하게 재현했다. 〈돈 룩 업〉 역시 그 연장선상에 있다.

〈돈 룩 업〉은 현실을 과장해 풍자한 블랙코미디 영화지만, '에이 말도 안 돼, 코앞에 종말이 닥쳤는데 다들 저러고 있다고?' 싶은 생각이 들겠지만, 실제로 우리가 그러고 있다. 기후 위기, 화석연료 위기, 환경 재앙 같은 뉴스를 매일 접하지만 우리는 대체로 그러려니 한다. 혜성의 충돌과는 달리 환경이나 기후에 관해서는 할 수 있는 일이 많은데도, 우리의 죽음을 조금 연기할 수 있는데도 큰 노력을 들이지 않는다. 고개를 드는 일은 생각만큼 쉽지 않다.

1998년 영화와 2021년 영화에서 변하지 않은 게 하나 있다. 최후의 순간, 누구와 함께 있고 싶냐는 질문에 대한 답이다. 〈딥 임팩트〉에서 가장 감동적인 순간은, 주인공 제니 러너가 아버지와 모든 앙금을 푼 이후 해변에서 죽음을 맞이하는 장면이다. 죽음을 앞둔 상황에서 사소한 앙금 따위는 큰 문제가 아닐 것 같지만, 우리는 사랑하는 마음을 지닌 채 최후를 맞고 싶어 한다. 영화 〈타이타닉〉 1998에서 배가 가라앉는 순간, 끝내 자리를 떠나지 않고 음악을 연주했던 현악 사중주단을 기억할 것이다. 죽음을 앞둔 사람들의 마음을 음악으로 위로하고 싶다는 마음도 있었겠지만, 나는 그들이 음악을 정말 사랑했기 때문에 음악과 함께 죽기를 선택했다고 생각한다. 사랑하는 사람과 함께 죽음을 맞이한다면, 그 과정이 조금은 덜 무서울 것이다.

〈돈 룩 업〉에서도 혜성의 충돌을 앞둔 사람들은 다양한 반응을 보인다. 혜성을 향해 총을 쏘는 사람이 있는가 하면, 술을 마시며 남의 뒷담화나 실컷 하겠다는 사람도 있다. 자신들의 결혼 비디오를 보는 사람, 아이를 목욕시키는 사람, 딸을 만나러 가는 사람, 마약을 하러 가는 사람, 거리를 불태우는 사람 등 그야말로 가지각색이다.

케이트와 랜달은 가까운 사람들과 함께 저녁을 먹기로 한다. 그들은 손을 맞잡고 앉아서 집밥을 먹으며 가장 평범한 이야기를 나누고, 그동안 하지 못했던 비밀 이야기를 건넨다. 식탁에 앉은 한 사람이 인생 최고의 날에 대해 이야기한다.

"마당에서 잠들었던 그날에 감사해요. 아기 사슴을 마주 보며 잠에서 깼죠. 인생 최고의 날이었어요."

그러자 케이트가 이어서 말한다.

"내가 감사한 건, 우리가 노력했다는 거예요."

케이트는 지구에 닥친 위험을 알리기 위해 노력했지만 실패했다. 실패했다는 이유로 모든 노력의 의미가 사라지는 것은 아니다. 식탁에 있던 한 사람이 기도를 시작하자 사람들이 손을 맞잡는다.

"의심 많은 저희를 용서하소서. 또한 이 어두운 시기를 사랑으로 위로하시고 무엇이 닥쳐오든 당신의 담대함으로 받아들이게 하소서."

어쩌면 '돈 룩 업'이라는 제목에는 이중적인 의미가 있는지도 모르겠다. 지구의 종말을 깨달으려면 하늘을 쳐다봐야 한다. 보지 않으면 알 수 없다. 만약 너무 늦었다면, 종말을 피할 수 없게 됐다면, 그때부터는 하늘을 쳐다보는 대신 당신 앞에 앉은 소중한 사람을 바라봐야 한다.

Drive My Car

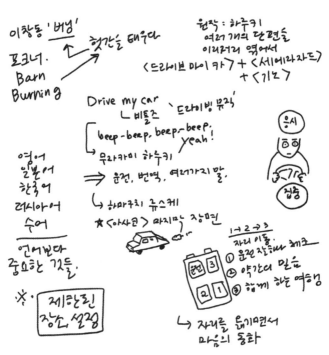

이창동 '버닝'
포크너. ← 헛간을 태우다
Barn
Burning

원작 : 하루키
여러 개의 단편들
이리저리 엮어서
〈드라이브 마이 카〉 + 〈세에라자드〉
+ 〈기노〉

Drive my car
└ 비틀즈 ↘ '드라이빙 뮤직'
[beep-beep, beep-beep,
         yeah!
└→ 무라카미 하루키
⇒ 운전, 번역, 여러가지 말.
└→ 하마구치 류스케
★ 〈아사코〉 마지막 장면

영어
일본어
한국어
러시아어
수어
─────
언어보다
중요한 것들.

※• 제한된
     장소 설정

1→2→3
자리 이동.
① 운전 잘하나 체크
② 약간의 믿음
③ 함께 하는 여행
└→ 자리를 옮기면서
    마음의 동화

장거리 운전을 해야 할 때면 며칠 전부터 플레이리스트를 만들곤 했다. 자동차에 시디플레이어가 있을 때는 열네 곡 정도를 담은 시디를 여러 장 만들어두었고, 음악 스트리밍 서비스가 생긴 후에는 '드라이빙 뮤직'이라는 재생목록에 음악을 골라 담았다. 너무 자극적이어서 과속을 유발하거나 템포가 느려서 졸음을 부르는 곡은 제외했다. 시내 주행을 할 때는 클래식을 자주 들었는데 장거리 운전 때는 그러지 않았다. 비틀즈의 노래나 '더 킨크스 The Kinks' 같은 밴드의 1960년대 로큰롤, 1980년대의 뉴웨이브 음악 등을 자주 선곡했다. 그러고 보니 대부분 중고등학교 시절 자주 들었던 음악이다.

그중 비틀즈의 〈드라이브 마이 카 Drive My Car〉를 들으면 운전 에너지가 상승하곤 했다. 비틀즈의 노래 중 운전할 때 듣기에 이만큼 좋은 곡은 없다. 폴 매카트니의 거침없는 목소리로 시작해서 기타, 베이스, 건반의 밸런스를 완벽하게 유지하며 로큰롤의 흥겨움을 끝까지 간직한다. 게다가 "내 자동차를 운전해달라"는 가사에 자동차 경적 소리를 흉내 낸 "beep-beep, beep-beep, yeah" 같은 따라 부르기 좋은 후렴구까지 있으니 뭘 더 바라겠나. 대리운전 문화가 발달한 한국에서는 이상한 말이 아닐 수도 있지만 운전하길 즐기는 사람에게는 이보다 이상한 말은 없을 것이다. '내 차를 운전해달라'니, 그건 사적 영역으로 다른 사람을 초대하는 것이라고 할 수 있다. 안방을 공개하는 것과 비슷하다.

내 차가 처음 생겼을 때 나는 나만의 방이 생긴 기분이었다. 내 마음대로 꾸밀 수 있고, 내가 가장 좋아하는 음악을 크게 들을 수도 있다. 차에서는 타인의 방해 없이 나만의 시간을 보낼 수 있으며, 차를 몰고 어디로든 갈 수도 있다. '카 푸어 Car Poor: 고가의 차를 산 후 경제적으로 어렵게 지내는 사람'의 마음을 조금은 이해할 수 있을 것 같기도 하다. 좋은 집을 사기 힘드니까 좋은 차로 집의 기능을 대체해보려는 게 아닐까.

무라카미 하루키 역시 〈드라이브 마이 카〉가 품은 기묘한 뉘앙스를 이용해 소설을 썼다. 단편 〈드라이브 마이 카〉는 아내를 잃은 슬픔에 젖어 있는 중년 배우 가후쿠와 그의 운전사로 고용된 미사키가 주인공이다. 가후쿠는 녹내장 때문에 운전에 집중할 수가 없어 운전사를 고용한 것이다. 소설에 이런 문장이 나온다.

"그는 조수석에 몸을 묻고 스쳐 지나가는 거리 풍경을 멍하니 바라보았다. 항상 운전석에서 핸들을 잡았던 그에게는 그 시점에서 바라보는 거리 풍경이 신선하게 느껴졌다."

아주 가끔 대리운전을 맡겼을 때의 감각이 떠올랐다. 내 차에는 좌석이 여러 개 있지만 평소에 내가 늘 앉는 곳은 운전석뿐이다. 다른 자리에 앉을 일은 거의 없다. 그러다 대리운전을 맡기면 누군가 내 차를 운전했을 때만 느낄 수 있는 감각이 몰려온다. 술을 마셔서인지 모든 것이 더 낯설게 느껴진다.

하마구치 류스케 濱口竜介 감독의 〈드라이브 마이 카〉는 하루키의 동명 소설을 영화로 만든 작품이다. 단편소설 한

편만이 아니라 하루키의 소설집 《여자 없는 남자들》_{문학동네,} 2014에 수록된 〈드라이브 마이 카〉, 〈세에라자드〉, 〈기노〉의 설정을 이리저리 엮었다. 영화에서도 누군가 내 차를 운전하게 된다는 설정만큼은 무척 중요하다.

연극배우이자 연출가이기도 한 가후쿠는 히로시마의 연극제에 참여하게 되면서 체류 기간에 자신의 자동차를 운전해줄 운전사를 소개받는다. 운전하는 동안 카세트테이프에 녹음된 대본으로 연습하는 습관이 있는 가후쿠는 난처하다. 오롯이 자신만의 공간이자 자신만의 연습실이었던 자동차에 새로운 사람을 들여야 한다. 연극제 운영위원회는 운전사를 반드시 써야 한다고 강조한다. 몇 해 전 연극제에 참석했던 사람이 자동차 인명 사고를 내는 바람에 강제 조항이 생긴 것이다. 가후쿠는 받아들이는 수밖에 없다.

소개받은 운전사 미사키는 놀라울 정도로 운전을 잘하는 사람이었다. 청소년 시절 미사키는 열네 살부터 운전을 시작했다 뒷좌석에서 잠든 엄마를 깨우지 않기 위해 조심스럽게 운전하던 버릇 때문인지 매 순간 부드럽다. 주변을 살피는 신중함이 뛰어나며 집중력도 좋고, 서두르거나 흥분하는 법도 없다. 하루 정도 잠을 자지 않아도 끄떡없을 정도로 장거리 운전에 능숙하다. 그저 말없이 정면을 응시할 뿐이다. 가후쿠는 미사키의 운전에 대해 극찬했다.

"가속도 감속도 아주 부드러워 중력이 느껴지지 않아요. 차 안이란 걸 잊을 때도 있어요. 다양한 사람이 운전하는 차를 탔지만 이렇게 편한 건 처음이에요."

영화 보고 오는 길에 글을 썼습니다

사적인 이야기를 전혀 하지 않던 가후쿠와 운전에만 집중하던 미사키는 조금씩 서로에게 마음을 연다. 두 사람이 서로를 믿게 된 결정적 계기는 15년 동안 고장 한 번 나지 않았던 빨간색 자동차 '사브SAAB 900터보' 때문이다. 미사키의 입장에서는 '이렇게 자동차를 소중하게 타는 사람이라면 믿어도 된다'라고 생각했고, 가후쿠 역시 '이렇게 내 자동차를 조심스럽게 운전하는 사람이라면 믿어도 좋다'고 생각한 것이다.

그러다 연극을 며칠 앞두고 뜻밖의 사건이 일어나고 가후쿠는 중요한 결정을 내려야 하는 상황에 처한다. 이틀이라는 시간 안에 마음을 정해야 한다. 가후쿠는 미사키에게 묻는다.

"당신 고향이 홋카이도라고 했는데, 거길 나한테 보여줄 수 있어요?"

"아무것도 없지만 보여줄 순 있어요."

긴 여행이 시작된다. 히로시마에서 홋카이도까지. 구글맵을 열어 검색해보니 자동차로 꼬박 스물여덟 시간이 걸리는 거리다. 가후쿠는 장거리 여행을 제안한 게 미안했는지 교대로 운전을 하자고 청하지만 미사키는 단호하게 '운전은 나의 일'이라고 선을 긋는다.

가후코가 미사키의 운전을 믿지 못했을 때, 가후코는 운전석의 대각선 뒷자리에 앉았다. 운전 실력에 감탄한 후로 가후코는 운전석 뒷자리에 앉는다. 서로 조금 더 가까워진 것이다. 히로시마에서 홋카이도로 향하는 길에서 가후코는 미사키의 옆자리에 앉았다. 두 사람은 긴 여행을 통해 서로를 믿고 의지하게 됐다.

두 사람에게는 각기 아픈 과거가 있다. 가후코는 아내에 대한, 미사키는 어머니에 대한 죄책감을 품고 살아가는 중이다. 히로시마에서 홋카이도까지 1,882킬로미터를 달리는 장면을 감독은 꿈처럼 찍는다. 끝내 도착하지 못할 것처럼 풍경을 천천히 흘려 찍는다. 미사코의 고향집에 도착했을 때 두 사람은, 거리가 주는 위안이 있다는 걸 깨닫는다. 밤새서 꼬박 달려와야만 알 수 있는, 현실인 듯 꿈결인 듯 온몸이 피로로 가득 찬 상태에서만 알 수 있는 진실이 있다는 걸 깨닫는다. 비행기로 한두 시간 만에 날아왔다면 알 수 없었을 것이다. 1,882킬로미터를 달려오면서 주고받았을 이야기, 긴 침묵, 함께 보았을 수많은 풍경이 서로를 이해할 수 있게 해준 것이다. 언덕 위로 올라오려는 미사키의 손을 잡아주기 위해 가후코가 손을 내민다. 미사키는 흙 묻은 손이 '더럽다'며 피하려 하지만 가후코는 손을 잡아준다.

류스케 감독의 또 다른 작품 〈아사코〉2019의 마지막 장면은 남녀의 대화였다. 남자가 불어난 강물을 보면서 "더러운 강이군"이라며 비웃듯 말한다. 여자는 대답한다. "그래도, 아름다워." 우리의 삶은 때론 처절하고 더럽고 비열하고 안쓰럽고 가엾고 지저분해 불어난 강물처럼 보이지만, 그래도 흘러가고 있다는 것, 어디론가 끝까지 가보려고 노

력한다는 점에서 아름답다. 당신은 누군가의 더러운 손을
기꺼이 잡아줄 수 있는가? 류스케 감독이 던지는 질문이다.

Life of Pi

3D로 본 장면 중에서
최고였다.

— 어느 이야기가
더 마음에 듭니까?
더 나은 이야기,
better story
(스토리기능든?)

— So it goes
with God.

영화 보고 오는 길에 글을 썼습니다

"소설이 원작인 영화 중에 어떤 게 재미있어요?" 나는 소설 가이고 여러 채널에서 영화 소개도 오래 했기에 가끔 이런 질문을 받는다. 질문의 핵심은 아마도 '원작 소설도 재미있 고 영화도 재미있는 작품이 있는가?'일 것이다. 밤새 리스트 를 뽑아도 모자라겠지만, 나는 늘 이렇게 대답한다. "소설 《파이 이야기》작가정신, 2013 봤어요? 영화는 〈라이프 오브 파이〉라는 제목으로 개봉했어요." 소설 《파이 이야기》는 걸 작이고, 영화 〈라이프 오브 파이〉도 걸작이다. 드문 일이다.

소설을 원작으로 제작된 영화는 혹평받는 경우가 많 다. 소설에 비해 정보량이 턱없이 부족하기 때문이다. 두 시 간 남짓의 러닝타임에 소설의 내용을 담으려면 캐릭터 설명 은 부족할 수밖에 없고, 구조도 압축해야 하며, 이야기에 관련된 정보 역시 대폭 삭제해야 한다. 소설에서는 '18세기 유럽', '2300년 우주'라는 문장을 읽으며 마음껏 시공간을 상상하게 할 수 있지만 영화에서는 시간적 배경을 드러내면 서 모든 걸 직접 보여줘야 한다. 당대의 옷, 유행, 건물 양식 등을 재현하기 위해 수많은 고증을 해야 하고, 컴퓨터 그래 픽으로 빈틈을 메워야 한다. 돈과 시간을 쏟아부어야 한다. 영화가 불리한 싸움일 수밖에 없다. 그럼에도 수많은 영화 제작자가 여전히 소설을 탐내는 이유는 소설만이 창조할 수 있는 어떤 이야기가 존재한다고 여기기 때문일 것이다.

이야기를 만들어내는 현대 예술은 대부분 집단이 완 성한다. 영화는 음악, 미술, 촬영, 조명 등 수많은 예술가가 함께 만들어내는 작품으로 시나리오 역시 여러 명이 함께 쓰는 경우가 많다. 웹툰은 보조 작가의 도움이 필수적이다.

드라마 역시 마찬가지다. 소설만이 혼자서 이야기를 만들어 내는 유일한 장르가 아닐까.

소설가는 혼자 일한다. 취재도, 자료 정리도, 집필도, 교정도, 사실 확인도 혼자 한다. 출판사 편집자의 도움이나 자문해주는 사람의 공헌도 무시할 수 없지만 최초 완성물이 나올 때까지는 누구도 직접적인 도움을 주기 힘들다. 문자로 이야기를 만드는 과정에서는 중간중간 보여주기가 쉽지 않기 때문이다.

혼자서 하는 일은 장단점이 뚜렷하다. 이야기의 폭이 좁을 수밖에 없다는 건 단점이다. 한 사람의 머릿속에 들어 있는 경험의 한계 때문이다. 장점도 있다. 제작자나 공동 집필가의 간섭이 없기에 인간의 깊은 곳 아마도 작가 자신의 마음속 깊은 곳까지 들어가 볼 수 있다. 소설은 한 사람의 우울과 고통과 기쁨과 환희와 번민과 공포를 아주 자세하고도 집요하게 언어로 묘사할 수 있다. 영화를 만드는 사람들은 자신이 책을 읽으면서 느꼈던 '이미지'를 사람들에게 영상 언어로 보여주고 싶은 욕망을 갖기 마련이다.

소설 《파이 이야기》를 읽던 밤을 지금도 기억한다. 말 그대로 밤새 읽었다. 소설을 다 읽은 후 책장을 덮고 천장을 오랫동안 바라보았던 기억이 난다. 잠을 자지 못했는데도 잠이 오지 않았다. 눈앞에 이야기가 어른거렸다. 《파이 이야기》의 줄거리는 단순하다. 인도에서 캐나다로 가던 화물선 '침춤호'가 폭풍우로 침몰했는데 주인공 '파이'는 간신히 구명보트에 올랐다. 가족도 모두 죽고 살아남은 사람은 오직 파이뿐이었다. 구명보트에는 얼룩말, 오랑우탄, 하이에나, 호랑이가 함께 탔다. 호랑이의 이름은 '리처드 파커'. 장장 227일 동안 파이와 파커가 구명보트에서 살아남은 이 야기다.

나는 밤새 책을 읽으면서 망망대해에 떠 있는 듯한 느낌을 받았다. 이야기에 빠져들면서 주변 풍경은 사라지고, 오직 구명보트와 파이라는 인도 소년과 파커라는 호랑이만 내 방에 남았다. 신비로운 경험이었다.

느릿느릿 흘러가는 소설의 도입부를 조금만 견딘다면 어느새 시간 개념을 잊게 될 것이라고 확신한다. 어떤 책은 분석하게 되고, 어떤 책은 감상하게 되고, 어떤 책은 체험하게 되는데 《파이 이야기》는 풍덩 빠져들어 허우적거리게 되는 소설이었다.

소설을 다 읽고 나서 든 첫 번째 생각은 "끝내준다"였고, 두 번째 생각은 "나도 이런 소설을 쓰고 싶다"였고, 세 번째 생각은 "이런 소설은 절대 영화로 만들 수 없을 거야" 였다. 소설 속에 등장하는 거라곤 구명보트와 인도 소년과 호랑이 한 마리뿐인데 그런 이야기를 어떻게 영화로 만들까. 게다가 밤새 이야기에 빠져들어서 내 방을 바다로 착각하게 했던 소설적 재미를 영화는 절대 재현할 수 없으리라 확신했다. 나의 착각이었다.

이안 감독의 영화 〈라이프 오브 파이〉를 극장에서 보고 나오면서 든 첫 번째 생각은 "진짜 끝내주게 아름답다" 였고, 두 번째 생각은 "절대 영화로 만들 수 없는 소설이란 없구나"였다. 영화는 소설의 이야기와 거의 비슷하다. 주 인공 파이에게 여자친구가 있다는 설정과 화물선 침춤호의 식당 장면이 추가된 정도다. 소설과 영화는 방점을 찍는 곳이 달랐다. 소설이 조난당한 227일 동안의 기나긴 시간을 느끼게 해주었다면, 영화는 조난당한 파이가 바다 한가운데서 얼마나 외로울지를 느끼게 해주었다. 시간과 공간의 차이였다.

《파이 이야기》에는 반전이 있다. 영화에도 그 반전이 약간 변형되어 실렸다. 반전을 알고 나면 이야기의 처음으로 돌아가서 모든 상황을 곱씹어보게 된다. 알고 보아도 상관없지만 반전에 예민한 분들을 위해 자세한 이야기는 밝히지 않겠다 파커와 227일 동안 조난당했던 이야기를 들려주던 파이는 사람들이 이야기를 믿지 않자 전혀 뜻밖의 새로운 이야기를 꺼내놓고 둘 중 어떤 이야기가 더 마음에 드는지 물어본다. 우리는 파이가 들려주는 두 개의 이야기 중에서 하나를 골라야 한다.

우리는 어떤 사건을 겪고 그걸 누군가에게 이야기로 전한다. 최대한 정확하게 전달하기 위해 때로는 과장할 때도 있다. 정확하게 전달하기 위해 과장한다는 건 이율배반적 행동 같지만 우리는 자주 그렇게 말한다. 사실만 무미건조하게 전달했을 때는 그 사건을 겪었을 때의 감정을 전달하기 힘들기 때문이다. 그렇다면 과연 어떤 게 사실에 가까울까? 무미건조한 전달일까, 조금의 과장을 섞은 이야기일까. 사실이 있기는 할까?

우리는 사실을 기억하는 게 아니라 사실이라는 재료로 요리한 이야기를 기억한다. 제2차 세계대전은 한 번뿐이었지만 그 사실을 바탕으로 한 영화는 수백 편이다. 우리는 어린 시절을 사실로 기억하는 게 아니라 어머니와 아버지의 이야기로 기억한다. 이야기는 현실보다 강력하게 우리 머릿속에 기억된다.

영화 제작자들이 소설로 영화를 만드는 이유도 비슷할 것이다. 하나의 사실을 다른 이야기로 전하고 싶을 때도 있고, 같은 이야기를 다른 표현법으로 전하고 싶을 때도 있다. 소설과 영화를 나란히 놓고 비교할 때 세계를 바라보는 법을 배울 수 있다. 어떤 이야기를 줄이거나 없애고, 어떤 이야기를 추가했느냐에 따라 창작자의 세계관을 엿볼 수도 있다. 하나의 사실에 더 많은 이야기가 추가될수록 우리가 살고 있는 세계는 더욱 넓어진다. 우리에게 이야기가 필요한 이유도 그 때문이다.

Ready Player One

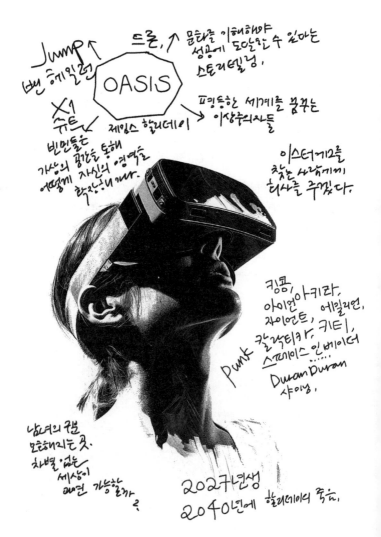

Jump
뻔 해일걸?

드론, ↑

문화를 이해해야 성공적으로 도달할 수 있다는 스토리텔링,

OASIS

X1
슈트 ←

제임스 할러데이

평등한 세계를 꿈꾸는 이상주의자들

빈민들은 가상의 공간을 통해 어떻게 자신의 영역을 확장시킬까.

이스터에그를 찾는 사람에게 회사를 주겠다.

킹콩, 아이언아키라, 자이언트, 에일리언, Punk 갈락티카, 키티, 스페이스 인베이더.....
Duran Duran 샤이닝,

남녀의 구변 모호해지는 것. 차별 없는 세상이 과연 가능할까?

2027년생
2040년에 할러데이어 죽음,

요즘 많이 사용하는 '메타버스metaverse'라는 용어를 최초로 만든 사람은 소설가 닐 스티븐슨이다. 1992년 미국에서 출간된 그의 소설 《스노 크래시》문학세계사, 2021에 등장한다.

주인공 히로는 임대 창고에 사는 신세지만, 메타버스에서는 빌딩 소유자다. 현실은 비루하고, 메타버스 속은 찬란하다. 히로는 현실 속 고통을 잊기 위해 메타버스로 뛰어들고, 그 안에서 새로운 자신을 찾는다. 《스노 크래시》를 읽은 많은 사람이 오랫동안 메타버스에서의 새로운 삶을 꿈꾼다.

'메타'라는 단어에는 '초월'이라는 뜻도 있고, '가상'이라는 뜻도 있다. 두 가지 뜻 모두 현실을 잊고 싶다는 욕망을 반영한다. 현실과는 다른 가상현실을 만들어낸 후 그곳에 살고 싶어 한다. 우리가 요즘 하는 활동 중 상당 부분은 자신만의 메타버스를 가꾸는 일이다. SNS를 꾸미고, 게임에 빠져들어 나 아닌 캐릭터로 살아가고, 유튜브를 보면서 지구 반대편의 삶을 내 일인 것처럼 느낀다.

스티븐슨이 '메타버스'를 만들어낸 이후 가상공간에 대한 수많은 창작물이 만들어졌는데 그중 메타버스 세계를 가장 잘 구현해낸 작품은 스티븐 스필버그Steven Spielberg 감독의 〈레디 플레이어 원〉일 것 같다. 어니스트 클라인이 쓴 원작소설 《레디 플레이어 원》에이콘출판, 2015도 재미있지만 게임 속 공간을 실제로 구현해낸 영화 〈레디 플레이어 원〉의 공간을 보면 앞으로 다가올 미래를 미리 체험하는 듯하다.

미래를 배경으로 삼은 영화에서 가난한 동네를 묘사할 때면 으레 높은 건물이 등장한다. 부의 상징은 높이가 아니라 넓이다. 가난한 사람들은 자신의 땅을 넓히지 못하고 차곡차곡 쌓은 채 살아간다.

늦은 밤, 아파트 창문을 보다가 깜짝 놀란 적이 있을 것이다. 우리는 저렇게 포개져서 살아가고 있다. 똑같은 위치에 텔레비전을 놓고, 똑같은 텔레비전 프로그램을 보면서 위아래에서 살아가는 것이다. 그러면서 층간 소음이 없는 넓은 집으로 이사 가고 싶어 한다.

〈레디 플레이어 원〉의 주인공 웨이드 오웬 와츠는 이름을 줄이면 W.O.W.다 어려서 부모님을 모두 잃고 컨테이너 빈민촌의 이모 집에 얹혀살고 있다. 이모의 남자친구도 함께 사는데 그는 '쓰레기 인간'이라고 불러야 할 듯하다. 이 짧은 설명으로도 주인공이 겪는 고난을 짐작할 수 있을 것이다. 웨이드는 가상공간으로 도망칠 동기가 충분하다. 영화의 배경은 2045년 오하이오주 콜럼버스. 할리데이라는 천재 개발자가 만들어놓은 가상공간 '오아시스'에서 사람들은 대부분의 시간을 보낸다. 상상이 현실로 구현되는 오아시스에서는 무엇이든 할 수 있고, 무엇이든 될 수 있다. 아바타를 이용해 키가 커질 수도 있고 얼굴을 바꿀 수도 있으며, 게임 캐릭터 모습으로 변신할 수도 있다.

영화의 첫 장면은 웨이드가 컨테이너 빈민촌에서 밧줄을 타고 내려오는 모습이다. 밧줄 밑 세상에서는 드론으로 피자를 주문해서 먹고, VR 고글을 쓴 채 격투를 하고, 지휘를 하고, 테니스 시합을 한다. 현실에 발 붙이고 서 있지만 현실에 존재하지 않는 사람들이다. 그러나 놀라운 점은 영화의 상상보다 현실의 실현 속도가 훨씬 빠르다는 것이다.

드론으로 물건을 배달하는 일도 이미 현실화됐고, VR을 통해 게임을 하거나 무언가를 배우는 일도 진작에 시작됐다.

웨이드는 현실을 이렇게 설명한다.

'식량 파동과 인터넷 대역폭 폭동으로 모두가 자포자기한 힘든 시대.'

원인은 다를 수 있지만 지금도 우리 모두가 자포자기하고 싶을 만큼 힘든 시대인 건 마찬가지인 듯하다. 우리도 어디론가 도망치고 싶어서 그토록 열심히 SNS를 하고 있지 않나. 누군가의 여행 사진에 질투를 느끼면서도 '좋아요'를 누르는 복잡하고 이해하기 힘든 시절을 우리는 통과하고 있지 않나.

〈레디 플레이어 원〉의 재미있는 점은 미래의 운명을 과거에서 찾는다는 것이다. 오아시스를 만든 할리데이는 세상을 떠나면서 모든 사용자에게 게임 미션 하나를 던져줬다. 자신의 문화적 관심사를 오아시스 곳곳에 숨겨둔 뒤에 그걸 토대로 미션을 완성하는 사람에게 자신의 모든 지분을 넘기기로 한 것이다. 미션을 깨기 위해 모든 사람은 할리데이의 취향을 줄줄 꿴다.

할리데이가 가장 좋아하는 슈팅 게임은 〈골든 아이〉, 레이싱게임은 〈터보〉, 노래는 버글스의 〈비디오 킬 더 라디오 스타 Video Killed The Radio Star〉, 뮤직비디오는 아하의 〈테이크 온 미 Take On Me〉, 명대사는 〈슈퍼맨〉에서 렉스 루터의 대사다.

"누군 《전쟁과 평화》를 읽고 모험 이야기라 하고 누군 껌 포장지의 성분만 보고도 우주의 비밀을 푼다."

딱 봐도 1980년대다. 영화의 사운드트랙에도 수많은 1980년대 히트곡이 포진되어 있고, 중간중간 등장하는 영화의 명장면들도 대부분 그 시절의 작품이다. 영화는 1980년대를 관통했던, 대중문화를 사랑하고 대중문화로부터 받은 영향을 평생 간직하며 살고 있는 세대에게 보내는 연하장 같다. 기성세대에게 이해받지 못하고 게임에 빠져서 이상한 노래를 듣는다며 구박받았던 청소년들이 이제는 새로운 세상을 창조하고 있다. 1980년대를 모르는 지금의 세대에게도 통하는 메시지다. 모든 세대는 이전 세대보다 나으며, 쓸모없어 보이는 것들에 대한 탐구야말로 미래로 가는 길이었음을 뒤늦게 깨닫는다. 그러니 젊은 세대여, 어른의 충고를 듣지 말고 좋아하는 일에 빠져보세요.

영화 속 악당은 가상 세계를 착취와 돈벌이로 생각하는 IOI의 사장이다. 그는 할리데이의 미션을 깨기 위해 대중문화를 좋아하는 젊은이들을 착취한다. 웨이드는 그에게 이렇게 소리 지른다.

"속으로는 대중문화를 비웃고 있잖아!"

이제는 '살아 있는 전설'로 불리는 스필버그 감독이 젊은 세대에게 보내는 가장 커다란 메시지는 '앞만 보고 달리지 말라'는 것이다. 이것을 시각적으로 표현해낸 것이 첫 번째 레이싱 미션이다. 최고 난도의 레이싱에 힘들어하던 웨이드는 뜻밖의 힌트를 얻는다.

"거꾸로 가보는 건 어때? 최대한 빠르게 거꾸로. 페달을 꾹 밟는 거지. 앞으로만 갈 필요는 없어."

거꾸로 가는 일은 생각보다 더 큰 초조함을 동반할 것이다. 게다가 다른 사람은 앞으로 달리니 그 간극이 커질 것이다. 중요한 점은 '최대한 빠르게'인지도 모르겠다. 그냥 해보는 게 아니라 최대한 빠르게, 해보는 척하지 말고 진짜로 해보는 것.

속도보다 방향이 중요하다고 어른들은 말한다. 하지만 젊은 세대에게는 방향보다 속도가 중요할 수 있다. 그들에게는 최대한 빠르게 달려보고 방향을 수정할 수 있는 기회가 남아 있다. 기성세대가 해야 할 임무는 젊은 세대가 여러 번 레이싱에 참가할 수 있도록 게임 머니를 두둑하게 챙겨주는 일인지도 모르겠다.

레디 플레이어 원

Little Forest

계절이
바뀌면
찾아보고 싶을
영화.

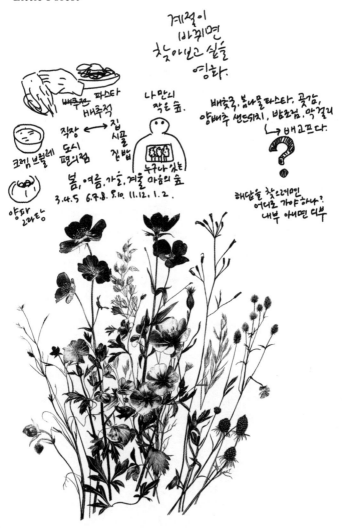

나만의
작은 숲.

배추전 파스타
배추적

직장 ← → 집
도시 시골
편의점 집밥

크림 브릴레

누구나 있는
봄, 여름, 가을, 겨울 마음의 숲
3.4.5 6.7.8. 9.10. 11.12. 1.2.

양파 오라토능

배춧국, 봄나물 파스타, 곶감,
양배추 샌드위치, 밤조림, 막걸리
↳ 배고프다.

?

해답을 찾으려면
어디로 가야 하나?
내부 아니면 외부

해마다 봄이 오면 신비로운 색의 변화에 탄성을 멈출 수 없다. 절대 변하지 않을 것 같던 어두운 회색빛 속에서 연두의 기운이 드러날 때면 나도 모르게 특정 색깔을 응원하게 된다. "연두, 힘내라!" 소리 내어 응원하지 않아도 연두는 힘이 세다. 자고 일어나면 어느새 쑥쑥 솟아 있고, 며칠 바쁘게 지내다 문득 눈을 돌리면 나무며 땅이며 먼 산에 온통 연두 천지다. 연두는 서서히 짙은 녹색으로 변한다. 봄은 순식간에 번지고 계절은 빨리 바뀐다.

갈수록 봄에 꽃이 한꺼번에 핀다. 전문가들은 기후변화 탓이라고 한다. 원래 겨울과 봄 사이에는 수많은 단계가 있었다. 완전한 겨울 혹한의 기운이 조금 사라진 겨울, 봄의 기운이 살짝 드러나는 겨울, 봄의 등장을 반기지 않는 듯한 추위가 느껴지는 겨울, 마지못해 봄에게 한번 져주는 듯한 기운이 느껴지는 겨울, 겨울과 봄의 기운이 팽팽한 시기, 봄의 기운이 완연하지만 여전히 포기하지 않고 있는 겨울, 이제 진짜 봄이로구나 싶었는데 밤이면 여전히 겨울인가 싶은 시기, 봄이 머지않았다 싶은 시기, 완연한 봄. 겨울과 봄 사이에 이렇게 다양한 시기가 있기에 꽃들 역시 단계적으로 피어나게 마련인데 이제 딱 두 단계밖에 없어진 듯하다. 겨울 그리고 봄. 어떤 사람은 봄이 아니라 여름으로 직행한 것 같다는 푸념을 늘어놓기도 했다. 아닌 게 아니라 올봄도 왔는지도 모르게 금세 더워졌다. 이러다 사계절이 뚜렷한 한국의 특징이 사라지는 건 아닌지 걱정이다.

먼 훗날 한국의 사계절을 화면 가득 담은 영화가 귀하게 대접받는 때가 올지도 모르겠다. "얘야, 저 때는 봄이라는 계절이 있었는데 말이야, 춥지도 않고 덥지도 않으면서 꽃들은 만발하고 대지에서 향긋한 풀내음이 스며 나오는 때였다고 할 수 있지. 그래, 겨울과 여름의 중간 지대 같은 거야. 〈리틀 포레스트〉라는 영화를 한번 보렴. 거기에 잘 나와 있어." 계절이라는 단어를 듣게 되면, 자동적으로 떠오르는 영화가 바로 임순례 감독의 〈리틀 포레스트〉다.

영화의 줄거리는 단순하다. 시험, 연애, 취업 등 무엇 하나 자기 마음대로 되는 게 없는 삶을 잠시 멈추고 고향으로 돌아온 혜원은 오랜 친구인 재하와 은숙을 만난다. 재하는 서울에서 돌아와 농사를 짓고 있고, 은숙은 답답한 시골을 벗어나 서울에 가고 싶어 한다. 자신만의 답을 찾고 싶어하는 여러 청춘의 삶이 계절과 함께 천천히 무르익어 간다. 〈리틀 포레스트〉의 주인공은 김태리, 류준열, 진기주이지만 음식이기도 하다. 계절에 걸맞은 음식들이 하나씩 등장할 때마다 입맛을 다시면서 영화를 보게 되고, 영화가 끝나면 무엇이든 음식을 만들어 먹고 싶어진다. 음식을 주요한 연결 고리 삼아 영화의 이야기가 진행되길래 아예 음식에 초점을 맞춰 줄거리를 다시 써봤다.

"서울에서 편의점 도시락만 먹다가 배가 고파서 고향에 돌아온 혜원은 밤늦게 배춧국과 밥을 만들어 먹는다. 마지막 식량으로 얼큰한 수제비를 해먹은 다음, 고모네 집에서 밥을 얻어먹고, 곶감도 얻어 온다. 친구들과 함께 시루떡, 막걸리, 장떡을 먹고 난 혜원은 엄마가 만들어준 오코노미야키에 얽힌 추억을 떠올린다. 삐친 친구를 위해서는 크렘 브룰레를, 울고 싶은 친구에게는 매운 떡볶이를 만들어준다. 자신을 위해서는 양배추 샌드위치와 아카시아꽃 튀김을 만든다. 봄에는 봄나물 파스타를, 여름에는 시원한 오이콩국을, 가을에는 밤조림을, 겨울에는 곶감을 먹으면서 혜원은, 자신만의 작은 숲을 완성한다."

이쯤 되면 수많은 음식이 혜원을 이용하며 이야기를 풀어나간다고 해도 과언이 아니다. 영화 속 많은 음식과 식재료가 일종의 은유와 상징 역할을 하는데, 그중 혜원과 가장 닮은 식재료는 배추다. 팍팍하고 배고픈 서울 생활에 지쳐 고향으로 돌아온 날 밤, 고향집 냉장고와 찬장은 텅텅 비어 있다. 쌀 몇 줌이 식량의 전부다. 아빠는 병으로 돌아가셨고, 엄마는 오래전에 자신의 꿈을 찾겠다면서 집을 나간 상태라 집에는 아무도 없다. 혜원은 꽁꽁 얼어 있는 밭에서 배추 한 포기를 잘라 온 다음 그걸로 배춧국을 끓였다. 몸과 마음을 따뜻하게 녹여주는 배춧국은, 서울에서 꽁꽁 얼었던 몸과 마음을 녹여주는 집밥이었을 것이다. 마지막 남은 국물까지 후루룩 마신 혜원은 바닥에 드러누워 까무룩 잠이 든다. 다음 날 역시 배추 음식이다. 밀가루를 탈탈 털어서 수제비 반죽을 하고 눈을 치운 다음 수제비를 해 먹는다. 이때 수제비와 곁들여 먹는 음식이 배추전이다.

배추전은 내가 좋아하는 음식 열 손가락에 들어간다. 설이면 어머니와 함께 만들어 먹던 음식이다. 배추전은 젓가락이 아닌 손가락으로 만든다. 뻣뻣한 배춧잎을 몇 번 툭툭 부러뜨린 다음 물에 갠 부침가루를 입혀서 기름에 지진다. 손가락으로 배춧잎을 꾹꾹 눌러주어야 골고루 익는다. 손가락에 되직한 반죽을 묻힌 다음 빈 곳에다 뚝뚝 떨어뜨리는 정성도 곁들여져야 한다. 손가락으로 섬세하게 눌러주고 채워주고 만져줘야 배추전이 완성된다.

처음에는 무슨 맛으로 배추전을 먹나 싶었다. 밍밍한 배추와 전은 어울리지 않는 것 같았다. 하지만 한번 알면 절대 헤어 나올 수 없는 맛이 숨어 있다. 배추의 하얀 심 부분은 아삭아삭하고 푸른 이파리 부분은 쫀득하다. 처음에 밍밍하게 느껴지던 맛은 점점 고소해지고 반죽의 달큰한 맛과 기름의 끈적함까지 더해지면 굳이 간장에 찍지 않아도 간이 딱 맞는다.

고향에 돌아왔다는 사실을 혜원의 온몸에 알려주는 음식이 배춧국과 배추전이라면, 어머니와의 추억을 되살려내는 음식은 크렘 브륄레. 자신이 '왕따'인 것 같다는 어린 혜원의 걱정에 엄마는 이렇게 대답했다. "널 괴롭히는 아이들이 제일 바라는 게 뭔지 알아? 네가 속상해하는 거. 그러니까 네가 안 속상해하면 복수 성공."

엄마는 따뜻한 말 대신 음식으로 위로해주었다. 크렘 브륄레는 프랑스어로 '불에 태운 크림'이라는 뜻이다. 이름에 레시피가 들어 있다. 크렘 브륄레는 프랑스의 대표적인 디저트로, 커스터드 크림을 그릇에 담은 뒤 설탕을 올리고 토치램프로 표면을 태운다. 불에 태워 단단한 설탕막을 입히는 것이다. 티스푼으로 단단한 설탕막을 내려치면 속에 있던 하얗고 부드러운 크림이 드러난다.

엄마는 속상해하는 딸에게 왜 크렘 브륄레를 만들어

주었을까? 첫 번째 이유는 달달한 디저트가 마음을 위로 해주기 때문일 것이다. 달달한 디저트는 쓰디쓴 마음의 상처를 '진짜로' 아물게 해준다. 근본적인 치유야 될 수 없겠지만 덧나지 않게 반창고 역할을 해준다. 두 번째 이유는 먹는 방법 때문이었을 것이다. 티스푼으로 크렘 브륄레의 설탕막을 내려치면 통쾌한 감각이 손끝으로 전해진다. 맛도 맛이지만 타격감으로 먹는 음식이 크렘 브륄레다. 세번째 이유는 크렘 브륄레의 생김새가 사람의 마음을 닮았기 때문일 것이다. 다른 사람의 마음은 모르겠지만, 내 마음은 크렘 브륄레를 닮았다. 보드랍고 상처받기 쉬운 마음을 남에게 보여주기 싫어 튼튼해 보이는 막을 하나 씌워두었다. 그 막이 얼마나 쉽게 깨지는지 나는 안다. 나를 힐난하는 말 한마디에, 업신여기는 듯한 표정 하나에, 스쳐지나가듯 던진 한 문장에, 내 마음은 쉽게 깨진다. 엄마는 아마도 다치기 쉬운 딸의 마음을 위해 크렘 브륄레를 만들어준 게 아닐까. 앞으로도 무수히 깨지고 복원하고, 다시 수리하고 또 부서질 마음의 긴 행로를 응원하려고 했던 게 아닐까.

혜원은 자신 때문에 삐친 친구의 마음을 풀어주기 위해 크렘 브륄레를 만들었다. 친구의 직장에 배달까지 해준 다음 이름까지 친절하게 알려준다. 불에 타버린 설탕을 걷어내면 새하얀 크림이 드러나듯 크렘 브륄레를 먹은 친구의 표정이 환해진다. 엄마에게서 배운 위로의 방법을 친구에게 사용하는 순간, 혜원은 자신이 받았던 위로의 의미를 깨닫는다.

〈리틀 포레스트〉는 계절을 느끼고 싶은 사람, 음식을 좋아하는 사람, 누군가에게 위로받고 싶은 사람, 위로하고 싶은 사람 모두에게 어울리는 영화다.

The Quiet Girl

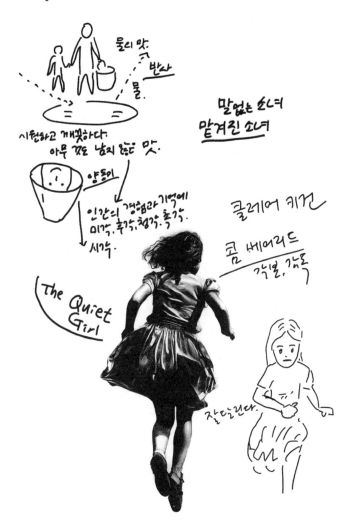

삶에서 지워지지 않는 몇 가지 순간이 있다. 촉감 때문일 때도 있고, 말 때문일 때도 있고, 냄새나 소리 때문일 때도 있다. "너처럼 이기적인 애는 처음 본다"라는 말을 듣고 나니 어느 날 맥락 없이 당시의 말소리가 생각난다. 왜 나한테 그런 말을 한 걸까. 처음에는 의아해하다가 나중에는 맥락을 잊어버리고 그 말만 또렷하게 기억하게 된다. 상대는 무심코 던졌을지 모르지만 내게는 평생 기억에 남는 말이 된다. 나도 누군가에게 평생 상처로 기억될 만한 말을 던지지는 않았을까. 가끔 모골이 송연해진다.

외갓집에 갔던 날은 냄새와 촉감으로 기억된다. 바싹 말라서 부스럭거리는 볏짚, 소똥 냄새, 외양간 기둥의 까끌거리는 옹이, 할머니 방에서 나던 청국장 냄새 같은 감각들이 기억에 빼곡하게 들어차 있다. 어떤 이야기를 주고받았는지는 거의 기억나지 않고, 외갓집까지 어떤 경로로 이동했는지도 기억나지 않는다. 순간 이동을 하는 것처럼 가끔 외갓집의 질감과 냄새와 분위기로 빠져들 때가 있다.

삶에서 지워지지 않는 순간을 '원체험'이라 부른다. 원체험은 창작의 밑거름이 되는 경우가 많다. 지워지지 않는 어떤 순간이 지속된다면 어떤 방식으로든 그걸 드러내고 싶어진다. 예민하게 원체험을 받아들이고, 그 속에 들어 있는 감각을 끊임없이 일깨우는 사람들이 예술가가 되는 것 같다.

클레어 키건의 《맡겨진 소녀》다산책방, 2023를 읽었을 때, 이 소설은 작가의 원체험에서 비롯된 작품이라는 생각이 들었다. 이야기는 아주 단순하다. 아이가 많은 가난한 집에서 제대로 된 관심을 받지 못하던 주인공 소녀는 임신한 엄마가 출산할 때까지 친척 집에 맡겨진다. 소녀는 친척 집에서 지금까지 겪었던 일상과는 완전히 다른 경험을 한다. 별다른 사건이 일어나지는 않지만, 친척 집에서의 경험은 소녀를 완전히 바꿔놓는다. 소설을 다 읽고 나면 친척 집에서의 경험이 소녀를 작가로 만든 게 아닐까 상상하게 된다. 무뚝뚝한데다가 노름에 빠져 있는 아빠와 달리 친척 아저씨는 다정하게 자신을 사랑해준다. 책을 함께 읽고, 이야기를 나눌 수 있는 사이다. 시끌벅적한 집과 달리 친척 집은 조용하고 평온하다. 새소리가 주변에 가득하고, 샘물은 맑고 시원하며, 먹을거리도 풍부하다.

콤 베어리드Colm Bairead 감독의 영화 〈말없는 소녀〉는 《맡겨진 소녀》를 바탕으로 만들어진 작품이다. 감독은 소설에 푹 빠진 모양이다. 소설의 이야기를 거의 고치지 않은 것은 물론이고 대화까지도 고스란히 가져왔다. 소설은 소녀의 1인칭 시점으로 서술되기에 속마음을 다 알 수 있었는데, 영화에서는 생각이 드러나는 내레이션을 쓰지 않았다. 속마음이 드러나진 않지만 소녀의 표정을 통해 어떤 마음일지 짐작할 수 있도록 했다. 영화는 소설의 풍부한 표정이 되어주고, 소설은 영화가 들려주지 못하는 속삭임이 되어 서로를 채워준다. 이런 경우는 흔하지 않다.

소설과 영화에서 가장 아름다운 장면은 소녀와 아주머니가 샘물에 가는 모습이다. 소설에서는 그 장면이 1인칭 시점으로 묘사돼 있다.

"숨을 쉬자 내 숨결이 고요한 우물 입구에 가 닿는 소리가 들린다. 그래서 나는 돌아오는 내 숨소리를 들으려고 잠깐 동안 좀더 세차게 숨을 쉰다. 아주머니가 뒤에 서 있지만 내 숨소리가 연달아 돌아와도 별로 신경 쓰지 않는 것 같다. 그게 자기 숨소리라도 되는 것처럼."

영화에서는 그 장면을 조용히 보여준다. 아주머니와 소녀는 아름다운 숲길을 걸어가 샘물에 도착한다. 투명한 샘물에 두 사람의 얼굴이 비치고, 샘물의 표면이 일렁인다. 소녀는 샘물을 뜬 후 눈을 감고 음미한다. 맑은 샘물 속에 나무와 숲이 들어 있다.

소설에서는 그 순간 소녀의 생각과 마음이 기록돼 있다.

"물은 정말 시원하고 깨끗하다. 아빠가 떠난 맛, 아빠가 온 적도 없는 맛, 아빠가 가고 아무것도 남지 않은 맛이다. [……] 이곳이 당분간 내 집이면 좋겠다."

소설에서는 물을 직접 보여줄 수 없으므로 물의 의미를 설명해준다. 맑고 시원한 물은 집에서는 맛볼 수 없다. 멀리 와야만 마셔볼 수 있는 물이고, 가족과 떨어진 물이고, 아빠와 상관없는 물이다. 영화에서는 그저 맑게 일렁이는 물을 보여주고, 물빛만큼이나 환하게 웃는 소녀의 얼굴을 보여줄 뿐이다. 별다른 설명을 하지 않아도 소녀의 미소만으로 충분하다.

소설가 키건은 '양동이와 그 안의 물에 반사된 소녀의 모습'이라는 이미지에서 소설을 시작했다고 한다. 물에 비친 소녀의 모습은 아마 베어리드 감독이 소설가에게 보내는 인사였는지도 모르겠다.

성장하는 사람은 자신이 언제 자라는지 알지 못한다. 문득 돌아보면 성장해 있을 때가 많다. 우리는 키가 자라는 순간을 볼 수 없다. 시간은 빨리 흐르고, 우리는 느리게 자란다. 소녀는 친척 집에 맡겨진 여름 동안 부쩍 자랐다. 웃는 법을 배웠고, 다정한 사람에게 감사하는 법을 배웠고, 뛰는 법을 배웠다. 영화 속 친척 집 아저씨는 소녀에게 우편함 심부름을 시킨다. 녹색 우편함까지 달려가서 그 속에 들어 있는 편지를 가져오는 일이다. 키 큰 나무들이 좌우로 펼쳐져 있어 소녀는 하늘을 올려다보면서 신나게 달린다. 소녀는 평생 이 길을 잊지 못할 것이다. 우편함에 들어 있는 편지에는 슬픈 일도 있고, 기쁜 일도 담겨 있겠지만 소녀에게 편지 내용은 중요하지 않다. 그 길을 달리는 게 중요하다. 소녀는 말하기와 읽기에 서툴렀지만, 여름 동안 달라졌다.

소설에 이런 문장이 나온다.

"이윽고 나는 짐작으로 맞출 필요가 없어질 때까지 그런 식으로 계속 읽어나갔다. 자전거를 배우는 것과 같았다. 출발하는 것이 느껴지고, 전에는 갈 수 없었던 곳들까지 자유롭게 가게 되었다가, 나중엔 정말 쉬워진 것처럼."

집으로 돌아온 소녀에게 엄마가 이야기한다.

"좀 컸구나."

소녀는 당당하게 말한다.

"네."

자신이 자랐다는 걸 소녀도 알고 있다.

소설과 영화의 마지막 장면에 도착하면 감정을 추스르기 힘들 것이다. 말없던 소녀는, 자신의 감정을 겉으로 드러내기 힘들어하던 소녀는 짧고 강렬한 말로, 선언처럼, 자신의 생각을 입 밖에 꺼내놓는다. 소설이나 영화를 보지 않은 사람을 위해 그 말은 적지 않겠지만, 소녀는 태어나 처음으로 말하는 것처럼 그 장면을 연출한다. 어쩌면 우리는 한 번 태어나는 게 아니라 여러 번 태어나는 것이고, 매일 새로운 언어를 배우는 것이고, 매일 세상과 처음인 것처럼 직면하는 것인지도 모르겠다. 그래서 늘 어렵고, 익숙해지지 않고, 닥치는 모든 일이 두려운 것인지도 모르겠다. 어린 시절에 있었던 아주 오랜 기억을 품은 채 매일 새로운 날을 맞이하는 기분은 몹시 이상하다. 가끔 나는 내 나이가 아흔아홉 살 같기도 하고, 다섯 살 같기도 하고, 어제 막 태어난 사람 같기도 하다. 오늘이 세상의 첫날이라면, 처음으로 입을 떼는 것이라면 나는 어떤 말로 시작하게 될까. 친척 집에 간 소녀처럼 최대한 많은 것을 보고 느끼고 맡고 간지럽히면서 세상에게 인사할 것이다.

Turning Red

헐크 + 카프카
메.새.비.

포타른 :idol.
↕ 세대
셀런 디온

2어 불의 가치
어디에 돈을 쓰는가?
누구를 위해, 뭘 먹기 위해
돈을 쓰는 곳에 그 사람의 마음이 →

귀여운데.
크다.

2차세판다의 수련.
난 끔찍한 리몬이 될거야
하자 나면 펜더로
변하는 메이꺼이.

↳ 빗으로 쓰다듬으면
차분

4는 불길한 숫자.
이름을 바꾸었다.
How
about
you?

음악을 ⅓에께
틀어야
운이 열린다.

고대 그리스인들은 이렇게 생각했다. 태초의 인간은 팔이 넷, 다리가 넷, 머리가 하나에 얼굴이 둘이었다고. 앞뒤를 다 볼 수 있고, 팔과 다리가 넷이나 되니 도구를 쓰기도 수월했을 것이다. 인간은 완벽한 상태에서 행복했다. 신들은 걱정하기 시작했다. 인간은 너무나 완벽한 상태이므로 자기 자신을 숭배하지 않을까, 인간이 인간을 숭배하게 되지 않을까. 결국 걱정쟁이 신들은 인간을 반으로 쪼갰다.

둘로 나뉜 인간은 영혼의 반쪽을 찾아서 비참하게 떠돌게 됐다는 이야기. 영혼의 반쪽을 만나면 말하지 않아도 서로를 알아볼 수 있다고 한다. 사랑에 대한 은유로 해석하는 경우가 많지만, 내 머릿속에는 다른 생각이 떠올랐다. 나뉜 반쪽이 멀리 떨어져 나간 것이 아니라 우리 몸속에 숨어 있는 건 아닐까. 아주 가끔 마음으로 밀려오는 완벽한 충만함이나 뭔가 꽉 차는 듯한 희열을 느끼는 이유도 우리 안에 들어 있던 반쪽을 만났기 때문이 아닐까. 사방이 다 보이는 것 같고, 뭐든 다 이뤄낼 수 있을 것 같은 자신감이 들 때 숨어 있던 반쪽을 만난 것은 아닐까. 완전한 하나가 된 듯한 느낌이 든 게 아닐까. 내 안에 뭐가 들어 있는지 잘 모르겠다. 그래서 그런 속담도 있는 모양이다. 열 길 물속은 알아도 한 길 사람 속은 모른다.

어린 시절 〈두 얼굴의 사나이〉1978-1982에 열광했다. 마블 영화 덕분에 이제는 전 세계인이 알고 있는 그 이름, '헐크'다. 평범해 보이던 사람이 화가 나면 근육질의 괴물이 된다는 설정 때문에, 몸이 커지면서 상의는 모두 찢어지지만 바지만큼은 절대 찢어지지 않는 기괴한 모습 때문에 친구들과 헐크 이야기를 자주 나눴다. 우리는 모두 헐크처럼 되고 싶어 했다. 친구들은 대부분 비실비실했고, 빨리 어른이 되고 싶어 했다. 마음에 들지 않는 것들을 헐크의 힘으로 싹 다 바꿀 수 있길 바랐다. 찢어진 바지만 걸치고 있는 모습은 몹시 부끄러울 것 같지만, 그래도 헐크가 되고 싶었다. 어른이 되어서 만난 '어벤져스'의 헐크 역시 매력적이었다. 헐크가 되기 전의 존재인 브루스 배너 박사는 점잖고 지적이다. 사색을 즐기는 내향적인 존재다. 헐크는 완전 반대다. 난폭하며 시니컬하고 장난기로 가득하다. 배너가 평소에 사람들의 눈치를 보면서 하지 못했던 말과 행동을 헐크는 간단하게 폭발시킨다. 우리 안에는 배너도 있고 헐크도 있다. 내 안의 다른 존재가 깨어나는 이야기를 사람들이 좋아하는 이유도 이와 비슷할 것이다.

정반대의 변신도 있다. 프란츠 카프카의 소설 〈변신〉 《변신》, 열린책들, 2009 첫 문장은, 역사상 가장 유명한 도입부일 것이다.

"어느 날 아침 뒤숭숭한 꿈에서 깨어난 그레고르 잠자는 자신이 침대에서 흉측한 모습의 한 마리 갑충으로 변한 것을 알아차렸다. 그는 철갑처럼 딱딱한 등을 대고 침대에 누워 있었다. 머리를 약간 들어 보니 아치형의 각질 부분들로 나누어진, 불룩하게 솟은 갈색의 배가 보였다."

헐크가 되고 싶다는 욕망 못지않게 어느 날 내가 흉측한 벌레로 변할지도 모른다는 불안감 역시 우리 내면에 들어 있다. 오늘은 인간이지만 자고 일어나면 내가 전혀 다른 존재가 될지도 모른다는 불안감, 자는 사이 나만 모르게 세상이 변해버릴지도 모른다는 두려움이 우리 안에 있다.

픽사의 영화 〈메이의 새빨간 비밀〉은 '헐크'와 '카프카'를 섞어놓은 것 같은 작품이다. 영화의 줄거리를 짧게 요약하자면, 캐나다 토론토에 살고 있는 열세 살 모범생 '메이'가 어느 날 아침 거대한 너구리판다 Lesser Panda 로 변하면서 겪게 되는 성장 이야기다. 하필 너구리판다로 변하는 특별한 사연이 있다. 메이의 선조 중 '선 이'라는 분이 너구리판다를 너무나 좋아해 너구리판다로 변하는 능력을 얻었고, 그 능력이 모계로 이어진 것이다. 메이의 엄마도 할머니도 몸속에 너구리판다가 들어 있다. 선 이는 너구리판다를 좋아했으니 그렇다 쳐도 인간으로 살아가야 할 후손들까지 너구리판다로 변신하는 걸 좋아할 리는 없다. 붉은 달이 뜨는 밤, 봉인하는 의식을 치르면 너구리판다를 숨길 수 있다. 영화는 열세 살에 초점을 맞춘다. 도미 시 감독은 "영화 속 모든 것을 열세 살 메이의 눈이라는 렌즈를 통해 보여주고 싶었다"며 "열세 살 여자아이가 얼마나 이상한 존재인지 많은 사람에게 알리고 싶었다"고 했다. 학교에서는 모범생이고 엄마에게는 사랑스러운 딸이고, 동네 어른들에게는 '좋은 아이'지만, 메이 역시 또래 아이들과 크게 다르지 않다. 아이돌 그룹 '포타운'을 좋아하고, 이제 막 사랑에 눈을 뜨기 시작했으며, 독립적인 존재로 인정받고 싶어 한다. 토론토에서는 열세 살이 넘으면 '성인'으로 인정해 버스 카드에도 성인으로 표시하는데, 메이는 그 표시가 무척 자랑스럽다. 엄마와 세대 차이를 가장 크게 느끼는 지점은 바로 음악이다. 엄마는 포타운이 못마땅하다. 입고 다니는 옷도, 음악 스타일도, 심지어 공연의 티켓 가격도 "2백 불이라고? 자기들이 무슨 셀린 디온이라도 되는 줄 아는 거야?" 엄마 기준에서 2백 불의 가치를 지닌 사람은 디온뿐이다.

메이는 친구들과 포타운의 공연을 보러 가기 위해 직접 돈을 벌 계획을 세운다. 영화에서 가장 재미있는 부분은 너구리판다를 대하는 사람들의 각기 다른 태도다. 메이가 너구리판다로 변하자 부모는 고칠 수 있는 '병'이라고 판단한다. 메이는 거대하고 붉은 너구리판다로 변한다는 것을 부끄럽게 여긴다. 반면 친구들은 덩치가 크지만 지붕 위를 뛰어다닐 수 있는 너구리판다를 귀여워하며 '짱 멋지다'고 여긴다. 메이는 갈등에 빠질 수밖에 없다. 너구리판다를 봉인시키면 부모는 안심하겠지만 메이는 다시 평범한 아이가 되어야 한다. 너구리판다 봉인식과 포타운의 공연을 같은 날로 설정한 것도 그런 이유 때문일 것이다. 메이는 어떤 선택을 할까? 엄마를 만족시키는 게 유일한 삶의 목표였던 메이는 어느 순간 고개를 돌려 다른 쪽을 바라보기 시작했다.

사람들이 성격을 표현할 때 쓰는 표현 중에 '둥글다', '모나다'가 있다. 모든 사람과 함께 잘 지내는 사람을 둥글둥글한 성격의 소유자라 하고, 어딘지 모르게 삐딱하고 날카로운 모서리를 지닌 사람을 모났다고 한다. 우리가 마냥 둥글둥글해질 필요는 없다. 우리가 바닷가의 돌멩이도 아닌데 둥글둥글해져서 뭘 하겠나. 에이브러햄 링컨의 말이 떠오른다. "내 경험으로 미루어보건대, 단점이 없는 사람은 장점도 거의 없다." 누군가의 장점과 단점은 받아들이는 사람이 결정하는 경우가 많다. 어떤 단점은 상대에 따라 장점이 될 수 있다. 어떤 사람의 모서리 역시 받아들이는 사람이 결정하는 경우가 많다. 어떤 사람은 칼로 사람을 죽이고, 어떤 사람은 칼로 음식을 만들어 사람을 살리는 데 쓰듯 누군가의 모서리는 상처를 줄 때도 있지만, 절벽에서 떨어지려는 사람이 붙들고 올라서는 모서리가 될 수도 있다. 우리가 부끄러워했던 순간이 성장을 위해 꼭 필요했던 시간임을 훗날 깨닫는 경우도 많다. 끔찍하게 싫어하던 것을 무지하게 좋아하게 되는 경우도 많다.

엄마는 메이에게 이렇게 말한다. "넌 남은 배려하지만 자신에겐 엄격하지. 내가 그렇게 가르쳤다면 정말 미안하다. 이젠 참지 마. 네가 더 멀리 날아갈수록 엄만 더 자랑스러울 거야." 기성세대가 다음 세대에게 줄 수 있는 가장 좋은 선물은 목적지를 정해주고 길을 차근차근 알려주는 것이 아니라 지금 가고 있는 길이 어디로 향하든 자신을 사랑하고 과정을 사랑하는 방법을 알려주는 것이 아닐까.

Minari

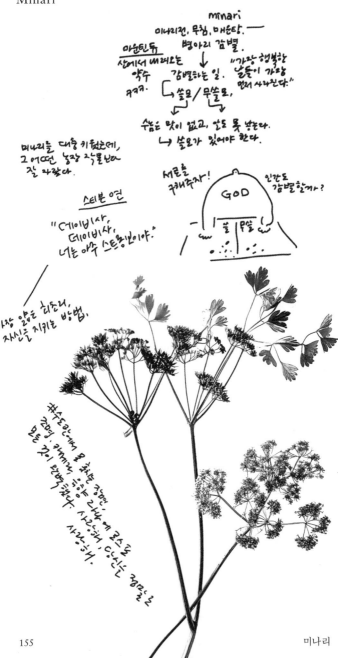

minari

미나리전, 무침, 매운탕

병아리 감별

아픈 민들레
산에서 내려오는
약수
꾸꾸.

↓

감별하는 일.

"가장 행복한
날들이 가장
먼저 사라진다."

⌐ 쓸모 / 무쓸모,

수능도 맛이 없고, 안도 못 놓는다.
↳ 쓸모가 있어야 한다.

미나리를 대충 키웠는데,
그 어떤 농작물보다
잘 자랐다.

서로를
구해주자!

GOD

인간도
감별할까?

불 / 불

스티븐 연

"데이비사,
데이비사,
너는 아주 스트롱맨이야."

가장 앞로 튀는니,
자신을 지키는 방법.

옥수수밭에서 불 붙인 장면,
그냥 재밌어서... 영상 그냥 맘에 들었다.
사소한, 디테일 사랑히.

수렵 채집 시기에 살았던 우리 선조들은 하루 평균 네 시간만 일했다고 한다. 휴일 없이 일한다고 쳐도 주 28시간 근무다. 일을 마치고 와서는 동굴에서 멍 때리고 있거나 벽화 같은 걸 그렸겠지. 해가 지면 자고, 해가 뜨면 사냥을 하거나 먹을 걸 구하러 나갔을 것이다. 음식 창고가 가득 차거나 날씨가 궂으면 일을 건너뛰기도 했을 것이다. 24시간 편의점이 없다는 건 좀 불편해 보이지만, 자연의 흐름에 몸을 맡기는 삶은 좀 부럽다. 시간의 흐름을 거스르지 않는 자연적인 삶을 꿈꾸는 사람이 많을 것이다. 나에게도 자연의 흐름에 몸을 맡겼던 시기가 딱 한 번 있었다.

입대 전 의미 있는 일을 해보겠다며 경상북도 안동에 있는 외갓집에 '자진 농활'^{내 의지로 뛰어든 농사 활동}을 간 적이 있다. 일손이 부족한 추수철에 가서 조금이라도 도움이 되어볼 요량이었다. 생각해보니 추수철에는 외갓집에 간 적이 없었다. 대부분 잔치나 명절 무렵에 들렀으니 농사일의 고단함을 알 길이 없었고 상상할 수도 없었다. '시골은 참으로 고즈넉하고 한가하구나', '닭이 방금 낳은 따끈따끈한 계란으로 만든 계란말이라니……', '밭에서 막 따온 싱싱한 채소는 이다지도 싱싱하구나' 같은 생각을 한 게 전부였다. 저녁을 먹고 누웠는데 잠이 잘 오지 않았다. 뒤척이다 겨우 잠이 들었는데, 외삼촌이 내 어깨를 흔들었다. 새벽 4시였다. 어안이 벙벙했지만 나는 옷을 갈아입고 장화를 신고 외삼촌을 따라나섰다. 그날 저녁, 내 오른팔에는 감각이 사라졌고, 손바닥은 물집투성이가 됐으며, 허리는 끊어질 듯 아팠다. 점심은 뭘 먹었는지, 저녁은 또 어떻게 먹었는지 기억이

나지 않는다. 그저 허리를 숙이고 낫질하던 감각만 또렷하게 남아 있다. 전날과 달리 일찍 잠들었고 아니 잠들었다기보다 기절한 것에 가까웠고, 새벽 4시가 되자 어제와 같은 일과가 반복되었다. 해가 뜨면 일하러 갔고, 해가 지면 잠을 잤다. 수렵 채집인들보다 근무 시간이 조금 더 길었던 것만 달랐다. 나는 고통을 이기지 못한 채 일주일로 예정돼 있던 '자진 농활'을 사흘 만에 끝내고 집으로 돌아왔다. 외삼촌과 외할머니는 서둘러 가는 나를 붙잡지 않았고, 웃으면서 주머니에 용돈을 찔러 넣어주셨다.

영화 〈미나리〉를 보는데 외갓집에서 보낸 사흘이 떠올랐다. 영화에 대해 오해할까 봐 미리 얘기하자면, 〈미나리〉는 농사일의 고충을 토로하는 영화는 아니다. 농사일이 힘들어 도망치는 이야기도 아니다. 미국으로 이민 간 부부의 이야기다. 병아리 감별사 일과 농장 일을 병행하는 엄마 모니카와 아빠 제이콥, 의젓한 큰딸 앤, 몸이 아픈 아들 데이빗, 한국에서 일을 도우러 온 할머니 순자 등이 서서히 서로를 이해하게 되는 과정을 담고 있다. 외할머니, 시골 마을, 병아리, 뱀, 미나리 밭, 농장 등의 요소들이 내게 그 시절 외갓집을 떠올리게 했던 모양이다.

미국 이민사에서 병아리 감별사라는 직업은 큰 의미가 있다. 당시 이민을 꿈꿨던 많은 사람이 병아리 감별 학원에 다녔고, 최대한 빨리 암놈과 수놈을 구분하는 능력을 키워야 했다. 병아리 감별은 상자에 있는 병아리를 잡고, 왼손으로 옮기고, 똥을 털어내고, 항문을 개장해 암수를 확인하는 순서로 진행되는데, 대략 한 마리당 3초 이내에 모든 과정을 마쳐야 한다. 암놈이라면 상자에, 수놈이라면 폐기용 통에 옮겨 담는다. 수놈은 다른 동물의 먹이로 주는 경우도 있지만 대체로 분쇄기에 갈아서 버리는 경우가 많았다.

모니카와 제이콥은 커다란 꿈을 안고 미국으로 건너 왔을 테지만 병아리 감별사 일을 수년간 하면서 정신이 피폐해졌을 것이다. 영화에도 등장하지만 어둑어둑한 공장의 형광등 불빛 아래서 삐약거리는 병아리의 항문을 만지작거리고, 살 놈과 죽을 놈을 골라내는 일이 정신 건강에 좋을 리 없다. 제이콥은 아들 데이빗에게 이렇게 말한다.

"수놈은 맛이 없어. 알도 못 낳고 아무런 쓸모가 없어. 그러 니까 너는 꼭 쓸모가 있어야 하는 거야."

아들에게 하는 말은 사실 자신에게 하는 말이기도 했다. 병아리 감별 같은 쓸모없는 일을 하는 대신 그는 채소를 키우기로 했다. 밭을 갈고, 씨를 뿌리고, 물을 대고, 거름을 준다. 누군가를 죽이는 감별에서 벗어나기 위해 채소를 살리는 일을 선택한다. 병아리 감별 공장과 채소 농장은 보기만 해도 대비되는 공간이다.

사회학자 대니얼 벨은 "산업화는 공장들이 들어서면서 시작된 것이 아니라 노동의 측정을 통해 일어났다"고 했다. 증기기관이나 방직 기계의 발명이 아닌 '초과해서 근무하는 게 가능하다'는 생각의 전환이 산업화를 시작하게 했다는 뜻이다. 농사일은 밤에 할 수 없다. 사냥도 밤에 할 수 없다. 실내에서 기계를 작동시키는 순간, 우리는 더 많은 일을 할 수 있게 됐고, 더 많은 제품을 생산할 수 있게 됐다. 제이콥은 공장에서 벗어나기 위해, 맡은 일을 빨리 끝내야 하는 노동에서 벗어나기 위해 농장을 선택한다. 영화를 보는 내내 제이콥의 성공을 기원하게 된다. 이민 온 한국인들에게 맛 좋은 한국 채소를 공급하고 싶다는 그의 염원이 이뤄지길 바랐다.

우리는 어쩌다 이렇게 많은 것을 생산하게 됐을까. 더 많은 알을 생산하기 위해, 사룟값을 아끼기 위해, 불필요해 보이는 수놈을 분쇄기에 갈아버리는 사람들이 된 것일까. 어째서 이렇게 쓸모를 중요하게 생각하게 된 것일까.

아들 데이빗은 건강하지 못하다. 심장이 온전치 못하다. 엄마와 아빠는 계속 데이빗에게 "뛰지 마라"라고 한다. 외할머니는 그런 데이빗에게 다른 말을 해준다. "데이빗아, 데이빗아, 너는 아주 스트롱 보이야." 우리를 특별하게 만들어주는 것은 누군가의 말 한마디다. 우리 스스로가 약하다고 생각하고 못났다고 생각할 때, 누군가 건네는 "너는 강해, 너는 아름다워"라는 말은 우리를 건강하게 만들어줄 수 있다. 그 말을 건네는 사람은 가족일 수도 있고, 친구일 수도 있다.

영화 제목을 '미나리'로 정한 것 역시 그런 이유일 테다. 미나리는 흔히 볼 수 있는 채소다. 물만 가까이 있다면 쑥쑥 잘 자란다. 미나리를 알아보고 다가서는 순간, 미나리는 특유의 알싸한 향을 우리에게 내뿜는다. 모든 존재가 특별한 곳에 쓰임이 있어야 하는 건 아니다. 세상에 '쓸모없는 잡초'라는 풀은 존재하지 않는다. 그냥 그 자리에 존재하는

미나리

것 자체가 쓸모다. 〈미나리〉를 보고 나오면서 '자연스러움'이라는 단어에 대해 생각했다. 해가 뜨고 지고, 비가 오고 눈이 내리고, 계절이 바뀌고, 나무에 이파리가 돋아나는, 그렇게 모든 게 반복되지만 똑같은 게 하나도 없는, 무엇 하나 제자리가 아닌 게 없는, 자연스러움에 대해 생각했다. 그런 삶을 살 수 있을까.

The Girl with the Dragon Tattoo

웨이츠 형제의 영화 〈어바웃 어 보이〉2002에는 모두가 부러워할 만한 주인공 윌 프리먼이 등장한다. 윌은 백수 생활을 하면서 아버지가 물려준 유산으로 살아간다. 작곡가였던 아버지가 생전에 만든 노래의 저작권만으로도 풍족하게 살수 있다. 히트곡이 많은 것도 아니다. 평생 딱 한 곡, 크리스마스 대 히트곡을 탄생시킨 덕분에 그 아들은 일하지 않고도 살 수 있다.

영화를 보고 나서 많은 사람이 주인공의 재력을 부러워했던 게 기억난다. 갑자기 큰돈이 생기는 것보다 평생 월급처럼 저작권료를 받으면 얼마나 좋을까, 부정한 일로 번돈이 아니니 돈을 쓸 때도 얼마나 기분이 좋을까, 좋아하는 일을 취미로 하면서 살아갈 수 있으니 얼마나 좋을까, 작가라는 직업은 좋네, 저작권으로 살아갈 수 있으니 얼마나좋을까, 딱 한 권만 대박이 나면 되잖아, 얼마나 좋을까 하는 얘기를 나누었던 기억이 난다. 오해를 바로잡고 싶다. 한국에서 책 인세로 살아갈 수 있는 작가는 극소수에 불과하며, 자식에게 놀고먹을 수 있도록 인세를 넘겨줄 수 있는 작가는 거의 없다. 그리고 요즘 같은 출판 불황의 시대에 책 한권 대박 내는 게 어디 쉬운 일인가.

가슴 아픈 사례도 있다. 스웨덴의 소설가 스티그 라르손은 스웨덴의 어두운 현대사를 10부작의 거대한 이야기로 그려내리라 마음먹었다. 출간된 소설은 엄청난 베스트셀러가 됐다. 6천만 부 이상의 판매를 기록했고, '어른들의 해리포터'라는 별명을 얻었으며, 스웨덴에서 이 책을 모르는 사람은 거의 없을 정도로 유명해졌다. 그 소설이 '밀레니엄'

3부작이다. 안타깝게도 라르손은 자신의 작품이 출간되기 전에 세상을 떠났다. 총 10부 중 1부에서 4부 중반까지 소설을 완성했고, 1부 원고를 출판사에 넘기고 난 후 사무실 책상에서 심장마비로 사망했다. 작가의 모든 인세는, 의절 상태인 아버지와 그의 남동생이 받게 됐다. 작가와 32년 동안 사실혼 관계였으며, 소설의 편집 과정에 참여했다고 주장하는 에바 가브리엘손은 극우 세력의 테러 위협 때문에 혼인신고를 하지 않았다 단 한 푼도 받을 수 없었다. 그들은 아직도 소송을 진행 중이다.

'밀레니엄' 시리즈의 주인공은 두 사람이다. 시사 잡지 《밀레니엄》을 창간한 발행인이자 소속 기자이기도 한 미카엘 블롬크비스트, 정보를 수집하고 조사하는 데 천재적인 재능을 발휘하는 해커 리스베트 살란데르. 두 주인공이 스웨덴 사람들에게 인기를 끈 이유는 강자에게 굴하지 않으며 거리낌 없는 성격 때문이었던 것 같다. 미카엘은 매사에 정직하며 강자에게 겁 없이 들이대는 기자지만, 사생활은 사회적 통념에 비추었을 때 문란한 편이다. 리스베트의 장점 역시 솔직하고 거침없다는 것이다. 그녀는 복수의 화신이기도 하다. 자신에게 해를 끼치는 사람은 끝까지 쫓아가 복수한다. 소설에는 리스베트의 어린 시절을 묘사하는 대목이 나온다.

"리스베트보다 훨씬 덩치가 큰 남자애들은 젓가락같이 깡마른 이 소녀를 건드려서 좋을 일이 없다는 사실을 금방 깨달았다. 다른 여자애들과는 달리 결코 물러서는 법이 없었고 모욕을 당한 즉시 주먹이나 손에 잡히는 대로 아무거나 휘두르며 덤벼들었기 때문이다. 그녀는 불쾌한 짓거리를 가만히 당하느니 죽는 한이 있더라도 끝까지 싸우겠다는 결연한 태도를 보였다. 그리고 그녀는 반드시 복수를 했다."

《여자를 증오한 남자들》, 밀레니엄 1권, 임호경 옮김, 문학동네, 2017

　　스웨덴에 몇 달 머문 적이 있다. 겨울의 스웨덴은 몹시 우울하다. 해가 떠 있는 시간은 두 시간 남짓뿐이어서 실내에 머무는 시간이 많을 수밖에 없다. "스웨덴 사람들은 집 안의 따뜻한 벽난로 앞에서 소설을 읽으며 시간을 보내는 경우가 많다. 살인, 치정, 복수, 불륜 같은 자극적인 소재의 소설을 많이 읽는다." 스웨덴에서 만났던 사람이 해준 말이다. 라르손은 길고 긴 밤 동안 스웨덴 사람들이 푹 빠져 읽을 수 있는 이야기에 대해 정확히 알고 있었다. 스웨덴은 복지 국가로 알려져 있지만, 그 이면에는 여느 사회와 마찬가지로 추악한 현실이 숨어 있다. 지극히 현실적인 이야기를 읽게 하려면 살인이나 섹스 같은 자극적 기법이 필요하다는 사실을 정확히 꿰뚫고 있었다. 자극적이지만 등장인물을 극한까지 밀어붙이지는 않는다. '밀레니엄' 시리즈가 전 세계적으로 베스트셀러가 된 걸 보면 많은 사람이 그런 이야기를 좋아하는 게 분명하다. '밀레니엄' 시리즈를 한 줄로 요약하면 '자유분방하지만 정의로운 두 주인공이 거대한 가족 기업과 맞서 싸우며 묻혀 있던 비밀을 파헤치는 이야기'다.

　　'밀레니엄' 시리즈는 여러 번 영화로 만들어졌다. 스웨덴에서는 소설의 1, 2, 3부가 모두 영화로 제작됐고, 할리우드 영화감독 데이비드 핀처 David Finche 는 1부 《밀레니엄: 여자를 증오한 남자들》을 영화로 만들었다. 스웨덴 버전이 차가운 사회 탐구 스릴러 같다면 할리우드 버전은 스타일리시하고 뜨거운 액션 활극에 가깝다. 핀처 감독의 스타일이 묻어나서 그렇다. 핀처는 광고 감독 출신답게 감각적인 영상 연출을 하기로 유명하다. 만약 누가 감각적인 영상 연출이 어떤 것인지 내게 묻는다면 핀처 감독의 영화 오프닝 시퀀스를 보라고 권하고 싶다.

그의 모든 작품의 오프닝 시퀀스가 멋지다. 멋질 뿐 아니라 영화 내용을 압축적으로 담고 있다. 〈세븐〉1995 은 활자와 면도날과 인물의 손을 클로즈업하고 뒤섞으면서 누군가의 범죄를 시각적으로 암시한다. 〈파이트 클럽〉1999 은 인간의 뇌 속에 카메라를 설치한 것처럼 공포와 착란에 반응하는 신경세포를 적나라하게 보여준다. 〈패닉 룸〉2002 은 맨해튼의 거대한 빌딩 위에 제작자들의 이름을 가상의 건물처럼 만들었다. 〈소셜 네트워크〉2010 는 별다른 기교 없이 마주 앉은 두 사람이 나누는 대화에 5분 넘게 집중했고, 〈조디악〉2007 은 평온한 마을에서 벌어지는 참혹한 살인 장면을 느릿느릿 묘사했다. 어떤 작품이든 오프닝 10분 안에 관객을 사로잡는다.

〈밀레니엄: 여자를 증오한 남자들〉 또한 그의 감각적인 오프닝 시퀀스가 돋보였다. 검은색의 끈끈한 타르가 인간에게 들러붙는 듯한 기괴한 모습인데, 자세히 들여다보면 영화의 중요한 소품들을 발견할 수 있다. 가죽, 컴퓨터 키보드, 문신, 타이어, 눈물, USB 전선, 성냥 등은 주인공

리스베트와 관련 있는 물건들이다. 감독은 '리스베트가 꾸는 악몽 이미지를 형상화한 것'이라고 말했다.

스웨덴 버전의 영화도 멋지지만 나는 핀처의 작품을 좀더 좋아한다. 라르손이 소설로 구현하고 싶었던 재미와 자극과 용서와 비참한 감정이 핀처의 영화 속에 더 잘 묻어났다고 생각한다. 미카엘과 리스베트의 오묘한 관계 역시 핀처의 작품에서 더 잘 구현됐다고 본다. 물론 사람마다 판단은 다를 것이다. 원작을 몹시 좋아한 사람은 두 작품 모두 성에 차지 않겠지만, 둘 중 어떤 버전이 더 좋은지 비교해보면 자신이 선호하는 스타일을 알아낼 수 있다. 원작도 재미있지만, 영화로 만든 작품 역시 끝내주게 재미있다는 사실만큼은 확실하다.

라르손은 6천만 명이 자신의 작품을 읽을 것이라고는 생각하지 못했을 것이다. 영화를 본 사람까지 합하면 엄청난 수의 사람들이 자신이 만들어낸 이야기 속으로 빠져든 것이다. 라르손이 살아 있었다면, 통장에 들어오는 돈의 액수를 보면서도 웃었겠지만, 자신의 이야기 속에 빠져 몰두하는 사람들의 다양한 표정을 더 좋아했을 것이다. 그걸 보지 못하고 세상을 떠난 건 마음이 아프다.

Bacurau

- 소리로 영화 시작

- 위성이 날아가고, 클로즈업

더 확대되면서 차 한 대가 비틀비틀

도로를 달리고 있다.

17km
바쿠라우

"우리 가족 중 의사다 과학자,
매춘부도 있지만 도둑은 없습니다."

카르멜리타
장례 장면

DJ 우르수
클레버 멘론사 필로,
줄리아노 도르넬레스

맞서 싸운다.

이상한 영화다.
정체를 알 수 없다.
어디로 갈지
모르겠다.

브라질 남부
독일, 이탈리아 식인지였던 곳에서
온 두 명의 바이커 / 선인장가시에
찔리는 악당.

휴대전화나 태블릿으로 지도를 볼 때마다 깜짝 놀란다. '거리뷰'가 너무나 자세해서 놀라고, 최근 업데이트가 몹시 정확해서 놀란다. 모든 건물과 도로가 직접 내 눈으로 보는 것처럼 가깝다. 머지않아 모든 건물의 내부 구조도 볼 수 있게 된다고 하는데, 지도의 진화가 어디까지 나아갈지 상상하기 힘들다.

종이 지도를 들고 거리를 헤매던 순간이 전생처럼 아득하다. 낯선 도시에 가면 종이 지도를 제일 먼저 챙겼다. 성당이나 광장이나 대형 빌딩을 중심으로 '나의 위치'를 찾아내고, 내 주변에 어떤 상점들이 있는지, 강은 어디로 흐르는지, 교외로 나가려면 어떻게 해야 하는지 등을 확인했다. 지도를 통해 도시 전체의 큰 그림을 익혔고, 거리를 걸을 때는 큰 그림을 떠올리며 내가 어디로 향하고 있는지 파악했다. 크고 환한 별을 따라 걷던 모험가들처럼 도시를 여행했던 셈이다. 요즘은 종이 지도를 거의 보지 않는다. 기념품 삼아 몇 장 챙길 때도 있는데 다시 보는 일은 거의 없는 것 같다. 어느 도시에 가든 '현재 나의 위치 찾기' 버튼을 누르면 내가 어디에 서 있는지 알 수 있고, 나침반 기능을 이용해 어떤 방향으로 가야 하는지 알 수 있다. '핀치아웃 Pinch out'을 하면 내 주변의 도시가 서서히 모습을 드러낸다.

'핀치투줌 pinch-to-zoom' 기술을 최초로 발명한 사람은 수학자이자 과학자이자 발명가인 대니 힐리스다. 어느 날 힐리스는 파리에서 '애플'의 바로 그 스티브 잡스를 만나 자동차를 타고 시내를 구경하고 있었다. 그들을 뒤따르는 택시가 거슬리는 행동을 했고, 잡스는 기사의 전화번호를 알아내기 위해 신호에 걸릴 때마다 차에서 내렸다. 결국 전화번호를 알아내지는 못했지만, 힐리스는 그 순간 '핀치투줌' 아이디어를 구체화시켰다. 훗날 잡스는 아이폰을 통해 핀치투줌 아이디어를 세상에 선보였다. 힐리스는 모든 사람이 하루에 수백수십 번씩 사용하는 기술을 최초로 만들었지만 금전적 이득은 거의 보지 못했다. 힐리스는 최고의 발명품과 함께 명언도 남겼다.

"발명은 그런 겁니다. 먼저 1만 명의 사람이 아이디어를 냅니다. 다음으로 1,000명이 실제로 도전을 합니다. 그중 100명이 성공에 가까운 뭔가를 만들어냅니다. 그리고 열 명이 아이디어를 실현에 옮기죠. 마지막으로 한 사람이 그것을 세상에 퍼뜨립니다. 우리는 바로 그 한 사람을 발명가라고 부릅니다."《창조성에 관한 7가지 감각》, 데이비드 에드워즈, 박세연 옮김, 어크로스, 2020

　　힐리스의 말에는 중요한 메시지가 담겨 있다. 지금 우리가 누리는 이득은 혼자서 일궈낸 것이 아니라 많은 사람의 도움으로 완성됐다는 점이다. 수많은 실패가 밑바탕에 깔려 있기에 우리는 작은 성공을 거머쥘 수 있었다. 성공은 필연이 아니라 우연에 가깝다. 힐리스는 우리를 겸손하게 한다.

　　특정 기술이 순전히 개인의 것이 아니듯 우리가 살고 있는 지구 역시 개인 소유가 아니다. 우리는 지도에 선을 긋고 영토를 분할했다. 영토를 확장하기 위해 전쟁을 벌이고,

농사를 짓기 위해 산을 없앴다. 바다를 육지로 만든 곳도 있고, 이제는 우주에다 쓰레기를 버리기까지 한다. 재개발을 위해 오래된 건물을 계속 부수며, 그곳에 사는 사람들을 강제로 이주시킨다. 더 좋은 경치를 보기 위해 높은 건물을 끊임없이 세우고, 더 많은 자동차를 주차하기 위해 지하를 끝도 없이 파낸다.

브라질 영화 〈바쿠라우〉는 '바쿠라우'라는 지도에 존재하지 않는 마을을 배경으로 가장 동시대적인 이야기를 담았다. 댐을 건설하기 위해 바쿠라우의 물길을 끊은 개발업자, 개발업자와 손잡고 권력을 잡기 위해 주민들을 이용하는 정치인, 물과 식량이 부족한 상태에서도 자신들의 영토를 지키기 위해 사투를 벌이는 원주민, 내부에 들끓는 증오심을 잔인한 폭력으로 드러내는 미국인 용병 등 다양한 부류의 사람들이 이리저리 얽혀 있다. 쿠엔틴 타란티노 스타일의 호쾌한 액션 가득한 영화인데도 보는 내내 마음 한 구석이 찜찜한 이유는 영화 속 모습이 우리의 처지와 크게 다르지 않기 때문이다. 세계 곳곳에서 들려오는 뉴스와 크게 다르지 않기 때문이다. 존재하지 않는 마을에서 일어난 과장되고 허무맹랑한 사건 같지만, 어느 나라에나 바쿠라우와 비슷한 상황에 놓인 마을이 하나쯤은 있을 것이다.

바쿠라우라는 지명은 몸집이 크고 밤에만 사냥을 하러 나서는 쏙독새의 이름에서 가져온 것인데, 주민들의 삶도 쏙독새와 크게 다르지 않다. 바쿠라우는 외지와 철저히 차단되어 식료품과 의약품이 부족한 상태다. 주민들은 몰래 물을 훔쳐 오고, 유통기한이 지난 음식도 먹는다. 교육 환경도 열악하다. 재선을 위해 주민들의 환심을 사려는 시장이 트럭 가득 싣고 온 책을 바닥에 쏟아붓는 장면은, 바쿠라우 사람들의 처지를 한눈에 보여준다. 음식물을 주는 대로 얻어먹듯 정보와 지식도 고를 수 없다.

영화 후반부의 역전극은 그래서 더욱 통쾌하다. 마을의 원로 카르멜리타의 죽음으로 한때 불협화음을 내던 주민들은, 힘을 합쳐 권력에 맞서 싸운다.

많은 사람이 바쿠라우 주민들의 모습에서 아마존 우림을 지키는 원주민을 떠올릴 것이다. 실제 상황도 영화와 비슷하다. 브라질 정부는 아마존 개발을 위해 애쓰고, 환경 관련 예산은 점점 줄어드는 상황이다. 아마존의 많은 숲이 식량 생산을 위한 농토로 바뀌는 중이다. 2019년, 브라질 북동부 아마파주 원주민 보호구역에서는 원주민 지도자가 살해당했고, 아마파주 동쪽 마라냥주에서는 원주민 두 명이 벌목업자들에게 살해당했다. 이에 참다못한 원주민 수십 명이 소총으로 무장해 맞서 싸우는 일이 실제로 벌어졌다.

영화 후반부의 대혈투가 끝나고 '바쿠라우 박물관'은 피로 얼룩졌다. 벽에 묻은 핏자국을 닦아내려는 사람에게 박물관 관장은 이렇게 말한다.

"다 깨끗하게 정리하고 바닥도 잘 닦아주세요. 벽은 그냥 놔두시고요. 이대로 보존하고 싶어요. 지금 모습 그대로요."

어떤 흔적은 깨끗하게 지워야 하지만, 어떤 상처는 그대로 보존해 교훈으로 삼아야 한다. 어떤 걸 지우고 어떤 걸 남겨야 할까? 우리는 그걸 정하기 위해 역사를 배우고, 토론하고, 미래를 검토한다.

영화에는 유독 부감 숏이 자주 쓰였다. 부감 숏이란 위에서 아래를 내려다보는, 전체 상황을 가늠하기 쉽게 만드는 촬영 기법이다. 우주에서 지구를 내려다보듯 보게 되는 것이다. 거기에서 우리 이웃들이 싸우고, 죽고, 불타고 있다.

다큐멘터리에서도 비슷한 구도가 자주 등장한다. 바다를 부감 숏으로 찍은 화면에서는 플라스틱이 섬을 이루었다. 북극을 부감 숏으로 찍은 화면에서는 빙하가 눈에 띄게 줄어들었다. 아마존 밀림을 부감 숏으로 찍은 화면에서는 예전에 비해 녹색이 크게 줄어든 걸 확인할 수 있었다.

'드론을 하늘로 띄워 올릴 것이 아니라 우리가 드론이 되어야 한다.' '조금 높은 곳에서 지구를 볼 수 있는 눈을 가져야 한다.' 두 명의 감독 클레버 멘돈사 필로 Kleber Mendonsa Filho 와 줄리아노 도르넬레스 Juliano Dornelles 는 화면을 통해 그렇게 말하는 것 같다.

우리는 모두 즐거움을 추구한다. 맛있는 것을 먹고 싶고, 좋은 옷을 입고 싶고, 멋진 경치를 볼 수 있는 곳에 살고 싶어 한다. 우리의 욕망을 채우기 위해서는 많은 것이 필요하다. 고기를 얻기 위해 농장이 필요하고, 동물을 키우기 위해 많은 물과 사료가 필요하고, 동물의 사료를 만들기 위해 많은 곡물이 필요하고, 곡물 농사를 짓기 위해 땅이 필요하고, 땅을 만들기 위해 숲을 밀어낸다. 그리고 나무가 사라진 곳에서 인간의 재앙이 시작된다.

미국의 지리학자 조지 퍼킨스 마시는 이렇게 말했다.

"우리는 지금까지도 우리의 몸을 따뜻하게 하고 음식을 조리하기 위한 연료를 얻고자, 우리가 살고 있는 집의 거실과 벽판 유리창을 부수고 있다."

　　휴대전화 화면이 아니라 우리의 시야를 핀치아웃해보자. 두 손가락으로 나를 줄여보자. 내가 지금 서 있는 곳을 줄이면, 더 넓은 곳이 보일 것이다.

The Hill of Secrets

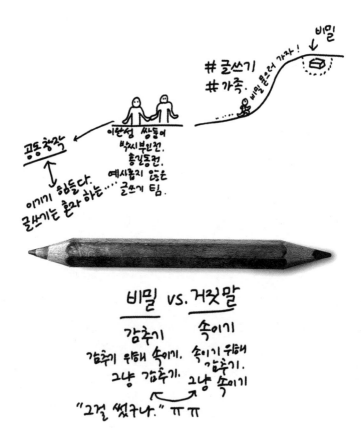

어떤 글이 좋은 글일까? 20년 넘게 글 쓰는 일을 직업으로 삼고 있으면서도 이 질문에 대답하기가 힘들다. 여전히 답을 찾는 중인데, 평생 찾기 힘들 것 같다는 예감이 든다. 그야말로 '케바케 case by case'다. 단문으로 쓴 간결한 문장이 좋은 글이라지만 때로는 어질어질할 정도로 길고 아름다운 문장이 사람의 마음을 움직이기도 한다. 기교가 전혀 없는 글이 사람을 울리기도 하고, 복잡한 구성을 갖는 글이 머리를 뻥 뚫리게 하기도 한다. 문장만 좋다고 좋은 글이라고 할 수도 없다. 문장만 번드르르할 뿐 가슴을 움직이지 못하는 글도 많다. 아래는 내가 존경하는 분의 글이다.

"오늘이 친정아버님 세 번째 제삿날이다. 며칠전 언니가 아부지 제사에 가자고 하는데 나는 한마디로 안간다고 했다. 아무 이유도 없이 혼자 생각에 오래 살아서 귀찮아 했는데, 어제 또 '안 갈려고?' 하면서 전화 와서 안 간다고 했지. 그런데 초저녁에 몇시간 자고 일어나니 잠이 안와서 티비도 보다가 라디오 아들 녹음한 거 듣다가 어찌어찌 하다가 잠깐 잠이 들었는데 꿈도 이렇게 무서운 꿈은 난생 처음이다. 온집안이 쑥대밭이고 이방저방 난장판이고 마당에도 내 방문 앞에도 키큰 깡패 그 다음 다음 버티고 서 있고 아무리 소리 질어도 누가 하나 도와주지 않는다. 꿈에서 누가 보냈느냐고 물으니 김일봉이 보냈다. 바로 우리 아부지. 벌떡 일어나서 아부지 갈께요. 아부지 제사에 가겠읍니다. 언니에게 전화해서 나도 간다고 했더니 언니는 몸이 너무 안 좋아서 못 간다고 하네요. 안돼, 가자고 내가 약 좋은 것 가지고 갈테니 가자고 억지를 부려서 갔더니 반겨주네요. 오리라고는 생각지도 않았는데 하면서 오빠도 올케도 조카 질부 언니 우리 오기를 잘했다 하면서 우리 삼남매 모두 기분좋게 웃으면서 제사 모시고……." 원문의 느낌을 살리기 위해서 맞춤법 규정을 적용하지 않았다.

어머니의 일기장에서 발췌한 글이다. 어머니는 일기 쓰는 걸 좋아하고, 자신의 마음을 글로 쓰는 걸 좋아한다. 나는 어머니의 글을 볼 때마다 놀란다. 마음속 풍경을 이렇게 잘 묘사하는 건 타고나는 것일까? 나도 어머니 덕분에 글 쓰는 일을 할 수 있는 것일까? 어머니는 당신의 마음속에서 피어올랐다가 구름처럼 흩날리는 생각의 변화를 솔직하게 담았다. 좋은 글이 무엇인지는 알 수 없지만, 솔직하지 못한 글은 좋은 글이 될 수 없다는 것쯤은 어렴풋하게 깨달았다.

솔직한 글은 무조건 좋은 글일까? 솔직함은 글쓰기의 그 어떤 요소보다 가장 중요한 항목일까? 그것도 아닌 것 같다. 이지은 감독의 영화 〈비밀의 언덕〉을 보면서 그 생각을 다시 했다. 〈비밀의 언덕〉은 좋은 글이 무엇인지 생각하게 하고, 가족이 어떤 존재인지 되돌아보게 하고, 살면서 어느 정도의 비밀을 가지는 게 행복한지 가늠해보게 한다.

초등학교 5학년 명은은 주목받고 싶은 아이다. 선생님의 사랑을 독차지하고 싶어서 반장 선거에 나가 당선되고, 선생님과 매일 마주 앉아 회의하고 싶어서 '비밀 우체통'이라는 제도를 만든다. 아이들이 비밀 우체통에 요청 사항을 넣으면 반장이 선생님과 회의를 거쳐 받아들일지 말지 결정한다. 선생님과 딱 붙어 지내면서 명은은 점점 행복해진다. 선생님의 권유 때문에 글쓰기도 시작한다. 열심히 공부하고 준비해서 도전한 첫 번째 글쓰기 대회에서 입선한 명은은 자신감을 얻는다. 대상을 받지는 못해도 매번 입선에는 뽑힌다. 그러던 어느 날 명은은 서울에서 전학온 혜진, 하연 자매와 가까워진다. 두 사람은 이란성 쌍둥이로 늘 붙어 다니고 글도 함께 쓴다. 쓰는 글마다 상을 휩쓴다. 명은은 두 사람에게 글쓰기 비결을 묻는다.

명은: 너희들은 글짓기 대회 며칠 동안 준비해?

혜진, 하연: 우리? 한 시간?

명은: 어떻게?

혜진, 하연: 우린 준비 같은 거 안 해. 그냥 자기 애기 솔직하게 쓰잖아? 그럼 선생님들은 감동받아서 상 주시거든. 지금까지 모든 학교가 그랬어. 맞아. 한 번도 틀린 적이 없었어.

　　혜진과 하연은 자기 애기를 솔직하게 쓰면 된다고 쉽게 말하지만, 사실 두 사람의 애기는 평범하지 않다. 부모님의 이혼 이야기와 술집에서 일하는 어머니의 이야기와 그에 얽힌 복잡한 가정사를 거침없이 글로 쓰고 말로 한다. 명은은 그들을 따라 해보기로 한다. 솔직하게 글을 써보기로 한다. 가족에게 품고 있었던 불만과 불편을 글로 써보기로 한다. 명은은 솔직한 글쓰기에 성공할 수 있을까? 관객들은 조마조마하게 명은의 글쓰기를 지켜본다.

영화 속 등장인물들은 거짓말을 많이 한다. 교장 선생님도 거짓말을 하고 담임선생님도 거짓말을 한다. 지각을 자주 하는 담임선생님의 위신을 세워주기 위해 교장 선생님은 "타고 오던 버스가 고장 났다면서요?"라며 은근슬쩍 거짓말을 유도한다. 담임선생님도 그에 화답한다. 명은은 담임선생님이 제시간에 오지 않자 "선생님 출근했는데 복사하러 가셨어요"라며 교장 선생님에게 거짓말을 한다. 명은은 스케일이 큰 거짓말도 한다. 부모님이 시장에서 젓갈 장사를 하는 게 부끄러운 나머지 가짜 부모를 만든다. 관객들은 거짓말이 들통나지 않을까 조마조마한 심정으로 명은을 지켜본다. 마치 우리가 거짓말을 한 것처럼 불안하다.

우리는 솔직함과 거짓말 사이에서 매번 방황한다. 너무 자주 거짓말을 하지 않으려 노력하고, 너무 솔직하게 말하는 바람에 누군가 다치는 일이 없도록 신경 쓴다. 글쓰기 역시 마찬가지일 것이다. 너무 솔직한 글은 누군가를 다치게 하고, 거짓말을 섞어서 쓴 글은 쓰는 사람도 읽는 사람도 불편하게 한다. 글쓰기는 기본적으로 거짓말이다. 창작자의 손을 거치는 순간 어떤 이야기는 과장되고, 어떤 이야기는 축소된다. 거짓말과 솔직함, 그 사이에서 우리의 글쓰기는 자주 길을 잃는다.

명은은 환경에 대한 글을 쓸 때 완전히 몰입해 환경지킴이가 된다. 분리수거를 하지 않는 엄마에게 "엄마는 왜 이렇게 막 살아?"라며 막말을 한다. 통일에 대한 글을 쓸 때는 '굳이' 통일전망대까지 가서 취재를 한다. 그야말로 있는 힘껏 최선을 다해 글을 쓴다. 혜진과 하연 자매처럼 자신의 불행한 가족사를 솔직하고도 과감하고도 적나라하게 폭로하지는 못하지만 주제에 몰입해 글을 쓴다. 명은은 자매에게 묻는다.

"나 연필을 너무 많이 쥐어서 굳은살이 배길 것 같아. 맨날 글 쓰고 독후감 쓰고 편지 쓰고 일기 쓰고 이러니까 그런 거 같아."

자매는 "아프겠다"며 안쓰러워한다. 자신들에게는 굳은살이 전혀 없다며, 글쓰기를 왜 그렇게 열심히 하는지 모르겠다며. 명은은 대답한다.

"아프진 않아. 그냥 좀 못생겼을 뿐이지."

영화를 보는 내내 나는 혜진과 하연보다 명은을 응원했다. 혜진과 하연은 독서량도 풍부하고 글도 잘 쓰지만, 글쓰기의 중요한 무엇인가를 놓치고 있다는 생각이 들었다. 두 사람은 자신들의 글이 누군가에게 어떻게 '먹힐지' 잘 알고 있고, 그걸 이용하고 있다. 글의 내용보다 포장에 신경을 쓰고 있다.

명은은 타고난 재능은 부족할지 몰라도 누구보다 열심히 글을 쓰기 위해 노력한다. 노력한다고 꼭 좋은 글을 쓸

비밀의 언덕

수 있는 게 아니라는 사실은 어쩐지 불공평하지만, 명은이의 손가락 굳은살은 못생긴 게 아니라고 얘기해주고 싶다. 명은이는 자신의 글이 누군가를 다치게 할까 봐, 너무 날카로운 칼이 되어 다른 사람에게 상처를 낼까 봐 부러 무딘 칼로 글을 쓴다. 글쓰기는 누군가에게 가닿기 위해 쓰는 것이기도 하지만, 그 과정에서 자신을 알아가는 공부이기도 하다. 나는 먼 훗날 명은이가 혜진과 하연보다 더 좋은 작가가 될 것이라 생각한다. 그렇지만 여전히 어떤 글이 좋은 글인지는 잘 모르겠다.

Fallen Leaves

고작 30년 전의 일인데, 휴대전화 없던 시절이 잘 떠오르지 않는다. 연락은 어떻게 했더라? 약속은 어떻게 했더라? 사람들 소식은 어떻게 알았더라? 한국에 휴대전화가 들어온 시기가 1988년이니까 그 이후에 태어난 세대는 휴대전화가 없던 시간을 상상하기도 힘들 것이다. 얼마 전 공중전화 부스를 발견하고 추억에 잠긴 적이 있다. 삐삐 알림을 보고 전화를 걸기 위해 줄을 서서 기다렸던 일들이 떠올랐다. 눈치 없이 오랫동안 통화하는 사람이 있으면 괜히 공중전화 부스를 소심하게 툭툭 쳤던 기억도 난다. 그때는 약속 장소로 유명한 명소가 따로 있었다. 시계탑이나 대형 서점이나 눈에 잘 띄는 가게 앞에는 누군가를 기다리는 사람들로 가득했다. 기다리는 동안 지루해서 책을 읽거나 음악을 들었다.

기억을 더듬다 보니 그 시절에 느꼈던 묘한 감각이 하나 떠올랐다. 약속을 하고 누군가를 기다리던 시간, 시간이 흐르면서 변해가던 나의 마음 상태가. 처음에는 즐겁게 기다리다가 시간이 흐를수록 온갖 생각을 했다. '늦네', '얼마나 늦을 생각이지?', '그냥 가버릴까?', '지금까지 기다린 게 아까우니까 10분만 더 기다려보자', '20분도 기다렸으니 딱 30분까지만 기다려보자', '오면 막 화를 낼까?', '뭔 일이 생긴 걸까? 삐삐라도 쳐볼까? 집에 전화해볼까?', '그런데 전화하러 갔다가 길이라도 엇갈리면 어떡하지?' 수많은 상황을 떠올리던 내 마음이 기억났다. 마음이 그토록 수다스럽다는 걸 그때 처음 알았다. 지금도 그때의 마음이 생각나는 걸 보면 누군가를 기다리던 시간은 특별한 일로 남는 모양이다.

이제는 누군가를 기다리는 동안 휴대전화로 게임을 하거나 톡을 해서 상황을 파악하거나 메시지를 남기고 다른 볼일을 보러 간다. 기다린다는 것은 1초 2초 흐르는 시간을 온전히 느끼고, 아직 오지 않은 사람을 간절히 생각하는 일이다. 한번쯤 휴대전화를 내려놓고 누군가를 온전히 기다려보는 일은 소중한 경험이 될 것 같다.

영화나 소설은 미래를 예견하는 역할을 할 때도 있지만, 과거의 감각을 되살리는 데 도움을 주기도 한다. 일종의 대리 체험이다. 아키 카우리스마키 Aki Kaurismaki 감독의 〈사랑은 낙엽을 타고〉는 누군가에게 다가가고 가까워지고 기다렸다가 또 멀어지는 관계의 감각을 제대로 느껴볼 수 있는 영화다. 취향에 맞는다면 '최고의 코미디'로 여길 정도로 웃기는 영화이기도 하다. 아키 카우리스마키는 흔히 '데드팬 deadpan 코미디의 거장'이라 불린다. '데드팬'은 진지한 표정으로 하는 유머를 말한다. 〈사랑은 낙엽을 타고〉의 두 장면을 보면 바로 이해할 수 있다.

공장에서 일하고 있는 남자1이 '흡연 금지'라는 경고판 아래에서 담배를 피우고 있다. 그때 남자2가 다가온다.

남자2: 그러다 가스 터지면 죽어.

남자1: 그 전에 폐암으로 죽을 걸요.

남자2: 그래, 어련하시겠어.

남자1: 어디든 빈정대는 사람은 꼭 있네요.

남자2: 네 장례 때도 해줄게.

남자1: 부조나 해요.

남자2: 그건 돈 들잖아.

마트에서 일하고 있는 여자1, 여자2, 여자3 앞에 마트 관리자가 등장해 가방 안에 든 물건을 꺼내라고 한다. 그 안에는 유통기한이 지난 빵이 들어 있다.

관리자: 신고 안 하는 걸 다행으로 여겨요.

여자2: 기한이 지나서 못 팔잖아요.

관리자: 그래도 오래된 건 버려야 해요.

여자1: 저도 오래됐는데요.

관리자: 통보 기간 없이 바로 해고예요.

여자1: 원래 비정규직은 통보 기간 없잖아요.

　배우들은 웃음기 하나 없는 얼굴로 이런 무시무시한 대사를 계속한다. 썰렁하다고 생각하는 사람도 있겠지만,

나는 영화를 보는 내내 웃겨 죽는 줄 알았다. 웃으면서도 마음 한구석이 쓰렸다. 〈사랑은 낙엽을 타고〉는 남자1과 여자1의 사랑 이야기다. 폐암으로 죽을 거라면서 담배를 피우는 남자와 유통기한이 지난 오래된 사람이라고 자신을 소개하는 여자가 사랑을 시작한다. 두 사람은 노래방에서 첫눈에 반한다. 반했다는 표현이 이상하긴 하다. 두 사람은 첫눈에 호감을 느끼지만 아무것도 하지 않는다. 말을 걸 법도 하지만 그냥 서로 눈치만 보다가 헤어진다.

두 번째 만남에서 관계는 급진전한다. 함께 차를 마시고, 영화를 보러 간다. 그들이 선택한 영화는 짐 자무시 감독의 〈데드 돈 다이〉. 제목이 의미심장하다. '죽은 자들은 죽지 않는다'. 죽은 자들은 좀비들을 말한다. 두 사람은 사랑하기 전까지 좀비처럼 살아갔다.

영화를 보고 난 여자1은 남자1에게 "이렇게 많이 웃은 건 처음"이라면서 전화번호를 건넨다. 남자1은 혼자 남아서 담배를 꺼내다가 주머니에 들어 있던 전화번호가 적힌 쪽지를 바닥에 흘리고 만다. 관객은 그 사실을 알지만 남자1은 알지 못한다. 한참 후에야 남자1은 쪽지가 사라진 걸 알아차린다. '이런 바보 같으니라고.' 한숨이 절로 나온다. '어떻게 찾아온 따스한 사랑의 기운인데 그걸 놓쳐버리다니, 진짜 미친 거 아니냐? 정신을 차리고 쪽지를 간수했어야지, 아무리 담배를 피우고 싶었어도 쪽지는 챙겼어야지.' 답답함에 화가 날 지경이다. 다른 영화 같았으면 남자1이 SNS나 지인을 통해 수소문해 여자1의 정체를 알아냈을 것이다. 그렇게 다시 만났을 것이다. 카우리스마키 감독은

사랑은 낙엽을 타고

기계와 네트워크의 힘을 빌리지 않고, 두 사람을 다시 만나게 한다. 남자1은 그날부터 극장 앞에서 여자1을 기다린다. 기다린다기보다 운명적으로 나타나기를 기대하면서 하염없이 서 있다. 끊임없이 담배를 피우면서, 꽁초를 바닥에 쌓으면서, 시간을 거기에 묻으면서. 지금 시대에는 어울리지 않는 기다림의 방식이지만 감독은 무작정 기다리는 남자의 마음에서 우리가 잊고 있던 사랑의 감각을 되살려낸다.

남자1과 여자1은 다시 만난다. 기적처럼 여자1이 나타나고 그제야 두 사람은 서로에게 이름을 알려준다. 남자1의 이름은 홀라타 주시 바타넨고, 여자1의 이름은 안사 알마 포이스티다. 이름을 알게 되고, 서로를 알아가면서 두 사람은 충돌한다. 안사는 '아빠와 오빠가 술 때문에 죽었다'면서 '술 마시는 남자는 싫다'고 말한다. 홀라타는 술에 푹 절어서 사는 자신의 삶을 포기하기 싫다. 남자는 여자를 떠난다. 서로에게 이름을 알려주고 사랑이 시작되려는 순간, 사랑은 끝나고 만다. 다행스러운 건, 만남은 거기서 끝나지 않으며 해피엔딩으로 이어진다는 사실이다. 영화를 끝까지 본 사람이라면 사랑스러운 마지막 장면 때문에 분명 미소를 지었을 것이다. 이 영화를 보고 나면 사랑이 하고 싶어진다.

영화 속 라디오에서는 전쟁 뉴스가 계속 흘러나온다. 러시아가 우크라이나를 침공했다는 뉴스다. 문득 이 모든 일들이 현재임을 실감하게 된다. 안사는 갑자기 라디오를 꺼버린다. 평생 노동자와 소외받는 사람들의 이야기를 카메라에 담았던 카우리스마키 감독의 행동 같기도 하다. 세상에는 누군가를 굴복시키기 위해 전쟁을 시작하는 사람도 있지만, 하염없이 누군가를 기다리면서 해피엔딩을 바라는 사람이 훨씬 많다. 전쟁보다 사랑이 훨씬 중요하다. 전쟁 뉴스가 나오는 라디오를 끄고, 누군가와 사랑을 시작해보자. 〈사랑은 낙엽을 타고〉는 카우리스마키 감독이 휴대전화를 꼭 쥐고 거기서 눈을 떼지 않는 사람들에게 보내는 엽서 같다.

12개의 챕터 프롤로그

1.
2. 바람 피우기
3. 미투 시대의 오럴섹스
4. 우리만의 가을
5. 타이밍이 나쁘다
6. 핀마르크 고고
7. 새로운 단계
8. 훌리에의 자기도취적 목예
9. 크리스마스를 망친 바캉스
10. 길인칭 연수
11. 양성 반응
12. 모든 것엔 끝이 있다
    에필로그

술라리에서
남성중심 사회를
비판하는 율리에

영화의 첫 장면
으로,

소니, 미리암,
악셀의 전시회.

이쁜이들 들어가는 파티장.
에이빈드

페미니스트나 오럴섹스를
즐길 수 있을까?
악셀에게 금은 인정없다.

두 명의 예술가
질투하지 않는
꼴을 못 봤다.

닉 혼비의 소설 《하이 피델리티》문학사상사, 2014 는 팝에 대해서는 모르는 게 없지만 인간관계에서는 서툴기 짝이 없는 중년 남자의 사랑 이야기다. 음악 애호가인 작가의 취향이 소설 내용과 제목에 반영돼 있다. '하이 피델리티'는 우리가 흔히 '하이파이'라고 부르는 고성능 음악 재생장치를 뜻한다. 소설 속 주인공은 쓰러져가는 레코드 가게를 운영하며 점원과 시시한 농담을 주고받거나 손님들과 음악 이야기를 나누는 게 삶의 가장 큰 낙이다.

소설 《하이 피델리티》는 영화로도 만들어졌는데, 한국에서 개봉 당시 썼던 제목 때문에 한동안 말이 많았다. 음악 용어였던 원제를 버리고 '사랑도 리콜이 되나요'를 선택한 것이다. 고개를 갸웃거리게 하는 제목이다. 사랑을 리콜하다니, 신박한 제목 같기도 하고 사랑과 연인을 상품으로 생각하는 제목 같기도 하다. 나 역시 '사랑도 리콜이 되나요'라는 제목이 싫었다.

과도한 의역을 했지만 크게 화제가 됐기 때문인지 한국판 제목의 형식을 따르는 제목들이 등장했다. 3년 후에 개봉한 소피아 코폴라의 영화 〈Lost in Translation〉의 한국판 제목은 '사랑도 통역이 되나요'다. 원제는 '통역이나 번역 과정에서 말의 의미가 누락됐다'는 뜻인데 그 속에 떡하니 '사랑'이라는 말을 새겨넣었다. 〈사랑도 리콜이 되나요〉2000 와 〈사랑도 통역이 되나요〉2003 는 내가 유독 좋아하는 작품이라서 제목에 대한 아쉬움이 더 컸던 것 같다. 뒤이어 '사랑도 리필이 되나요', '사랑도 흥정이 되나요' 같은 제목이 등장했을 때는 그냥 헛웃음만 났을 뿐이다.

사랑할 땐 누구나 최악이 된다

'사랑' 의역 시리즈에 또 하나의 작품이 추가됐다. 2022년에 개봉한 노르웨이 영화 〈The Worst Person in the World〉는 '세상에서 가장 나쁜 인간' 정도로 번역할 수 있겠지만 '사랑할 땐 누구나 최악이 된다'로 옮겨졌다. 노르웨이 원제 역시 '세계 최악의 인간'이라는 의미에 가깝다. 아마 '세상에서 가장 나쁜 인간'이 주인공으로 등장하는 영화를 보고 싶은 사람이 많지 않을 테니 제목을 바꾸었을 것이다. 이해가 간다. 바뀐 제목이 영화 내용을 잘 설명한다면 아무 문제 없다. 그러나 영화를 다 보고 나면 문제가 있다는 생각이 든다.

〈사랑할 땐 누구나 최악이 된다〉의 주인공은 스물아홉 살 율리에다. '어려운 문제에 도전하는 걸 좋아해서' 의학 공부를 시작했지만 자신의 길이 아님을 깨닫는다. 육체보다 정신에 몰두하고 싶어 심리학을 공부했다가 갑자기 사진 찍는 데 관심이 생기면서 사진작가를 꿈꾼다. 사람을 사랑하는 방식 역시 종잡을 수 없다. 나이 차가 많이 나는 사십대의 성공한 만화가 악셀과 사랑에 빠져서 행복한 나날을 보내는가 싶더니, 파티에서 우연히 만난 에이빈드에게 마음을 빼앗긴다.

율리에는 강물의 소용돌이에 놓인 작은 나뭇잎처럼 이리저리 흔들리며 어디로도 가지 못한다. 많은 사람이 율리에의 모습에 공감할 것이다. 자신의 길을 찾고 싶은데 진짜 원하는 게 뭔지, 잘할 수 있는 게 뭔지 알지 못해 그저 같은 자리를 뱅글뱅글 돌 뿐인 상황 말이다.

영화의 시작은 멋진 옷을 차려입고 담배를 피우는 율

리에의 모습이다. 율리에는 한숨처럼 연기를 내뿜고 있다. 한참 후에야 율리에가 멋진 옷을 차려입은 이유가 남자친구 악셀의 전시회 때문임을 알게 된다. 전시회에 온 손님들은 모두 악셀의 작품에 대해 이야기하고, 그의 재능을 칭찬하고, 그와 사진을 찍고 싶어 하고, 사인을 받는다. 당연한 일인데 율리에는 소외감을 느낀다. 율리에는 집에 먼저 가겠다고 인사한 다음, 길을 걷다 노을을 바라보면서 눈물을 흘린다.

영화의 중반부에는 율리에가 격하게 화를 내는 장면이 나온다. 악셀과 헤어지고 만난 실은 헤어지기 전에 만난 커피숍 직원 에이빈드와 동거하고 있던 율리에는 여전히 모든 것이 막막하기만 하다. 자신이 쓴 글을 우연히 읽게 된 에이빈드가 '글이 재미있다'고 칭찬하자 율리에가 급발진하면서 화를 낸다. '왜 남의 글을 멋대로 읽냐'고, '네가 문학을 아냐'고, '마지막으로 읽은 책이 뭔지 기억이나 하냐'고 다그친다. 가시 박힌 말이고, 상처를 깊이 낼 단어들이다. 율리에는 그 순간 옛 남자친구 악셀을 떠올렸을 것이다. 처음으로 자신이 쓴 글에 대해 자세하게 칭찬해주던 악셀이 떠올랐을 것이다. 율리에는 에이빈드를 향해 소리친다.

"난 더 많은 걸 원해."

두 사람은 여러모로 정반대의 남자다. 악셀은 재능도 많고 야심도 크고 세상으로부터 인정도 받았다. 율리에와 말이 잘 통하기도 하고, 율리에가 존경할 만하다. 에이빈드

사랑할 땐 누구나 최악이 된다

는 소박한 남자다. 커피숍에서 일하는 삶에 만족하고, 여행을 좋아하고, 친환경적인 삶을 꾸려나가고, 정신 수양에 관심이 많다. 율리에는 에이빈드와 함께 있을 때 '나다울 수 있어 좋다'고 말했다.

율리에는 하고 싶은 것도 많고 되고 싶은 것도 많다. 악셀처럼 유명한 사람이 되어서 사람들에게 관심을 받고 싶다. 그렇지만 한편으로는 에이빈드와 함께 소소한 삶을 꾸려가고 싶기도 하다. 율리에는 "내가 진짜로 원하는 뭔지 모르겠다"라고 고백한다. 율리에의 고백은 우리 모두의 마음이기도 하다. 사람들과 연결되고 싶은 마음이 있다가도 불현듯 혼자만의 시간을 보내고 싶다. 악셀의 전시회장을 나와서 눈물을 흘렸던 순간의 율리에와 '난 더 많은 걸 원한다'며 욕망이 크지 않은 에이빈드에게 소리 지르는 율리에 사이, 꼭 그 같은 강물의 소용돌이 속에서 우리 역시 살아가고 있다.

'사랑할 땐 누구나 최악이 된다'라는 제목을 곰곰 생각해보면 율리에, 에이빈드, 악셀 세 사람 모두 최악이라는 뜻으로 여겨진다. 이런 해석은 지나치게 비관적이다. 최악이라는 말은 그야말로 최상급이다. 우리는 사랑을 하면서 이기적으로 변하기도 한다. 상대에게 특별한 존재로 남고 싶어서 생떼를 부릴 때도 있다. 사랑한 걸 후회할 수도 있다. 내가 받은 것보다 준 것이 더 많게 느껴질 때도 있다. 사랑의 과정이 그럴 뿐, 사랑의 마음 때문에 생겨난 모든 부정 요소를 최악이라고 단언할 수는 없다. 게다가 누구에게나 사랑이 최악인 것도 아니다.

원제인 '세상에서 가장 나쁜 인간'은 오히려 짐작과 다른 정반대의 의미다. 사랑 때문에 생긴 이기적인 마음이 불편할 때가 있다. 도저히 견딜 수 없어서 헤어지자고 말할 때 상대에게 큰 상처를 주는 것은 아닌지 미안할 때가 있다. 그 미안함 역시 사랑인데, 사랑으로 인정하고 싶지 않을 때가 있다. 내 살길을 찾으려면 완전히 이기적이어야 할 필요도 있다. 그럴 때 우리는 스스로를 그렇게 부른다.

"아, 나는 세상에서 가장 나쁜 인간인가 봐. 사랑했던 사람에게 이런 짓을 하고 있네."

'사랑할 땐 누구나 최악이 된다'라는 제목은 사랑을 부정적으로 묘사한다. 사랑은 원래 그런 거라고, 누구나 최악이 되는 거니까 당신이 최악이 되어도 이상할 게 하나도 없다고 말해주는 제목이다. '세상에서 가장 나쁜 인간'은 역설적인 제목이다.

사랑은 리콜이 되지 않는다. 사랑하는 순간 환불 불가 상태가 된다. 사랑은 마음에 끝까지 남는다. 사랑은 통역이 된다. 사랑하는 마음의 특별함은 순전히 개인적인 경험이지만, 함께 나눌 때 상대의 언어를 곧바로 이해할 수 있다. 사랑은 리필이 되기도 한다. 시간이 지나도 사랑은 사라지지 않는다. 무한리필이 가능하다. 사랑은 흥정할 수 없다. 사고 팔 수 있는 게 아니다.

사랑할 때 누구나 최악이 되는 것은 아니다. 최악으로 변하는 사람을 발견한다면, 사랑하지 말고 빨리 피하자.

사랑하다가 때로는 당신이 '세상에서 가장 나쁜 인간'이라고 느끼는 순간도 있을 것이다. 그렇지만 그것 역시 사랑이라고 생각한다. 그런 감정을 느낀다고 스스로를 미워하지 말자. 당신은 그 누구보다 당신 자신을 더 많이 사랑해야 한다.

　　　영화 보고 오는 길에 글을 썼습니다

Kim Min-young of the Report Card

초등학교 시절 성적표를 받아 들었던 순간이 지금도 선명하게 기억난다. '수'는 많지 않았고, '우'가 좀 많았던 것 같고, '미'와 '양'도 하나쯤 있었던 것 같다. 다행히 '가'는 없었다. '수우미양가'로 학생을 평가하던 시절이었다. 어떤 과목을 잘했고 어떤 과목에 약했는지는 기억나지 않고, '수우우수양미우우수'처럼 암호 같았던 문장만 떠오른다. 부모님 모두 아들의 성적에는 큰 관심이 없었기 때문에 성적표를 갖다 드리기에 난처한 적은 없었다. '수우미양가'가 줄지어 서 있는 모습이 재미있어서 한참을 들여다보았을 뿐이다. 요즘은 어떤 식으로 성적을 매기는지 모르겠다.

'수우미양가' 시스템은 일제강점기부터 사용된 일본 문화의 잔재다. 그런데 한자 사용이 좀 이상하다. '수'는 빼어나다는 뜻이고, '우'는 넉넉하게 뛰어나다는 뜻이고, '미'는 아름답고 고운 실력이라는 뜻이고, '양'은 양호해 훌륭하다는 뜻이고, '가'는 가능성이 무궁무진하다는 뜻이다. 누가 잘났고 못난 게 아니라 각기 가지고 있는 색깔이 다르다는 의미다.

대학에 가서는 조금 난감해졌다. 'A'보다는 'B'나 'C'가 많았고, 암호 같은 문장 대신 알파벳 순서의 명료한 구분이 내 위치를 보여주고 있었다. 제일 앞에 있는 건 A, 제일 앞선 사람이란 뜻을, 제일 뒤에 있는 사람은 F, 낙오한 사람이란 뜻을 내포한다. 성적 조정을 신청한 적은 한 번도 없었지만 언제나 내 성적이 궁금했다. 어떤 과목은 노력에 비해 성적이 좋았고, 어떤 과목은 노력한 시간이 증발된 듯한 성적이었다. 낙오를 간신히 면했지만 A+로 가는 길은 무척 험난해 보였다.

대학에서 성적표를 받을 때마다 A, B, C, D, F도 무언가의 약자면 좋겠다고 생각했다. A는 멋지고 잘난 Awesome, B는 아름다운 Beautiful, C는 창의적인 Creative, D는 만나기만 해도 기분이 좋은 Delightful, F는 그 능력이 엄청나서 믿어지지 않는 Fabulous의 약자라면 어떨까. 앞뒤로 줄 세우는 게 아니라 각 특징을 영어 약자로 표현해주면 어땠을까.

〈성적표의 김민영〉이라는 영화의 제목을 한참 들여다봤다. 이상한 제목이다. '김민영의 성적표'가 아니라 '성적표의 김민영'이다. ABCDF가 무언가의 약자일지도 모른다는 나의 엉뚱한 공상만큼이나 엉뚱한 영화가 아닐까. 영화 포스터 역시 내 상상력을 자극했다. OCR 답안지에다 영화 제목을 적어넣었고, '용기를 내어 말할게. 너는 나의 소중한 F야'라는 도발적인 문구가 적혀 있었다. 〈성적표의 김민영〉은 생각보다 더 엉뚱한 영화였다.

영화의 시작은 청주여자고등학교 3학년에 재학 중인 세 명이 자신들이 운영해오던 '삼행시 클럽'을 해체하는 장면이다. 수능 준비를 하기 위해서다. 주인공 중 한 명인 김민영은 자신의 이름으로 만든 삼행시를 낭독한다.

"**김**씨 성을 가진 사람들이 너무 많다. 그래서 김씨들이 모여 가장 효용 없는 한 사람을 추방하자 회의를 했다.
민영아, 누군가가 내 이름을 불렀다. 나는 변호하고 싶었다.
영원히 제가 이대로 살아가지는 않을 거예요."

세 명이 심각하게 삼행시를 낭독하는 모습을 보고 있으면 웃음이 나지만, 그 절절한 내용 때문에 마냥 웃기도 힘들다. 웃으면서도 가슴이 저린, 그러면서도 또 키득키득 웃음이 나는 장면들이 많은 영화다.

수능을 본 수많은 학생의 마음이 이들이 지은 삼행시와 비슷했을 것이다. 시험을 잘 치지 못하면 효용 없는 사람으로 추락할 것 같은 기분, 조금의 실수 때문에 인생이 망가질 것 같은 심정으로 시험지를 뚫어지게 바라보았을 것이다.

삼행시 클럽을 함께했던 셋은 각자의 길을 간다. 최수산나는 미국 유학을 떠나고, 김민영은 대학에 진학하고, 유정희는 동네 테니스장에서 아르바이트를 한다. 세 사람은 가끔 비디오 채팅으로 만나 삼행시를 낭독하는 시간을 갖지만 조금씩 멀어지고 있다는 걸 느낀다. 최수산나는 미국에 있는 자신을 배려하지 않는 채팅 시간 선정에 섭섭해하고, 김민영과 유정희 역시 서로의 상황을 이해하지 못하는 상대에게 섭섭해한다.

세 사람은 미래로 향하고 싶지만, 가열하게 전진하고 싶지만 마음대로 되지 않는다. 솔직히 앞이 어디인지 잘 몰라 답답하다. 유정희가 자신의 이름으로 지은 삼행시는 세 사람의 현재를 이야기해주고 있는 것 같다.

"**유**람선의 정기권을 끊었다. 이걸 타고 매일 출근을 할 것이다. **정**답을 알 길이 없는 두려운 생각들이 물을 더럽힌다. 그것들은 이 바다의 미세먼지다. 창밖을 보며 감상을 찾는 출근길은 없다. 그럼에도 어딘가에 **희**망과 기대의 순간들이 그 길에서 외로운 정화 작업을 진행 중."

삼행시라고 이름 짓기에는 문장이 무척 길다. 한 편의 시라고 부르는 게 나을 것 같다. 자신의 이름으로 삼행시를 짓는 장면을 보고 있으니 우리의 이름 세 글자 혹은 두 글자, 혹은 네 글자, 혹은 그 이상 역시 어떤 말의 줄임말인지도 모르겠다는 생각이 들었다. 태어나자마자 줄임말로 불리게 된 우리는, 삶이라는 과정을 통해 이름의 진짜 의미를 찾아가는지도 모르겠다. 모두 자신의 이름으로 N행시를 지어보면 좋겠다. 나도 한번 해보겠다.

"**김**밥천국의 줄임말이냐고 놀리는 도시 김천에서 태어났다.
중요한 인물이 될 만한 떡잎은 보이지 않았다.
혁명은커녕 작은 모임도 주도하지 못할 정도로 개인적인 사람이지만 소설을 쓰는 동안 다른 사람을 자주 생각한다."

대학에 간 김민영은 성적 때문에 고민 중이다. 일반생물학은 'C-', 일반생물학실험은 'B', 일반미생물학은 'C+', 식물분류학은 'C'. 전공 필수 과목들의 성적이 좋지 않다. 교수에게 성적 이의를 제기하려고 메일을 쓴다.

"교수님, 2차 시험 결과도 괜찮았고, 현미경 실습 노트도 정말 누구보다 열심히 그렸는데……"까지 쓰다가 김민영은 문장을 고친다. '누구보다'라는 표현을 지운다. 우리는 흔히

성적표의 김민영

'누구보다 열심히 했다'는 표현을 쓰지만, 사실 그건 누구도 알 수 없는 일이다. 사람들은 모두 열심히 살기에 누가 누구보다 더 열심히 살았다고 비교할 수 없다. 그냥 각자 최선을 다해 열심히 살 뿐이다. 성적을 내는 교수님도 마찬가지다. 그저 수면 위에 드러난 조금의 차이를 가지고 성적을 매길 뿐이다. 성적은 그래서 잔인하다.

김민영의 성적표를 보고 있으면 이런 생각이 들 수밖에 없다. '전공 과목 성적이 저렇게 좋지 않은 걸 보면 열심히 공부한 건 아니네.' 김민영의 성적이 왜 좋지 않았는지는 나중에 알게 된다. 김민영의 꿈이 무엇이었는지도 우리는 나중에 알게 된다. '성적표의 김민영'은 유정희가 친구 김민영에게 성적을 매기는 장면에서 비롯된 제목이기 때문이다. 경제력, 패션과 감각, 사회성, 베풂, 인간관계, 마음과 행동 등에 대해 성적을 매긴다. 유정희가 매긴 김민영의 성적에 동의할 수도 있고 아닐 수도 있다. 보는 관점은 다를 수밖에 없다. 김민영의 자세한 성적표는 영화를 통해 확인하는 게 좋을 것 같고, 한 가지 사실만은 분명히 알 수 있다.

우리는 늘 서로에게 성적을 매긴다. 점수를 주고 품평하고, 'A+'라고 칭찬할 때도 있고, 뒷담화를 통해 'F'를 줄 때도 있지만, 잊지 말아야 할 게 있다. 인생은 절대평가가 아니라 상대평가다. 관계에 따라서, 상황에 따라서 점수는 달라질 수밖에 없다. 우리는 정답을 알 길이 없고, 희망과 기대의 순간을 향해 끊임없이 나아갈 뿐이다.

Voice of Silence

인간은 동물이나 식물과 대화를 나눌 수 있을까? 그들에게 생각을 전하고, 그들의 생각을 읽을 수 있을까? "나무야, 물 많이 먹고 쑥쑥 자라라." "아구, 우리 귀염둥이 댕댕이가 심심했어요?"라며 식물과 동물에게 끊임없이 말을 걸지만 돌아오는 반응은 그리 적극적이지 않다. "……, 멍, 멍."

자신은 반려동물과 대화가 가능하다고, 텔레파시로 통하는 사이라고, 믿지 못하겠지만 진짜라고 주장하는 사람이 분명 있을 것이다. 우리가 보는 반응이 그들의 진짜 생각인지, 우리가 그렇게 생각하고 싶은 것인지 정확히 해둘 필요가 있다. 배고프거나 춥거나 불편하다는 기색을 알아차리는 것은 간단한 문제지만, 어떤 방식으로 삶이 나아지길 원하는지 우리는 알 길이 없다.

동물, 식물과 소통을 꿈꾸는 인간은 마음껏 상상력을 펼친다. 동물 캐릭터에 선악을 부여하고 싸움을 붙인다. 개·토끼·코끼리는 착한 편이나, 하이에나·쥐·늑대는 악의 상징이 된다. 동물들이 이런 상황을 안다면 기가 막힐 것이다. "우리가 뭘 어쨌다고……"라고 하소연을 할 것이다, 라고 생각하는 것도 나의 선입견이겠지. 인간의 상상력 따위에는 관심이 없을지도 모르겠다.

《찰리와 초콜릿 공장》시공주니어, 2019으로 유명한 동화작가이자 소설가 로알드 달이 쓴 단편소설 〈소리 포착기〉《소리 포착기》, 녹색지팡이, 2017에는 기괴한 발명품이 등장한다. 식물의 소리를 듣는 기계. 주인공 클라우스너는 이런 주장을 펼친다.

"우리 주변에는 우리가 듣지 못하는 소리가 언제나 가득 차 있단 말입니다. 우리가 듣지 못하는 높은 음역에서 새롭고 멋진 음악이, 미묘한 화음이나 귀를 찢는 듯한 불협화음이, 너무나 강렬해서 듣기만 해도 미쳐버릴 수 있는 그런 음악이 들려올지도 몰라요. 정말 그럴지도 몰라요. 우리가 몰라서 그렇지……."

클라우스너는 기계를 통해 1초에 13만 2천 번 진동하는 장미의 비명을 확인했다. 데이지의 비명도 들었다. 실험의 정확도를 높이기 위해 선택한 것은 공원의 너도밤나무. 나무에 도끼날을 박자 으르렁거리는 듯한 저음의 비명이 들려왔다. 클라우스너는 드디어 식물이 어떤 소리를 내는지 알게 되었다. 클라우스너는 자신의 발명품을 세상에 알리고 싶어서 의사 스콧을 급히 부른다. 실험 결과를 보여주려는 순간 나무의 반격이 시작되는데……. 자세한 이야기는 소설에서 직접 확인하시길.

미친 주인공의 황당한 행동을 보여주는 단편소설 같지만 인간이 자연에게 벌이는 행동과 크게 다르지 않다. 인간은 호기심을 채우기 위해 얼마나 많은 자연을 희생물로 삼았는지 모른다. 만약 인간이 식물의 언어를 이해할 수 있는 날이 온다면, 세상의 나무들로부터 가장 험한 욕을 듣게 될지 모른다.

인간은 언어를 만들어 정교한 철학을 발명했다. 언어로 소통하며 더 많은 사람의 생각을 알게 됐다. 문자와 말의 등장은 서로를 이해하려는 인간의 마음에서 시작됐다. 하

소리도 없이

지만 때로 문자와 말은 칼로 변하기도 했다. 서로 다른 언어를 쓴다는 이유로 학살을 자행하기도 했고, 미개하다 칭하며 정복하기도 했다. 잔인한 별명으로 상대를 놀리는 아이들, 상대가 가장 아플 만한 단어로 공격하는 악플러들, 칼보다 더 아픈 욕설로 상대를 찌르는 사람들을 보고 있노라면 인간이 발명한 언어가 인간을 잡아먹고 있는 것 같다. 사람들이 명상에 관심을 갖게 되고, 혼자만의 시간을 추구하는 것은 문자와 말로부터 벗어나기 위함인지도 모른다. 댓글이 없는 세상, 욕이 없는 세상, 무의미한 대꾸를 하지 않아도 되는 시간, 생각을 굳이 말로 하지 않아도 되는 시간, 생각조차 사라지는 시간.

영화 〈소리도 없이〉를 보면서 인간에게 언어란 어떤 의미일까 생각했다. 〈소리도 없이〉는 생계를 위해 부업으로 범죄 조직의 뒤처리를 하며 근면 성실하게 살아가는 태인과 창복의 이야기다. 뒤처리는 간단한 게 아니다. 살해당한 사람의 시체를 정리하고 땅에 파묻는 일이다. 이런 일을 근면 성실하게 한다는 게 어불성설 같지만 태인과 창복은 무덤덤하게 그 일을 처리한다. 열심히 땅을 파고, 고인에 대한 예의를 지키려 노력하지만, 결국 살인을 돕는 일이다. 태인이라는 존재가 유독 눈에 띈다. 그는 영화 내내 단 한마디도 하지 않는다.

영화 뒷얘기를 잠깐 하자면, 홍의정 감독은 유아인에게 캐릭터 형성에 참고하라며 고릴라 영상을 보내줬다고 한다. 자신의 영역을 침범당한 고릴라처럼 표현해달라는 말도 덧붙였다고 한다. 유아인이 연기하는 태인은 정말 고릴라처럼 보인다. 우리의 선입견과 달리 고릴라는 육식동물이 아니다. 채식을 주로 하고 개미 정도만 먹는다. 주먹으로 가슴을 치는 행동 때문에 성격이 포악할 것 같지만 실제로는 온순하고 지능도 높다. 태인이라는 인물과 딱 어울리는 동물이다.

태인과 창복은 잘못된 선택을 거듭하다가 유괴당한 아이 초이를 떠맡는다. 살인을 도와주는 일을 하다가 유괴를 돕는 일까지 하게 된 셈이다. 두 사람은 아이도 지켜내고 돈도 지켜내기 위해 최선을 다한다. 잘못된 선택 이후의 최선은 최선일 확률이 높지 않다. 영화는 그 과정을 덤덤하게 보여준다.

유괴된 초희는 시체 치우는 두 아저씨의 일상을 묵묵히 바라본다. 바닥에 떨어진 핏방울로 꽃을 그리기도 한다. 초희에게 살인 현장은 놀이터가 된다. 영화에서 가장 인상적인 대목은 태인이 발로 핏자국을 지우는 장면이다. 아무도 없었더라면 상관없을 핏자국, 나중에 한꺼번에 치워도 되는 핏자국인데 초희가 보는 순간 태인은 부끄러움을 느낀다. 대놓고 핏자국을 닦지도 못한다. 태인은 슬그머니 아무렇지도 않은 듯 신발로 핏자국을 문질러 지우려고 한다. 그 행동을 초희가 지켜본다. 영화가 뒤로 갈수록 태인의 부끄러움은 조금씩 적립된다.

태인은 이전에도 부끄러움을 느낀 적이 있을 것이다. 자신이 하는 일이 부적절하고 부도덕하다고 생각했을 것이다. 그렇지만 생존이 먼저였을 것이다. 살아남기 위해서는 이런 일도 감수해야 한다고 스스로에게 면죄부를 주었을

소리도 없이

것이다. 그러다 누군가의 시선을 느꼈고 이전과는 다른 삶을 살아야겠다고 다짐했을 것이다.

태인이라는 캐릭터가 말을 하지 못한다는 설정은 부끄러움을 깨닫는 순간을 절절하게 표현하기 위해서가 아니었을까 싶다. 우리는 말로 사과한다. 미안해, 잘못했어, 내 잘못이야. 그 말을 꺼내는 순간의 감정은 참으로 미묘하다. 자신의 잘못을 인정하면서, 자신의 잘못을 인정하는 자신을 아주 조금 용서한다. 꺼내기 힘든 말이었는데 잘한 선택이야, 사과하길 잘했어, 잘못을 인정하는 나, 칭찬해. 반대로 사과하면서 무너지는 사람도 있다. 자신의 잘못을 인정하는 순간, 마지막 자존심까지 무너지고야 마는 사람도 있다. 말을 꺼내는 순간, 우리가 조금 다른 사람으로 변하는 건 확실하다. 말은 우리의 생각보다 훨씬 강력한 힘으로 우리를 바꾼다.

나는 문자로 글을 쓰는 사람이지만 느낀 것을 온전히 표현하지 못한다는 데서 오는 답답함이 크다. 적당한 언어를 찾기 힘든 순간이 잦다. 가슴에 커다란 돌덩이가 굴러다니던 순간의 감정이 분노인지 환멸인지 수치인지 슬픔인지 자괴인지 잘 알지 못할 때가 많다. 언어가 아무리 많이 늘어나도 감정을 다 표현할 수는 없을 것이다. 〈소리도 없이〉의 마지막 부분에서 계속 달리는 태인이 느끼는 감정이 도대체 무엇인지, 부끄러움인지 두려움인지 고통인지 환멸인지 속죄인지 우리는 알지 못한다. 그저 유아인이 표현하는 태인을 바라볼 뿐이다. 어떤 순간은 말이 아닌 감정의 색채, 혹은 감정의 덩어리로 기억된다.

나는 인간이 발명한 최고의 발명품이 언어라고 생각하지만, 또한 언어가 인간에게 치명적인 한계를 만들었다고 생각한다. 여섯 시간 동안 힘겹게 올라간 산의 정상에서 '말로 형언할 수 없는' 자연의 신비로움에 넋이 나갈 수밖에 없는 그 순간 "대박!"이라고 말해버린다면, 우리는 뭔가 중요한 것을 놓치는 것이다. 말을 줄이고 싶다. 감정의 모든 색채를 느끼고 싶다. 감정의 티끌 하나도 놓치고 싶지 않다. 그리고 모호한 것을 더욱 모호하게 받아들이는 나무 같은 존재이고 싶다. 그렇지만, 나는 지금 문자를 이용해 이렇게 긴 글을 쓰고 있다.

Spider-Man

최고의 자세

볼 때마다
하게는 스파이더맨
자세

주름인가, 거미줄인가

진짜 산임끼 거미줄.

피슈
—거미줄 생간격.
끊임없이 계속 생각나는?
관순기의 물레처럼 실문 짜듯
꿈을 쏘는 일.

좋은 글을 쓰려면
가끔은 원하는 걸 포기해야만
하는 때도 있어요

어릴 때는 방에서 거미를 발견하면 잠을 이루지 못했다. 거미가 내 입으로, 내 코로, 내 귀로 들어가는 상상을 했다. '거미가 대체 왜 그러겠어, 자기 집을 놓아두고.' 스스로 달랬지만 상상은 멈추질 않았다. 내 속으로 들어간 거미는 위장에 거미줄을 치기 시작했다. '산 입에 거미줄 치랴'라는 말은 쉬지 않고 움직이는 입에는 거미줄을 치지 못한다는 얘기일 테니 쿨쿨 잠자고 있는 내 입에는 거미줄을 칠 수도 있지 않을까? 상상이 꼬리에 꼬리를 무는 순간, 거미는 점점 커진다. 점점 커진 거미가 나를 무참하게 살해한다. 이런 상상은, 그동안 받은 교육 때문일 것이다. 그리고 거미의 생김새 때문일 것이다. 거미가 해롭다는 이야기를 수도 없이 들었다. 아침 거미가 어떻고 저녁 거미가 어떻고, 모든 거미에겐 독이 있고……. 어른이 되어서야 그런 게 다 허무맹랑한 소리란 걸 알게 됐다.

생각이 바뀌자 거미줄이 아름답게 보이기 시작했다. 비 온 후 갠 하늘에 언뜻 비치는 빗방울을 포획한 거미줄은 어찌나 황홀한지, 방사형으로 뻗어나가 거대한 대지의 이불도 짜낼 것처럼 촘촘하게 빚어진 간격은 또 얼마나 신비로운지, 하루 종일 거미줄만 보며 지낼 수도 있을 것 같다. 영화 〈샬롯의 거미줄〉2006 에는 거미 샬롯이 거미줄을 만드는 영상이 나오는데 어찌나 아름다운지 몇 번이나 돌려봤다.

〈샬롯의 거미줄〉은 엘윈브룩스 화이트의 동화를 원작으로 삼은 작품으로 돼지와 인간과 거미의 우정에 대한 이야기다. 모든 동물이 거미가 징그럽다고 말하지만 돼지 윌버는 거미 샬롯을 아름답다고 생각하며, 둘은 친구가 된다.

도살 위기에 처한 윌버를 구하기 위해 샬롯은 '멋진 돼지 some pig'라는 문구를 거미줄로 만들어낸다. 몸속에서 줄을 뽑아낸다는 것은, 생산과 창작에 대한 은유라는 점에서 이보다 멋진 글쓰기는 없을 것 같다. 글쓰기로 누군가를 살릴 수 있는 것이다.

인간이 두려워하면서도 한편으로는 경탄해 마지않는 존재가 바로 거미다. 몸속에서 끊임없이 줄을 뽑아낼 수 있고, 그 줄로 누군가를 덫에 빠지게 하기 때문이다. 거미줄은 누군가에게는 신비로운 구조물이지만 어떤 이에게는 헤어나오지 못할 지옥이다. 거미에 대한 인간의 혼란스러운 생각이 스파이더맨이라는 존재를 만들어냈을 것이다. 거미에 물려 초능력을 얻는 인물이 청소년이란 것은 의미심장하다. 스파이더맨이 된 피터 파커는 연신 거미줄을 쏘아대지만 그게 어떤 의미인지는 잘 알지 못한다. 파커는 거미에 물린 후 패션부터 변한다. 셔츠를 바지에 넣어 입던 파커는 스파이더맨이 되고 난 후부터 셔츠를 밖으로 꺼내 입는다. 힘이 넘쳐나는 것이다. 파커가 손목을 비틀어 수없이 쏘아대는 끈적끈적한 거미줄은 수많은 정액을 상징하는 것인지도 모르겠다.

지금까지 나온 '스파이더맨' 시리즈는 세 종류다. 샘 레이미 감독이 토비 맥과이어를 주연으로 내세운 '스파이더맨' 시리즈, 마크 웹 감독이 앤드류 가필드를 주연으로 내세운 '어메이징 스파이더맨' 시리즈, 존 왓츠 감독이 톰 홀랜드를 주연으로 내세운 가장 최근의 시리즈. 세 시리즈 중에서 내가 샘 레이미의 시리즈를 가장 좋아하는 이유는 파커라는 존재 속에 두려움과 환희가, 살인 충동과 쾌락이, 능력을 자랑하고 싶은 마음과 힘에 대한 책임감이 균형 잡힌 채 공존하기 때문이다. 〈스파이더맨〉2002에서 벤 삼촌은 파커가 평생 잊을 수 없는 말을 남긴다. "큰 힘에는 큰 책임이 따른다." 벤은 파커가 스파이더맨이 된 것을 알지 못한 채 숨을 거두는데, 만약 진실을 알았다면 이렇게 말했을지도 모른다. "네가 쏘아대는 모든 거미줄 하나하나에, 너는 책임이 있단다."

책임감에 눌려 살던 파커는 〈스파이더맨 2〉2004에서 갑작스러운 위기를 맞는다. 외부에서 온 위기가 아니라 내부에서 비롯된 위기다. 끊임없이 솟아나던 거미줄이 어느 순간부터 잘 나오지 않게 된 것이다. 나 같은 소설가는 이런 장면을 보면 '벽에 부딪힌 작가의 고통Writer's block을 상징적으로 형상화한 것'이라고 생각하고 싶어진다.

오랜 연구 결과 끝에 '작가의 벽'이란 단순히 작가의 상상력이 고갈된 것이 아니며, 또한 작가가 게으른 것도 이유가 아님이 밝혀졌다. 작가의 벽을 만드는 가장 큰 이유는 혼자서 작업해야 하는 글쓰기가 '무력감'과 '자기 의심'을 불러일으키기 때문이다. 작가나 스파이더맨뿐 아니라 모두가 그럴 것이다. 어느 순간 자신이 하는 일이 하찮아 보이고, 아무것도 할 수 없을 것 같다는 무력감에 빠진다. 레이미는 〈스파이더맨 2〉에서 무력감에 빠진 사람들을 위한 대사를 준비해두었다. "옳은 일을 하려면 가끔은 가장 원하는 걸 포기해야만 할 때도 있어요." 파커가 악당에게 전하는 말이다. 포기는 패배가 아니다. 마음의 짐을 내려놓고 조금 가벼워지는 것일 뿐이다. 그리고 무엇보다 중요한 것은 포기하기 위해서는 우선 자신이 가장 원하는 게 무엇인지 알아야 한다는 점이다.

Sprinter

버스와 지하철의 가장 큰 차이는 입장하는 방식인 것 같다. 지하철은 여러 명이 열차의 옆문으로 동시에 들어가지만 버스는 한 명씩 요금을 내고 입장한다. 심야 버스에 오르는 승객을 볼 때마다 무대에 오르는 배우 같다고 생각한다. 조명을 받고 등장하는 승객의 얼굴을 보고 있으면 자기소개라도 들어야 할 것 같다. "안녕하세요, 저는 새벽 4시에 집을 나와서 무려 열네 시간 동안 쉬지 않고 일을 했어요. 이제 집으로 돌아가는 길인데, 집에 도착하면 제일 먼저 냉동고에 있는 떡볶이를……." 고단한 하루를 보낸 사람들이 집으로 돌아가는 버스에는 얼마나 많은 이야기가 담길까. 그 이야기를 모으면 멋진 '옴니버스omnibus' 작품이 될지도 모르겠다. 영화나 드라마에서 옴니버스는 독립된 여러 이야기를 모아서 만든 작품을 뜻한다. 다양한 이야기를 하나의 제목 아래 녹여 넣은 것이다. '버스'의 어원이 옴니버스인 것도 그런 이유 때문인지 모르겠다. 옴니버스는 라틴어로 '모든 사람을 위한다'는 뜻인데, 버스는 다양한 사람들의 이야기를 싣고 집으로 혹은 미지의 세계로 돌아간다.

옴니버스 이야기를 잘 만들기란 쉽지 않다. 사람들이 지닌 이야기의 무게와 색깔이 천차만별이기에 균형 감각과 절묘한 배치가 필요하다. 첫 번째 이야기가 재미없다면 두 번째 이야기는 선보일 기회조차 없다. 첫 번째 이야기는 몹시 흥미로웠는데 두 번째 이야기에서 맥이 빠진다면 첫 번째 이야기에서 받은 감흥마저 사라지고 말 것이다. '모든 사람을 위한다'는 건 말처럼 쉬운 일이 아니다. 모든 사람을 위하다가 모든 사람을 놓칠 수도 있다. 그러니 좋은 옴니버스 이야기를 만나면 반가울 수밖에 없다.

영화 〈스프린터〉는 근래에 본 옴니버스 중 가장 마음을 울리는 작품이었다. '달리기'라는 하나의 소재로 묶였지만 전혀 다른 유형의 100미터 달리기 선수 세 명의 이야기가 절묘하게 얽혀 있어서 다 보고 나면 자신의 삶을 돌아보게 된다. 옴니버스에는 나 자신이 어떤 주인공과 가장 비슷한지 확인해보는 재미가 있다.

100미터 달리기 경기에서 한 번쯤 선수를 소개하는 장면을 본 적이 있을 것이다. 긴장감이 넘쳐흐르는 가운데 선수 이름이 호명되고 여덟 선수가 차례로 손을 들어 인사한다. 100미터를 달리는 데는 10초밖에 걸리지 않지만 천천히 선수를 소개하고 얼굴을 화면에 담는다. 오랜 시간 경기를 준비해온 선수에 대한 배려 같다. 레인 배정은 잔인하다. 예선 기록이 좋은 선수가 3번, 4번, 5번, 6번 레인을 배정받는다. 공기 저항을 덜 받는 레인이기도 하고 좌우 레인의 상황을 보면서 달릴 수 있는, 좋은 자리다. 잘하는 선수에게 더 잘할 수 있는 기회를 제공하는 것이다. 나머지는 우승 확률이 떨어지는 조연의 자리에 선다. 레인 위에 서 있는 여덟 선수 중에서 세 명의 이야기로 영화를 만들어야 한다면 어떤 선택을 할 수 있을까? 최승연 감독의 선택은 이렇다.

한때 한국 신기록을 세울 정도로 뛰어난 선수였지만 이제 은퇴를 앞둔 7번 레인 현수, 고등학교 1학년 때 전국 1등을 할 정도로 유망주였지만 실력은 늘지 않고 팀은 해체 위기에 놓인 2번 레인 준서, 최고의 자리를 잃을까 두려워 약물에 의지하는 4번 레인 정호. 영화를 보다 보면 셋 중 한 사람에게 감정이입을 하게 된다. 우리는 앞날이 창창하거나, 정점에서 떨어지지 않게 애쓰거나, 은퇴를 앞두고 새로운 삶을 준비해야 하는 사람 중 한 명일 수밖에 없으니까.

많은 사람이 인생을 마라톤에 비유한다. 길고 긴 레이스라는 점에서, 자신만의 페이스를 유지해야 한다는 점에서 닮았다고 생각한다. 최승연 감독은 인생이 100미터 단거리 경기와 비슷하다고 여기는 것 같다. 삶의 정점은 짧다. 행복한 순간은 쉽게 날아가버린다. 누구나 가장 빨리 달릴 때가 있지만, 그 순간은 몹시 짧다. 삶의 대부분은 자신이 더는 빠르지 않다는 걸 인정하고 견디는 일이다. 육체는 쇠락하고 웃을 일은 줄어들고 사랑하는 사람들은 한 명씩 세상을 떠난다. 그걸 얼마나 건강하게 받아들이냐에 따라 행복할 수도 있고, 불행할 수도 있다.

전성기를 향해 나아가고 있는 고등학생 준서에게 코치는 이런 이야기를 들려준다.

"너도 네 또래에서는 가장 빠르다고 생각하지? 연습을 안 해도 가장 빠르니까. 근데 국가대표가 되면 훈련은 계속하겠지만 너보다 빠른 선수들은 매년 매달 계속해서 나올 거야. 네 나이는 점점 먹을 거고. 결과는 좋아져야 하는데 어느 순간 결과도 안 좋아지기 시작할 거야."

준서는 코치의 말에 반항하고 싶다.

"1등 하고 관두면 되죠."

자신만만한 준서의 대구에 코치는 웃으면서 대답한다.

"그럼 웃으면서 끝날 거 같지? 다 같이 웃으면서 끝날 수 있는 게임이면 너무너무 좋지. 근데 대부분 울면서 끝나요. 그래도 네가 끝까지 포기하지 않고 들이대는 자세는 좋은 거다. 혹시 기록이 좋지 않게 나오더라도 네가 노력을 안 한 건 아니니까."

코치는 준서에게 오늘의 말을 잘 기억해두라고 말하지만, 준서는 기억할 수 있을까? 어느 날 문득 코치의 말이 이런 뜻이었구나 무릎을 치는 날이 올까? 아니면 잊어버리고 평생을 살아갈까. 영화에 등장하는 세 사람은 각각 다른 인생을 살고 있지만, 이는 한 사람 인생의 세 가지 시기를 보여주는 것인지도 모르겠다. 우리에게는 준서처럼 젊음을 믿으며 기고만장하던 시기가 있고, 정호처럼 안간힘을 쓰면서 살아가는 시기가 있고, 현수처럼 과거의 영광을 잊고 새로운 시간을 준비해야 하는 시기도 있다.

현수의 아내는 남편이 안쓰러워서 다양한 방식으로 위로를 건넨다.

"너무 아쉽다. 어차피 1등 많이 했잖아. 이제 후배들이 해야지."

"그리고 열 살 넘게 차이 나는 애들이랑 해서 4등 한 거면 진짜 잘한 거다."

"잘했어. 아, 이제 좀 쉬어."

"잘했어, 계속 1등만 할 줄 알았어? 그만할 때 된 거야."

"잘했어, 정말 잘했어."

진심 가득한 위로에 현수는 끝내 울음을 터뜨리고 만다. 현수는 자신이 왜 울 수밖에 없는지 이야기한다.

"더 하고 싶은데 잘 안되니까."

잘하고 싶은데 안되는 게 아니다. 현수 역시 잘하는 건 포기했다. 3등이라도 해서 국가대표가 되는 것, 국가대표가 되어서 경기에 출전해보는 것이 목표다. 그렇지만 그목표도 쉬운 게 아니다. 그냥 더 하고 싶을 뿐인데, 필드에서 출발 소리를 들으며 골인 지점으로 최선을 다해 달리고 싶을 뿐인데 경기장을 떠나야 한다. 세 사람의 삶이 하나의작품으로 모인 것이든 한 사람의 세 시기가 하나의 작품으로 표현된 것이든 누구에게나 한 번쯤 이런 현수의 마음을 이해할 때가 올 것이다.

Ammonite / The Dig

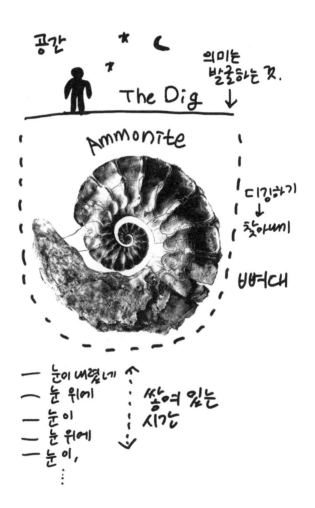

영화 〈인디아나 존스: 최후의 성전〉1989의 촬영지였던 요르단 남부의 페트라에서 최소 2150년 전의 고대 유적이 발견됐다. 어릴 때부터 '인디아나 존스' 시리즈를 보면서 꿈과 모험을 키웠던 사람이라면 가슴이 콩닥거릴 뉴스였다. 우리 발밑에 대체 뭐가 묻혀 있는지 도저히 알 수 없다는 사실을 새삼 깨닫기도 했을 것이다. 페트라는 기원전 7-2세기 나바테아인들이 사막 한가운데의 바위산에 건설한 도시로, 1812년 스위스 탐험가 요한 부르크하르트가 신비로운 건축물들을 발견하면서 사람들에게 알려졌다. 나바테아인들이 기록 문서를 남기지 않았기 때문에 건물 외양을 보고 용도를 추측할 수밖에 없다. 많은 과학자가 남겨진 흔적과 물건을 통해 과거를 해석하고, 과거와 대화를 시도한다.

《삼엽충》뿌리와이파리, 2017을 쓴 고생물학자 리처드 포터는 '고생물학은 화석 껍데기들의 말에 귀 기울이는 분야'라고 정의했다.

신동엽 시인은 "껍데기는 가라"라고 했지만, 결국 우리 지구의 생명체들은 껍데기로 남는다. 고생물학자들은 시간을 더 자주, 더 깊이 생각할 수밖에 없다.

고생물학자 매리 애닝을 주인공으로 한 영화 〈암모나이트〉는 영원히 멈추지 않는 시간과 그 시간 속에서 짧은 사랑을 해야 하는 인간의 슬픔이 고스란히 담긴 작품이다. 애닝은 잉글랜드 남부 도싯주의 라임 리지스의 절벽에서 이크티오사우루스 등 쥐라기 해양 생물의 화석을 발견한 고생물학자다. 애닝의 발견으로 고생물과 지질사에 큰 변화가 일어났으며, 왕립학회는 역사상 가장 영향력 있는 여성

과학자 가운데 한 사람으로 애닝을 선정했다.

〈암모나이트〉에는 두 개의 사건이 축을 이룬다. 한편에서는 가난에 시달리면서도 화석을 탐구하는 일에 인생을 바친 과학자 애닝을 다루고, 다른 한편에서는 샬럿 머치슨과의 슬픈 사랑을 다룬다. 끊임없이 과거와 대화를 나눠야 하는 것이 과학자의 삶이라면, 함께 살아갈 미래를 꿈꾸는 것이 사랑에 빠진 사람의 삶이다. 애닝은 둘 중 하나를 선택해야 했다.

〈암모나이트〉에서 가장 인상적인 것은 고생물학자로서 화석을 발견하는 애닝의 모습이다. 돌멩이와 흙 사이에서 얼마나 오랫동안 일했는지 뒷모습만 봐도 알 수 있다. 절벽에 박혀 있는 화석을 꺼내기 위해 위험을 무릅쓸 때도, 도시락으로 싸온 빵을 집어 먹을 때도 그 사람이 사랑하는 일이 보인다. 직업을 제대로 묘사하지 않는 영화에서는 주인공이 아무리 멋진 말을 해도 믿음이 가지 않는다. 배우 케이트 윈슬렛은 고생물학자의 모습을 제대로 표현하기 위해 화석을 다듬는 법을 직접 배웠고, 손 대역 없이 직접 연기했다고 한다. 손톱 사이에 낀 먼지와 거친 마디를 보고 있으면 아주 오랫동안 화석을 채취해온 사람 같다.

애닝이 채취한 화석을 사려던 손님이 흥정을 시작하자, 사랑에 빠진 머치슨이 한 발 앞으로 나서며 말했다.

"제 짧은 소견으로는 이 화석을 발굴하기 위해 애닝 씨가 들인 육체적 노역을 생각하면 가격이 꽤 적당한 것 같은데요. 이렇게 온전한 표본으로 만들기 위해 들인 시간은 또 어떻고요. 이 표본은 애닝 씨의 고된 땀방울일 뿐 아니라 수십 년간 쌓인 지식의 집약체란 것도 잊으시면 안 되죠. 애닝 씨가 아닌 무식한 사람들 눈에는 그저 돌덩어리였을 테니까요. 과학계에서 애닝 씨의 작업을 왜 그리 칭송하겠어요? 우리의 과거뿐 아니라 현재까지 보여주기 때문이죠. 이 모든 걸 고려해 값을 정하시면 어떨까요?"

실로 장황한 웅변이고, 감독이 말하려는 바가 너무나 집약되어 있어서 조금은 민망하지만, 영화를 보는 내내 시간에 대해 많은 생각을 하게 되는 것만은 사실이다. 우리는 가끔 껍데기를 그저 껍데기로만 볼 뿐 그 뒤의 시간은 보지 않으려고 한다. 식당에서의 음식 한 접시, 스포츠 선수의 경기 결과, 한 곡의 음악, 한 편의 소설, 손으로 직접 만든 작은 인형, 새로운 서비스를 알리는 웹 페이지……. 그 모든 것들의 뒤에는 인간의 시간이 담겨 있다.

머치슨의 말은 '사랑에 대한 은유'이기도 하다. 사랑은 창조하는 것이 아니라 발굴하는 것에 가깝다. 잘 보이지 않고 묻혀 있던 한 사람의 감정을 온전히 캐내어 다듬는 것이 사랑이 아닐까. 한 사람을 사랑한다는 것은 머치슨의 말처럼 '그 사람의 과거뿐 아니라 현재까지' 이해하는 일일 테다.

사랑이라는 감정은 껍데기에 가깝다. 사랑이라는 추상명사가 설명해줄 수 있는 것은 많지 않으며, 시간이 흐르면 추상명사는 딱딱한 화석이 되어버린다. 하지만 우리는 누군가를 사랑했던 그 시간이 우리를 가장 잘 설명해줄 수 있다는 사실을 잘 알고 있다. 우주의 시간은 무척 길다. 오히려 그 때문에, 짧은 인간의 삶으로 설명할 수 있는 게 더 많아진다. 이토록 짧은 생애 중에 누군가를 강렬히 원한다는 것이야말로 사랑의 위대함을 보여주는 게 아닐까.

영화 〈더 디그〉의 주인공인 발굴학자 배질 브라운 역시 과거와 끊임없이 대화를 나누는 사람이다. 1939년 브라운은 영국 동부 해안 지역인 서튼후에서 앵글로색슨족이 만든 배의 흔적을 발견했다. 발굴 소식이 알려지면서 캠브리지 대학의 고고학자 찰스 필립스가 찾아와 왕실 발굴단의 소속으로 발굴지를 접수한다. 브라운은 정식 학위를 받지 못한 아웃사이더 발굴자였기 때문에 항의 한 번 제대로 못한 채 주변 청소나 하는 신세가 되고 말았다. 발굴지의 땅 주인이자 브라운에게 발굴을 의뢰했던 이디스 프레티는 유물들을 대영박물관에 양도하는 대신 브라운의 공로를 인정할 것을 요구한다. 프레티 덕분에 겨우 자신의 이름을 남기게 된 브라운의 이야기 역시 시간에 대해 많은 생각을 하게 한다.

수천수백 년 전의 흔적에다 인간의 이름을 남긴다는 것이 도대체 무슨 의미가 있을까 싶지만, 이토록 짧은 삶을 살면서 아주 긴 시간을 상상할 수 있다는 것이야말로 인간이라는 종이 지닌 가장 훌륭한 장점일지도 모른다는 생각이 든다.

프레티의 어린 아들은 브라운이 발견한 앵글로색슨의 배를 우주선으로 상상한다. 엄마와 함께 상상 속 우주여행을 출발한다. "대기권 경계로 가고 있어요. 보여요, 어머니? 우주를 향해 항해하는 거예요. 오리온의 허리띠요. 왕비를 고향으로 모시는 거예요. 긴 항해를 한다고 백성들이 보물을 잔뜩 실어줬어요. 왕비는 지구를 지나 우주로 갔어요. 우주는 재미있는 곳이에요. 우주의 시간은 다르게 흘러요. 500년이 순식간에 지나가죠. 왕비가 지구를 내려다봤을 때 어른이 된 왕비의 아들은 우주 비행사가 돼 있었어요."

7세기경에 만들어진 배를 1939년에 발굴하고, 그 배를 타고 우주여행을 떠난다는 상상의 가능성이야말로 우리가 오래된 과거의 화석을 끊임없이 발굴하는 이유 중 하나일 것이다. 인간들 역시 언젠가는 멸종해 껍데기로만 남을 것이다.

고생물학자들은 길고 긴 시간을 연구하면서도 어떻게 덧없는 삶에 절망하지 않는 걸까? 과학 저널리스트 피터 브래넌은 영국 시인 크리스티나 로제티의 시를 인용했다. "눈이 내렸네, 눈 위에 눈이 / 눈 위에 눈이, 오래전 / 암울한 한겨울에." 시간은 쌓이고 우리는 비록 껍데기가 되거나 이름만 남겠지만, 사랑이라는 개념을 열렬히 사랑하고, 대화하기 위해 언어를 발명하고, 길고 긴 우주의 시간을 상상할 줄 아는 존재로 기억될 것이다.

After Yang

춤추는 장면
4인 가족 단체합 댄싱
비행하세요 전투하세요
싸움을 시작합니다.
시작 후 3천 가족 탈락

(아빠 백인, 엄마 흑인,
아이 동양인)

"양이 쓰러지더라도
우리는 앞으로
나아가야 해"

가지 접붙이기

비유
인간만의 영역이 아니다
안드로이드가 비유를 이해,
적극적으로 사용한다.

다른 가지가
만나지만
서로에게 동화된다.
ㄴ 연결된다는 의미

아름다움을
어떻게
느끼는가!

시리얼,
우유, 무지개,
비가오는 풍경

MOV

저장하는 동영상의 의미는,
단순한 수집, 데이터, 아카이빙,
개인의 목적,

영화 속 춤추는 장면을 좋아한다. 격렬하게 몸을 흔드는 장면도 좋고, 부드럽고 우아한 춤이 등장하는 장면도 좋다. 내가 생각하는 가장 '영화적인 순간'이 거기 들어 있기 때문이다. 몸은 주체할 수 없이 움직이고, 노래를 부르는 목소리는 아름다우며, 감정은 넘쳐흐르고. 장면과 장면의 연결은 꿈에서 본 것처럼 황홀하다. 춤은 이 모든 것을 압축해서 관객에게 전달한다.

내가 가장 좋아하는 몇 편의 춤 영화들. 영화 〈라라랜드〉2016 의 마지막 춤 시퀀스는 볼 때마다 울컥한다. 이루지 못한 사랑, 포기하고 만 꿈들의 또 다른 미래가 평행우주처럼 펼쳐지는 장면이다. 노아 바움백의 〈프란시스 하〉2012 에서 그레타 거윅이 추는 춤은 자신만의 예술을 완성하고 싶은 사람의 꿈같다. 〈여인의 향기〉1992 에서 앞이 보이지 않는 슬레이드가 처음 만나는 여인 도나와 추는 탱고는 인생에 대한 은유다. 춤을 추다 실수할 게 두렵다는 도나에게 슬레이드는 이렇게 말한다. "탱고는 실수할 게 없어요. 인생과는 달리 단순하죠. 실수하면 스텝이 엉키고……. 그게 바로 탱고죠." 〈더티 댄싱〉1987 의 춤 장면을 처음 보았을 때 춤이 얼마나 섹시할 수 있는지 알았다. 기분이 가라앉을 때면 영화 〈시카고〉2002 의 춤 장면을 돌려본다. 〈빌리 엘리어트〉2000 에서 '티렉스'와 '더 잼'의 음악을 배경으로 추는 빌리의 울분 가득한 춤은 내가 가장 사랑하는 장면 중 하나다. 춤 장면을 다시 보는 순간, 나는 순식간에 영화 속 인물의 감정으로 빨려 들어간다.

최근 보았던 가장 멋진 춤 장면은 애플티비플러스의

드라마 〈파친코〉2022의 오프닝이었다. 일제강점기 조선인들과 일본으로 떠난 이민자들의 팍팍한 삶을 다룬 드라마인데 오프닝의 춤 장면은 몹시 밝다. 4대에 걸친 등장인물이 모두 나와 〈렛츠 라이브 포 투데이 Let's Live For Today〉에 맞춰 신나게 춤을 춘다. 마치 아무런 아픔도 없는 사람처럼, 한 번도 시련을 겪지 않은 사람처럼 온몸을 흔들면서 춤을 춘다. 드라마 내내 수많은 고통과 역사의 질곡을 다루면서 '오늘을 살자'는 노래와 춤을 전면에 배치했다는 것은 제작자들의 의도를 선명히 보여주는 부분인 것 같다. 〈파친코〉 1, 2, 3, 7편의 연출을 맡은 코고나다 감독의 입김도 작용하지 않았을까 싶다. 코고나다 감독의 장편 데뷔작 〈콜럼버스〉2018에도 춤이 등장하고, 최근작 〈애프터 양〉에도 중요한 순간에 춤이 등장한다.

코고나다 감독의 영화 속 춤이 특별한 이유는 〈파친코〉와 마찬가지로 전체적인 작품의 분위기와 춤이 이질적이라는 점 때문이다. 〈콜럼버스〉는 어머니 때문에 고향을 떠나지 못하는 케이시의 답답한 일상이 계속 이어진다. 그러던 어느 날 케이시가 폭발한다. 영화 내내 건축에 대해 조용히 말하던 케이시는 사라지고, 자동차 헤드라이트를 조명 삼아 숨을 헐떡이며 춤을 추는 케이시가 나타난다. 케이시에게는 음악도 필요 없다. 케이시의 춤은 춤이라기보다 몸부림에 가깝다. 함께 있던 사람이 몸부림에 가까운 춤을 보다가 "대체 뭐 하는 거냐?"라고 묻자 케이시는 "아무것도 안 한다"라고 대답한다. 케이시에게 춤은 아무것도 하지 않을 수 있는, 아무 생각도 하지 않을 수 있는 유일한 순간인 셈이다.

〈애프터 양〉에서는 네 가족이 함께 춤을 추는 장면이 등장한다. 근 미래의 어느 날, 네트워크를 통해 3만 가족 이상이 참여하는 '4인 가족 월례 댄스 대회'가 열린다. 주인공 가족의 조합은 기묘하다. 아빠는 백인, 엄마는 흑인, 중국에서 입양한 아이, 아이가 뿌리와 단절된 채 자라는 걸 원치 않아 문화적 배경을 일깨워줄 목적으로 구입한 중국인 모습의 안드로이드 '컬처 테크노'. 댄스 대회에 참가하는 가족은 카메라를 보면서 똑같은 동작으로 춤을 추어야 하며, 가족 중 누군가 실수할 경우 탈락이다. 1단계가 지나고 3천 가족이 탈락한다. 주인공 가족은 잘 버티고 있다. 균형 잡기, 비행하기, 전투하기, 히치하이크, 지진, 토네이도 등의 미션을 통과하면 2단계 완료. 9천 가족이 탈락했다. 주인공 가족은 여전히 살아남았다. 주인공 가족은 3단계에서 안타깝게 탈락했지만 가족은 춤을 통해 행복해 보인다. 영화 초반부터 유쾌한 댄스 대회를 보고 나니, 무척 밝은 영화일지 모른다는 생각이 든다.

그런데 속았다. 영화를 보는 내내 더 이상 웃을 일이 없다. 댄스 대회 직후 안드로이드 '양'에게 문제가 발생한다. 모두 춤을 멈췄는데, 양 혼자만 춤을 추고 있다. 고장이 난 것이다. 다음 날이 되자 아예 전원이 켜지지 않는다. 오빠라고 부르던 양이 정신을 차리지 못하자 '미카'는 식음을 전폐하고 양이 회복되기를 기다린다. 부모는 난감하다. 딸에게 안드로이드의 죽음을 어떻게 설명해야 할까. 인간에게는 죽음이 상수지만, 안드로이드에게는 변수다. 세 명의 인간 가족이 죽기 전까지 안드로이드 '양'이 살아 있을 줄 알았지만 갑작스럽게 죽음을 받아들여야 하는 상황이 돼버렸다.

영화에는 다양한 존재가 등장한다. 세 가족은 인간이지만, 안드로이드를 가족으로 받아들였고, 옆집에는 복제인간이 살고 있다. 탄생과 죽음에 대한 개념이 서로 다르다. 인간은 죽음 너머에 다른 세계가 있다고 믿고 싶어 하며, 안드로이드는 죽음 끝에 아무것도 없다는 사실을 담담하게 받아들인다. 복제인간은 모든 것을 자기중심적으로 사고하는 인간들을 혐오한다.

가족들이 댄스 대회에서 추는 춤은 그래서 남다르다. 삶과 죽음을 어떻게 생각하든 모두 함께 모여 춤을 춘다. 인간도, 안드로이드도, 복제인간도 음악에 맞춰 춤을 춘다. 그 순간만큼은 모든 존재가 하나로 묶인다. 코고나다 감독이 영화 제목을 '애프터 양'이라고 지은 이유는 원작 소설의 제목은 '양과의 작별 인사 Saying Goodbye to Yang'다 삶보다 죽음에 초점을 맞추고 싶었기 때문일 것이다. 삶은 짧고 죽음은 길다. 춤추는 시간은 짧고 침묵하는 시간은 길다. 양의 전원이 켜지지 않는 바람에 불현듯 죽음에 대해 생각하게 됐다. 출입문에서 상대방에게 '애프터 유 After You'라고 양보하는 것처럼 우리 역시 양을 따라 죽음으로 진입해야 할 존재다. 양이 떠나고 난 후 우리는 어떻게 살아야 하나.

양의 몸속에는 특별한 메모리뱅크가 숨겨져 있었다. 하루에 3초 분량의 동영상을 저장해둔 것이다. 아마 양은 자신이 아름답다고 생각한 순간을 저장해두었을 것이다. 양이 저장해둔 영상을 보면 아름다움이 무엇인지 생각하게 된다. 아이가 시리얼에 우유를 붓는 장면, 비가 내리는 풍경, 무지개, 단란한 가족이 영상에 담겼다. 거창한 작품이 아닌 3초 분량의 짤막한 영상일 뿐이다. 남은 가족들은 영상을 보면서 추억에 빠진다. 현재의 짧은 순간들이 모여 거대한 추억이 되었다.

우리는 누구나 죽음을 맞이해야 한다. 누구나 양을 떠나보내야 한다. 우리가 지금 할 수 있는 일은 '애프터 양'을 미리 걱정하는 게 아니라 현재를 기록하고 느끼는 것이다. 최대한 많은 풍경을 바라보고, 최대한 많이 맛보고 즐겨야 한다. 그리고 춤은 아마도 '지금 여기에 우리가 살아 있다는 증거'를 보여주는 최고의 몸부림일 것이다. 오늘을 위해 살고, 오늘을 위해 춤을 추자.

Aftersun

이 장면을
잊을 수가없대

리뷰를
쓰지
말아요
네,
못 쓰겠어요.

트레몰러으스,
아빠는 무열
빛과어둠, 찍고 있을까?
Sun 다음의 어둠, 조명,
깜빡이는 기억, 130살, 131살,
30살, 40살, 해마다 제 주변을 빙빙
돌았어요.

배우들의 뉴질랜드 여행기를 담은 예능 프로그램 〈두 발로 티켓팅〉2023에서 여진구 배우의 이야기가 인상 깊었다. 여행을 다 마치고 나니 엄마의 청춘이 생각난다는 것이었다.

"어머니는 젊은 나이에 저를 낳으셨어요. 이십대에 저를 키웠으니 여행 떠날 시간이 있었을까 싶어요. 저는 아역으로 배우 활동을 했고, 엄마는 당신의 삶을 사는 대신 제 삶을 함께해줬거든요. 엄마의 청춘이 있었기 때문에, 그 희생 덕분에 제가 이렇게 살고 있다고 생각해요."

나이가 들면서 누군가의 삶을, 처지를 이해하게 되는 것 같다. 그 사람이 앉았던 자리에 앉아보게 되는 것이다. 《시사IN》의 장일호 기자가 쓴 에세이 《슬픔의 방문》낮은산, 2022에도 비슷한 내용이 나온다. "아버지는 자살했다"라는 충격적인 도입부로 시작하는 글이다. 스물아홉 살에 자살로 생을 마감한 아버지를, 당시 스물일곱 살에 남편의 갑작스러운 죽음을 견뎌낸 어머니를 이해하기 위해 쓴 글이었다.

"나중에 내가 스물일곱이 되었을 때 엄마가 얼마나 어처구니없는 상황에 놓여 있었는지 그제야 실감했다. 나의 스물일곱은 뭐든 허물고 새로 시작해도 하나 이상할 것 없는 가능성의 나이였다. 왜 나를, 동생을 버리지 않았냐고, 따지듯 물었던 날도 있었다. 정말 궁금했다. 한 사람의 삶이 이렇게 아무렇지 않게 희생되어도 좋은지. 나는 여전히 궁금하다. 엄마의 스물일곱을 내가 방해하고 어쩌면 훼손했다는 생각이 들 때면 견디기 힘들었다."

장일호 기자는 엄마의 삶을 생각하며 동시에 여자의 삶을 떠올렸다. 하루는 엄마가 이렇게 말했다. "다시 태어나면 대학도 다니고 대학원도 다니고 유학도 가야지." 장일호 기자는 이렇게 대답해주었다. "그래, 엄마, 그때는 내 딸로 태어나. 내가 엄마 하고 싶은 공부 다 시켜줄게." 그럴 수 없다는 걸 알면서도 두 사람은 그런 상상을 했을지 모른다. 시간이 뒤엉켜서 엄마가 딸이 되고, 딸이 엄마가 되고, 그렇게 사랑과 희생을 되돌려줄 수만 있다면 얼마나 좋을까.

샬롯 웰스Charlotte Wells 감독의 〈애프터썬〉은 아빠와 딸의 이야기다. 열한 살 소피는 서른한 살 아빠 캘럼과 단둘이서 튀르키예로 여행을 떠난다. 부모는 이혼했고, 아빠는 딸과 가끔 여행을 떠나는 모양이다. 영화에는 별다른 사건이 등장하지 않는다. 여행 중에 일어나는 소소한 일들이 대부분이다. 함께 수영하고, 밥 먹고, 가이드를 따라서 유적지에 가고, 공연을 본다. 별다른 일을 하지 않는데도 영화 내내 긴장감이 맴돈다. 아빠와 딸이라는 관계 때문에 그럴 것이다. 아빠는 딸을 이해할 수 있을까? 딸은 아빠를 이해할 수 있을까?

두 사람의 관심사는 무척 다르다. 소피는 세상 모든 것에 호기심을 느끼는 중이다. 휴가지에서 만난 언니 오빠들의 애정 행각을 눈여겨보기도 하고, 아빠가 읽으라는 어려운 책 대신 《Girl Talk》라는 잡지를 읽고, 오락실에서 만난 또래 남자아이와 키스도 한다. 아빠가 수영장의 꼬마들과 자신을 비교하자 "쟤들은 완전 아기들이잖아"라면서 발끈하기도 한다. 스스로를 어른이라고 생각하지만 어른들은 소피를 아이 취급한다.

아빠 캘럼이 어떤 상태인지는 추측만 할 수 있을 뿐이다. 별다른 정보가 없다. 하는 일이 잘되지 않아서 경제적인 어려움이 있는 것 같고, 이혼하고 만난 여자는 전 남친에게 돌아갔으며, 새로 구상하고 있는 일이 잘될 거라고 말하지만 본인조차 그걸 믿지 않는 눈치다. 캘럼이 읽는 책은 '태극권', '시 쓰는 법', '명상하는 법'에 대한 것이다. 마음을 다스릴 필요가 있다는 걸 본인도 잘 알고 있다.

영화는 성인이 된 서른한 살 소피로부터 시작한다. 소피는 20년 전 아빠와 함께 갔던 튀르키예 여행의 영상을 캠코더로 보고 있다. 아마도 아빠는 튀르키예 여행 후 얼마지나지 않아 세상을 떠난 것 같다. 캠코더 화면 속에는 '스무 살 어린 나'와 '지금의 자신과 똑같은 나이의 아빠'가 담겨 있다. 이제는 세상에 없는 아빠가 그 속에 들어 있다. 영화 속 아빠에 대한 정보가 부족했던 이유는 소피 역시 정보가 많지 않기 때문이다. 아빠는 이제 이 세상에 없고, 20년 전의 일은 모든 게 흐릿하기 마련이다.

그렇지만 분명한 것도 있다. 열한 살 소피는 캠코더로 자신을 찍기 바빠 어쩐지 슬퍼 보이는 아빠의 뒷모습을 찍으면서도 아빠의 슬픔을 감지하지 못했다. 어쩌면 당연한 일인데, 열한 살 아이가 서른한 살 어른의 아픔을 감지하기란 힘든 일인데, 소피는 아빠에게 미안함을 느낄 수밖에 없다.

여진구 배우, 장일호 기자와 마찬가지로 소피 역시 여

행할 당시 아빠의 나이였던 서른한 살이 되어서야 무언가 어렴풋하게 깨닫는다. 〈애프터썬〉은 20년 전 아빠의 슬픔을 알아차리지 못하고 놀기에만 바빴던 열한 살 소피가 20년 후 아빠에게 건네는 사과의 말이라고 할 수 있다. 그때는 내가 미처 몰랐다고, 신나서 춤추는 게 아니라 슬퍼서 춤춘다는 사실을 몰랐다고, 아빠가 왜 〈루징 마이 릴리전 Losing My Religion〉이라는 노래를 부르기 싫어했는지 전혀 몰랐다고 소피는 아빠에게 말하고 있다. 노래는 이렇게 시작한다. "오, 삶은 거대해, 당신보다 더 거대하지."

저녁 먹기 전 소피는 침대에 누워서 이렇게 쫑알거린다.

"약간 우울한 것 같아. 그런 기분 있잖아. 그냥, 아주 근사한 하루를 보내고 집으로 돌아왔더니 지치고 멍한데 뼈들이 제대로 안 움직이는 느낌. 몸에 힘이 없고 그냥 다 지쳐서 가라앉는 것처럼 이상한 기분 말이야."

아빠는 이렇게 대답한다.

"우리 놀러 온 거 맞지?"

양치하던 아빠는 거울에 침을 뱉는다. 하얀 거품이 물보라를 일으키듯 거울에 들러붙어 있다. 둘은 함께 저녁을 먹으러 나간다.

아빠가 거울에 침을 뱉는 모습은 아마도 소피의 상상일 것이다. 소피가 누워 있던 침대에서는 아빠의 모습이 보이지 않았고, 캠코더에 담긴 것도 아니다. 소피는 아버지가 세상을 떠나고 난 후 미안했을 것이다. 아빠의 슬픔이나 고통이나 좌절을 알지 못한 채 자신의 우울함에 대해서만 쫑알거렸던 순간이 부끄러웠을 것이다. '몸에 힘이 없고 그냥 다 지쳐서 가라앉는' 사람이 바로 아빠였는데, 소피는 그걸 눈치채지 못했다. 아빠가 거울에 침을 뱉는 장면은, 소피가 자신의 얼굴에 침을 뱉는 장면일 수도 있다. 스스로에게 침을 뱉는 것, '자기 환멸'에서 비롯된 행동이다.

'환멸'이란 '어떤 일이나 사람에 대해 가졌던 꿈이나 기대가 깨어짐, 또는 그때 느끼는 괴롭고도 속절없는 마음'이다. 영화가 시작하자마자 소피는 아빠에게 묻는다.

"열한 살 때 아빠는 지금 뭘 할 거라 생각했어요?"

나 자신에게 가졌던 꿈과 기대가 깨지는 순간, 별것 아닌 어른이 되어버렸다는 걸 아는 순간, 우리는 자기 환멸에 빠진다. 소피는 꿈에서 계속 아빠를 만난다. 고통스러워하는 아빠를 보면서 소피 역시 고통스럽다.

환멸은 '허깨비가 없어진다'라는 뜻이기도 하다. 현실을 깨닫는 것이다. 20년 전에 찍은 영상을 다 보고 난 후 소피는 담담하게 소파에 앉아 있다. 20년 전의 영상을 돌려볼 용기를 내지 않았다면, 소피는 내일로 나아가지 못했을 것이다.

Where'd You Go, Bernadette

평가는 좋지 않는데,
나에게는 최고의 영화,
링클레이더 + 블란켓,
예술가 소재 영화.

"실패가 내 안에 파고들게
놓아주질 않아."

브렌스
피시번

버나뎃이
계속해서
말할 때 슬프다.

"사회에 위험이 되지 않게
열심히 창작을 하자."

너 같은 사람은 창작을 해야 해.
.... 그렇지 않으면 사회에 위험이
되지.

예술에 대해 쓴 멋진 문장을 모아두던 때가 있었다. "넌 예술이 뭐라고 생각하니?"라고 누군가 물으면, "음, 유명한 예술가 누구누구는 이렇게 말했죠, 예술이란 말이죠……." 이런 식으로 거장들의 대답을 인용하고 싶었다. 멋있어 보이고 싶었는데, 아무도 예술이 무엇이냐고 내게 묻지 않았다. 시간이 흐르고, 20년 넘게 예술로 생계를 유지하다 보니, 예술에 대한 나의 생각도 조금씩 바뀌는 것 같다. 예를 들면, "인생은 짧고 예술은 길다" 같은 말들. 어렸을 때는 이 말을 비웃었다. '인생, 겁나게 긴데, 무슨……'이라고 생각했는데 이제는 '예술도 겁나게 짧은데, 무슨……'으로 바뀌었다. 인생은 짧은 게 맞고 예술도 짧은 게 맞다. 광대한 우주의 시간 속에서 예술이 길어봐야 얼마나 길까. 노래도, 그림도, 소설도, 유행도, 인생도 다 짧다.

또 예를 들면, "예술이 밥 먹여주냐?" 같은 말들. 주변 어른들이 자주 했던 말인데, 그 이야기를 들으면서 '밥이 그렇게 중요한가?'라고 생각했다. 밥을 먹지 못해도 내가 원하는 예술을 하고 싶던 시절이 있었다. 요즘은 예술이 밥도 잘 먹여준다. 그 어느 때보다 예술이 중요한 시대가 되었다. BTS가 한국의 대표 아이콘이 된 것은 말해 무엇할까. 예술에 대한 앤디 워홀의 말, "예술은 당신이 일상에서 벗어날 수 있는 모든 것 Art is anything you can get away with"은 코로나 시대 이후로 더욱 절실하게 와닿는 문구였다. 존 러스킨의 말도 있다. "예술이 없는 산업은 야만이다." 조금 센 말 같지만 어느 정도 동의한다.

아리스토텔레스는 이렇게 말했다. "예술의 목적은 사

물의 겉모습을 표현하는 게 아니라 내적인 의미를 보여주는 것이다." 예술의 목적이 그것인지는 모르겠지만 예술가의 목적은 그렇지 않다. 오히려 예술가는 '사물의 내적인 의미를 해석해 보여주는 것이 아니라 겉모습을 제대로 표현하는 것'이라는 쪽으로 기울고 있다. 우리 삶을 제대로만 표현할 수 있다면 그 속에 담긴 의미는 저절로 드러날 것이고, 받아들이는 쪽에서 알아서 느낄 수 있을 것이다.

예술에 대한 경구 중 가장 좋아했던 것은 스티븐 킹의 책 《유혹하는 글쓰기》김영사, 2017에 나왔던 글이다. "우선, 이것부터 해결하자. 지금 여러분의 책상을 방 한구석에 붙여놓고, 글을 쓰려고 그 자리에 앉을 때마다 책상을 방 한복판에 놓지 않은 이유를 상기하도록 하자. 인생은 예술을 위해 존재하는 것이 아니다. 오히려 그 반대이다." 마지막 문장을 특히 좋아했다. 인생이 예술을 위해 존재하는 것이 아니라 예술이 인생을 위해 존재해야 한다는 것.

어떤 예술가는 좋은 작품을 위해 인생을 모두 쏟아붓는다. 최고의 작품을 탄생시킬 수 있다면 짧은 인생쯤은 허비해도 괜찮다고 생각한다. 최악의 삶을 살더라도 자신이 만족할 만한 작품을 하나 남긴다면 괜찮은 인생이라고 생각한다. 좋은 작품을 만들기 위해 악마에게 영혼을 팔기도 한다. 나 역시 그런 생각을 한 적이 있지만, 이제는 예술이 인생을 위해 존재할 수 있도록 노력 중이다. 우선 잘 사는 게 중요하고, 그다음이 예술이다. 어떤 사람들은 또 이렇게 말할 것이다. "영혼을 모두 갈아 넣어도 걸작이 나올까 말까인데 그런 식으로 어중간하게 해서 제대로 된 게 나올 리

있겠어?" 어려운 문제다. 잘 사는 것도 힘들고 좋은 작품을 만드는 것도 힘들다. 사람들에게 영원히 기억되는 작품을 만들고 싶은 욕망이 있는가 하면, 죽는 순간 모든 작품이 물거품처럼 사라지길 원하기도 한다.

리처드 링클레이터Richard Linklater 감독의 〈어디갔어, 버나뎃〉을 보는 내내 그 질문을 다시 한번 떠올렸다. 삶이란 무엇이며 예술이란 무엇인가. 주인공 버나뎃은 최연소 '맥아더상'을 수상한 천재 건축가였으나 현재는 사회성 제로의 문제적 이웃이 된 사람이다. 워커홀릭 남편 '엘진', 친구처럼 지내는 딸 '비'와 남극 여행을 준비하던 버나뎃은 자신도 모르는 사이 국제 범죄에 휘말리고, FBI의 조사가 시작되자 흔적도 없이 자취를 감춘다. 버나뎃은 어디로 간 것일까? 이렇게 줄거리를 적고 나니 스릴 가득한 범죄물이나 첩보물 같지만, 실은 슬럼프를 겪고 있는 예술가 버나뎃의 고민을 담은 이야기에 가깝다. 물론 추격이 있고, 미스터리가 있고, 긴박한 사건이 많이 등장하지만, 슬럼프를 겪는 사람에게 추천하고 싶은 영화다.

잘나가던 버나뎃의 현재는 몹시 불안하다. 이유는 한 가지가 아니다. 혼신의 힘을 다해 만든 건축물이 다른 사람의 손에 덧없이 허물어지는 것을 봤고, 네 번의 유산을 겪었고, 인생 2막을 위해 시카고로 이사를 갔지만 마음에 들지 않는 것투성이고, 이웃들은 예의 없는 행동을 계속한다. 예민한 버나뎃은 창작 의지를 잃어버리고, 푸념만 늘어놓으며, 점점 심술 맞게 변해간다. 버나뎃의 유머와 에너지와 아름다움에 반했던 엘진은 쉴 새 없이 떠들고 늘 불평하는 버나뎃이 안타깝기만 하다. 누구의 잘못이랄 것도 없이 상황은 점점 나빠지다가 결국 돌이킬 수 없게 되어버린다.

영화를 보다 눈물이 왈칵 쏟아진 것은 의외의 장면에서였다. 두 사람이 주고받는 대화 속에서 마음이 몹시 흔들렸다. 특별하지 않은 일상 대화인 줄 알았는데 예술의 본질을 이야기하고 있었다. 감독의 정체를 알고 나면 이러한 대화가 자연스럽게 여겨진다. 링클레이터는 수많은 명대사로 유명한 '비포 시리즈'인 〈비포 선라이즈〉1995, 〈비포 선셋〉2004, 〈비포 미드나잇〉2013의 감독이다. 그는 정말 대화 속에 우리의 모든 것이 담겨 있다고 생각하는 것 같다.

버나뎃은 수십 년 만에 건축계의 옛 친구 폴을 만나 자신의 답답한 상황을 털어놓는다. 과하다 싶을 정도로 어수선하고 두서없이 어마어마한 말을 빠른 속도로 뱉어낸다. 폴은 불편한 기색 없이 버나뎃의 모든 말을 묵묵히 들어준다. 때론 함께 슬퍼하면서, 때론 웃으면서 버나뎃의 이야기를 함께 겪는다. 이야기를 가로막지 않고 끝까지 다 들은 폴은 조심스럽게 말한다.

"이야기 다 한 거야? 듣기엔 재미있었지만 중요한 게 빠졌지. 너 같은 사람은 창작을 해야 해. 그러려고 세상에 태어난 거고. 그렇지 않으면 사회에 위협이 되지."

폴의 말에 버나뎃은 충격을 받은 듯 한마디도 대꾸하지 못한다. 그러자 폴이 이어서 말한다.

어디 갔어, 버나뎃

"다시 일 시작해. 뭐라도 만들란 말야."

누군가에게 조언을 하려면, 그 사람의 이야기를 끝까지 들어야 한다. 길고 장황하더라도, 알아들을 수 없는 말로 가득하더라도, 때로는 도무지 감정이입을 할 수 없는 생각을 늘어놓더라도, 끝까지 들어야 한다. 친구 폴이 그걸 해냈다.

말하는 방식이 몹시 불안한 사람이 있다면, 그건 그 사람이 지닌 현재에 문제가 있어서가 아니라 수많은 충격을 몸으로 견뎌낸 후에 빚어진 결과 때문일 가능성이 높다. '왜 이러는지' 물을 게 아니라, '어떤 일이 있었는지' 알아야 한다. 폴은 잘 들었을 뿐 아니라 정확한 충고도 했다. 어쩌면 버나뎃도 답을 알았을지 모른다. 그렇지만 되돌아갈 힘이 없었다.

폴이 말한 "너 같은 사람은 창작을 해야 해"는 사실 우리 모두에게 해당된다고 생각한다. 우리는 모두 창작을 해야 한다. 우리는 작고 사소한 예술품을 매일 만드는 사람들이므로. 우리는 가구의 위치를 옮겨보고, 커튼을 바꿔보고, 아름다운 요리를 하고, 마음을 정확히 전달하기 위해 메시지의 문구를 계속 고쳐 쓰고, 인터넷에서 발견한 아름다운 사진을 내가 원하는 프레임으로 잘라낸 다음 휴대전화의 바탕화면으로 저장한다. 이 모든 행동이 일종의 예술이다.

아리스토텔레스의 명언을 조금 바꿔 말하고 싶다. 예술의 의미는 창작에 있는 것이 아니라 내적인 아름다움을 추구하는 데 있다. 예술은 천재들만의 전유물이 아니라 삶과 함께 있는 것이다. 늘 아름다워지려는 태도가 진정한 예술이라는 쪽으로 생각이 점점 변하는 중이다.

우리 모두 폴의 말처럼 살아보면 어떨까. 뭐라도 만들고, 아름다운 것을 생각하면서. 그렇지 않으면 우리도 모르는 사이에 누군가에게 위협이 되어 있을지 모른다.

A Hero

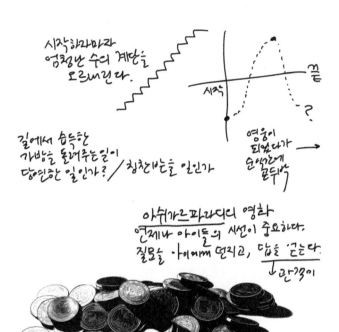

시작하자마자
엄청난 수의 계단을
오르내린다.

시작

끝

?

길에서 습득한
가방을 돌려주는 일이
당연한 일인가? / 칭찬받을 일인가

영웅이
되었다가
순식간에
몰락하는

아쉬가르파라디 영화
언제나 아이들의 시선이 중요하다.
질문을 아이에게 던지고, 답을 얻는다.
그런것이

아이들 & 타이밍

인생은 타이밍,
하필이면 그때 그런일이 생기고,
잘못된 타이밍에 잘못된 선택을 하는,

대화 전문 인공지능 'ChatGPT Generated Pre-trained Transformer'가 화제다. ChatGPT의 가장 놀라운 점은 기계 스스로 계속 학습한다는 것이다. 기존의 인공지능이 데이터와 패턴을 익혀서 세상을 이해했다면 ChatGPT를 비롯한 '생성 AI'들은 기존 데이터와 비교 학습을 통해 새로운 콘텐츠를 만들어낸다. 말 그대로 작가다. '저작권 침해 논란'도 생겼다. 사람이 쓴 작품을 인공지능이 참조해 새롭게 썼을 때, 인간이 기계에게 저작권을 침해당했을 때 우리는 어떻게 할 것인가.

글을 쓰는 작가로서 아직 인공지능에 큰 위협을 느끼지는 않는다. 당연히 나보다 아는 게 많을 테고, 정리하는 능력도 탁월할 테지만 절대 나를 능가할 수 없는 부분이 있다고 생각한다. 바로 '스스로 파괴하려는 욕망'이다. 이게 참 설명하기 미묘한 지점인데, 글을 쓰다 보면 어느 순간 문득 '이번 글은 망했다'라는 걸 알아차릴 때가 있다. 처음으로 돌아가서 다시 써야 한다는 걸 알고 있지만, 그러고 싶지 않아서 그냥 꾸역꾸역 써나간다. '망할 때도 있는 거지', '다음에 잘 쓰면 되지', '그냥 이대로 마감하고 푹 쉬고 싶다' 같은 생각을 하면서 글을 쓰다 보면, 망한 것 같던 글이 이상한 길로 접어들 때가 있다. 전혀 생각하지 못했던 길로 가서 예상 외로 좋은 글로 완성될 때가 아주 가끔, 있다. '스스로 파괴되려는 욕망'이 없었다면 절대 탄생할 수 없는 글이다. 인공지능에게는 그런 좌절과 포기와 의외의 전환과 예상 외의 수확이 불가능하지 않을까? 잘못된 길은 미리 알고 피할 테니까. 인공지능이 소설을 쓰는 시대가 와도 나는 여전히 망할 준비를 하고 있을 것이고, 인공지능이 절대 쓰지 못할 글을 쓰고 있을 것이다. 인공지능이 '망하려는 욕망'까지 따라 한다면 어떻게 될까? 그때는 진짜로 망하는 거지.

인공지능에 여러 질문을 던지다 보면 '인간적인 게 무엇인가?'라는 물음을 자주 떠올리게 된다. 우리가 '인간적'이라고 생각하는 많은 것을 다른 동물에게서 발견할 수 있고, 인간만이 고차원의 사고가 가능하다고 여겼으나 우리보다 몇 수 앞을 더 내다보는 인공지능이 탄생했다. 어쩌면 인간적인 게 무엇인지 끊임없이 고민하는 인간의 모습이야말로 가장 인간적인 것인지도 모르겠다.

이란의 영화감독 아쉬가르 파라디 Asghar Farhadi 의 영화에서도 '인간이란 무엇인가'라는 질문을 자주 만날 수 있다. 파라디 감독의 걸작 〈씨민과 나데르의 별거〉2011 를 보고 나면 인간만이 지닌 고유한 행동인 거짓말에 대해 생각하게 된다. 이 영화는 자녀의 교육 문제 때문에 별거하게 된 아내 씨민과 남편 나데르의 이야기다. 별거 중이던 나데르는 치매에 걸린 아버지를 돌보기 위해 간병인 라지에를 고용하는데, 잠시 집을 비운 사이 아버지가 위험에 처한다. 화가 난 나데르는 라지에를 해고하면서 집 밖으로 강제로 끌어내는데, 얼마 후 라지에가 아이를 유산했다는 소식을 듣는다.

여기서 쟁점은 '나데르는 라지에의 임신 사실을 알고 있었는가?'다. 알고 있었다면, 나데르는 임신 4개월 차였던 배 속의 아이를 죽인 살인죄로 기소될 수도 있다. 나데르는 가족을 지키기 위해 거짓말을 한다. 딸 테르메 역시 아버지를 지키고 싶은 마음에 법정에서 거짓 증언을 한다. 하지만 간병인 라지에 역시 중요한 거짓말을 한다.

영화를 보는 관객은 거짓말하는 사람의 마음을 충분히 이해할 수 있다. 우리는 누구나 거짓말을 해본 경험이 있다. 심각한 거짓말을 할 때도 있고, 사소한 거짓말을 할 때도 있다. '착한 거짓말'이라는 말도 있지 않은가. 영어로 'White Lie'는 '악의 없는 거짓말, 가벼운 거짓말'이다. '착한' 거짓말과 '가벼운' 거짓말이 가능한 것일까? 거짓이 시작되는 순간 말하는 사람은 그 무게를 이미 감당할 수 없는 게 아닐까.

파라디의 최신작 〈어떤 영웅〉은 〈씨민과 나데르의 별거〉와 비슷한 질문을 던진다. 주인공 라힘 솔타니는 사업하다 빌린 돈을 갚지 못해 감옥에 갇힌 신세다. 아내가 길에서 금화가 든 가방을 주웠고, 라힘은 금화를 판 돈으로 감옥을 나올 수 있다는 희망에 부풀었다. 잠깐의 귀휴로 집으로 돌아온 라힘은 양심 때문에 금화를 팔지 못한다. 금화를 주인에게 돌려준다. 갑자기 상황이 바뀐다. 사람들이 라힘을 주목하기 시작한 것이다. 감옥에 갇힌 사람이 이렇게 착할 수 있다니……. 사람들은 미담을 널리 퍼뜨리고, 라힘을 인터뷰하고, 자선 재단에서는 라힘을 돕기로 하고, 심지어 일자리까지 제공하기로 한다. 평범한 '어떤 영웅'이 탄생한 것이다.

〈어떤 영웅〉에서도 사소한 거짓말이 불행의 씨앗이 된다. 아내가 주운 금화를 자신이 주웠다고 한 것이다. 처음에는 거짓말을 할 의도가 없었다. 아직 결혼식을 올리지 않았기에 아내의 존재를 드러낼 수 없어서 그렇게 말한 것뿐이다. 사실을 바로잡으려 하자 감옥에 있던 관리인이 이렇게 말한다.

"아무튼 자네가 돌려주자고 했지? 그럼 된 거잖아. 자잘한 건 신경 끄고 빨리 준비해."

그럼 된 걸까? 신경 쓰지 않아도 되는 걸까? 맞는 말 같기도 하다. 가방을 주운 건 아내지만 돌려주자고 한 건 라힘이니까. 사람들에게 쉽게 설명하려다 보니 조금의 과장, 조금의 부정확한 설명이 첨가됐을 뿐이다. 하지만 거짓말은 지하에 사는 괴물처럼 우리가 모르는 새 몸집이 점점 불어날 수밖에 없다.

텔레비전 방송 인터뷰에서 문제가 생겼다. 가방을 주웠던 순간을 재현해달라는 기자의 요구에 라힘은 거짓말을 시작한다. 가방을 주웠던 장소, 시간, 주변 상황에 대해 지어내기 시작한다. 돌아갈 수 없는 거짓말의 터널로 들어선 셈이다. 라힘은 거짓말의 긴 터널을 겨우 빠져나온다. 아주 잠깐 어떤 영웅이었던 라힘은, 영웅의 자리가 얼마나 위태로운지 깨닫는다.

ChatGPT의 의견이 궁금했다. 상황을 정리해서 물었다. 이런 답변이 돌아왔다.

"만약 금화의 주인이나 이에 대한 경찰 수사가 진행된다면, 거짓말을 한 것이 들통나면 법적인 문제가 생길 수 있습니다. 이로 인해 상황이 더 악화될 가능성도 있습니다. 이러한 상황에서는 비판과 비난이 우려되므로, 가능한 한 책임감 있고 윤리적인 결정을 내려야 합니다. 어떤 선택을 하더라도 후회하지 않을 결정을 내려야 합니다. 이러한 상황에서는 어려운 결정일 수 있으며, 그것이 옳은 결정인지는 상황에 따라 다릅니다. 당신이 앞으로 무엇을 결정하든지, 항상 윤리적인 결정을 내리려고 노력해야 합니다."

우리가 몰라서 이렇게 사는 건 아니란다, 인공지능아. 앞으로 중요한 결정을 내려야 할 때마다 ChatGPT에게 물어보아야 할 것 같다. 나에 대해 나보다 주변 사람들이 더 잘 아는 것처럼, 인간에 대해 인공지능이 더 잘 아는 순간이 오는 것은 아닐까. 두렵기도 하고, 기대되기도 한다.

어떤 영웅

Afire

질문

레온은 자신이 겪은 일을 이야기로 만든다.
그렇게 빨리 그 사람들의 이야기를 쓰는 건
옳은 일인가? 비겁한가?
"그래도 되는가?"
쓸 거리가 없어서 고민하던 레온에게 그 일
그리 흥미가 생기는 이야깃거리 아닌가.
레온은 신속한 작가가 아니다. 그렇게
소재를 취재한 것도 아닐까, 라는 의심.
불길로 레온에게 마음 들은 것도 아니구나,
잘못된 타이밍, 서 있는 손자,
어쩌면 작품도 그리 없을는거나! 그럼,
레온은 말리 못하겠다.

미국과 프랑스에는 '여름 영화'라는 장르가 있다. 한국에서는 여름 휴가철에 개봉하는 대형 영화들을 일컫는 말이지만 미국과 프랑스에서는 특정 장르를 '여름 영화'라고 부른다. 미국의 여름 영화는 대부분 호러다. 성장통을 겪는 청소년들이 느끼는 무시무시한 공포를 다룬다. 프랑스의 여름 영화 역시 청소년들의 일탈과 방황이 주된 소재다. 여름이라는 계절의 특성 때문인 것 같다. 여름은 뜨겁고, 강렬하고, 모든 옷을 벗겨서 적나라하게 드러내며, 땀을 흘려서 냄새나게 한다. 인간의 생애를 계절에 비유한다면 봄은 파릇파릇하게 성장하는 어린아이와 비슷하고, 여름은 모든 것을 발산하는 젊음과 닮았고, 가을은 쇠락해가는 중장년기를 떠올리게 하며, 겨울은 모든 성장이 멈추는 죽음의 이미지를 품고 있다.

미국의 여름 영화하면 제일 먼저 떠오르는 작품이 웨스 크레이븐의 〈스크림〉1996이다. 〈스크림〉에는 여름 장르의 은유를 잘 보여주는 장면이 있다. 호러 장르를 잘 알고 있는 비디오 가게 아르바이트생 '랜디'가 친구들에게 살아남는 법을 알려주는 대목이다. 공포영화의 뻔한 규칙을 피해야 살아남을 수 있다며 그는 다음 세 가지를 이야기한다.

첫째, 성행위 금지.

둘째, 술과 마약 금지.

셋째, "금방 돌아올게"라는 대사를 하지 말 것.

어파이어

세 가지 규칙은 공포영화의 규칙이자 젊음의 특징이다. 에너지를 발산하고 호기심 많고 어디론가 계속 움직이는 젊음은 여름과 닮았다.

루카 구아다니노 감독의 〈콜 미 바이 유어 네임〉2017은 온통 여름으로 가득한 영화다. 17세 소년 엘리오가 아버지의 손님인 올리버와 사랑에 빠진다. 청춘의 사랑과 아픔과 성숙에 대한 6주간의 이야기를 다루는데 여름 외 다른 계절을 상상하기는 힘들다. 햇살 가득한 해변과 풀숲에서 옷을 벗은 채 뛰어다니는 두 사람을 보고 나면 함께 여름을 보낸 기분이 든다. 무르익은 과일, 작렬하는 태양, 수영장에서 튀기는 물방울을 보면서 우리의 여름을 생각하게 된다. 우리의 여름은 저렇게 뜨거웠던가. 영화에서 아버지가 아들에게 이런 말을 한다.

"네 삶을 어떻게 살아갈지는 네 일이지. 하지만 기억하렴. 우리의 마음과 몸은 오직 한 번만 주어진다는 것을 말이야. 그리고…… 그 사실을 알아차리기도 전에 네 마음은 닳아버린단다. 그리고 우리의 육체는 언젠가 아무도 쳐다봐주지 않을 때가 올 거란다. 지금 당장은 슬픔이 넘치고 고통스러울 거야. 하지만 그것들을 무시하지 말렴. 네가 느꼈던 기쁨과 함께 그 슬픔을 그대로 느끼렴."

계절은 다시 돌아오지만, 인간의 계절은 돌아오지 않는다. 그래서 '여름의 마음'을 잊지 않는 것은 중요하다. 여름의 마음이 닳지 않도록, 우리가 뜨거운 여름에 느꼈던 기쁨과 슬픔을 잊지 않도록 노력하는 건 중요하다. 어쩌면 사람들이 끊임없이 여름 영화를 만들고 감상하는 이유 역시 이와 비슷할지도 모르겠다.

여름 영화의 대명사는 프랑스 영화 감독 에릭 로메르다. 그의 대표작 〈녹색 광선〉1986을 추종하는 수많은 여름 영화가 있을 정도다. 〈녹색 광선〉은 한여름의 프랑스에서 긴 휴가를 혼자 보내게 된 델핀의 이야기다. "사는 게 지겨워", "여기 있기 싫어졌어, 나만 혼자야" 같은 말을 입에 달고 사는 '투덜이' 델핀은 휴가 내내 '녹색 광선'을 기다린다. 녹색 광선은 쥘 베른의 소설에서 가져온 제목으로, 일몰 때 빛이 굴절되어 나타나는 녹색 광선을 보면 자신과 상대방의 진실을 알 수 있다는 내용이다. 녹색 광선은 델핀이 그리는 행운이자 삶에서 만날 수 있는 행복한 우연의 다른 말일 것이다. 로메르의 여름 영화들 속에는 우연한 만남을 기다리는 사람들이 자주 등장한다. 여름은 소심한 사람도, 혼자 있길 좋아하는 사람도 누군가와의 운명적인 우연을 기다리게 한다.

2023년에 개봉한 크리스티안 페촐트Christian Petzold의 〈어파이어〉는 독일의 여름 영화다. 감독이 처음부터 그렇게 선언했다. 여름 영화를 사랑했기 때문에 여름 영화의 전통 속에서 〈어파이어〉가 만들어진 것이라고. 영화에는 젊은 남녀의 사랑, 성장, 질투, 휴가 때 벌어지는 이야기, 바닷가, 태양, 휴식, 낮잠 같은 여름 영화만의 코드가 곳곳에 박혀 있다.

두 번째 소설을 써야 하는 레온과 포트폴리오를 완성

해야 하는 펠릭스는 발트해 부근의 여름 휴양지로 떠난다. 휴가와 일을 병행하기 위해서다. 레온은 우연히 만난 나디아와 미묘한 감정에 휩싸이고, 바닷가 안전요원으로 일하는 데비트가 등장하면서 네 남녀의 관계는 미묘하게 얽힌다.

레온과 펠릭스의 대비가 흥미롭다. 소설을 써야 하는 레온은 마감 스트레스 때문에 날카롭다. 휴가도 즐기지 못하고 일에도 집중하지 못한다. 반면 펠릭스는 여유롭다. 바닷가에서 사람들을 관찰하고, 새로 만난 친구들과 놀면서 시간을 보낸다. 레온은 일해야 한다는 강박 때문에 놀지 못했지만, 펠릭스는 바닷가에서 놀면서 포트폴리오의 주제인 '물'에 대한 아이디어까지 떠올렸다.

레온의 소설을 검토하러 온 출판사 대표 헬무트와 네 사람이 함께 정원에서 저녁을 먹는 장면은 영화의 하이라이트다. 나디아는 하인리히 하이네의 시 〈아스라〉를 낭독하고, 모인 사람들은 서로 재능을 축복해준다. 예술로 충만한 저녁이다. 레온만 빼고. 레온은 거기에 섞이지 못한다. 레온은 질투와 시기심 때문에 이성을 잃고, 좋은 소설을 써야 한다는 강박 때문에 아무것도 즐기지 못한다. 레온이 쓰고 있는 소설의 제목은 '클럽 샌드위치'. 소설의 제목처럼 빵 사이에 끼어 옴짝달싹할 수 없는 양상추 같다. 참다못한 나디아가 레온에게 충고한다.

"당신은 당신 책보다 어리석어요. 주변에서 무슨 일이 일어나는지 아무것도 보지 못해요. 늘 자기 생각에 빠져 있잖아요."

펠릭스는 포트폴리오를 완성한다. 물이라는 주제를 사람들의 뒷모습으로 풀어냈다. 바다를 바라보는 사람들의 뒷모습을 사진으로 찍은 것이다. 사람에게는 앞모습과 뒷모습이 있다. 우리는 만나서 서로의 앞모습을 보면서 신나게 놀고, 바라보고 웃고 떠든다. 헤어지면 뒷모습으로 돌아간다.

우리는 각자의 세계에 몰두할 때 뒷모습을 보일 수밖에 없지만, 함께 모여서 이야기를 나눌 때는 앞모습을 보여주어야 한다. 파티에까지 뒷모습을 들고 오는 인생은 얼마나 조급해 보이는가. 레온은 좋은 소설을 쓰기 위해 좋은 인생을 놓치고 있었다. 좋은 인생을 놓치면 좋은 소설을 쓰기 힘들어진다. 여름 영화는 그 사실을 알려주기 위해 존재하는 것 같다. 멋진 여름을 보내지 못하면 멋진 가을도 만날 수 없다.

Underground

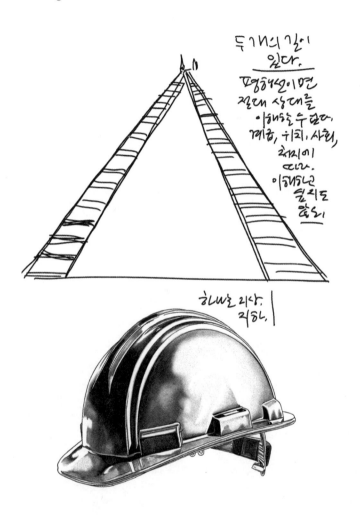

두 개의 길이
있다.

평행선이면
절대 상대를
이해할 수 없다.
계층, 위치, 사회,
처지의
따라.
이해하는 일치도
없다

하나로 리다.
직하.

영화 보고 오는 길에 글을 썼습니다

영국의 일렉트로니카 듀오 '케미컬 브라더스'의 〈스타 기타 Star Guitar〉의 뮤직비디오는 내가 자주 보는 영상 중 하나다. 뮤직비디오라지만 화려함과는 거리가 멀다. 기차에서 바라보는 풍경이 눈앞을 지나갈 뿐이다. 기차는 낮은 지붕의 집들을 지나고, 널찍한 초원을 지나고, 다리를 지나고, 공장 지대를 지나고, 기차역을 지난다. 반복되는 장면들이 음악의 비트와 어찌나 잘 어울리는지 마치 영상에 맞춰 음악을 작곡한 듯하다는 생각이 들 정도다. 그러나 실은 그 반대였다. 뮤직비디오를 만든 감독 미셸 공드리는 영화 〈이터널 선샤인〉의 그 감독 맞다 모눈종이에 박자를 적어 넣은 다음 촬영해야 할 영상을 머릿속에 떠올렸고, 수많은 촬영과 편집을 통해 음악과 풍경의 박자를 일치시켰다. 음악의 미세한 비트에 맞게 영상을 재가공해 새로운 풍경을 탄생시킨 것이다.

나는 기차만 타면 마음이 편안해진다. 일정한 속도로 달리기 때문인지, 특유의 덜컹거림 때문인지, 기차에서만 느낄 수 있는 안정감 때문인지 알 수 없지만 기차만 타면 책도 잘 읽히고 글도 잘 써지고 재미있는 생각도 잘 떠오른다. 두세 시간 기차를 타고 가야 할 일이 생기면 마음이 설렐 정도다. '와, 세 시간 동안 뭘 하면서 가지?' 계획을 짤 때 마음이 들뜬다. '유레일 패스'를 들고 유럽 여행을 갔을 때는 매일매일이 축제 같았다.

철도를 좋아하는 사람들을 속칭 '철덕 철도 덕후'이라고 부른다. 철덕들은 새로운 기종의 기차에 환호하고, 기차 시간표를 외운다. 심지어 자신이 좋아하는 노선의 역명까지다 암기한다. 그중 '기차 시간표'를 외우는 사람이 내게는 가장 불가사의하다. 내가 절대 도달하지 못할 기억력이라서 그럴 것이다. 숫자와 숫자로 이뤄진 시간표를 보면서 기차가 도착하는 장면과 떠나는 모습을 상상하는 그들의 모습은 경이롭다. 일본의 작가 마쓰모토 세이초는 기차 시간표를 이용한 걸작 스릴러 《점과 선》모비딕, 2012을 발표해 철도를 사랑하는 사람들을 흥분시켰다. 기차를 사랑하는 사람으로서 언젠가 그런 소설을 써보고 싶다.

김정근 감독의 다큐멘터리 영화 〈언더그라운드〉를 보면서 '이 사람도 기차를 정말 사랑하는구나' 싶었다. 〈언더그라운드〉는 부산 철도 노동자들의 삶을 다룬다. 천천히 움직이는 기차의 모습을 오랫동안 화면에 담는 걸 보면, 좁고 어두운 지하의 터널을 빠져나가는 지하철의 모습을 아름답게 담아내는 걸 보면, 플랫폼을 청소하는 사람들의 동선을 열심히 따라다니는 걸 보면, 기차를 관리하기 위해 거대한 쇳덩어리와 씨름하는 노동자들의 땀을 찐득하게 담아내는 걸 보면 기차를 사랑하는 사람일 수밖에 없다는 생각이 든다.

기차 중에서도 지하철은 좀 특별하다. 지하철은 바깥을 볼 수 없다. 우리는 창밖의 풍경을 보는 대신 휴대폰을 들여다본다. 기차는 마주 앉아서, 혹은 나란히 앉아서 대화하는 공간이지만 지하철은 최대한 많은 인원을 수용하기 위한 공간이다. 여정의 아름다움보다는 목적지까지의 속도가 중요하다. 시간을 단축하기 위해 우연한 풍경들을 포기한 셈이다.

풍경은 사라지고 땅속을 달린다는 특성 때문에 지하철이라는 공간은 현실 같지 않다. SF의 공간, 판타지의 공간 같다. 영화에는 기관사가 지하철 운행을 마치고 퇴근하는 장면이 있다. 좁은 지하 터널에 지하철을 세워두는데, 기차가 아니라 거대한 동물 같다. 거대한 동물은 터널에서 잠을 자고, 아침이 되면 다시 인간들을 실어 나르고, 그 생활을 계속 반복하다가 문득 땅 위가 궁금해 위로 올라가 인간을 집어삼키는…… 이야기가 일어날 것만 같은 풍경이다.

"터널이 좁아요. 곡선이나 이런 데서는 꼭 부딪칠 것 같고, 사고 나는 꿈도 많이 꿉니다. 1인승으로 바뀌면서 고립감이 엄청 심해요."

기관사의 말에서 지하 공간이 얼마나 현실과 동떨어져 있는지 알 수 있다. 기관실에 혼자 앉아 지하철이 어두컴컴한 공간을 뚫고 지나가는 장면을 계속 보고 있으면 시간과 공간이 모두 사라질 것 같다.

〈언더그라운드〉의 훌륭한 점은 우리가 보려고 하지 않았던 공간을 오랫동안 보여준다는 데 있다. 철도 노동자들이 얼마나 힘든지 말로 설명하는 대신 그들이 일하는 모습을 오랫동안 보여준다. 정말 오랫동안 보여준다. 이제 그만 다음 장면으로 넘어갔으면 좋겠는데도, 계속 보여준다. 온몸에 기름을 묻혀가면서 거대한 쇳덩어리와 씨름하는 사람들을 오랫동안 보여준다. 어쩌면 이 사람들은 지하철의 지하에서 일하는 사람들인지도 모른다고, 사람들은 지하보다 더 아래의 공간이 있다고 생각하지 않지만, 애써 모르는 척하고 있지만, 지하철이 움직이기 위해서는 그 아래에서 누군가 일해야 한다고, 지하 아래에도 사람이 살고 있다고 감독이 이야기하는 것 같다.

〈언더그라운드〉에서 또 하나의 중요한 요소는 소리다. 영화 내내 각종 소리가 끊이지 않고 들려온다. 쇳덩어리가 내려앉는 소리, 거대한 물체가 굴러가는 소리, 견고한 곳을 드릴로 뚫는 소리, 납작한 모양을 만들기 위해 두들기는 소리……. 온갖 소리의 향연으로 쉴 틈이 없다. 예전에 한 헤드폰 광고에서 공사 현장을 지나가면서 헤드폰의 성능을 자랑하는 장면이 나온 적이 있다. 헤드폰을 쓰자 시끄럽던 공사 소음들이 아주 작은 소리로 변하는 마법이 일어난다. 이름하여 '노이즈 캔슬링' 기능이다. 우리는 공사 현장의 소리를 소음으로 생각한다. 무엇인가를 만들기 위해서는 거대한 것들을 부수고 자르고 두드려야 하지만 정작 그때 발생하는 소리는 듣고 싶어 하지 않는다. 그 소리가 크고 시끄럽기 때문이기도 하지만, 그 소리를 내기 위해 들여야 하는 노동의 무게감을 알기 때문이다. 그렇게 힘든 일을 하는 대신, 사무실에서 시원한 에어컨 바람을 쐬면서 일하고 싶기 때문이다.

영화는 공업고등학교 학생들의 졸업 사진 촬영 장면으로 시작한다. 아이들은 해맑게 웃으면서 다양한 포즈로 사진을 찍는다. 학생들의 졸업 사진은 이후 회사에 입사했을 때 사원증 사진으로도 쓰인다. 졸업 사진이 학생들의 미래를 상징하는 것처럼 보인다. 혼자 운행하는 지하철에서 고립감을 심하게 느낀다는 기관사의 말처럼, 아이들은 미래에 고독한 노동자가 될 확률이 높다. 다 함께 웃는 단체 사진이 아니라 혼자서 어떻게든 버텨내야 하는 독사진이 이들의 미래가 될 것이다. 영화의 마지막은 무인 전철을 타고 퇴근하는 기관사의 모습을 비춘다. 전철이 땅 아래로 들어가면서 화면이 어두워진다.

　　우리는 편리함을 원하지만 편리해지기까지의 과정을 보고 싶어 하지는 않는다. 우리는 빠른 배송을 원하지만 빨라지기까지 요구되는 고단함을 알고 싶어 하지는 않는다. 우리는 고층에서 멋진 풍경을 볼 날을 꿈꾸며 열심히 일하지만, '언더그라운드'에서 누군가 일하고 있다는 사실을 자주 잊어버린다. 문득 생각나지만, 그냥 묻어둔다. 일해야 한다는 핑계로 지금은 그런 걸 생각할 때가 아니라는 핑계로, 나중에 시간 날 때 생각해야겠다는 핑계로, 그냥 묻어둔다. 언더그라운드는 뭔가 묻어두기에 딱 좋은 공간이다. 〈언더그라운드〉는 우리가 지하에 묻어둔 것들을 계속 끄집어내는 영화다.

Everything Everywhere All at Once

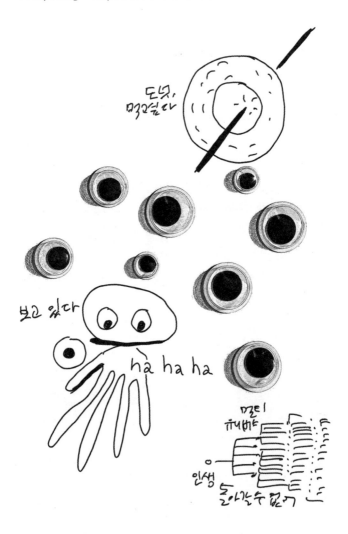

영화 보고 오는 길에 글을 썼습니다

짐 자무시 감독의 영화 〈패터슨〉 2016 에는 매일 반복되는 일상을 예술적인 일로 채우는 사람들이 많이 등장한다. '패터슨'이라는 도시에 사는 주인공 패터슨은 버스 운전사로 일하면서 시를 쓰고, 패터슨의 아내 로라는 집을 페인트로 칠하고 기타를 배우면서 하루를 채워나간다. 세탁기 앞에서 랩을 하며 자신을 표현하려는 사람, 자신의 텅 빈 마음을 사랑으로 채우려는 사람도 있다. 동네 술집을 운영하는 남자 닥은 패터슨의 역사를 벽에 붙이고 자신만의 '명예의 전당'을 만들었다. 패터슨에서 태어난 코미디언, 패터슨에서 공연했던 뮤지션 등이 명예의 전당에 전시돼 있다. 패터슨이 개와 산책을 나섰다가 맥주를 마시러 술집에 들렀을 때, 닥이 구석에 있는 체스판을 골똘하게 바라보고 있다. 체스 말을 옮기려다 고개를 젓는다. 막다른 골목에 서 있는 사람처럼, 도저히 방법을 알아내지 못하겠다는 듯 한숨을 내쉰다. 그러고는 혼자 중얼거린다.

"오늘은 질 것 같아."

옆에서 맥주를 마시던 패터슨이 닥에게 묻는다.

"상대가 누군데요?"

닥은 패터슨을 한번 돌아보고는 이렇게 대답한다.

"나 자신."

패터슨은 별 이상한 아저씨를 다 보겠다는 듯, 그렇지만 그럴 수도 있겠다는 듯 닥을 쳐다보다가 다시 맥주를 마신다. 나는 이 장면을 몹시 좋아한다. 자신과 체스를 두는 남자, 그 옆에서 조용히 맥주를 마시는 남자, 조용히 흘러가는 시간. 이 장면을 볼 때마다 다른 우주에서 "이번 판은 내가 이긴 것 같아"라며 좋아하는 또 다른 닥의 표정이 보이는 것 같다. 닥은 스스로 멀티버스multiverse, 다중 우주를 만든 다음 그걸 즐긴다. 우주에는 수많은 내가 있으며 그들은 서로 연결돼 있기도 하고, 모른 채 살아가기도 한다. 멀티버스를 가장 일상적인 모습의 예술로 표현한 장면이다.

멀티버스는 서로 평행하는 수많은 우주가 존재할 가능성을 표현한 단어다. 서로 다른 일이 일어나는 여러 개의 우주가 사람들이 알지 못하는 곳에서 무한히 존재한다는 가설을 세운다. 우주는 하나가 아니며 무수히 많은 가능성으로 존재한다는 생각, 그리고 그 우주 속에 또 다른 내가 존재할 수 있다는 생각이 다중 우주의 기본 아이디어다.

다니엘 콴Daniel Kwan과 다니엘 쉐이너트Daniel Scheinert 감독이 함께 만든 영화 〈에브리씽 에브리웨어 올 앳 원스〉는 다중 우주 세계관을 보여주는 걸작이다. 다중 우주 세계관을 자주 사용하는 '마블 시네마틱 유니버스'보다 훨씬 아름답다. 스토리를 요약하는 것만으로는 영화의 매력을 전부 전하기 힘들지만 간단한 정리는 필요할 것 같다.

주인공은 미국으로 이민 와서 세탁소를 운영하는 에블린. 상황은 난감하다. 세탁소는 세무 조사를 받고 있고, 친정아버지는 정신이 오락가락하고, 남편 웨이먼드는 이혼을 원하고, 딸 조이는 여자친구 벡키와의 관계를 온 가족에게 인정받고 싶어 한다. 총체적 난국이다. 그러던 어느 날, 평소와는 다른 사람으로 변해버린 남편으로부터 이상한 소리를 듣는다. "우리 모두는 다중 우주에서 살아가고 있으며, 다른 우주에 살고 있는 수많은 '나'에게 힘을 빌려 세상과 가족을 구해야 한다"는 황당무계한 이야기.

영화는 종횡무진 여러 우주를 넘나들고, 때로는 등골이 서늘해질 정도의 황당한 전개로 혀를 내두르게 하고, 화장실 유머로 어이없는 웃음을 짓게도 한다. 한마디로 '감독님들이 미쳤어요'. 영화를 보고 밖으로 나서면 우주여행을 한 것처럼 멀미가 날 지경이다. 감독들의 전작을 본 사람은 이런 황당무계함을 조금은 예상했을 것이다. 영화 〈스위스 아미 맨〉2016의 초반 설정만 얘기해도 감을 잡을 수 있다.

〈스위스 아미 맨〉의 주인공 행크는 외딴섬에 표류 중으로 집에 돌아갈 수 있다는 희망을 접은 상태. 어느 날 시체 한 구가 해변으로 떠내려온다. 시체는 몸속에 있던 가스를 방귀로 내뿜고, 방귀 때문에 해변에 작은 물보라가 일어난다. 행크는 방귀를 에너지 삼아 시체를 모터보트처럼 사용해 섬을 빠져나간다. 섬을 빠져나간 행크는 시체와 함께 모험을 펼친다. 말도 안 되는 이야기 같은데 보고 있으면 설득된다. 감독들의 특기가 바로 이것이다. 몹시 황당한 설정인데, 어느 순간 그 세계에 빠져들면 모든 것을 믿게 된다. '음, 말이 안 되는 것 같은데……. 계속 보다 보니 그럴 수도 있겠…… 아, 완전 이해되네'의 변화를 겪는 것이다.

감독들은 다중 우주 설정을 언어학자의 이야기로부

터 가져왔다고 한다. '나'와 대응 관계에 있는 '또 다른 나'들이 여러 우주에 걸쳐 존재하며, 이 세계의 중심에 현재의 내가 있고, 그 중심에서 멀어질수록 지금의 나와 크게 달라진다는 얘기다. 에블린은 이곳 우주에서는 세탁소를 운영하지만 다른 우주에서는 여러 모습으로 살아가고 있다. 유명 배우가 된 에블린, 철판 요리를 하는 에블린, 손가락이 핫도그 소시지로 변해서 계속 흐물거린 채로 살아가는 에블린이 각 우주에서 살아가는 것이다. 우주를 넘나들기 위해서는 '버스 점프 Verse Jump'를 해야 하는데, 이는 논리적으로 말이 되지 않는 어처구니없는 행동을 해야만 가능하다. 예를 들면 오른쪽 신발과 왼쪽 신발을 바꿔 신기, 종이로 손가락 사이를 베기, 립밤 먹기 같은 행동이다.

영화의 빌런은 딸 조이다. 비교적 영화 초반에 정체가 밝혀지므로 스포일러는 아니다. 지금 우주에서는 딸 조이지만 다른 우주에서는 조부 투파키라는 이름으로 존재하는, 강력한 악당이다. 투파키는 모든 우주를 자유자재로 넘나들면서 대부분의 우주에서 일어날 수 있는 일들을 모두 경험했다. 그 때문에 허무주의에 빠졌다. 수많은 사건과 감정을 경험하고 나서 깨달은 것은 '모든 인간은 필연적으로 죽는다'는 사실이다. 투파키이자 조이는 에블린에게 묻는다. "어차피 죽을 운명의 존재에는 어떤 의미가 있나. 모든 것이 무의미한 게 아닌가. 이 우주에서의 당신 삶도 망한 것 같으니 나와 함께 제로로 돌아가는 것은 어떤가." 에블린은 잠깐 흔들리지만 '그러지 말고 함께 살아가자'며 투파키를 끌어안는다.

우리 마음속에는 투파키도 있고, 에블린도 있다. 허

무주의에 빠져서 '모든 것이 무의미하다'고 생각하는 시간이 있는가 하면, 에블린처럼 모든 걸 잊고 정신없이 살아갈 때도 있다. 모든 걸 한꺼번에 버리고 싶은 마음과 그래도 어떻게든 살아내야 한다는 마음. 나 하나쯤 이 세상에서 사라져도 상관없을 것 같은 마음과 내가 버텨내야 내 주변을 지킬 수 있다는 마음. 다중 우주란 은하계 건너편에 있는 것이 아니라 우리 마음속에 있는 것이 아닐까. 영화를 끝까지 보고 나면 먼 우주의 별 속에서 다중 우주를 찾지 않고, 마음속을 들여다보게 된다.

왼쪽 신발과 오른쪽 신발을 바꿔 신지 않아도 우리는 간단하게 '버스 점프'를 할 수 있다. 우리 마음속에는 우리가 지내온 수많은 순간이 차곡차곡 쌓여서 우주를 이룬다. 그 마음속으로 들어가기만 하면 다중 우주를 만날 수 있다. 후회되는 순간, 어긋났던 사랑, 욕망, 희망, 포기했던 갈망, 잊지 못할 순간이 차곡차곡 쌓여 자신만의 우주를 만들고 있다. 다중 우주의 나를 만나 체스라도 한판 두면서 시간을 보내다 보면, 내가 진다는 건 우주 속의 또 다른 내가 이긴다는 의미라는 사실을 깨닫게 될지도 모른다.

Air

마이클 조던 공기
MTV. AIR

money
for nothing
60년전, 신발의
혁신
└ 왼발과 오른발을 구별하기 시작.

하늘을 나는.

농구화의 세계/
아디다스
컨버스
나이키

Born in the U.S.A.
: 신발은 신발일 뿐이다.
누군가 신기 전에는.

페르디난드 마르코스 전 대통령의 아내 이멜다 마르코스는 사치의 여왕으로 불렸다. 1986년 2월 필리핀의 민주화혁명 세력이 대통령궁을 점령했을 때, 사람들을 가장 놀라게 한 것은 신발이었다. 3천 켤레가 넘는 명품 신발이 방 하나를 가득 채우고 있었다. 이멜다는 남편이 대통령으로 있던 8년 동안 매일 구두를 갈아 신었고, 단 하루도 같은 구두를 신은 적이 없었다고 한다. 이멜다는 사두었던 신발을 다 신어보지 못했고, 영원할 것 같던 권력은 하루아침에 사라지고 말았다. 압류된 신발은 박물관으로 향했다. 사람들은 이멜다의 신발 컬렉션을 보면서 여러 생각을 하게 될 것이다. 박물관에 초대된 이멜다가 "우리는 모두 마음속에 구두 욕심을 가지고 있다"고 말했다. 국민을 착취해서 구두 욕심을 채운 사람이 할 말은 아닌 것 같지만 어떤 의미로 한 말인지는 알 것 같다.

　나도 운동화에 관심을 가졌던 적이 있다. 한 달 동안 한 운동 횟수보다 운동화가 많던 시절이었다. 쿠션이 좋아서, 디자인이 예뻐서, 벗고 신기가 편해서, 유명한 농구 선수가 신었던 거라서 필요 이상으로 많은 신발을 구입했다. 신발을 보고 있는 것만으로도 기분이 좋았다. 운동화에 대한 나의 허영을 면밀히 분석해보면 어린 시절의 결핍이 큰 영향을 미친 것 같다. 부유하지 못한 환경 때문에 좋은 신발을 신어보지 못했는데 경제적 여유가 생기자 한풀이를 했던 게 아닐까 싶다.

　우리는 모두 허영심을 가지고 있다. 그것이 무엇이냐가 다를 뿐이다. 필요 이상으로 많은 물건을 소유하고, 꼭 필요한 물건이 아닌데도 결제하고 배송을 기다린다. 이멜다처럼 누군가를 착취해서 허영을 채우는 게 아니라면, 반드시 나쁜 것만은 아니다. 허영심은 안목을 키우는 계기가 되기도 한다. 허영심은 '내가 꿈꾸는 이상적인 사람'을 설정한 후 그 꿈을 이루기 위한 계단이 될 때도 있다. 내 작업실에는 필요 이상으로 책이 많다. 책을 보면서 한숨을 쉴 때가 많다. '다 읽지도 못할 책을 이렇게 쌓아 두고 있으니…….' 그렇지만 나는 책을 읽는 나를 가장 좋아하므로, 글을 쓸 때의 나를 가장 좋아하므로 책에 대한 허영을 스스로 인정해 준다. 어떤 사람은 자신이 모아둔 옷을 보며 즐거워할 것이고, 어떤 사람은 장난감을, 어떤 사람은 여행지에서 사온 무언가를 보면서 기뻐할 것이다. 필요와 충분은 각자의 사정에 달린 것이기에 다른 사람이 그것을 평가하기는 힘들다.

어렸을 때 무척 갖고 싶었지만 집안 사정을 고려해 사달라고 조르지 못했던 물건이 있다. 에어 조던이다. 한 반에서 한 명 정도만 에어 조던을 신었던 것 같다. 성인이 되어 경제 사정이 나아졌을 때 에어 조던은 이미 전설이 되어서 리셀 가격이 수백만 원에 달했다. 벤 애플렉Ben Affleck의 영화 〈에어〉는 에어 조던이 탄생하기까지의 과정을 담았다. 영화의 배경은 1984년. 영화를 보는 내내 고등학생 시절을 떠올렸다. 영화에서는 당시 들었던 수많은 명곡이 흘러나왔다. 댄 하트먼의 〈아이 캔 드림 어바웃 유I Can Dream About You〉를 들었을 때는 눈물이 날 지경이었다. 나는 고등학생 때 그 노래를 자주 따라 불렀다.

에어 조던은 마이클 조던을 위해 만들어진 신발이지

만, 영화에서 조던은 뒷모습으로만 잠깐 나올 뿐 거의 등장하지 않는다. 신발이 주인공이다. "신발은 신발일 뿐이다. 누군가가 신기 전까지는"라는 대사야말로 영화의 내용을 압축해서 보여준다. 신발의 성장 영화로 불러도 좋을 것 같다. 그저 신발일 뿐이었던 나이키 운동화 한 컬레가 조던이라는 스타를 만나 위대한 영향력을 가지게 된다는 내용이기 때문이다.

당시 운동화 시장에서 절대 강자는 '컨버스'. 2등은 '아디다스'. '나이키'는 3위였다. 나이키에는 회사를 키워줄 새로운 간판 스타가 필요했다. 스카우터 소니 바카로는 NBA의 떠오르는 루키 조던을 눈여겨보았다. 컨버스와 아디다스도 조던과의 계약을 노리고 있었다. 이에 나이키는 조던의 마음을 열기 위해 전략을 세운다. 업계 1위 컨버스, 조던이 관심을 갖고 있는 아디다스와 어떻게 차별화할 것인가. 〈에어〉는 앞서 말했듯 에어 조던이 주인공이고 조던도 등장하지만 농구 경기 장면 역시 거의 볼 수 없다. 〈에어〉는 스포츠 영화가 아니라 비즈니스 영화에 가깝다.

〈에어〉는 또한 수많은 언더독underdog: 스포츠에서 이길 확률이 적은 팀이나 선수를 일컫는 말에게 보내는 메시지로 가득하다. 강팀을 잡으려면 어떻게 해야 할까. 자본도 부족하고 역사도 짧은 회사가 큰 회사를 이기려면 어떻게 해야 할까. '소니'는 철저한 분석에 의지한다. 소니는 사업에 대해 잘 아는 사람은 아니다. 농구를 좋아하고 농구 보는 눈이 뛰어날 뿐이다. 원래 모든 계약은 에이전트를 거쳐야 하지만 소니는 도박을 걸기 위해 조던의 부모를 직접 찾아간다. 이기기 위해서는 때로 '규칙을 깨야' 한다.

　소니는 조던의 어머니에게 조언한다. "컨버스에 가면 임원진들이 이런 이야기를 할 겁니다. 우리 회사에는 래리 버드나 매직 존슨 같은 슈퍼스타가 있습니다. 조던도 그 반열에 오를 것입니다. 아디다스에 가면 이런 이야기를 할 겁니다. 아디다스 신발의 가죽이 최고입니다. 그러면 이런 질문을 던져보세요. 경영권 분쟁 중이던데 결정은 누가 하나요?" 소니의 예상은 적중했다. 시험지 유출을 의심해봐야 할 정도로 컨버스와 아디다스의 임원진들의 태도는 예상에서 벗어나지 않았다. 한마디로 상상력이 부족한 것이고, 성의가 없는 것이고, 간절함이 부족한 것이다. 소니는 상대의 전략을 간파했고, 자신만의 작전을 세웠다. 강팀은 자만하기 마련이고 방심하기 마련이다. 언더독이 강팀을 잡으려면 뻔해서는 안 되고, 새로워야 하며, 간절해야 하고, 사력을 다해야 한다. 소니는 마지막 승부수를 띄웠다. 조던만을 위한 신발을 제작해 '에어 조던'이라는 이름을 붙였다.

　소니는 계약에 별 관심이 없어 보이는 조던에게 이렇게 말한다. "당신은 신인이지만 곧 NBA를 씹어먹게 될 것이다. 우승하게 될 것이고 MVP를 여러 번 차지하게 될 것이다. 역경은 있겠지만, 당신은 그걸 이겨낼 것이다. 다시 코트로 돌아와 승리를 차지할 것이다. 그런 순간순간에 나이키는 당신과 함께할 것이다." 마치 조던의 미래를 알고 있는 듯한 말투다. 어쩌면 소니는 미래에서 타임머신을 타고 1984년으로 온 것은 아닐까 의심이 들기도 한다. 이제 갓 대학을 졸업한 조던에게 회사의 사활을 걸다니 미친 짓이다. 실패하면 어쩌려고 저러나. 소니는 자신의 선택을 의심하지 않는다. 우리는 가끔 인생을 걸어야 할 때가 있다. 앞으로 나아가기 위해, 살아남기 위해 모험을 감행해야 할 때가 있다. 그럴 때는 소니처럼 해야 한다. 면밀하게 분석하고, 뻔하지 않기 위해 노력하고, 규칙을 깨야 하며, 미래에서 온 사람처럼 담대해야 한다.

Elemental

① 물과 불이 만나 사랑에 빠진다

② 불의 아빠는 두 사랑의 사랑을 허락하지 않는다.

③ 물의 화염을 통해 불은 자신의 정체성을 찾고 사랑을 완성한다.

3 단계 스토리텔링 요약.
물·불로 인간을 요약.
〈인사이드 아웃〉 보다
더 추상적인가, 비슷한가.

상상력은 다양하게
발휘할 수 있는 열정,
폭풍, 장작, 발화오일
등의 캐릭터, 발맞 시스템.

날카롭고,
어디로 튈지
모르고,

곡선,
부드럽고
투명하다

물은 어디든 스며들고, 향수의 짧든 향은 들어가야하며,
자유자재로 축적도 할 수 있다.

피아노가 처음 발명됐을 때는 건반이 쉰네 개였다. 피아노 음악이 발전하면서 더 많은 건반이 필요해졌다. 1890년대에 이르러 현재와 같이 여든여덟 개의 건반이 있는 피아노가 되었다. 건반을 볼 때마다 신비롭다. 여든여덟 개의 건반을 통해 인간의 수만 가지 감정을 표현한다. 여든여덟 개의 조합으로 세상에 존재하지 않았던 아름다운 음악이 탄생한다. 사람들은 음악을 들으면서 새로운 감정을 느낀다.

이야기도 피아노와 비슷하다고 생각한다. 세상에는 사람 수만큼이나 다양한 이야기가 존재하지만 공통적으로 적용되는 이야기의 요소 '이야기의 건반'이라고 하면 어떨까 가 있는 것 같다. 사람 수만큼 많은 이야기의 건반이 있다면, 다른 사람의 이야기를 듣고 쉽게 공감하기 힘들 것이다. 우리는 모두 비슷한 이야기의 건반을 가지고 있다. 피아노의 'C 마이너' 코드를 들으면서 조금 우울하게 느끼는 것처럼 '비를 맞으면서 걸어가고 있는 어머니의 뒷모습을 보았다'라는 이야기의 건반은, 듣는 순간 가슴을 먹먹하게 한다. 어떤 어머니인지 잘 알지 못하고, 어떤 굵기의 빗줄기인지 몰라도 각자의 경험을 떠올리기 마련이다. 한 번쯤 서로 비슷한 경험을 한 적이 있기에 각자의 마음속에 있는 이야기의 건반이 스르륵 눌린 것이다.

하늘 아래 새로운 이야기는 없다. 그렇지만 새롭게 느끼는 이야기는 많다. 이야기의 건반을 어떻게 배치하느냐에 따라, 어떠한 의외의 순서로 정렬하느냐에 따라 뻔한 이야기도 새로워질 수 있다. 애니메이션 스튜디오 픽사의 영화를 보았을 때 '새롭다'는 느낌을 받으면서도 어딘지 모르게

'익숙하다'고 생각하는 이유는 뻔한 이야기의 건반을 새롭게 배치했기 때문이다. 픽사의 스토리를 개발한 매튜 룬은 자신의 책 《픽사 스토리텔링》현대지성, 2022 에서 "이야기에는 8초 안에 사람의 관심을 끌어내는 '후크'가 필요한데, '만약에'로 시작하는 시나리오가 도움이 된다"라며 픽사 이야기의 비밀을 설명했다. 영화 〈인크레더블〉2004 의 후크는 "만약에 슈퍼 히어로에게 사람을 구하는 일이 금지된다면 어떨까?"이다. 슈퍼 히어로가 사람을 구한다는 것이 잘 알려진 이야기의 건반이라면, 그걸 뒤집어서 생각해보자는 것이다. 룬은 픽사의 이야기들을 이런 식으로 정리했다.

〈라따뚜이〉: 만약에 프랑스 요리 전문가가 꿈인 생쥐가 있다면 어떨까?

〈굿 다이노〉: 만약에 소행성이 지구와 충돌하지 않아 공룡이 멸종되지 않았다면?

〈토이 스토리〉: 만약에 어떤 아이에게 가장 아끼던 장난감 대신 새 장난감이 생긴다면?

우리가 알고 있던 내용을 조금만 다른 각도에서 보면 새로운 이야기가 생긴다. 〈라따뚜이〉2007 는 '생쥐'라는 등장인물을 이야기에 넣어본 것이고, 〈굿 다이노〉2016 는 지금과는 다른 현재를 상상한 것이고, 〈토이 스토리〉1995 는 현실의 조건을 조금 비틀어본 것이다. 익숙한 듯 새롭다.

픽사의 2023년 작품 〈엘리멘탈〉은 한국에서 연일 흥행 신화를 써나갔다. 2023년 8월 27일 기준 누적 관객 수 700만 명을 넘어서면서 한국에서 개봉한 픽사 영화 중 흥행 1위를 기록했다. 종전의 〈인사이드 아웃〉2015의 관객 수 496만 명를 훌쩍 뛰어넘은 것이다. 북미를 비롯한 해외에서도 비슷한 흥행 열풍인가 하면, 그건 아니다. 겨우 손익분기점을 넘길 정도다. 유독 한국에서 돌풍을 일으켰다. 그 이유는 한국 사람들만 느낄 수 있는 이야기의 건반 때문이라고 생각한다.

〈엘리멘탈〉은 불, 물, 공기, 흙이라는 네 개의 원소가 살고 있는 '엘리멘트 시티'가 배경이다. 열정 넘치는 불의 민족인 '앰버'는 우연히 유쾌하고 감성적인 물의 민족 '웨이드'를 만나 특별한 우정을 쌓는다. 절대 친해질 수 없을 것 같던 물과 불이 만나 사랑을 싹틔우는 이야기다. 여러 서사가 떠오른다. 우선 '로미오와 줄리엣'. 원수 가문의 사람을 사랑한 이야기다. 로미오에게 "당신의 이름을 버린다면 나 역시 내 이름을 버리겠다"라고 말하는 줄리엣의 애달픈 사랑 이야기다. 앰버와 웨이드는 사랑에 빠진 다음 서로를 걱정한다. 물이 불을 꺼뜨릴까 봐, 불이 물을 증발시킬까 봐, 서로의 이름을 빼앗을까 봐 걱정한다.

〈엘리멘탈〉은 '이민 가족의 이야기'이기도 하다. 수많은 인종이 모여 사는 엘리멘트 시티가 '뉴욕'의 또 다른 이름이라면, 물의 민족은 가장 먼저 이주한 백인일 것이다. 제일 마지막 이주한 불의 민족은 아시아 인종에 대한 은유일 것이다. 〈엘리멘탈〉의 감독 피터 손은 한국인 이민 2세로 영화에 한국적인 요소를 군데군데 넣어두었다. 앰버가 아빠를 부르는 호칭은 '아슈파'. '아빠'와 비슷하다. 앰버가 살고 있는 집은 돌솥을 닮았고, 앰버 가게의 환풍기는 우리에게 익숙한 고깃집의 환풍기와 비슷하다. 앰버의 아빠가 고향을 떠날 때 큰절하는 것 역시 한국 풍습에서 가져온 것이다. 〈엘리멘탈〉이 한국에서 큰 흥행을 기록했던 이유야 여러 가지겠지만 '한국적'인 것들이 군데군데 숨어 있다는 점도 중요한 영향을 미쳤을 것이다. 다른 나라 사람에게 보이지 않았을 것들이 한국 관객에게는 보인다. 영화에는 큰절하는 장면이 두 번 등장하는데, 외국 관객들에게는 별다른 감흥이 없겠지만 수백수십 번 무릎을 굽히고 큰절을 해본 우리는 가슴이 뭉클해질 수밖에 없다.

룬의 방식대로 〈엘리멘탈〉의 후크를 생각해보자. 어떤 생각으로 영화를 시작한 것일까? 어떤 걸 뒤집었을까? '만약 물과 불이 사랑에 빠진다면?'이었을까, '만약 물, 불, 공기, 흙이 말을 할 수 있고 감정을 느낄 수 있다면?'이었을까, '만약 뉴욕에 살고 있는 사람들을 4원소에 비유한다면?'이었을까. 손 감독이 영화의 출발점을 밝히긴 했다. 학창 시절 주기율표를 보면서 원소들이 살고 있는 아파트를 상상했고, 원소들을 하나의 인격체로 생각하기 시작했다고 말이다.

영화는 요즘 유행 중인 MBTI를 떠오르게 하는 구석도 있다. 매사에 감정이입을 잘하는 웨이드는 F인 게 분명하고, 사소한 것 하나도 쉽게 넘어가지 않는 앰버는 T인 게 확실하다. T와 F를 극적으로 대비시켰다. 눈물 많은 웨이드와 욱하는 성격의 앰버는 서로에게 어울리는 상대일까? 영화를 다 보고 나면 한 사람을 하나의 알파벳으로 정의하기가 힘들다는 생각이 든다. 불은 활활 타오르며 주변 모든 걸 태워버릴 것 같지만, 매 순간 그런 것은 아니다. 때로는 유리를 만들어 투명한 아름다움을 빚어낸다. 물은 매 순간 우유부단할 것 같지만, 웨이드는 단단한 물이 되어 앰버를 지킨다. 어쩌면 〈엘리멘탈〉의 후크는 이런 것이었는지도 모른다.

"만약 불 같은 사람이 물을 만나 부드러워진다면 어떤 일이 생길까?"

"만약 물 같은 사람이 불을 만나 사랑에 빠진다면 불을 구하기 위해 자신을 증발시킬 수도 있을까?"

　사랑은 물과 불보다 훨씬 강력해서 근본적인 것 엘리멘탈을 변화시키기도 한다.

ELVIS

"세상 엘비스를 죽였다고 하지만
아니다. 그와 나는 파트너였다."

└ 우리는 세게에서인을 알지
못한다.

66 엘비스를 지켜야했어,
그 자신에게서 조차. 99

나 자신을 망가뜨릴 수 있을 권리를
가진 사람은 누구인가! 내가 앨비스요,

빌스트리트 한눈, 스타일
갠 태어난 신부터
도방치고 있고여.

That's
Allright
mama,

Elvis의 몰락,
최대한 늦게 보여주기
Elvis 소개할 때
힘찬말으로 BGM을,

엘비스는
여기 없었다

어디에나 있고
어디에도 없는
아이콘, 셀럽

아이콘은 살아남는다.

ELVIS
ICON

영화 보고 오는 길에 글을 썼습니다

뮤지션의 일대기를 다룬 영화를 보면 뻔한 데가 있다. 추구하는 음악 스타일과 태어난 곳이 전혀 다른 뮤지션들의 이야기임에도 구성이 비슷한 걸 보면, 영화인들끼리 공유하는 공식 같은 게 있는 듯하다. 내가 발견한 뮤지션 영화의 공식은 이렇다.

어린 시절의 음악에 대한 선명한 기억 + 누군가의 도움으로 스타가 되기 + 승승장구하면서 성공의 달콤한 맛에 취하기 + 주인공을 시샘하는 라이벌 혹은 주인공을 파멸시키려는 적의 출현 + 의지가 약해진 주인공은 마약이나 술, 도박에 빠져들고 + 내리막길을 걷는다.

약간의 차이는 있겠지만 대체로 이런 수순을 밟는다. 이야기와 이야기 사이에 어울리는 음악이 들어가면 금상첨화로 관객의 감정은 더욱 격렬해진다. 공식을 알면서도, 뻔한 구석이 있는데도 사람들이 뮤지션 전기 영화를 좋아하는 이유는 무엇일까? 아마도 우리가 살아보지 못하는 세계를, 우리가 절대 경험하지 못할 부와 명예를, 절대 겪고 싶지 않은 추락의 고통을 대리 체험하는 재미 때문이 아닐까. 화려한 삶에도 이면의 고통이 있고, 엄청난 재력을 지니고도 마음이 가난할 수 있다는 사실을 뮤지션의 일대기에서 새삼 깨닫는 경우가 많다.

바즈 루어만 Baz Luhrmann 의 영화 〈엘비스〉역시 뮤지션 영화의 공식을 거의 그대로 적용한다. 미국 남부 멤피스에서 트럭을 몰며 음악의 꿈을 키우던 무명 가수 엘비스는 동네에서 자주 들었던 흑인 음악을 자신의 삶에 받아들인다. 인종차별이 만연하던, 백인이 흑인 음악을 한다는 것 자체가 금기였던 시절이다. 엘비스의 음색은 독특했고, 리듬에 맞춰 흔드는 몸짓은 격렬했으며, 팬들과 눈을 맞추며 함께 호흡하는 퍼포먼스는 자극적이었다. 엘비스의 스타성을 알아본 쇼 비즈니스계의 괴물 톰 파커가 엘비스에게 접근하고, 두 사람은 돌이킬 수 없는 성공의 길이자 파멸의 길로 들어서게 된다.

영화는 시종일관 경쾌하다. 〈물랑 루즈〉2001, 〈위대한 개츠비〉2013의 연출가답게 바즈 루어만의 편집은 몹시 빠르고 화면은 비할 데 없이 화려하다. 경쾌한 엘비스 노래가 곁들여지니 1950년대부터 1970년대까지를 속성으로 체험하는 기분이다. 편집과 음악은 화려하지만 이야기는 별다를 게 없다. 뮤지션 영화의 공식에서 크게 벗어나지 않는다. 어린 엘비스가 최초로 흑인 음악을 체험하는 장면에서는 전율이 일기도 하지만 성공-갈등-좌절-약물중독의 수순을 고스란히 밟아가는 이야기는 무척 익숙한 구조다.

〈엘비스〉가 다른 뮤지션 영화와 다른 점이 있다면 이야기를 들려주는 사람이 악당이라는 사실이다. 무명의 엘비스를 발굴한 사람도, 엘비스를 세계 최고의 스타로 만든 사람도 톰이었지만 그는 아주 긴 시간 동안 엘비스의 돈을 착취했고, "내가 없으면 너도 없다"는 식으로 엘비스를 가스라이팅한 존재이기도 했다. 역사적으로 악당 판결을 받은 사람을 화자로 내세우는 모험을 감행한 것은 루어만 감독만이 지닌 새로운 시각이라고 할 수 있다. 감독은 톰에 대한 평가를 관객에게 맡긴다. 톰은 엘비스의 은인일까 배신자일까. 톰은 이렇게 주장한다.

"사람들은 내가 엘비스를 죽였다고 하지만 아니다. 그와 나는 파트너였다."

영화를 본 사람들의 의견이 갈릴 수 있다. '톰이 없었다면 엘비스는 스타가 될 수 없었을 것'이라는 사람도 있을 것이고, '톰이 없었더라도 엘비스 같은 사람은 언젠가는 빛을 보았을 것'이라는 사람도 있을 것이다. 우리 주변에서도 이런 예를 흔히 볼 수 있다. 중요한 순간에 도움을 주었던 사람이 평생 그걸로 자신을 이용할 때 우리는 어떻게 해야 하나. 그 사람을 은인이라 생각하고 끝까지 함께해야 하나, 아니면 더 이상 자신을 괴롭히지 못하게 내쳐야 하나. 이에 대한 답은 사람마다 다를 것이다.

루어만 감독이 강조하는 것은 톰의 '선견지명'이다. 여러모로 문제가 많은 인간이었지만 음악 산업을 보는 눈만큼은 정확했다. 엘비스가 공연할 때 톰은 관객들의 눈에서 어떤 열망을 보았다. 그는 이렇게 중얼거린다.

"음악은 쥐뿔도 모르지만 그 소녀의 눈에서 그걸 봤어. 즐겨도 되나 하는 죄책감. 엘비스라는 금단의 열매를 산 채로 삼킬 기세였지."

엘비스를 만나기 전 톰은 전국을 돌면서 서커스 쇼를 운영하던 사람이었다. 서커스는 관객의 마음을 이용할 줄 알아야 하고, 관객이 원하는 것을 조금씩 흘리면서 줄 줄 알아야 한다. 톰이 타고난 재능을 엘비스에게 발휘하는 순간, 사업은 폭발적으로 성장할 수밖에 없었다. 톰의 한마디는 지금도 유효하다. 요즘 아이돌 산업도 엘비스의 시절과 크게 다르지 않은 것 같다. 톰은 사람들의 죄책감과 금단의 열매를 냉동 포장해서 엄청난 수익을 창출한 사람이다.

영화 속에는 엘비스가 놀이공원에 갔다가 '거울의 집'에 들어가는 장면이 있다. 수많은 엘비스가 거울 속에 들어 있다. 엘비스는 '너무 많은 나'를 보고 놀란다. 그 속에서 엘비스는 길을 잃는다. 그때 톰이 다가와 엘비스에게 길을 알려준다. 톰은 한참 후에 중얼거린다.

"엘비스를 지켜야 했어. 그 자신에게서조차."

거울은, 아마도, 엔터테인먼트 산업의 은유일 것이다. 연예인이 된다는 것은 수많은 나를 복제 생산해서 사람들에게 판매해야 하는 일인지도 모른다. 거울의 집에 자진해서 들어가야 하고, 거기에서 길을 잃어도 웃고 있어야 한다.

톰은 엘비스에게 이렇게 충고한다. "팬들이 자네를 자기 거라고 믿게 해야 해." 나를 많은 사람에게 판매하다 보면 길을 잃는 게 당연한 과정일지도 모르겠다. 엘비스는 아내 프리실라에게 이렇게 털어놓는다. "엘비스로 살기 너무 힘들어. 다들 나한테만 기대." 수많은 나로 살아가는 게 힘들어서 진짜 나로 살고 싶은데, 진짜 내가 어떤 사람인지 알 수 없어지는 순간, 엘비스는 약물로 고통을 이겨내려 했다.

영화 〈엘비스〉에서 엘비스에 대한 이야기는, 그를 착취했던 톰이 들려준 내용을 바탕으로 한다. 그러니 영화는 실제 엘비스와 다를지 모른다. 루어만 감독은 그 부분이 상관없다고 생각하는 것 같다. 마흔 살이 된 엘비스는 사람들이 자기를 잊는 게 두렵다고 했다. 영원히 기억될 노래도, 자랑스러운 영화도 남기지 못했다고 걱정했다. 우리는 그게 틀렸다는 걸 알고 있다. 사람들은 엘비스를 기억하고 있으니 말이다.

그런데 우리는 엘비스가 누구인지 진짜 알고 있나? 잘못 알고 있는 것은 아닌가? 톰 같은 악당들이 전해준 이야기를 곧이곧대로 믿는 것은 아닌가? 어쩌면 호사가들이 만든 루머를 통해 엘비스를 알고 있다고 착각하는 것은 아닐까? 하지만 그래도 상관없다고 루어만 감독은 말한다. 엘비스가 남긴 노래가 있고, 화면에 담긴 그의 표정이 있고, 노래 속에 담긴 그의 감정이 있으니. 그건 어쩌면 엘비스를 둘러싼 진실보다 더 강력한 진실인지도 모른다. 때로는 예술 작품이 사건의 진실보다 더 많은 삶의 진실을 우리에게 알려주기도 하니까.

The Eight Mountains

나의 외할아버지는 100년 넘게 한 마을에서만 사셨다. 마을 밖으로 나갈 일도, 나갈 생각도 없으셨다고 한다. 워낙 시골이라 전쟁도 피해 갔다고 한다. 안동의 작은 마을에서 태어나 농사를 배우고 나이가 차 결혼을 하고 아들과 딸을 낳았다. 딸은 안동을 벗어나고 싶은 마음에 경상북도 김천으로 가서 결혼해 아들 둘을 낳고 그 둘 중 하나는 작가가 되었다. 외할아버지에 대한 글을 쓰고 싶어 이렇게 물었다.

"진짜 한 번도 마을 밖으로 안 나가셨다고요?"

　　외할아버지에게 직접 물어보지는 못했다. 어머니와 외삼촌에게 물었다. 내가 작가로 데뷔했을 때 외할아버지는 90세였다. 외할아버지는 매일 글라스 한 잔 가득 소주를 드셨고, 담배를 자주 피웠으며, 나이가 들어서는 앞니가 빠진 채로 자주 웃으셨다. 담배를 끊고, 소주를 줄이며, 외할아버지는 돌아가시기 전날까지 뒷산을 산책하셨다고 한다.
　　문득 외할아버지의 삶을 생각할 때가 있다. 102년이라는 시간 동안 좁고 좁은 마을에서 어떤 마음으로 살아갔던 것일까? 먼 곳의 풍경이 궁금하지 않았을까? 비행기를 타보고 싶지 않았을까? 심심하지는 않았을까? 모를 심고 벼를 베는 똑같은 1년의 시간이 미치도록 지겹지는 않았을까? 도저히 상상하기가 힘들다. 나와는 전혀 다른 시간의 체계 속에서 비슷한 구석이 거의 없는 목표를 세우며 살아갔을 것이다. 큰물에 가서 더 많은 사람을 만나고 더 다양한 경험을 쌓아야 훌륭한 사람이 된다고들 하는데, 외할아버지는 훌륭해질 기회를 완전히 놓쳐버린 것일까? 명절 때마다 만났던 외할아버지는 충분히 행복해 보였다. 행복하면 훌륭한 것 아닌가.

파올로 코녜티의 소설 《여덟 개의 산》현대문학, 2017에도 비슷한 질문이 나온다. 네팔의 한 노인이 주인공에게 수수께끼 같은 이야기를 던진다.

세상의 중심에 높은 산이 있고, 주변에 여덟 개의 산과 여덟 개의 바다가 있다. 그렇다면 여덟 개의 산을 돌아본 사람이 많은 것을 깨달을까? 아니면 가장 높은 산 정상에 올라본 사람이 더 많은 것을 깨달을까?

거칠게 요약하자면, 세상에는 두 종류의 사람이 있다. 높은 산을 집요하게, 끝까지 오르려는 사람. 그리고 여러 산을 두루두루 보면서 경험을 쌓는 사람. 앞쪽을 '높은 산'이라 하고, 다른 쪽을 '여러 산'이라고 해보자. 어느 쪽이 더 낫다고 할 수는 없고, 마음속 질문이 이끄는 곳으로 갈 뿐이다. '높은 산'과 '여러 산'은 상호 보완적이며, 서로를 부러워하기도 한다. '높은 산'은 다양한 산을 부러워하고, '여러 산'은 갈피를 잡지 못한 채 방황하는 자신의 성향을 한심해하며 하나의 확실한 정답을 간절히 원한다.

펠릭스 반 그뢰닝엔Felix Van Groeningen과 샤를로트 반 더미르히Charlotte Vandermeersch 감독의 영화 〈여덟 개의 산〉은 소설 원작과 크게 다르지 않다. 몇 가지 구체적인 사연이 빠졌을 뿐 굵직한 이야기는 거의 똑같다. 이 이야기를 감독들이 얼마나 사랑하는지 알 수 있다. 피에트로와 브루노의 우정에 대한 이야기, 산에서 만나 산으로 돌아가는 이야기,

한 사람은 남고 한 사람은 떠나는 이야기, 만났다 헤어졌다를 반복하는 오랜 친구들의 이야기.

　　이탈리아 알프스산맥의 몬테로사, 두 소년은 거기에서 처음 만나 산을 뛰어다니며 놀다가 친해진다. 둘은 각자의 삶을 살아가다 성인이 되어 다시 만난다. 그리고 함께 집을 짓고 자신들만의 여름 별장을 만든다. 영화 속 두 남자의 삶은 대비된다.

　　브루노는 '높은 산'을 상징하는 인물이다. 그는 도시로 떠날 기회가 있었지만 공부보다 일을 시키려는 아버지의 반대 때문에 마을을 벗어나지 못한다. 어린 시절부터 아버지를 따라 벽돌공으로 일했고, 삼촌의 농장에서 치즈 만드는 법을 배웠다. 결혼한 그가 가장 좋아하는 시간은 아침이었다. 아침에 소젖을 짜려고 일어났을 때, 아내와 딸은 자고 있는 그 순간이 하루 중 제일 좋았다고 말한다. '두 사람을 살뜰히 돌보는 느낌' 때문이었다. 바깥에서 나의 성장을 찾는 게 아니라 가까운 곳에 있는 것들을 돌보면서 행복을 확인하는 사람이다. 그렇지만 브루노는 이내 이렇게 탄식한다.

"누굴 돌본다는 건 불가능한 일이야."

　　피에트로는 '여러 산'을 여정으로 보여주는 인물이다. 어딘가에 머무는 것을 게으르다고 생각하고, 계속 새로운 곳을 찾아 나선다. 결혼도 하지 않았고, 아이도 없고, 반은 어른 반은 아이로 살다가 문득 이런 생각을 한다.

"난 이전의 내가 싫었다. 난 변하고 진화하고 떠나서 새로운 피에트로가 되고 싶었다."

브루노는 완전한 혼자를 꿈꾼다. 아내와 딸을 사랑하지만, 자신에게 가족은 사치라고 생각한다. 농장 사업으로 치즈를 만드는 대신 소 몇 마리만 키우면서 조용하게 살아갔어야 한다고 후회한다. 피에트로는 현재의 자신을 부정한다. 과거의 기억이 덕지덕지 묻어 있는 '오래된 나' 대신 완전히 '새로운 나'가 가능할 거라고 기대한다.

영화에서 가장 묵직한 장면은 술에 취한 두 사람의 대화다. 피에트로는 술에 취한 채 네팔에서 겪은 재미난 이야기를 들려주겠다며 말을 꺼낸다.

"세상엔 여덟 개의 산과 바다가 있대. 그리고 그 중심에는 커다란 산이 있어. 수미산이지. 누가 더 많이 배울까? 여덟 개의 산과 바다를 여행한 자와 수미산에 오른 사람 중에 말이야. 어떨 거 같아?"

"나로 말할 것 같으면 산 정상에 오른 사람이고, 너는 여덟 개를 여행한⋯⋯."

"누가 이길까?"

"내가 이기지."

이 장면이 뭉클한 이유는 두 사람이 어린 시절로 돌아간 듯한 느낌을 주기 때문이다. 전기도 들어오지 않아서 헤드 랜턴을 켜고 술을 마시는 두 사람은 동굴에 들어가 있는 것 같다. 냇가에서 고기를 잡고, 넓은 들판에서 뒹굴던 어린 시절로 돌아간 것 같다. 브루노와 피에트로와 피에트로의 아버지는 빙하를 보기 위해 함께 산에 올랐던 적이 있다. 피에트로의 아버지는 이렇게 말했다.

"너희가 마시는 물은 작년의 눈이 아니야. 백 년 전 눈일 수도 있어. 150년 전일 수도 있지. 아무도 몰라. 빙하가 멋진 점은 계속 움직인다는 거야."

브루노와 피에트로는 과거로 돌아갈 수 없다는 것을 잘 알고 있다. 백 년 전의 일처럼 모든 게 까마득하지만 술을 마시는 그 순간에는 빙하가 녹기 전으로 돌아간 듯하다. 빙하가 멋진 이유는 계속 움직이기 때문이지만, 과거로 돌아갈 수 없다는 이유에서 인생은 슬프기도 하다. 알프스 풍경을 담은 〈여덟 개의 산〉은 무척 아름답지만 솟아 있는 봉우리들은 슬프게 보이기도 한다. 어떤 봉우리는 우리가 가야 할 목표처럼 보이지만, 어떤 봉우리는 다시 돌아갈 수 없는 과거의 기억처럼 보이기도 한다. 피에트로의 말이 의미심장하게 다가온다.

"어떤 삶에는 되돌아갈 수 없는 산도 있으니까. 세상의 중심에 있는 산에 돌아가는 건 불가능하다. 이야기의 처음으로 돌아갈 수 없듯이. 남은 건 여덟 개의 산을 헤매는 것뿐."

가장 높은 산에 오르는 사람이 되든 여덟 개의 산을 헤매는 사람이 되든 잊지 말아야 할 것은, 우리 모두 빙하처럼 계속 녹고 있다는 사실. 삶은 점점 무거워지고, 무거운 것이 가라앉듯 어디론가 계속 흘러간다는 사실. 옆에 함께 흘러가는 사람이 있다면, 우리는 그것만으로도 행복할 것이다.

Young Adult

계속 비슷한 2층으로 이야기를
생각하다가 2개 완해나
그 사이에 갇혀있는 듯으로,

영 어덜트
소설을 쓰는 주인공,

Young ←—— 시기 ——→ Adult
이 시기가 얼마나 긴가?
사람마다 다를 것.

"66년 여기가 어울려"

메이비스는 막말을 남기고,
누군가 그곳에 어울린다는
"말, 그곳에 오래 오는 바람기
동기화, 오히려 메이비스야
말로 그곳에 된 게

"66 개변
내 전성기를 알아!"

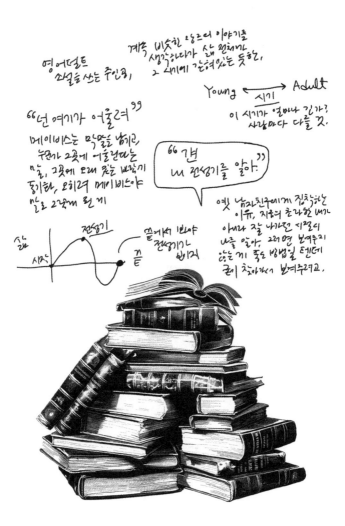

삶
시작
전성기
끝나서 1배야
끝 전성기가나
알지

옛 남자친구에게 집착하는
이유, 지희 초라한 내가
아니라 잘 나가던 시절의
나를 알아. 그러면 보여주지
않는 게 좋은 방법일 텐데
굳이 찾아가서 보여주려고.

음악을 열심히 듣기 시작했던 중학생 때는 BTS가 석권한 바로 그 빌보드 싱글 차트 따위를 통째로 외우고 다녔는데, 도저히 이해하기 힘든 차트가 있었다. '어덜트 컨템퍼러리'라는 장르였다. 어린 마음에 '어덜트'라는 이름이 강력하게 다가왔는데, 뭔가 아이들은 절대 들으면 안 되는 금지의 영역 같았기 때문이다. 어른들의 내밀한 생활을 가사로 적은 노래들인가? 어른들끼리 그런 노래를 따로 듣는다고? 왜? 성적인 내용이 가득 실린 노래들만 따로 모아둔 건가? 게다가 '컨템퍼러리'라니, 동시대 어른들끼리 모여서 대체 뭘 하는 거야? 막상 어덜트 컨템퍼러리의 정체를 알고 나서는 실망을 금할 길이 없었다.

어덜트 컨템퍼러리에 대한 첫인상은 '재미없는 노래들의 모음집'이었다. 노래가 대부분 맨송맨송하고 미적지근했다. 아, 야하거나 은밀해서 어덜트라고 이름 붙인 게 아니라 재미없는 노래여서 그런 거였구나. 이런 살신'성인'의 자세라니! "우리는 이미 글렀어. 이런 노래는 성인들만 들을 테니 어린 너희들은 신나고 재미있는 노래를 들어." 음악을 조금 더 듣고 나서는 그런 의미가 아닌 걸 알게 됐지만 여전히 어덜트 컨템퍼러리라는 명칭을 들으면 그 시절 생각이 난다. 그러고 보니 한국에서도 역시 비슷한 장르의 음악을 '성인 가요'라고 부르기도 한다.

'영 어덜트 Young Adult'라는 장르 역시 처음 들었을 때 고개를 갸웃했다. '젊은 어른'이라니 대체 무슨 말인가 싶었다. 어덜트 컨템퍼러리와는 달리, 장르의 특징을 금방 이해했다. 한국어로 옮기면 '청소년 소설'로 열두 살에서 열여덟 살을 타깃으로 삼지만 실제로 독자 중 절반은 어른이다. 영화로도 만들어진 '해리 포터', '헝거 게임', '메이즈 러너' 같은 시리즈처럼 어른도 열광하는 소설이 여기에 속한다.

영 어덜트 소설이 청소년뿐 아니라 모든 연령층에게 사랑받는 이유는 다양하겠지만, 내가 꼽고 싶은 가장 큰 이유는 '모험'이다. 대부분의 영 어덜트 소설은 도전하고 모험하고 성취하는 내용을 담고 있다. 젊기 때문에 실패해도 괜찮은, 어리기 때문에 한 번쯤 좌절을 겪어도 다시 일어설 수 있는 삶을 다룬다. 청소년들은 영 어덜트 소설을 읽으면서 자신들의 현재를 보겠지만, 어른들은 모험으로 가득했던 과거를 볼 것이다. 방점을 어디에 찍느냐에 따라 영 어덜트라는 단어의 느낌은 사뭇 달라진다. '영'에 초점을 맞추면 아직 성인은 아니어도 충분히 성숙한 아이들을 가리키지만, '어덜트'에 초점을 맞추면 성인이 되었지만 여전히 '젊은' 사람을 뜻할 수 있다. 혹은 성인이 되었지만 여전히 철들지 못한 사람일 수도 있고.

제이슨 라이트먼 Jason Reitman 의 영화 〈영 어덜트〉는 영 어덜트 소설을 쓰는 작가 메이비스가 주인공이다. 작가의 꿈을 이루기 위해 대도시로 간 메이비스는 대필 작가로서 나름의 성공을 거둔다. 자신의 이름으로 책을 내지는 못했지만 영 어덜트 소설 '웨이벌리 고교' 시리즈 집필에 참여하며 베스트셀러를 내기도 한다. 마감에 쫓기고 글을 쓰고 술을 마시고 처음 만난 남자와 하루를 보내던 삶을 반복하던 메이비스는 어느 날 고등학교 시절의 남자친구 버디에게 전자우편 한 통을 받는다. 전자우편에는 버디의 딸 사진이 담겨 있었다. 자신을 놀리는 것일까 고민하던 메이비스는 '옛 남자친구와 재결합하라는 신호일지도 모른다'고 생각하고, 자신의 젊은 시절을 되찾기 위해 갑자기 차를 몰고 고향 머큐리로 향한다. 〈영 어덜트〉는 고향에 돌아온 메이비스가 벌이는 좌충우돌 모험기다.

고향에 돌아와 보니 변한 게 거의 없다. 친구들도 그대로고, 부모님도 그대로다. 딱 하나, 자신을 좋아하던 옛 남자친구 버디만 변했다. 버디는 아내 베스와 행복한 나날을 보내고 있었다. 메이비스가 끼어들 틈이 전혀 없었다. 아무리 유혹해도 버디는 관심조차 보이지 않는다. 오히려 학창 시절에 거들떠보지도 않았던 아웃사이더 매트와 자꾸만 엮일 뿐이다. 고등학교 시절 이른바 '퀸카'였던 메이비스가 고향에 돌아와 처참하게 무시당하는 셈이다.

영화 제목 '영 어덜트'는 주인공 메이비스를 상징적으로 보여주는 단어다. '어덜트'가 되어 고향을 떠났지만, 자신의 '영'한 시절을 잊지 못하고 있는 것이 바로 메이비스의 현재다. 메이비스는 고향의 서점에서 굴욕을 당하기도 한다.

자신이 참여한 시리즈 '웨이벌리 고교'를 버디에게 선물하기 위해 서점에 들어간 메이비스. 서점 직원에게 책의 위치를 묻자 직원은 한쪽 구석에 위치한 특별 매대를 가리킨다. '웨이벌리 고교'가 한가득 쌓여 있다.

"와우, 인기가 정말 많나 보네요."

"몇 넌 전엔 잘 나갔죠. 지금은 처분해야 할 재고가 너무 많아요. 선반에 얹지 말라고 해서 이쪽에 모아둔 겁니다."

메이비스의 처지가 딱 그랬다. 몇 년 전에는 잘나가던 '퀸카'였지만 이제는 누구도 거들떠보지 않는 사람. 메이비스는 서점 직원에게 자신의 신분을 당당하게 밝힌다.

"내가 이 책을 쓴 사람이에요. 사인해드릴까요? 원하는 만큼 해드릴게요. 프리미엄 붙여서 팔 수 있어요."

서점 직원이 난처한 표정으로 덧붙인다.

"예, 그렇겠죠. 하지만 일단 사인이 되면 출판사에 돌려보낼 수가 없어요."

"왜 출판사에 돌려보내죠?"

"시리즈는 끝났고, 이제 책을 안 팔 거니까요."

시리즈는 끝났다. 젊은 시절은 끝났다. 새로운 곳으로 나아가야 한다. 새로운 책을 써야 한다. 메이비스는 그럴 준비가 되어 있지 않다.

메이비스는 헤어진 옛 남자친구에게, 게다가 결혼까지 한 사람에게 왜 그렇게 집착하는 것일까? 매트가 그 이유를 물어보자 메이비스가 공허한 눈빛으로 말한다.

영 어덜트

"걘 내 전성기를 알아."

　　메이비스의 마음을 생각하면 슬프기도 하다. 자신의 현재는 공허하고 앞날에 대한 희망도 없고 오직 찬란해 보이는 것은 과거뿐이니, 그 과거를 잘 알고 있는 사람을 쟁취하면 현재와 미래가 다시 환해지지 않을까, 하고 생각하는 것이다. 매트가 단호하게, 그러나 무덤덤하게 대답한다.

"그땐 네 전성기가 아니야."

　　매트의 다음 대사 역시 절절하지만, 영화의 작은 반전이기 때문에 생략하겠다. 두 사람은 전성기에 대해 이야기를 주고받는다. 생애 최고의 순간이 언제였는지 이야기한다.
　　우리는 가끔 생애 최고의 순간에 대해 이야기한다. '라떼 나 때는 말이야'를 동원해서 과거를 이야기하는 사람도 많다. 그렇지만 생애 최고에 대해 말할 수 있는 순간은, 죽기 직전뿐이지 않을까? 섣불리 최고를 말하는 것은 앞으로 다가올 미래에 대한 결례가 아닐까?
　　메이비스가 소설가라는 것이 중요하다. 소설가는 이야기 속에 살고, 시작과 끝을 여러 번 겪는다. 소설 속 주인공에게 감정이입을 해 '생애 최고의 순간'을 여러 번 상상해봤을 것이다. 하지만 소설과 삶은 다르다. 메이비스는 소설속에 파묻혀 현실을 잊은 것이다. 소설의 시작과 끝을 알듯 현실의 시작과 끝을 안다고 착각한다. 현실 속 메이비스는 앞으로도 수많은 시간을 겪어야 한다.

영화는 메이비스가 소설의 마지막 대목을 쓰는 것으로 끝난다. "켄달 소설 속 주인공 의 전성기는 아직 오지 않았다. 이제 세상에 나갈 준비가 됐다. 미래를 생각해야 할 시기가 되었다. 그녀의 새로운 챕터가 열릴 것이다."

주인공 메이비스가 진짜 삶을 깨달은 것인지, 아니면 깨달은 척하는 것인지, 전성기를 만들기 위해 노력할지, 과거에 계속 집착할지 알 길이 없다. 영화는 끝났고, 이런 질문만 남았다.

당신의 전성기를 과거에서 찾을 것인가, 현재나 미래에서 찾을 것인가.

Oliver Sacks: His Own Life

현실에
의심이 생기면
발에
텅스텐을
떨어뜨리세요

이제는 고인이 된 배우 로빈 윌리엄스를 생각하면 수줍은 미소가 제일 먼저 떠오른다. 〈죽은 시인의 사회〉1989 나 〈굿 윌 헌팅〉1997 같은 작품 때문에 생긴 이미지겠지만, 실제 그의 모습을 알 수 없는 우리는 윌리엄스를 그 미소와 함께 기억한다. 사람들 대부분은 죽어서 이름을 남기지만, 배우들은 표정을 남기고 사라진다. 로버트 드 니로와 함께 출연했던 영화 〈사랑의 기적〉1990 에서도 잊히지 않는 표정이 하나 있다.

〈사랑의 기적〉은 어린 시절 뇌염을 앓고 그 후유증으로 30년 넘는 동안 정신이 잠들어 있던 레너드 로우와 기적처럼 레너드를 깨우고 그와 친구가 되는 의사 말콤 세이어의 이야기다. 한국어 제목은 '사랑의 기적'이지만 원제는 'Awakenings 깨어남'다. 30년 동안 잠들어 있다가 깨어난 레너드는 모든 현실이 낯설기만 하다. 스무 살 때 의식 마비가 시작된 탓에 전기면도기를 만져보는 것도 처음이고, 여자친구는 사귀어본 적도 없으며, 젊음을 송두리째 건너뛴 주름진 얼굴은 낯설기만 하다. 그 혼란스러움을 표현하는 니로의 연기에 감탄이 절로 난다. 온몸에 들이닥친 경련을 표현하는 연기도 놀랍지만, 30년 만에 만나는 엄마를 볼 때 짓던 어리둥절한 표정은 특히 놀라웠다.

윌리엄스의 연기 역시 놀라운 디테일로 가득했다. 오랫동안 지렁이만 집중적으로 탐구했던 연구원을 연기해야 했는데, 일상생활에서의 어리숙한 모습이라든지 환자들을 낯설어하고 두려워하는 의사의 모습이라든지 모두 생생하게 묘사했다. 영화를 다 보고 나면, '나 이 사람 어떤 사

올리버 색스: 그의 생애

람인지 알 것 같아'라는 생각마저 든다. 윌리엄스가 연기한 세이어 박사는 실제 모델이 있다. 바로 원작 《깨어남》알마, 2012을 쓴 의사이자 작가인 올리버 색스다. 색스는 윌리엄스의 연기에 무척 난처해했다.

"처음에는 내 모습을 살아 있는 거울에 비춰 본다는 것이 으스스하고 당황스러웠다. 우리가 이야기를 나누는데 서 있는 자세며 억양, 손짓과 몸짓, 모든 것이 똑같아서 마치 있지도 않은 일란성쌍둥이가 튀어나온 것 같았다."

윌리엄스가 연기한 대로, 색스는 무척 수줍은 사람이었다. 색스의 첫 번째 친구는 사람이 아니라 숫자였다. 여섯 살에 숫자와 친구가 됐고, 열 살에 원소와 광물을 사랑하게 됐으며, 성인이 되어서야 사람과 인간성에 대한 탐구를 시작했다. 주기율표를 너무 좋아해서 식탁보나 담요로 사용하고, 운전면허증을 가지고 다니듯 주기율표를 지갑에 넣어 다녔으며, 매년 생일 선물로 자신에게 원소를 하나씩 선물했다. 안면인식장애가 있었으며 편두통에 시달렸고, 집에 자신만의 실험실을 만들어 그 속에 자주 파묻혔다. 〈사랑의 기적〉에서 주기율표를 설명하는 세이어 박사를 보고 있으면, 색스의 모습을 보는 것 같다. 세이어 박사는 주기율표에 대한 애정을 늘어놓다가 이렇게 덧붙인다.

"모든 원소에게는 제자리가 있어요. 바꿀 수 없죠. 무슨 일이 있어도 불변이죠. 저는 대인 관계에 서툴러요. 사람을 좋아하죠. 사람들에 대해 좀더 깊이 알고 싶긴 해요. 사람들이 좀더 예측 가능하면 좋을 텐데……."

'사람들이 좀더 예측 가능하면 좋겠다'는 부분을 연기할 때 윌리엄스는 커피잔을 든 채 몸을 웅크리고 부끄럽다는 듯 아래를 내려다본다. 그 표정을 어떻게 설명해야 할까. 대인 관계에 미숙해 마냥 수줍고, 불가해한 세상에 난처해하고, 끝내 어깨를 당당하게 펴지 못하는 윌리엄스의 표정이 자꾸만 생각난다.

다큐멘터리 영화 〈올리버 색스: 그의 생애〉에서 그 표정을 다시 보았다. 색스 역시 그런 표정을 하고 있었다. 색스는 자신이 게이라는 사실을 어머니에게 밝혔을 때 평생 잊을 수 없는 말을 들었다. "가증스럽구나. 너는 태어나지 말았어야 해." 색스는 그 말을 평생 기억했다. 색스는 다큐멘터리에서 이렇게 고백했다.

"저도 호모포비아를 가지고 있었습니다. 대부분 저에 대한 것이지만요."

자신이 게이라는 사실을 인정받지 못한 것은, 자신의 존재 자체를 부정당한 것이나 마찬가지였다. 그 말을 하는 색스의 표정에서 수줍음과 난처함이 보였고, 윌리엄스의 모습이 겹쳐졌다.

색스는 2015년 암으로 세상을 떠났다. 그가 죽기 전 《뉴욕타임스》에 기고한 글 〈나의 삶〉은 많은 사람에게 감동을 주었다.

"두렵지 않은 척할 수는 없습니다. 그럼에도 지금 나를 지배하는 감정은 감사입니다. 나는 사랑했고 사랑받았습니다. 많은 것을 받았고, 또 받은 것을 돌려주었습니다. 책을 읽었고, 여행했고, 생각했고, 썼습니다. 세상과 교감했고, 작가와 독자로 특별한 교감을 이뤘습니다. 무엇보다, 이 아름다운 행성에서, 나는 느끼는 존재였고, 생각하는 동물로 살아왔으며, 그 자체로 그것은 커다란 특권이자 모험이었습니다."

〈올리버 색스: 그의 생애〉에서 그의 목소리로 직접 이 문장을 들으면 울림이 크다. 그가 삶을 얼마나 사랑했는지, 고통 속에서도 얼마나 굳건했는지를 알 수 있다. 〈사랑의 기적〉의 원작인 《깨어남》을 발표했을 때, 아무도 그의 이야기에 귀 기울이지 않았다. 동료 학자들에게 철저하게 무시당했고, 따돌림당했고, 누구도 그의 연구를 인정해주지 않았다. 1920년대 전 세계를 휩쓴 '수면병 기면성뇌염'에 걸려 시체처럼 얼어붙은 환자를 만나고, 신약 '엘도파 L-dopa'를 그들에게 투약하고, 환자들이 하나둘 깨어났으나 곧이어 특정한 부작용을 발견하는 과정을 거치면서 색스는 환자들에게 일어난 변화를 관찰했고, 지켜보았고, 기록했다. 오랜 시간이 지나서야 사람들은 그의 관찰을 인정하기 시작했다.

처음에 색스는 환자들의 모습이 담긴 영상과 기록을 외부에 공개하는 것이 맞는지 고민했다. 그는 환자들에게 물었다. 그러자 그들이 대답했다. "해요. 우리 이야기를 해 줘요. 안 그러면 영영 알려지지 않을 테니까요. 우릴 찍어요. 우리가 직접 말할게요."

윌리엄스는 배우로서 세상을 관찰하고, 그것을 모방해 새로운 인물을 창조해냈다. 색스는 환자들에게 깊이 다가가 그들의 삶과 병을 관찰했고, 그것들을 기록했고, 책으로 썼다.

색스는 말했다.

"저는 그저 관찰합니다. 그렇지만 단순한 관찰 같은 건 없습니다."

The House of Us

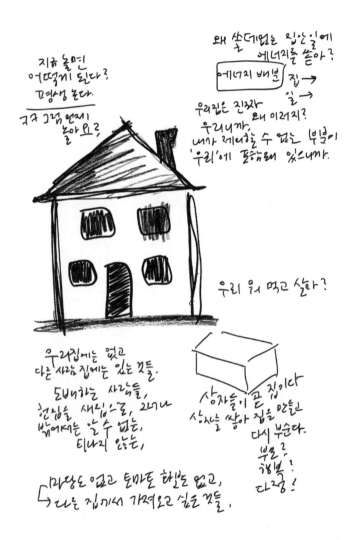

왜 쓸데없는 집으로 길에
에너지를 쓸어?

에너지 배분 집→
길→

우리집은 진짜
왜 이러지?
우리니까,
내가 레너할 수 없는 부분이
'우리'에 포함돼 있으니까.

지금 놀면
어떻게 된다?
평생 논다.
자꾸 그럼 언제
놀아오?

우리 뭐 먹고 살아?

우리집에는 없고
다른 사람 집에는 있는 것들.
도배하는 사람들,
현관을 새집으로, 그러나
밖에서는 알 수 없는,
티나지 않는,

상자들이 곧 집이다
상자를 쌓아 집을 만들고
다시 부순다.
부모?
행복?
다정!

→마당도 없고 토마토 화분도 없고,
→다른 집까서 가져오고 싶은 것들,

영화 〈우리집〉은 세 아이의 이야기다. 매일 다투는 부모님이 고민인 열두 살 '하나', 경제적인 어려움 때문에 자주 이사를 다니는 게 너무 싫은 '유미'와 '유진' 자매. 세 아이는 동네에서 우연히 만나 서로의 고민을 털어놓고 의지하는 사이가 된다. 하나는 맏언니처럼 두 동생을 잘 돌봐주고, 유미와 유진은 하나를 친언니처럼 생각한다.

영화는 제목에서 드러나는 것처럼 '집'이 가장 큰 소재다. 유미가 넋두리하듯 중얼거린다. "우리집은 진짜 왜 이러지?" 유미의 이야기를 들은 하나가 대꾸한다. "우리집도 진짜 왜 이러는지 모르겠다." 어린 시절 누구나 비슷한 생각을 해봤을 것이다. '다른 집들은 모두 행복해 보이는데 우리집은 왜 이럴까?' 요즘은 이런 고민이 SNS로 번졌다. 'SNS 속 사람들은 모두 행복해 보이는데, 나는 왜 이렇게 불행할까?'. 톨스토이의 소설 《안나 카레니나》^{펭귄클래식코리아,} ²⁰¹¹의 첫 문장이 떠오를 수밖에 없다.

"행복한 가정은 서로 닮았지만, 불행한 가정은 모두 저마다의 이유로 불행하다."

바꿔 말하면, 행복에는 이유가 없어 보이지만 불행에는 분명한 이유가 있다. 다른 사람이 행복해 보이는 이유는, 구체적이고 분명한 사연을 알지 못하기 때문이고, 내가 불행한 이유는 나의 상황을 너무나 잘 알고 있기 때문이다. 다른 사람은 모호하게 우아해 보이고, 나는 구체적으로 구질구질하다. 우리는 행복한 서로를 부러워하고, 불행한 자신을 괴로워하는, 닮은 사람들이다.

하나가 보기에 유미와 유진은 불행할 이유가 없다. 엄마와 아빠 사이가 좋으니까. 전화 통화를 해도 웃음이 가시질 않고, 집에는 행복한 한때를 보여주는 사진으로 가득하다. 유미와 유진이 보기에도 하나는 불행할 이유가 없다. 이사를 가지 않아도 되니까.

유미가 하나의 집을 부러워하자, 하나는 자신의 집이 불행한 이유를 열거하기 시작한다. "음……, 우리집에는 장난감도 별로 많이 없고, 너네 집에 있는 마당도 없고, 토마토 화분도 없고, 꽃도 없고, 그리고 또……." 영화를 보는 우리는 그들이 서로를 부러워할 필요가 없다는 걸 알지만, 당사자로서 그런 객관성을 유지하기란 쉬운 일이 아니다.

유미와 유진은 도배 일을 하러 다른 지역에 간 부모를 그리워하면서 '상자 집'을 만든다. 유미는 주인집 아주머니의 구박에도 꿋꿋하게 재활용 더미에서 상자를 모은다. 굴러다니는 계란판과 상자들을 주워 모아 집을 만든다. 상자 집은 내 집이 없어서 계속 이사를 다녀야 하는 네 식구를 위한 선물인 셈이다.

하나 역시 상자를 좋아한다. 자신의 소중한 물건들을 침대 밑 상자에다 차곡차곡 쌓아두었다. 심지어 아빠가 쓰던 핸드폰까지 상자에 보관한다. 자세한 이유가 궁금하면 영화를 보세요!

생각해보니 나 역시 상자에 집착한 적이 있었다. 내 공간이 없는 아이였고, 나만의 것을 담아둘 서랍장이 없는 아이였다. 아버지의 속옷 상자든 어머니의 화장품 상자든 내 것을 담아둘 수만 있으면 무엇이든 괜찮았다. 여러 개의 상자를 내 것으로 소유하고, 상자에 담을 것들을 분류하고, 상자를 쌓아두는 것만으로도 마음이 뿌듯하던 시절이 있었다. 내 방이 생기기 전까지는 작은 상자가 내 방이었다. 거기에는 누구도 건드릴 수 없는 내가 들어 있었다.

상자 같은 집에서 산 적도 있다. 대학 시절, 고향을 떠나 처음으로 공간을 구했는데 지금 생각하면 상자나 마찬가지인 곳이었다. 가로세로 3미터 정도 되는 좁은 자취방이었고 낮은 책상, 만능 쿠커, 삼단 책장이 세간의 전부였다. 겨울에는 연탄을 가는 게 귀찮아서 이불을 둘둘 만 채 잤고, 여름에는 끔찍한 더위에 시달리면서도 문을 열지 않았다. 나는 상자 속에 들어 있는 게 행복했다. 그로부터 20여 년 후, 스웨덴의 한 호텔에서도 비슷한 경험을 한 적이 있다. 딱 하루만 잘 곳을 해결하면 되는 상황에서 가장 싼 호텔을 골랐는데, 나의 첫 번째 자취방과 무척 닮은 곳이었다. 창문이 없었고, 크기도 딱 그 정도였다. 냉장고와 책상, 침대, 옷장이 있다는 게 다른 점이었다. 나는 침대에 누워서 20여 년 전을 떠올렸다. 20여 년 동안 열심히 노력해 상자에서 상자로 이동한 것 같다는 기묘한 생각이 들었다.

우리는 결국 하나의 상자 같다. 상자의 크기야 모두 다르겠지만 모든 상자에는 비밀이 있고, 추억이 있고, 사연이 있다. 상자와 상자가 만나 사랑하고, 상자를 닮은 집에 들어가서 산다. 서로를 잘 이해하고 있는 것처럼 보여도, 우린 상자들이다. 가끔 뚜껑을 열어서 그 안에 뭐가 들었는지 보여주지 않으면, 절대 서로를 알 수 없다.

하나와 유미와 유진이 상자를 쌓아 올려 만든 집은, 그래서 아름답기도 하고 슬프기도 하다. 크기가 서로 다른 상자들을 레고를 맞추듯 이리저리 돌려가며 쌓아 올렸다. 아귀가 맞지 않는 상자들을 어떻게든 쌓아 올리고, 빈틈을 또 다른 상자로 메운 집이 탄생했다. 종이 상자로 만든 집은 언뜻 봐도 위태롭기 그지없다. 그렇지만 아이들한테는 소중하기만 하다.

유미와 유진의 부모를 찾으러 떠난 세 아이는 우연히 빈 텐트에 들어가서 잠을 청하게 된다. 유미는 텐트에 누워 신나게 이야기한다. "여기가 우리집이면 좋겠다." 하나가 호기롭게 대구한다. "그냥 우리집 할까?" 텐트는 커다란 상자나 마찬가지다. 세 명이 포근하게 누울 수 있는 상자, 억지로 짜맞추려고 하지 않아도 되는 상자, 지붕이 벽을 대신하고 있는 상자, 바람이 불면 흔들리고, 떨어지던 낙엽이 자신의 몸을 비비는 상자.

책에서 물거미의 집을 본 적이 있다. 물거미는 물속에 집을 만들어서 생활한다. 수초 사이에 거미줄을 치고, 엉덩이를 물 밖으로 내민 다음 공기를 넣어 기포를 만든다. 기포를 여러 번 반복해 만든 다음 합치면 집이 된다. 물거미는 공기 집에서 먹이도 먹고, 알도 낳는다. 집을 만들고 거기에서 살아가는 일이 그렇게 단순하면 얼마나 좋을까?

영화를 보고 나면 집과 가족의 의미를 다시 한번 생각해보게 된다. 집의 본질이 상자라면, 우리는 왜 그렇게 크기에 집착해야 하는 것일까. 집의 본질이 관계라면, 우리는 왜 그렇게 집이 위치한 곳과 가격에 목을 매는 걸까. 집의 본질이 휴식이라면 우리는 왜 그렇게 집에서 보이는 '뷰view'에 목말라하는 것일까. 집이란 지붕과 벽과 바닥으로 이뤄진 건축물일까, 아니면 그 안에 있는 공간일까. 집은 출발하는 곳일까, 도착하는 곳일까. 가족이란 우연히 만난 운명일까, 아니면 운명적으로 만난 타인일까. 가족은 집에서 함께 밥을 먹고 싶은 사람일까, 밥을 먹기 위해 집만 공유하는 사람일까. 수많은 질문이 꼬리에 꼬리를 문다.

하나와 유미가 "이제부터 텐트가 우리집"이라고 신나서 이야기할 때, 막내 유진이 천진하게 묻는다. "언니, 근데 우리 뭐 먹고 살아?"

The Secret Life of Walter Mitty

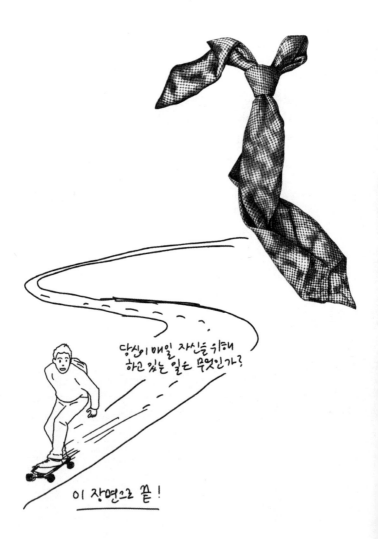

당신이 매일 자신을 위해
하고 있는 일은 무엇인가?

이 장면으로 끝!

몇 년 전 메리엄 웹스터 영어 사전에 'stan'이라는 단어가 새로 추가됐다. "광적인 팬 혹은 특정 유명 인사에게 지나치게 집착하는 행위 또는 사람"이라는 뜻으로, 미국 래퍼 에미넴이 2000년에 발표한 〈스탠 Stan〉이라는 노래에서 비롯된 단어다. 가사에서 Stan은 에미넴에게 집착하는 광적인 팬의 이름이다. 시대를 반영한 노래가 새로운 단어를 창조한 것이다. "He stans hard for BTS"라고 동사로 쓰면 "그는 BTS의 광팬이다"라는 뜻이 된다.

이에 대한 대표적인 예가 바로 'Mitty'다. Mitty를 사전에서 찾아보면 "몽상가, 자기를 대단한 영웅으로 꿈꾸는 소심자"라고 나온다. 1939년, 소설가 제임스 서버가 잡지 《더 뉴요커》를 통해 발표한 소설 《월터 미티의 은밀한 생활》덴데데로, 2013 의 주인공 이름이 보통명사가 된 것이다. 2013년에 개봉한 영화 〈월터의 상상은 현실이 된다〉는 이 소설을 원작으로 삼았다.

영화와 소설은 내용이 많이 다르다. 소설은 아내의 백화점 쇼핑을 따라나선 월터 미티의 소소한 상상이 끝없이 이어진다. 기관총 소리가 들리는 전쟁터로 뛰어들었다가, 법정을 아수라장으로 만드는 살인 용의자가 되었다가, 폭격기 조종사가 되기도 한다. 그야말로 '무적의 월터 미티'로 변한다. 몽상 속에서는 누구보다 거칠고 용감무쌍한 사나이지만, 현실에서는 아내가 미용실에 들어간 사이 강아지 비스킷을 사고 있는 처지다. 1930년대 대공황의 여파로 위축된 남자들을 대변하는 인물이라는 평가를 받았다.

영화 속 벤 스틸러가 연기하는 월터는 소심한 소시민

에 가까운 인물이다. 잡지 《라이프》에서 오랫동안 사진 편집자로 일하고 있는 그는 뉴욕 밖으로 나가본 적도 거의 없고 해본 일도 많지 않은 심심한 사람이다. 유일한 취미는 '상상하기'다. 불타오르는 건물로 뛰어들어가 짝사랑하는 여자의 강아지를 구해내고, 정리해고를 하러 온 상사와 대혈투를 벌이고, 히말라야산맥으로 모험을 떠난다. 상상 속에서만.

그러던 어느 날 《라이프》 폐간을 앞두고 전설의 사진작가 '숀 오코널'이 보내온 표지 사진이 사라지는 사건이 발생한다. 사진을 찾지 못할 경우 직장에서 쫓겨날 위기에 처한 월터는 모험을 떠나기로 마음먹는다. 원작의 월터와 영화의 월터가 가장 크게 다른 점이다. 상상만 하던 원작 속월터와 달리 영화 속 월터는 상상을 현실로 구체화시킨다.

소심함의 대명사 월터는 어떻게 모험을 떠날 수 있었을까? 당장 떠날 수밖에 없는 환경이 만들어졌기 때문이다. 그동안 월터는 모험을 떠날 이유가 없었다. 직장이 있고, 직장에는 짝사랑하는 여자가 있고, 어머니의 생활비도 감당해야 했다. 떠나야 할 이유보다 머물러야 할 이유가 더 많았다. 그러다 모든 상황이 일시에 바뀌었다. 직장은 문 닫을 예정이고, 16년 동안 수많은 사진을 다루면서 단 한 번의 실수도 없었는데 마지막 표지를 장식해야 할 사진이 사라졌다. 경력에 오점을 남길 수는 없었다. 월터의 마음속에는 이런 의문이 생겨난다. 지금이 아니면 언제 떠날 수 있을까.

많은 사람이 어떻게 하면 글을 잘 쓸 수 있는지 묻는다. 잘 쓸 수 있는 방법은 알려줄 수 없지만 일단 쓰기 시작하는 비법은 알려줄 수 있다. "마감을 만들어라!" 마감에 돈이 걸려 있으면 더 좋다. 누군가에게 돈을 받고 언제까지 글을 써주겠다고 약속해라. 그러면 일단 쓰게 된다. 그런데도 쓸 수 없다면, 마감이 다가오고 받은 돈을 '토해내야 할' 위기에 처했는데도 써지지 않는다면, 둘 중 하나다. 글을 쓰고 싶지 않거나, 마감에 걸린 돈이 부족하거나.

많은 작가가 비슷한 말을 한다. "글은 마감이 쓰는 것이다." 내 생각도 비슷하다. 글은 마감과 함께 쓰는 것이다. 마감이 다가오면, 게다가 마감이 내일이면, 심지어 마감이 지난 상태라면, 무조건 글을 시작할 수밖에 없다. 일단 시작된 글은 언젠가 끝나게 돼 있다. 마감 앞에서 겸손한 자세로 한 글자 한 글자 써나가다 보면, 한 문장을 쓰고 다음 문장을 쓰고, 그렇게 계속 이어나가다 보면 글은 끝나게 돼 있다. 글이 안 끝나면 어떻게 되냐고? 마감을 우습게 보지 말길 바란다. 마감이 있으면 글은 끝나게 돼 있다.

월터가 모험을 떠나게 된 데는 월터의 직장 동료이자 월터가 짝사랑하고 있는 셰릴 멜호프의 역할이 컸다. 셰릴은 미스터리소설 수업을 받고 있는데, 선생님의 말을 월터에게 전한다.

"거꾸로 가는 게 해결의 열쇠래요. 단서들 공통점을 찾아 역추적하는 거죠. 나름 과학적이에요. [……] 미스터리소설반 선생님은 확실한 단서 하나면 나머지는 저절로 풀린댔어요."

미스터리소설반 선생님의 말은 월터가 모험을 떠나는

동기가 되었을 뿐 아니라 글쓰기의 정수를 담고 있기도 하다. 이런 문장으로 바꿔볼 수도 있다. "가장 가까운 곳에 있는 소재에서 글쓰기를 출발해야 하고, 확실한 소재 하나를 붙들고 끈질기게 써나가다 보면 글은 저절로 풀릴 것이다."

새해가 되면 우리는 1년 계획을 세운다. 올해는 새로운 일에 도전하고, 지난해에 하지 못했던 일을 다시 해봐야지, 하며 계획을 주도면밀하게 세운다. 살아보면 우리는 알게 된다. 1년은 무척 긴 시간이라는 사실을. 3월쯤이면 알게 된다. 올해도 망했다는 사실을. 6월쯤이면 또 알게 된다. 1년 계획이란 무의미하다는 사실을. 물론 그렇지 않은 사람도 많을 것이다. 계획한 대로 차근차근 자신을 변화시키는 사람도 있을 것이다. 그런 사람들은 마감 없이도 글을 잘 쓰는 쪽이겠지.

가끔 영화 〈아저씨〉2010 의 대사가 떠오를 때가 있다. "너희들은 내일만 보고 살지? 내일만 사는 놈은 오늘만 사는 놈한테 죽는다. 나는 오늘만 산다. 그게 얼마나 X 같은 건지 내가 보여줄게." 희망이 없는, 하루하루 근근이 살아갈 수밖에 없는 사람의 고충을 설명하는 대사지만, 나는 이 말을 '닥친 일을 열심히 하는 사람은 허황된 미래에 대한 꿈을 꾸는 사람보다 시간을 알차게 보낼 수 있다'는 뜻으로 해석하고 싶다.

월터는 닥친 일을 해결하기 위해 무작정 떠나서 온갖 모험을 한다. 술에 취한 조종사의 헬기에서 뛰어내리고, 상어와 싸우고, 폭발하는 화산에서 도망치고, 히말라야를 오른다. 월터는 계획 없이 앞으로 나아갔다. 장애물이 보이면

넘고 자전거가 있으면 집어 타고 산이 보이면 올라갔다. 떠나기 전 텅 비어 있던 그의 프로필은 모험으로 가득 찼다. 월터는 《라이프》를 떠나 새로운 회사에 취업하기 위해 입사지원서를 쓴다. 이런 지원서를 낸 사람에게 반하지 않을 회사가 있을까?

"《라이프》 필름 원화 관리자 숀 오코넬 담당, 해군 특전대는 아니지만 헬기에서 바다로 뛰어들었음. 하루 만에 17킬로미터 달리기, 자전거와 롱보드를 이용하여 아이슬란드 화산 폭발 경험하였음, 노샤크 최고봉 등정, 아이슬란드 어선 승선 무보수 갑판 보조."

우리는 자신만의 프로필을 채우기 위해 많은 것을 경험한다. 새로운 일에 도전하고, 낯선 환경에 뛰어든다. 그렇지만 단지 미래의 안락함을 위해 프로필을 채우는 것이라면 금방 지칠 수밖에 없다. 월터가 다녔던 《라이프》의 표어는 월터가 했던 모험의 의미를 설명해주는 것 같다.

"세상을 보고 장애물을 넘어 벽을 허물고 더 가까이 다가가 서로를 알아가고 느끼는 것."

월터는 미래가 아닌 현재를 위해 모험을 선택했고, 모험의 결과로 세상을 잘 이해할 수 있게 됐다. 'Mitty'라는 단어의 사전적 의미도 한번 바꿔보고 싶다. "몽상가, 자기를 대단한 영웅으로 꿈꾸는 소심자. 그렇지만 언젠가 기회

월터의 상상은 현실이 된다

가 되면 꿈을 현실로 바꿀 수 있는 잠재력이 있는 사람." 우리 모두는 닥치면 모험에 뛰어들 수 있다. 만약 그런 기회가 주어진다면 주저하지 말자.

The Banshees of Inisherin

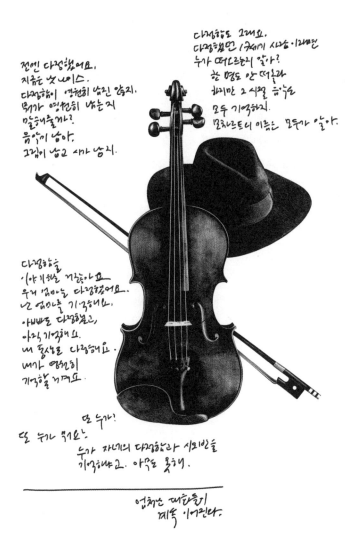

전엔 다정했어요.
지금은 낫 베스.
다정함이 영원히 남진 않지.
뭔가 영원히 남는지
말해줄까요.
음악이 남아.
그림이 남고 시가 남지.

다정함도 그래요.
다정했으면 17세기 시낭·1대면
누가 떠오르는지 알아?
한 명도 안 떠올라
하지만 그 시절 음악은
모두 기억하지.
모차르트 이름은 모두가 알아.

다정함을
이야기하길 거절하죠
우리 엄마는 다정했어요.
난 엄마를 기억하네요.
아빠도 다정했고,
아직 기억해요.
내 동생도 다정해요.
내가 영원히
기억할 거예요.

또 누가?
또 누가 뭐요?
누가 자네의 다정함과 시비를
기억해주고 아무도 못하지.

_____

엄청난 대화들이
계속 이어진다.

리디아 덴워스의 책《우정의 과학》흐름출판, 2021 에는 우정의 유형이 등장한다. 사회학자 세라 매슈스가 노인 예순세 명을 인터뷰하고 내린 결론이다. 우정에는 세 가지 유형이 있다. 독립적 우정, 신중한 우정, 획득적 우정.

독립적 우정을 맺는 사람은 자유롭게 사람을 사귀고, 환경에 따라 친구가 바뀌며 그 관계가 오래 유지되지 않는다. 자기 자신을 믿는 사람들이다. "나한테 친구가 있느냐고요? 알고 지내는 사람들이 있죠"라고 말한다. 신중한 우정을 맺는 사람은 아주 친한 친구 몇 명과 긴 시간 동안 우정을 이어나간다. 획득적 우정을 맺는 사람은 다양한 친구를 사귀고 오래된 관계도 계속 유지한다. 친구를 사귀지 않으면 고립된다 여기며 의식적으로 친구를 사귀려 노력한다. 이 중 어떤 유형이 가장 많을까? 독일의 심리학자들이 40세 이상의 성인 약 2천 명을 조사한 결과 신중한 우정이 가장 많았고, 독립적 유형이 가장 드물었다.

우리는 새로운 친구를 만나고, 옛 친구와 자연스럽게 멀어지며, 어떤 친구와는 평생 함께한다. 더 바람직한 관계 형태가 따로 있는 게 아니다. 자연스럽게 변하는 게 우정이다. 관계가 변하기도 하지만, 저마다 처한 상황이 달라지기 때문이다. 일에 집중하는 시기에는 오래된 친구와 소원해질 때가 있고, 어쩔 수 없는 이사 때문에 새로운 친구를 만날 때도 있으며, 세계관이 바뀌는 바람에 사람을 멀리할 때도 있다. 내일 죽으려 마음먹은 사람에게 친구란 무의미할 것이며 오늘부터 새 삶을 살고 싶은 사람에게는 많은 친구가 필요할 것이다.

마틴 맥도나 Martin McDonagh 감독의 〈이니셰린의 밴시〉는 친구의 의미를 골똘하게 생각해보게 한다. 한국에서 개봉 당시 영화의 메인 카피는 "인생의 친구가 오늘 절교를 선언했다"였다. 영화를 다 보고 나면 이 한 문장이 영화의 핵심임을 알게 된다. 영화 배경은 아일랜드의 외딴 섬마을 '이니셰린'. 매일 만나서 술을 마시며 수다를 떨던 친구 파우릭과 콜름의 이야기다. 어느 날 콜름이 파우릭에게 절교를 선언한다. 파우릭은 이유를 알고 싶어 하지만 콜름은 단호하게 말한다. "그냥 이제 네가 싫어졌어." 이유가 없으니 파우릭은 미칠 지경이다. 잘못했으면 사과하고 싶은데, 섭섭하게 한 사건이 있다면 반성하고 싶은데, 아무런 이유도 없단다. 그냥 네가 싫어졌다는데 달리 무슨 말을 할 수 있을까?

〈이니셰린의 밴시〉는 1922년과 1923년에 벌어졌던 아일랜드 내전을 배경으로 삼으며, 둘의 관계 역시 아일랜드 내전에 대한 은유다. 사이 좋던 두 사람이 갑자기 틀어지는 이야기는 아일랜드 독립을 위해 싸우던 두 세력이 분열하는 상황과 닮았다. 그렇지만 아일랜드 내전에 대한 역사를 몰라도 영화를 이해하는 데는 별 무리가 없다. 감독은 영화의 목표가 "관객들이 둘 중 어느 쪽과 자신을 동일시하는지 보는 것"이라며, 더 나아가 "두 주인공의 갈등에 대해 공동체가 어떻게 반응하고 어느 편을 드는지"도 보여주고 싶었다고 한다. 당신은 둘 중 어떤 사람에게 더 마음이 가는가, 혹은 둘 중 어떤 사람이 더 싫은가.

콜름이 타우릭에게 절교를 선언한 이유는 영화 초반

에 등장한다. 영화에서 가장 중요한 장면이기 때문에 두 사람의 대화를 그대로 옮겨보겠다.

콜름: 시간이 너무 빠르다는 생각이 들어서 남은 인생은 사색하고 작곡하며 살 거야. 쓰잘데기 없이 자네 한심한 이야기나 듣고 있긴 싫어. 미안하게 생각해. 진심이야.

파우릭: 혹시 죽어요?

콜름: 아니, 안 죽어.

파우릭: 그럼 시간 많잖아요.

콜름: 수다 떨 시간?

파우릭: 네.

콜름: 무의미한 수다?

파우릭: 무의미한 수다가 아니라 즐겁고 평범한 수다죠.

콜름: 무의미한 수다로 시간 낭비하면 12년 후 죽을 때쯤 뭐가 남겠나? 모자란 친구랑 수다 떤 것 말고.

파우릭: 무의미한 수다가 아니라 즐겁고 평범한 수다라니

까요.

콜름의 마음속에 중요한 질문이 떠올랐다. 죽음을 생각하기 시작한 것이다. 죽음은 모든 것을 부수어놓는다. 있었던 모든 것을 형체도 없이 녹여버린다. 내가 가진 것 중 어떤 게 남을까? 죽음에서 비롯된 수많은 질문이 콜름의 마음속에 떠올랐고, 그는 자신만의 답을 찾았다. 바로 예술이다. 사소하고 평범한 것들은 흔적도 없이 사라지지만 예술만큼은 살아남아서 후세에 전해진다고 생각한 것이다. 인생은 짧고, 예술은 길다. 콜름은 친구와의 사소한 수다 대신 음악을 만들기로 했다.

술에 취한 파우릭은 콜름에게 따지고 묻는다. 전에는 다정했는데, 지금은 왜 다정하지 않냐고. 콜름은 다정함 같은 건 영원하지 않으며, 음악과 그림과 시만 영원하다고 답한다. 다정해봐야 아무도 기억해주지 않는다는 거다. 파우릭은 자신만의 화법으로 콜름에게 반기를 든다.

"우리 엄마는 다정했어요. 난 엄마를 기억해요. 아빠도 다정했고, 아직 기억해요. 내 동생도 다정해요. 내가 영원히 기억할 거예요."

둘 중 한 사람에게 감정이입을 할 수도 있고, 두 사람 모두에게 설득당할 수도 있다. 우리 안에는 파우릭도 있고 콜름도 있다. 파우릭은 '즐겁고 평범한 수다'로 생각하는 걸 콜름은 '무의미한 수다'로 표현한다. 한때는 콜름도 평범한 수다를 사랑했겠지만 이젠 아니다. 콜름이 가장 견디지 못하는 것은 '지루함'이다. 콜름이 생각하는 지루함이 파우릭에게는 안정감이다. 파우릭은 매일 두 시, 시간을 정해놓고 펍에 가서 맥주를 마신다. 똑같은 하루가 반복되는 것이 파우릭에게는 최고의 행복이다.

우정 유형으로 따지자면 콜름은 '독립적 우정'을 지향하는 사람이다. 나 자신에게 닥친 질문보다 더 중요한 것은 없다. 친구보다, 사회적 관계보다 내가 더 중요하다. 파우릭은 '신중한 우정'이 중요하다. 가장 친했던 콜름의 절교 선언은 파우릭의 삶 전체를 뒤흔들기에 충분하다. 파우릭은 어떻게든 우정을 복원하고 싶어 하지만, 전으로 돌아가고 싶어 하지만, 콜름에게 우정은 중요하지 않다. 두 사람의 갈등은 점점 깊어진다. 영화 후반으로 갈수록 '대체 이렇게까지 할 일인가' 싶을 정도로 서로에게 잔인해진다.

걸작을 남긴 예술가 중에는 가까운 사람에게 유독 잔인했던 경우가 많다. 다정함 대신 예술을 택한 것이다. 그런 사례를 볼 때마다 두 가지 질문을 동시에 품게 된다.

"친구들에게 다정하면서 멋진 예술도 만들 수는 없는가?"

"영원히 남는 예술이라고 해봐야 지구의 역사가 끝나면 모든 게 사라지는데, 지금 당장 다정한 게 중요한 것 아닌가?"

브라이언 헤어와 버네사 우즈가 쓰고 많은 사람이 사랑하는 책 《다정한 것이 살아남는다》디플롯, 2021 의 마지막 문장은 이렇다.

"나는 그 무엇보다도 소중한 교훈을 얻었다. 우리의 삶은 얼마나 많은 적을 정복했느냐가 아니라 얼마나 많은 친구를 만들었느냐로 평가해야 함을. 그것이 우리 종이 살아남을 수 있었던 숨은 비결이다."

　동의하는 말이고, 오랫동안 기억하고 싶은 말이지만 다정해지기란 생각보다 쉽지 않은 일이다.

Indiana Jones and the Dial of Destiny

영화 〈로건〉2017은 영원히 죽지 않을 것 같던 슈퍼 히어로로 '울버린'의 죽음을 다룬다. 울버린은 상처가 회복되는 '힐링 팩터재생 능력'를 지녔는데, 이는 세포 노화를 막아주기 때문에 불사신에 가까운 능력이다. 그런 그가 죽음을 맞이한다. 마지막 순간 자신의 죽음을 지켜보던 딸이 애처롭게 "아빠"라고 부르자 이렇게 대답한다.

"이런 기분이었구나."

정확히 어떤 의미일까. 아빠라는 단어가 새롭게 들린다는 뜻일까, 조금씩 죽음에 가까워지는 게 이런 기분이라는 뜻일까, 사랑하는 사람을 두고 죽는다는 안타까움을 표현한 것일까. 로건은 상황을 더 설명하지 않고 죽음으로 건너간다.

영화 〈포드 V 페라리〉2019는 삶과 죽음의 경계에서 레이싱 경기를 펼치는 캐롤 셸비와 켄 마일스의 이야기다. 셸비는 극한의 속도를 느끼며 이런 질문을 던진다.

"7천 알피엠rpm 근처에는 그런 게 있어. 모든 게 희미해지는 지점, 차는 무게를 잃고 그대로 사라지지. 남은 건 시공을 가로지르는 몸뿐. 7천 알피엠, 바로 거기서 만나는 거야. 그 순간은 질문 하나를 던지지. 세상에서 가장 중요한 질문. 넌 누구인가?"

위 문장은 자동차 속도에 대한 이야기이기도 하지만

죽음을 앞둔 한 남자가 던지는 삶의 본질에 대한 질문이기도 하다. 죽음을 앞두었을 때 떠오르는 단 하나의 질문. 넌 어디에서 왔으며, 어디로 가는가. 넌 누구인가.

〈로건〉과 〈포드 V 페라리〉의 감독은 제임스 맨골드 James Mangold. 그가 영화 '인디아나 존스 시리즈'의 속편을 맡았다고 했을 때 불안해지기도 했다. 〈인디아나 존스〉는 누가 뭐래도 스티븐 스필버그의 영화였으니까. 한편으로는 기대가 되기도 했다. 죽음을 앞둔 사람의 삶을 기가 막히게 그려냈으니 이제는 여든 살이 넘어 액션영화 은퇴를 앞둔 해리슨 포드도 멋지게 그려내지 않을까.

맨골드 감독은 자신의 주특기를 마음껏 펼치는 대신 시리즈의 시작점인 〈레이더스〉1981에 경의를 바치기로 마음먹은 것 같다. 〈인디아나 존스: 운명의 다이얼〉을 보고 있으면 〈레이더스〉의 장면이 자주 떠오른다. 당시 〈레이더스〉는 개봉하자마자 사람들의 마음을 뒤흔들었다. 중절모를 쓰고 채찍을 휘두르는 고고학자 인디아나 존스는 못 하는 게 없는 캐릭터다. 싸움도 잘하고 공부도 잘하고 유머러스하기까지 하다. 위험한 상황에서도 당황하지 않으며, 절망적인 순간에서도 희망을 잃지 않는다. 나 역시 〈레이더스〉를 보면서 존스에 푹 빠졌고, 존스 같은 사람이 되고 싶었다. 어떤 순간에도 유머를 잃지 않는 강인한 사람이 되고 싶었다. 전 세계를 모험하고 싶었다.

나이가 들면서는 '인디아나 존스 시리즈'가 다르게 보였다. 존스는 고고학자라기보다 도굴꾼에 가까웠고, 보물을 쫓아다니는 사기꾼처럼 보이기도 했다. 다른 나라 보물에 대한 예의가 부족하며 많은 할리우드 영화가 그런 것처럼 다른 문화권에 대한 존중 역시 잘못된 방향일 때가 있었다. 존스라는 환상에서 벗어나 현실을 깨달았다. 영화에서는 존스가 죽기 직전에 기적적인 행운을 얻지만, 우리 삶에서 그런 일은 일어나지 않는다는 것을 알게 되었다. 존스를 향해 던지는 창과 화살은 모두 비껴가지만, 우리를 향해 날아오는 불운의 화살은 빗나가는 법이 없다.

오랜만에 존스를 극장에서 다시 만나니 감회가 새로웠다. 비판보다는 응원을 해주고 싶은 마음이 컸다. 컴퓨터 그래픽으로 많은 보정을 했지만, 포드의 나이를 숨길 수는 없었다. 존스가 오래전 친구를 만나 이렇게 말한다.

"모험을 꿈꾸던 시절은 다 끝났어."

친구는 이렇게 대꾸한다.

"그럴지도 모르지. 아닐지도 모르고."

완전히 절망하지 않고 약간의 가능성이 있다면 문을 열어놓으려는 친구의 모습에서 존스는 희망을 발견한다. 그리고 모험에 뛰어든다.

〈인디아나 존스〉에서 중요한 질문을 던지는 사람은 헬레나 쇼다. 오랜 친구인 바질 쇼의 딸이자 고고학을 전공하는 후배이기도 하다. 헬레나는 존스에게 묻는다.

"과거로 돌아갈 수 있다면 어디로 가겠어요? 트로이전쟁? 아니면 클레오파트라와 만날 수 있는 곳?"

고고학자다운 질문이다. 고고학은 '유물과 유적을 통해 옛 인류의 생활과 문화를 연구하는 학문'이다. 고고학에서는 모든 것이 불확실하다. 흔적을 통해 구체적인 삶을 상상한다. 만약 과거로 돌아갈 수 있다면, 직접 눈으로 볼 수 있다면 자신의 상상이 얼마나 정확했는지 알 수 있고, 풀리지 않던 수수께끼를 직접 풀 수도 있다. 하지만 존스는 뜻밖의 답을 내놓는다.

"아들의 입대를 말리겠지. 아들은 날 화나게 하려고 입대했어."

영화의 배경은 1969년. 수많은 젊은이가 베트남에 파병되어 무의미하게 죽어가던 시절이었다. 존스의 아들 역시 베트남에 파병되었다가 목숨을 잃었다. 아들의 죽음 때문에 존스는 아내와 별거하게 되고, 괴로움 속에서 살아가고 있었다. 그런 그에게 과거란 '발굴할 것들로 가득한 가능성의 보고'가 아니라 '되돌아갈 수 없으며 후회로 가득한 강 건너의 지옥' 같은 것이다. 나이 든 존스는 후회로 가득하다. 헬레나가 인사했을 때도 그를 기억하지 못하는 존스는 이렇게 대답했다.

"내가 뭘 실수했든 미안합니다."

너무 많은 실수를 했고, 그걸 모두 기억할 수도 없지만, 만나는 사람 모두에게 사과하고 싶은 심정. 존스는 그렇게 남은 삶을 보내고 있다. 영원히 죽지 않을 것 같던 울버린이 죽기 직전 '이런 기분이었구나'라고 말하는 것처럼 존스는 '모두에게 죄송합니다'라고 말한다. 그 장면을 보고 나니 존스에게 품었던 비판적인 마음이 조금은 누그러들었다. 나이가 든다는 것은 죽을 날이 가까워지고 사과해야 할 일이 늘어나는 과정이라 생각하니 어쩐지 쓸쓸해진다. 맨골드 감독이 〈레이더스〉의 여러 장면을 거의 똑같이 재현한 이유는 과거로 돌아가서 많은 것에 사과하고 싶은 존스의 마음을 영화로 풀어주기 위해서라는 생각도 든다.

　　영화 후반부에 존스는 신비한 힘을 통해 과거로 간다. 거기에서 그는 뜻밖의 선택을 한다. 영화를 보던 많은 관객은 비슷한 상상을 했을 것이다. 과거로 갈 수 있다면 어디로 갈 것인가. 후회로 가득한 시기로 돌아가서 잘못을 바로잡을 것인가. 궁금한 것이 많은 시기로 돌아가서 새로운 깨달음을 얻을 것인가. 우리는 때로 우리 삶의 고고학자가 되어야 한다. 과거를 땅에 파묻지 말고 발굴해 그 의미를 계속 되새겨야 한다. 과거로 돌아갈 수 없지만 과거를 눈여겨보는 것만으로도 우리가 가야 할 방향을 발견할 때가 있다.

Inside Out

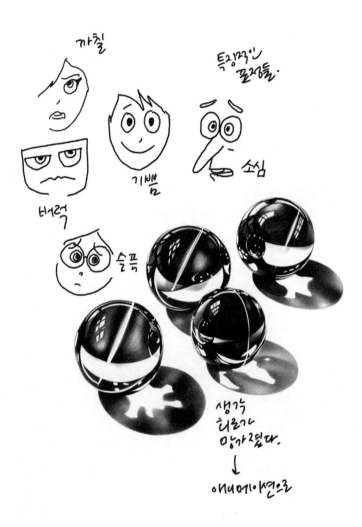

픽사 애니메이션 스튜디오의 〈소울〉2021은 사후세계를 다룬다. 재즈 뮤지션을 꿈꾸던 주인공 조 가드너는 밴드 오디션에 합격한 후 너무 기뻐서 뉴욕 거리를 뛰어다니다가 그만 맨홀에 빠진다. 눈을 떠보니 사후세계. 이름도 무시무시한 '머나먼 저세상 Great Beyond'이다. 깜짝 놀란 가드너는 무작정 도망을 가다가 이번에는 '머나먼 전 세상 Great Before'에 도착한다. 세상에 태어나기 전에 영혼들이 자신의 성격을 형성해줄 '불꽃'을 찾는 곳이다. 가드너는 22번 영혼의 불꽃을 찾기 위해 함께 모험을 떠난다.

황당한 스토리 같지만 애니메이션이라는 특성을 잘 살려, 설득력 있게 사후세계와 태어나기 전의 세계를 그린다. 가보지 않아서 알 수 없지만 어쩐지 그런 곳이 있을 것 같다. 애니메이션이라는 장르의 가장 큰 장점은 세상에 존재하지 않는 사물이나 장소를 마음껏 형상으로 만들 수 있다는 데 있다. "실사로 찍는 게 더 어울리거나 인간 배우와 작업해서 더 좋은 영화가 될 이야기라면 하지 않는" 것이 픽사의 기준이기도 하다. 애니메이션에서는 꽃이 말을 하거나 기린이 윙크를 해도 그러려니 한다. 아이들이 애니메이션을 좋아하는 이유 역시 자신의 한계 없는 상상을 가장 잘 이해하는 장르이기 때문일 것이다.

픽사는 수많은 걸작 애니메이션을 만들어왔다. 대표작인 〈토이 스토리〉부터 기괴한 걸작 〈몬스터 주식회사〉2001, 귀엽고 감동적인 바닷속 이야기 〈니모를 찾아서〉2003, 슈퍼 히어로들의 평범한 삶을 다룬 〈인크레더블〉, 한 사람의 기나긴 삶을 절묘하게 압축한 〈업〉2009 등 지금까지 수많은 멋진 작품들을 발표했다. 영화나 애니메이션을 좋아하는 사람을 만나면 늘 "픽사의 어떤 작품을 좋아하나요?"라고 묻곤 했다. 어떤 작품을 좋아하는지 알고 나면 취향을 조금 눈치채게 된다. 나부터 고백해야겠다. 우선 '토이 스토리' 시리즈는 빼야 한다. '토이 스토리'를 고르는 건 반칙이다. 시리즈가 네 편인 이유도 있고, 워낙 유명하고 완벽한 작품이라 취향을 가늠하기 힘들기 때문이다. 나의 경우엔 두 작품이 막상막하로 경쟁한다. 〈월-E〉2008, 그리고 〈인사이드 아웃〉. 오늘은 〈인사이드 아웃〉으로 고르겠다. 이 영화를 볼 때마다 내 눈에는 눈물이 고이고, 인간이라는 존재에 대해 생각하게 된다.

〈소울〉과 〈인사이드 아웃〉은 비슷한 구석이 많다. 두 작품 모두 피트 닥터가 감독을 맡았다. 〈소울〉이 눈에 보이지 않는 '세계'를 상상하는 작품이라면, 〈인사이드 아웃〉은 눈에 보이지 않는 '감정'을 인격화한 작품이다. 또 하나의 공통점은 감독이 자신의 아이들로부터 소재를 얻었다는 것이다. 〈인사이드 아웃〉은 '사춘기를 겪고 있는 딸의 머릿속을 의인화하면 어떨까?'라는 아이디어에서 출발했고, 〈소울〉은 '아들을 지켜보며 사람은 저마다 고유하고 구체적인 자아의식을 가지고 태어나는 게 아닐까?'라는 의문에서 시작했다. 쉬운 질문에서 창의적인 해답을 내놓은 셈이다. 많은 사람이 〈소울〉을 좋아하지만 나에게는 〈인사이드 아웃〉의 소재가 훨씬 신선하고 재미있다.

〈인사이드 아웃〉은 인간을 움직이는 감정 컨트롤 타워에 다섯 가지 감정이 공존한다고 설정한다. 그리고 기쁨,

슬픔, 분노, 혐오, 공포라는 감정을 인격체로 형성시킨다. 뇌과학자들에 의하면 인간의 행동을 결정짓는 컨트롤 타워에는 이성과 감정이 힘겨루기 하며 공존하지만, 영화 속에서는 감정이 주인공이다. 하긴, 심사숙고하고 오랫동안 결정을 미루는 이성이 주인공이라면 영화 러닝타임은 다섯 시간이 넘을지도 모른다. 감정은 빠르게 표현되고, 행동으로 즉각 옮겨진다. 스토리로 만들기에는 이성보다 감정이 제격이다.

많은 심리학자가 기쁨, 슬픔, 분노, 혐오, 공포 그리고 불안을 인간의 주요한 감정이라고 설명한다. 단어로 설명하기 힘든 이상야릇한 감정, 특정한 하나라고 단정하기 어려운 복합적인 감정, 아주 작지만 계속 마음을 불편하게 하는 미세한 감정도 많지만, 대부분의 사람이 공통으로 느끼는 감정은 대여섯 가지 정도다. 그렇다면 감정은 타고나는 것일까, 학습하는 것일까?

찰스 다윈은 백 년 전에 이런 질문을 던졌다. "각각의 언어와 풍습이 서로 다른 문화권의 사람들이 어째서 같은 감정의 표정을 짓는 것일까?" 우리는 누군가에게 칭찬을 건넬 때 엄지손가락을 세우지만, 호주에서는 이것이 가운뎃손가락을 곧추세우는 것과 같은 욕에 해당한다. 몸짓과 언어는 문화의 산물이다. 표정 역시 문화의 산물이라면, 나라마다 대륙마다 감정을 드러내는 표정이 달라야 할 것이다. 다윈의 관찰, 심리학자 폴 에크먼의 실험 결과에 의하면, 인간의 표정은 타고나는 것이다. 자막이나 음성을 없애고 〈인사이드 아웃〉을 보더라도 우리는 캐릭터로 만들어진 감정을 정확히 판별해낼 수 있다. 감독은 딸의 머릿속이 궁금하다는 가장 개인적인 호기심에서 영화를 만들기 시작했지만, 인류 모두가 공감할 수 있는 보편적인 감정 세계를 그려낸 것이다.

〈인사이드 아웃〉의 놀라운 점은 열한 살 소녀 라일리의 머릿속에 살고 있는 다섯 가지 주요한 감정을 캐릭터로 구현해낸 다음, 그들을 자연스럽게 섞은 것이다. 미네소타에 살던 라일리는 아버지의 사업 때문에 샌프란시스코로 이사 가게 되는데, 낯선 환경에서 느끼는 라일리의 혼란을 수많은 감정의 조합으로 잘 보여준다. 공포와 분노와 슬픔과 혐오가 커지는 머릿속에서 '기쁨이'는 뛰어다니며 상황을 수습하려고 한다. 기쁨이는 계속 '슬픔이'를 타이른다. 지금은 네가 나설 때가 아니라고, 아무것도 건드리지 말고 가만히 있으라고, 지금은 라일리에게 기쁨만 선사할 때라고 거듭 말한다. 기쁨이와 슬픔이가 기억 속 한 장면을 함께 보는 장면이 있다. 기쁨이는 이렇게 기억한다.

"하키팀이 다 모이고 엄마, 아빠는 격려해주고……. 봐, 즐겁게 웃고 있어. 난 이때의 추억이 좋아."

슬픔이의 기억은 조금 다르다.

"그날 라일리의 들개팀이 플레이오프 전에서 졌지. 우승 골에 실패한 라일리는 하키를 관두려고 했어. 미안, 또 슬픈 얘길 했네."

우리는 슬픔을 묻어두려고만 한다. 어떤 상황을 기억할 때도 슬픔보다는 기쁨 쪽을 선택하려고 한다. 슬픔은 슬픈 거니까, 눈물은 보이지 않는 게 좋으니까, 우울한 것보다는 쾌활한 게 좋으니까. 기쁨이와 슬픔이가 함께 보았던 장면의 진실은 '위로'였다. 우승골에 실패한 라일리를 위로해주기 위해 엄마와 아빠가 안아주었고, 라일리를 위로해주기 위해 하키팀이 모두 모인 것이었다. 기쁨이는 뒤늦게 깨달았다.

"엄마, 아빠 그리고 하키팀이 그날 위로하러 와준 건 '슬픔이' 때문이었어."

만약 '기쁨이'가 '슬픔이'를 밖으로 나오지 못하게 했다면 어떻게 됐을까? 사람들은 라일리를 걱정하지 않았을 것이다. '우승골에 실패했지만 담담하게 잘 버티는구나'라고 생각했을 것이다. 아마 라일리는 몰래 울고, 혼자 괴로워하다 하키를 그만두고, 그날의 기억을 다시는 떠올리고 싶지 않게 되었을 것이다. '슬픔이'가 밖으로 나와준 덕분에 함께 위로하는 기쁜 기억이 된 것이다.

기쁨과 슬픔은 분리된 감정이 맞지만 분리해 생각할 수는 없다. 울다가 웃어본 사람은 알 것이다. 두 개의 감정은 커다란 벽으로 가로막힌 게 아니라서 자유롭게 넘나들 수 있다는 것을. 볶음밥에 들어간 감자와 당근과 양파를 쉽게 골라낼 수 없는 것처럼 감정도 그렇게 뒤섞여 있다는 것을.

우리는 자연스럽게 슬퍼진다. 애써 슬퍼하려고 마음

인사이드 아웃

먹는 사람은 없다. 우리는 또 힘을 내어 기뻐진다. 자연스럽게 기쁜 사람도 있겠지만 대체로 기쁨은 출발 에너지가 필요한 감정이다. 영화에서도 기쁨과 슬픔을 그렇게 묘사한다. 아무도 모르는 사이에 슬퍼지고, 힘을 내서 서로를 돌봐야 기뻐진다면, 우리가 어느 쪽에 더 많은 에너지를 써야 하는지는 자명하다. 슬픔을 알아채고 긍정하려는 에너지가 기쁨의 싹에 영양분을 줄 것이다.

The Book of Fish

읽다 보면 군침이 도는 책들이 있다. 그중에서도 최고는 한 창훈 소설가의 '자산어보' 시리즈인 두 작품, 《내 밥상 위의 자산어보》, 《내 술상 위의 자산어보》다. 제목 그대로 바다에서 올라오는 먹거리들을 소개해놓은 책인데 어찌나 글맛이 좋은지 한참 읽다 보면 배에서 꼬르륵 소리가 난다. 작가도 그런 말을 자주 들었던 모양이다. 개정판의 작가의 말에 이렇게 적었다. "그동안 많은 분들이 이 책에 대해 이야기했는데 친구에게 선물하기 위해 서점으로 갈 거라는 제 바람과는 달리 대부분 읽다 말고 횟집으로 달려갔다고들 합니다. 영세한 동네 횟집과 수산물시장 영업에 약간의 도움은 되었다면 제 나름의 보람이겠습니다만, 무엇보다도 '그저 회나 사 먹고 돌아가곤 했던' 바다와 가까워지고 깊이 이해하게 되었다는 말을 들었을 때가 가장 즐거웠습니다." 최고의 음악평론은 음악을 다시 듣게 하는 것이고, 최고의 영화평론이 영화를 처음부터 새로운 눈으로 다시 보게 하는 것이라면, 최고의 음식 이야기는 책장을 덮고 식당이나 주방으로 달려가게 하는 것이 아닐까.

책에 등장하는 먹거리 가운데 내가 무척 좋아하는 식재료 중 하나가 문어다. 동네 식당에서 '문어 갑오징어 삼합'을 자주 배달시켜 먹는데, 먹을 때마다 세상에 이렇게 맛있는 식재료가 또 어디 있나 싶어 감탄한다. 양이 워낙많기에 문어와 갑오징어는 조금 덜어두었다가 다음 날 파스타를 만들 때 사용한다. 문어와 감자와 앤초비가 만나면 멋진 파스타가 탄생한다. 한창훈 소설가는 문어를 이렇게 먹는다.

"삶을 때 식초와 설탕을 조금 넣는다. 육질을 부드럽게 하며 감칠맛이 돌게 한다. 너무 삶으면 질기다. 낙지도 마찬가지이지만 머리와 다리가 익는 시간이 다르다. 다리가 다 익었으면 잘라내고 머리 부분만 더 삶는다."《내 밥상 위의 자산어보》, 문학동네, 2014

문어는 졸깃하고 달콤하다. 빨판이 붙은 다리를 먹을 때면 이와 혀에 닿는 질감이 참으로 오묘하다. 한창훈 소설가와 내가 문어를 유달리 좋아하는 이유는 이름에 '文'이라는 한자가 들어가기 때문인지도 모르겠다. 모든 작가가 문어를 좋아하는 것은 아니겠지만 어쩐지 글자를 품은 물고기라면 조금 더 정이 간달까. 정이 가는데 맛있게 먹는다는 게 조금 이상하기도 하지만, 다른 수산물보다 유독 문어가 내 입에 잘 맞는다.

문어에 문어라는 이름이 붙게 된 이유는 먹물 때문이다. 문어를 '장어 章魚'라고 부르는 이유도 마찬가지다. 문어라는 이름을 볼 때마다 자신의 다리에 먹물을 찍은 다음 시를 쓰거나 소설을 쓰는 장면을 상상한다. 다리가 여덟 개나 되니까 글도 금방 쓸 수 있을 것이다. 나도 손이 여러 개가 있다면 매번 마감에 시달리지 않고 쓱싹쓱싹 원고를 쓸 수도 있을 텐데……. 다리가 여덟 개더라도 머리는 하나뿐이라서 불가능할지도 모르겠다.

정약전은 《자산어보》에서 문어를 이렇게 표현한다. "머리는 둥글고 어깨뼈처럼 여덟 개의 긴 다리가 나와 있다. 다리에는 둥근 꽃 같은 게 맞붙어 줄지어 있다. 이것으로 물

자산어보

체에 달라붙는다. 다리 사이 가운데 구멍이 하나 있는데 이게 입이다. 이빨은 두 개이다." 문어를 처음 본 정약전의 호기심 가득한 눈빛이 보이는 것 같은 문장이다. 다리에 있는 빨판을 '둥근 꽃' 혹은 '국화'라고 표현한다. 정약전의 문장을 읽고 다시 문어를 살펴보니 온몸에 꽃이 피어 있다. 멀리서 보면 문어가 꽃나무처럼 보이기도 한다.

이준익 감독의 영화 〈자산어보〉를 보는 동안 《내 밥상 위의 자산어보》를 읽을 때 못지않게 군침을 흘렸다. 신유박해로 세상의 끝 흑산도로 유배된 정약전이 그곳에서 바다 생물에 매료돼 청년 어부 창대와 함께 《자산어보》를 써나가는 것이 영화의 줄거리다. 흑백영화임에도 불구하고 영화에 등장하는 각종 수산물이 얼마나 맛있게 보이는지 모른다. 생물의 색을 제대로 표현하지 않고도 이렇게 식욕을 자극할 수 있는 영화가 또 있었나 싶다. 그중 가장 괴로웠던 장면에도 역시 문어가 등장한다.

유배 생활의 막막함에 괴로워하던 정약전은 해변에서 술을 마시다 발이 미끄러지며 바다에 빠지게 된다. 밤멸치를 잡으러 가던 창대가 정약전을 건져 올리고, 기력을 찾게 해줄 요량으로 문어와 전복을 구해온다. 창대가 잡아온 문어와 전복으로 탕을 끓인 가거댁이 정약전에게 말한다. "억지로라도 잡솨요. 이거 잡수면 살아나신 당께요. 세 숟가락만 드셔 보시오." 자리에서 힘들게 일어난 정약전이 기력 없는 목소리로 대답한다. "딱 세 숟가락이네."

나도 모르게 속으로 중얼거렸다. '세 숟가락만 먹고 남은 건 날 주면 좋겠네. 저게 얼마나 맛있는 건데……' 첫

술을 뜬 정약전의 표정이 변했다. 깊은 맛에 반하고 만 것이다. 네 숟가락, 다섯 숟가락…… 연신 숟가락으로 탕을 떠먹는 모습을 지켜보던 가거댁은 "인제 다 살아나셨네, 산삼보다 더 좋은 게 문어여라"라며 흐뭇하게 미소를 짓는다.

산삼보다 몸에 더 좋은 것인지는 모르겠지만 산삼보다 더 맛있는 건 분명하다. 화면 속으로 뛰어들어가 정약전의 숟가락을 뺏어 들고 싶은 마음을 억누르기 힘들었다. 언젠가 텔레비전이 극도로 진화한다면 이런 기능이 가능해질 것이다. 음식 먹는 장면을 캡처해서 주문하면 곧바로 배달되는 시스템. 힘을 얻은 정약전은 문어와 전복을 칭찬하기 시작한다.

"바로 잡은 문어 맛이 정말 이런 맛이란 말인가. 전복도 입에 착착 감기고, 이 귀한 것을 누가 구했나?"

문어와 전복을 구해온 사람이 창대임을 알고 정약전은 이렇게 덧붙였다. "이놈이 나를 두 번 살리는구만." 바다에 빠진 것을 건져 올린 것도 창대고, 문어와 전복으로 기력을 되찾게 해준 것도 창대다.

정약전이 쓴 《자산어보》에서 창대는 자주 등장하지는 않는다. 그러나 서문에서만큼은 중요하게 언급된다. 집이 가난해 공부는 부족했지만 성품이 조용하고 풀과 나무와 새와 물고기에 대해서만은 누구보다 박식했던 인물로 묘사하며, "그의 말은 믿을 만했다"라고 썼다. 정약전이 창대에게 얼마나 의지했는지 알 수 있다.

흑산도에서 정약전은 인생이 바뀌었다. 유배라는 위기 속에서 새로운 돌파구를 찾은 것이다. 사방의 바다가 감옥의 기능을 하는 섬으로 유배를 온 것이지만, 정약전에게 바다는 감옥이 아닌 문이었다. 문을 열고 들어섰을 때 놀라운 길이 펼쳐졌다. 수많은 생물이 그 속에서 솟아났다. 정약전은 자신의 상황을 이렇게 설명했다.

"애매하고 끝 모를 사람 공부 대신 자명하고 명징한 사물 공부에 눈을 돌리기로 했네."

영화 속 정약전은 사물 공부를 하다가 다시 사람 공부로 돌아갔다. 창대라는 인물을 통해 자신의 삶에서 무엇이 부족한지 깨달았던 것이다. 정약전은 창대에게 보내는 편지에 이렇게 적었다.

"나는 흑산이라는 이름이 무서웠다. 한데 너를 만나 함께 지내며 무서움이 없어지고 호기심 많은 인간이 유배길에 잃었던 호기심을 되찾게 되었다. 그리하여 네 덕분에 음험하고 죽은 검은색 흑산에서 그윽하고 살아 있는 검은색 자산玆山을 발견하게 되었다. 창대야, 학처럼 사는 것도 좋으나 구정물 흙탕물 다 묻어도 마다 않는 자산 같은 검은색 무명천으로 사는 것도 뜻이 있지 않겠느냐."

정약전은 이런 말도 했다. "친구를 깊이 알면 내가 더 깊어진다." 창대 덕분에 자신이 깊어졌다고 생각한 것이다.

어쩌면 친구는 밝을 때보다 어두울 때 더욱 빛나는 존재일 것이다. 밝을 때는 앞길이 훤히 보이지만 어두울 때는 한 치 앞도 보이지 않는다. 어두울수록 의지할 손이 필요하고, 어두울수록 서로의 이름을 불러줄 목소리가 필요하고, 어두울수록 어둠에 익숙해져서 조금씩 눈앞에 빛이 감지될 때까지 함께 버텨줄 친구가 필요한 법이다. 창대는 정약전을 두 번 살린 게 아니라 세 번 살렸다. 바다에 빠진 사람을 건져주었고, 문어와 전복을 잡아주었고, 어둠 속에서 잃어버린 호기심을 찾아 건네주었다.

Tiny light

캠코더 하나면
가능하지.
모든 걸 찍을 수 있지.
작은 빛만
있으면

어린 시절을 떠올리면 잊히지 않는 장면이 하나 있다. 초등학교 그때는 국민학교에 입학하기 전 집 앞 평상에 앉아서 구구단을 외우던 모습이다. 그때 우리집은 여자고등학교 정문 앞에서 분식집을 하고 있었는데, 가게 바로 앞에는 이웃들이 잠깐 쉬어 갈 수 있도록 널찍한 평상을 놓았다. 구구단을 다 외우면 잡지 《어깨동무》당시 가장 인기 있던 만화 잡지를 사주겠다는 어머니의 꼬임에 빠져, 평상에 앉은 나는 불필요한 선행 학습의 굴레를 벗어나지 못하고 있었다. 끝내 나는 구구단을 다 외웠고, "우리 아들 천재네!"라는 칭찬도 들었으며입학하자마자 아닌 것으로 밝혀졌다, 곧장 《어깨동무》를 선물 받아 열심히 탐독했다.

그런데 위 문단은 몇 퍼센트나 사실일까? 나는 어머니에게 이 이야기를 들었고, 어렴풋하게 기억이 나는 것도 같고, 생각해보면 모두 일리 있는 내용이다. 《어깨동무》만 사준다면 주기율표도 다 외울 수 있지 않았을까 싶을 만큼 만화를 좋아하는 아이였고, 평상도 분명히 있었으며, 구구단을 소리 내어 읽었던 장면도 기억난다. 어머니의 기억이 잘못되었을 수도 있고, 어머니가 이 이야기를 해주었을 때 내가 편한 쪽으로 해석했을 수도 있고, 특정한 내용을 왜곡해서 기억하는 것일 수도 있다. "구구단 3단을 다 외우면 옆집 땡땡이가 보고 있는 《어깨동무》를 빌려와서 보여주겠다"는 내용이었을 수도 있다. 진실은 어디에 있는가? 알 수 없다. 내 머릿속에는 사실 여부를 확인할 수 없는 수많은 기억이 둥둥 떠다니고 있다. 굳이 진실을 밝혀야 할 이유도 없다. 그 모든 내용이 거짓이라고 해도 피해 입을 사람은 없

작은 빛

으니까.

만약 그 시절에 캠코더가 있었다면 어땠을까? 평상에 앉아서 구구단을 외우는 내 모습을 영상에 담았다면 어땠을까? 스마트폰 보급이 일상화된 지금과 같은 환경이었다면 어땠을까? 그 장면을 동영상으로 찍었을 것이고, 기억의 왜곡은 줄어들었을 것이다. 영상은 거짓말을 하지 않으니 내 기억은 그 영상에 대들지 못할 것이다. 기억에 의존하는 것과 영상으로 남기는 것 중 어느 쪽이 더 좋은지는 섣불리 단정 짓지 못하겠다. 정확하게 모든 현실을 영상에 담아내는 지금이 나을 수도 있고, 기억에 의존하면서 서로 다른 버전의 수많은 현실이 동시에 존재하는 쪽이 나을 수도 있겠다. 어머니는 어머니만의 장면으로 기억하고, 나는 나만의 장면으로 기억한다면 그게 훨씬 더 풍성한 과거가 아닌가 싶기도 하고.

캠코더를 처음 봤을 때 받았던 충격이 지금도 생생하다. 작은 모니터를 통해 내가 찍고 있는 영상을 볼 수 있고, 찍은 영상을 작은 화면으로 곧장 확인할 수도 있었다. 집에 있는 텔레비전을 손에 들고 다니는 것 같기도 했고, 방송국 하나를 통째로 들고 다니는 것 같기도 했다. 지금은 일상의 모든 순간을 영상으로 남기는 게 너무나 자연스러운 일이 되었지만, 캠코더 등장 초창기에는 우리의 삶을 영상으로 기록할 수 있다는 사실만으로도 적지 않은 충격이었다. 큰돈을 들여서 처음 캠코더를 샀을 때 수많은 영상을 촬영했다. 주변 사람들을 계속 찍어댔고, 하늘도 자주 찍었으며, 특별한 순간이다 싶으면 무조건 캠코더를 집어 들었다.

조민재 감독의 영화 〈작은 빛〉을 보면서 캠코더를 처음 샀을 때의 그 떨림이 다시 느껴졌다. 〈작은 빛〉의 주인공 진무는 곧 뇌 수술을 받아야 한다. 수술 후에는 기억을 잃을 수도 있다는 의사의 말에, 자신의 주변을 캠코더에 담기 시작한다. 어머니를 찍고, 누나를 찍고, 조카를 찍고, 형을 찍고, 자신이 일하던 공장의 작업장을 찍는다. '수술 후 기억을 잃을지도 모른다'는 소재는 꽤 자극적이지만 영화는 진무와 가족들의 이야기를 시종일관 담담하게 그려낸다.

　　영화를 보다가 캠코더를 찍을 때만 느낄 수 있는 독특한 감각이 떠올랐다. 스마트폰으로 촬영한 동영상을 누군가와 함께 보고 싶을 때는 문자메시지로 간단하게 공유할 수 있지만, 캠코더로 찍은 것은 그럴 수 없다. 나란히 앉아 얼굴을 바싹 붙인 다음, 찍은 사람이 캠코더의 재생 버튼을 조작해야 화면을 함께 볼 수 있다. 〈작은 빛〉에서는 진무가 찍은 영상을 함께 보는 장면이 자주 등장한다. 가족들은 얼굴을 맞대고 텔레비전을 보듯 진무가 찍은 영상을 본다.

　　수술을 앞두고 병원에 입원한 진무와 어머니가 함께 영상을 보는 장면이 있다. 집을 나간 지 오래된 형인 '정도'의 영상을 진무가 보여준다.

"지금 얘가 춤추는 거냐?"

"응, 잘 추지?"

"맨날 지랄이나 할 줄 알았는데, 이렇게 춤도 출 줄 알아? 별

일이네. 야, 그렇다고 네가 추란다고 추냐?"

"내가 떼를 썼지."

"애가 떼쓴다고 들을 놈이냐? 야, 정도가 변하긴 변했나 보다."

이 짧은 장면에서 가족의 오랜 역사를 짐작할 수 있다. 어머니와 큰아들 정도가 어떤 사이였는지, 아들의 관심사에 대해 어머니가 얼마나 몰랐는지 더 깊은 사연은 영화에서 확인하시길 알 수 있다. 다음 장면은 더 뭉클하다. 진무는 어머니의 모습을 담은 영상을 보여준다. 자신의 모습을 화면에서 확인한 어머니는 깜짝 놀란다.

"아이, 나 왜 이렇게 늙었어?"

"뭐가 늙어."

"야, 눈 밑에 주름 봐. 나 내 얼굴 이렇게 자세히 보는 거 처음이야. 많이 늙었다."

"하나도 안 늙었어."

"야, 세상이 비켜 가진 않는다, 야. 언제 이렇게 갔나."

'이렇게 늙은 자신의 모습을 왜 영상에 담았냐'고 아들을 타박하면서도, 어머니의 눈은 화면에 고정돼 있다. 자신의 얼굴을 찬찬히 들여다본다. 자신의 얼굴을 생전 처음 보는 사람처럼 뚫어지게 바라본다.

캠코더가 등장하고 스마트폰이 발전하면서 우리의 얼굴을 자세히 들여다볼 수 있는 기회가 생긴 건 확실하다. 영상에 찍힌 모습에 우리는 깜짝 놀란다. 생각했던 내가 아니다. 우리는 훨씬 더 늙었거나 못생겼거나 뚱뚱하거나 말랐거나 주름이 많거나 삐뚤빼뚤하다. 수많은 필터나 보정으로 만회해보려고 노력하지만 궁극적으로는 어쩔 도리가 없다.

사진의 대가 앙리 카르티에 브레송은 '비디오를 금지해야 한다'며 '그런 장치는 사람들이 무언가를 봐야 할 때 주의를 산만하게 한다'고 했다. '인물을 스케치하는 것이 이해를 위한 유일한 방법'이라고 덧붙였다. 시대가 바뀌면서 비디오를 대하는 사람들의 태도나 방식도 바뀌었다. 오래전 사람들이 인물들을 스케치하듯 비디오로 인물을 저장하는 것인지도 모른다.

어머니가 캠코더 화면 속 자신의 얼굴을 보고 놀란 다음에는 감동적인 장면이 이어진다. 뇌 수술을 위해 머리를 삭발한 채 잠들어 있는 주인공의 모습이 캠코더 화면으로 보인다. 특별할 게 없는 장면 같지만 이 화면은 누가 찍는 것일까. 바로 어머니다. 어머니는 아마도 생전 처음 캠코더를 손에 쥐어보았을 것이다. 수술을 위해 잠든 아들을 찍는 어머니의 마음은 어떨까. 수술이 성공할지 실패할지 알 수 없지만, 그래도 소중한 이 순간을 어머니는 저장하고 싶었

작은 빛

을 것이다. 캠코더 화면은 어머니의 눈길처럼 조용히 아들을 응시하고 있다.

인간은 문자를 발명했고, 영상 기술을 발명했다. 그건 아마도 기록하고 싶어서였을 것이다. 기록은 인간의 본능이자 숙명이다. 기록하는 자는 시간을 더 많이 소유할 수 있고, 기억하는 자는 순간의 감정과 감각을 더 많이 보유할 수 있다. 우리는 이제 영상을 통해 과거를 기억하고 있으며, 실재보다 화면이 더욱 '리얼'하다는 걸 알고 있으며, 화면을 조작해 실재를 왜곡하는 일도 많다는 것을 알고 있다. 우리는 현명하게 영상과 공존하는 법을 배워야 할 것이다.

내가 평상 위에서 구구단을 외우던 장면을 '어렴풋하게' 기억했다면, 다음 세대는 부모님이 찍어주는 영상을 통해 모든 순간을 빠짐없이 '또렷하게' 기억할 수 있을 것이다. 자신의 얼굴을 끊임없이 영상으로 남길 것이다. 이제 곧 기억의 정의도 바뀔지 모른다. 한 가지 변하지 않는 사실은 있다. 펜이든 카메라든 캠코더든 스마트폰이든 기록하는 자는 호기심이 있는 사람이고, 자신이 누구인지 궁금해하는 사람이다.

Little Women

누가 그런 이야기를 좋아하겠어?
"계속 써야 중요해지는 거야."

해마다 11월이 되면 캐럴을 듣기 시작한다. 크리스마스를 기다리는 마음은 눈곱만큼밖에 없고, 그냥 그 노래들이 좋아서다. 캐럴만 들으면 마음의 온도가 올라가서 추운 겨울도 견딜 만해진다.

음악 장르마다 저마다의 온도가 있는 것 같다. 헤비메탈은 끓어넘쳐야 하니까 백 도가 넘을 것 같고, 쿨 재즈는 이름 그대로 영상 10도 아래의 쌀쌀한 기운이 노래를 감싼다. 피아노 소나타가 17도 정도의 쾌적한 온도라면, 크리스마스캐럴은 22도 정도의 따뜻한 실내가 떠오르는 음악이다. 캐럴에 등장하는 악기의 음색이나 노래하는 가수들의 발성법은 대체로 포근하고, 가사 역시 따뜻한 말로 가득하다. 복수심이나 헤어진 연인을 증오하는 마음이 담긴 가사는 거의 찾아보기 힘들고, 주변에 힘든 사람들을 돌아보거나 어떤 선물을 골라야 할지 고민이라는 식의 훈훈한 이야기가 대부분이다. 그런 노래를 들으면서 나쁜 마음을 먹기란 힘들다.

차가운 겨울이 올 때마다 루이자 메이 올콧의 소설 《작은 아씨들》펭귄클래식코리아, 2011이 생각나는 것도 비슷한 이유다. 소설을 읽는 내내 따뜻한 벽난로 앞에 앉아 있는 것 같은 착각이 들 정도로 이야기에 온기가 가득하다. 다 읽고 나면 마음의 온도가 2도 정도 올라간다. 노예 해방 전쟁에 참가한 아빠, 가난한 사람들에게 자신의 것을 베풀 줄 아는 엄마, 그런 따뜻한 부모의 영향을 받아 밝은 기운이 넘쳐나는 네 자매 메그, 조, 베스, 에이미의 이야기는 크리스마스 분위기와 너무 잘 어울린다. 게다가 이야기가 시작되는 시점 역시 크리스마스 즈음이다.

《작은 아씨들》은 영화로도 여러 번 만들어졌다. 가장 최근의 영화는 뛰어난 배우이기도 한 그레타 거윅이 2019년에 연출한 것이다. 소설만큼이나 온기가 가득하며, 동시대의 날카로운 감각까지 담겨서 지금까지 나온 〈작은 아씨들〉 영화 중 최고라고 생각한다.

영화의 시작은 원작과 조금 다르다. 원작은 "선물도 없는 크리스마스가 무슨 크리스마스냐?"라고 울부짖는 어린 조의 이야기로 시작하지만, 영화는 출판사 문 앞에 서 있는 조의 뒷모습을 보여주며 출발한다. 원작자 올콧은 조를 자신의 분신으로 삼았고, 함께 자란 자매들의 이야기를 소설로 옮겼다. 출판사 앞에 서 있는 조의 모습으로 영화를 시작하는 것은 '네 명의 작은 아씨들' 이야기에 원작자의 이야기를 덧붙이겠다는 선언과 마찬가지다. 영화는 현재와 과거를 넘나들면서 행복했던 어린 시절과 가슴 아픈 성장기와 힘겹게 살아가는 현재의 이야기를 절묘하게 배합한다.

가장 인상적인 것은 조의 소설에 대한 주변의 반응이다. 조는 어린 시절부터 글쓰기를 좋아했고 자신이 쓴 대본으로 연극을 만들기도 했다. 타고난 작가인 셈이다. 그렇지만 조는 자신의 재능을 믿지 못했다. 출판사에 갔을 때도 "친구가 원고를 좀 팔려고 하는데, 봐줄 수 있나요?"라고 물으며 자신의 존재를 감춘다. 벽난로 옆에 서서 치마에 불이 붙어도 모를 정도로 글쓰기에 몰두하지만, 아무도 자신이 쓴 소설을 재미있어하지 않을 거라고 생각한다. '썸을 타던' 남자 프리드리히가 자신의 소설에 대해 솔직하고 신랄하게 평하자 쌓여 있던 불안과 불만이 폭발해버린다.

"당신이 명작, 졸작 판단하는 재판관이라도 돼요?"

자신의 작품에 자신이 없으니 화를 내는 것밖에 할 수 있는 게 없다. 자신의 작품이 지나치게 대중적이라는 프리드리히의 비판에는 이렇게 변명한다.

"셰익스피어는 대중을 위해 썼어요."

"셰익스피어가 대단한 건 대중 작품 속에 시를 녹였기 때문이죠."

프리드리히는 여유 있게 대꾸한다. 좀 재수 없긴 하지만, 맞는 말이다. 조의 자존감이 바닥을 치면서 자포자기의 태도가 이어진다.

"나는 셰익스피어가 아니에요."

이어지는 프리드리히의 결정적 한 방.

"다행이네요. 그분은 이미 있으니까."

'셰익스피어는 이미 있다'는 프리드리히의 말은 셰익스피어의 길을 쫓지 말고, 자신만의 길을 개척하라는 의미겠지만 주눅 들어 있는 조에게 그 말이 곧이곧대로 들릴 리 없다. 조는 프리드리히에게 '당신은 더 이상 내 친구가 아니'라며 절교를 선언한다. 나중에 두 사람이 어떻게 되는지는 원작이나 영화를 본 사람이라면 모두 알 것이다.

우리는 재능 있는 사람들이 현실에서 자포자기하는 경우를 자주 본다. 자신의 재능을 확신하지 못하는 사람에게 가장 중요한 것은 주변의 응원이다. 예술가는 딱 한 사람이라도 자신을 지지해주는 사람을 만나면 성장할 수 있다. 그런 면에서 조는 운이 좋은 사람이었다. 언제나 작가로서의 조를 지지하는 세 명의 자매와 부모님이 있었으니까.

몸이 아픈 베스는 언제나 언니 조의 이야기를 좋아했다. 대문호들의 멋진 문장보다 생생한 조의 소설과 말투를 좋아했다. 소설을 그만 쓰겠다는 조에게 베스가 간절히 애원한다.

"그럼 날 위해 써줘. 언니는 작가잖아. 누가 알아주기 전에도 작가였잖아."

책을 내고 사람들의 인정을 받아야만 작가라고 불릴 수 있는 게 아니다. 마음속에서 끊임없이 이야기가 솟아오르고 계속 새로운 상상을 할 수 있는 사람은, 누가 알아주기 전에도 이미 작가다. 베스는 어릴 때부터 작가로서의 조를 인정해준 셈이다.

조는 자신이 쓰는 이야기가 하찮다고 생각했다. '가족

　　　　　　　　　　　　작은 아씨들

이 투닥거리며 웃는 이야기를 누가 읽겠냐'며 '중요할 것도 없는 얘기'라고 자신의 소설을 깎아내렸다. 철없어 보이던 막내 에이미는 언니의 말에 대든다.

"그런 글들을 안 쓰니까 안 중요해 보이는 거지. 그런 글을 계속 써야 더 중요해지는 거야."

에이미의 이 말은 감독 거윅의 목소리처럼 들렸다. 급변하는 국제 사회의 역학 관계, 기후변화, 정치 게임과 같은 커다란 목소리 사이에서 '주변 사람들을 사랑하고, 서로를 응원해주자'는 이야기는 무척 사소해 보인다. 하지만 사소해 보이는 것들을 끊임없이 이야기할 때 그것은 중요해진다. 가족끼리 투닥거리는 하찮아 보이는 이야기를, 1868년에 쓰인 이야기를, 우리는 지금도 읽고 있고, 새로운 버전으로 계속 재생산하는 중이다.

조는 자신을 위해 이야기를 써달라는 베스를 위해, 하찮아 보이는 이야기가 중요해질 수 있도록 계속 써달라는 에이미를 위해 글을 썼고, 명작을 탄생시켰다. 소설 속, 조는 학교를 세우면서 이런 말을 했다.

"너무 늦기 전에 그 아이들에게 삶은 즐거운 거라고 알려주고 싶었어요. 제때 도움받지 못해 인생을 망치는 아이들을 많이 봤거든요. 그 아이들에게 뭐든 해주고 싶어요. 그 아이들의 꿈과 고민이 뭔지 알 것 같아요."

누군가에게 백 퍼센트 지지를 받은 경험이 있는 사람은, 그 경험을 다른 사람에게 나눠주고 싶어 한다. 그 경험의 소중함을 누구보다도 잘 알기 때문이다. 자신이 세상 쓸모없어 보이는 때에, 자신이 만든 작품이 너무나 빈약해 보일 때에, '그렇지 않다'고 '너는 이미 잘하고 있다'고 건네주는 한 마디는 날개와 다름없다. 우리는 날개 없이 태어나지만, 서로에게 날개를 달아줄 수 있다.

작은 아씨들

Short Vacation

베치 바이어스의 아름다운 동화 《열네 살의 여름》한길사, 2003에서는 열네 살을 이렇게 표현한다. "모든 것이 변해버렸다. 사라의 마음은 불만으로 가득 찼다. 자기 자신과 자기 생활과 식구들에 대해 화가 나고, 다시는 어느 무엇에도 만족하지 못할 거라는 생각이 들었다." 열네 살이란 '모든 것이 변해버렸다'는 것을 인식하는 나이다. 말하자면 아이에서 어른으로 가는 나이, 혹은 무언가를 처음으로 잃어버리는 나이, 어쩌면 무언가를 잃어버렸다는 사실을 처음으로 깨닫는 나이, 그게 열네 살인 것 같다.

세계 최고의 기업 '애플'을 만든 스티브 잡스는 열네 살 때 주파수 측정기를 제작했고, 무라카미 하루키는 그룹 비치 보이스의 〈서핑 유에스에이 Surfin USA〉를 듣고 '부드러운 둔기로 얻어맞은 듯한 충격'을 받았다고 한다. 나는 그 나이에 기타를 처음 사서 비틀즈의 〈예스터데이 Yesterday〉를 부르고 있었다. 방에 틀어박히길 좋아했고, 슬슬 부모에게 대들기 시작했다. 한국의 열네 살은 초등학교를 졸업하고 중학생이 되는 나이로 온갖 변화를 온몸으로 느낀다. 바이어스는 작품에 이런 말도 남겼다.

"갑자기 사라는 삶이란 높낮이가 다른 계단이 길게 펼쳐져 있는 것이라는 생각이 들었다."

생각해보니 정말 그랬다. 초등학생 때까지는 낮은 계단을 계속 밟고 올라갔는데, 열네 살이 되자 갑자기 계단이 높아진 느낌. 평소처럼 발을 들어서 계단을 오르려는데, 계단에 발이 걸리면서 앞으로 고꾸라질 뻔했던 아찔함. 생전 처음 느껴보는 계단의 높이. 어떨 때는 생각보다 계단이 높았고, 어떨 때는 갑자기 낮아진 적도 있지만, 삶이라는 계단은 높낮이가 일정하지 않다는 것을 열네 살 때 처음 깨달았다.

　　권민표와 서한솔 감독의 영화 〈종착역〉은 열네 살 여중생 네 명이 주인공이다. 사진 동아리 '빛나리' 부원인 시연, 연우, 소정, 송희는 동아리 선생님에게 '세상의 끝을 찍어 오라'는 방학 숙제를 받는다. 세상의 끝은 어디일까? 네 명의 열네 살은 자신이 생각하는 '세상의 끝'을 이야기하다 지하철 1호선 신창역으로 향한다. 지하철 종착역에 가면 세상의 끝을 만날 수 있지 않겠냐는 한 명의 제안 때문에 시작된 일이다. 옷깃만 스쳐도 웃음이 터져나오던 열네 살 아이들은, 계획대로 잘 풀리지 않는 여정에 조금씩 지쳐가고, 의도하지 않던 곳에서 하룻밤을 보내게 된다. 줄거리만으로는 도무지 감을 잡을 수 없는 영화이고, 별다른 사건도 등장하지 않는데 이상하게 사람의 마음을 잡아끈다.

　　영화의 가장 큰 매력은 열네 살 아이들의 솔직하고 발랄한 모습이다. 다큐멘터리라고 해도 믿을 정도로 카메라를 신경 쓰지 않는 아이들의 연기나 여러 사람의 말소리가 뒤섞여도 신경 쓰지 않는 감독들의 연출 때문에 아이들 옆에 앉아서 이야기를 듣는 것 같다. 대화 주제도 종잡을 수 없다. 자습과 선행 학습에 대한 진도를 확인하다가, 경로당의 미러볼을 보고는 예전에 이 장소가 클럽으로 쓰였을 것이라고 추측하더니, 서로 으르렁거리는 두 마리의 개를 보고는 "확실히 서로를 싫어하는 걸 보니 부부가 맞는 것 같군" 같은 농담도 던진다.

아이들은 신창역에 도착해 깨닫는다. 종착역이 세상의 끝이 아니라는 사실을. 세상의 끝까지 가려면 한참 더 남았고, 종착역은 오히려 기차가 돌아나오는 반환점이라는 사실을. 어디가 끝이냐고 물어보러 갔던 아이는 이런 답을 들고 온다. "여기는 끝이 없대. 철로가 계속 이어진대. 그래서 버스 타고 20-30분 더 가면 옛날 신창역이 있대." 끝을 계속 찾아가다 보면 옛날 더 옛날로 가야 하고, 자신들이 태어나지도 않았던 시기까지 거슬러 올라가야 한다. 아이들이 상상했던 끝은, '벽처럼 탁 하고 가로막힌 곳'이거나 누가 봐도 끝이라고 생각되는 끊어진 길 같은 곳인데, 세상은 끝없이 이어져 있고 끊어질 듯 끊어지지 않는다.

보통 여러 명이 함께 길을 떠나면 싸움이 일어나게 마련인데 〈종착역〉에는 그 흔한 말싸움도 거의 없다. 보는 내내 흐뭇하다. 아이들은 자신과 다른 의견을 순순히 받아들이고, 약간의 의견 대립은 있지만 다툼으로 이어지지는 않는다. 길을 잘 찾지 못하는 친구를 타박하더라도 계속 믿으며 따라가고, 계획이 뒤틀어져서 집으로 돌아가지 못한 채 시골에서 밤을 맞아도 출발한 걸 후회하지 않으며, 신창역에 가자는 아이디어를 낸 친구를 비난하지 않는다. 이 길이 맞나, 아닌가, 맞나, 아닌가 여러 번 되물을 정도로 길을 찾는 데 서툴지만 길에서 만나는 우연의 풍경을 그냥 지나치지 않는다. 꽃 이름을 얘기하고, 고양이에게 밥을 주고, 갑자기 내린 비와 함께 논다. 아이들은 돈을 모아서 택시를 타고 돌아갈 수 있었지만, 대신 맛있는 저녁을 사 먹는다.

종착역

〈종착역〉이 열네 살 아이들을 보여주는 방식 중 돋보이는 점은 친구를 대하는 태도다. 집단 따돌림 문제나 교내 폭력의 현실을 뉴스에서 자주 접하던 것과 달리 영화 속 아이들은 평화롭게 공존한다. 물론 네 아이들이 똑같은 비율로 서로를 좋아하는 것은 아니다. 모든 아이가 똑같은 사랑을 주고받으면 좋겠지만, 세상에 그런 관계는 없다. 처음에는 셋이서 가까웠다. 그러다 둘이 친해졌고, 이에 남은 한 명은 조금 섭섭했다. 그렇지만 셋이서 잘 놀았다. 그러다 전학을 온 친구 한 명이 더 생겼다. 그렇게 넷이 친해졌다. 함께 잘 놀았고, 혼자 섭섭해했던 한 명과 전학을 온 한 명이 친해졌다. 두 명에서 네 명이 되었고, 넷이서도 함께 잘 놀았다. 열네 살 아이들은 깨달았을 것이다. 높은 계단과 낮은 계단이 공존하듯 친한 사람과 덜 친한 사람들이 모여서 친구가 될 수 있다는 사실을.

어두운 방에 네 명의 열네 살이 모여서 할머니와 할아버지 이야기를 하는 후반부는 감동적이다. 세상의 끝을 사진으로 찍을 수는 없지만 세상의 끝에 대해 이야기할 수는 있다. 이제는 세상에 없는 할아버지와 할머니를 기억하며 그들의 삶과 죽음을 이야기한다. 살아 있을 때 해드리지 못한 것들을 손녀들은 아쉬워한다.

아이들이 할머니가 됐을 때 이 순간을 기억할 것이다. 길을 잃지 않았더라면 겪지 않아도 되었을 밤, 세상의 끝을 보러 갈 마음이 없었더라면 듣지 못했을 이야기가 열네 살에 남았고, 그들은 낯선 시골 마을의 선연한 밤과 두런두런 나눈 이야기를 평생 기억하게 될 것이다.

한 아이가 이렇게 말했다. "우리가 할머니가 되면 기분이 이상할 것 같아." 다른 아이가 말했다. "자연스럽게 늙어가는 거니까 나는 별로 이상하진 않을 것 같아. 어쩔 수 없는 거지." 또 한 명은 이렇게 말했다. "할머니가 될 때까지 안 살고 싶어. 늙기 싫다는 거지." 서로 다른 생각을 하는 아이들은, 높낮이가 다른 각자의 계단을 걸어갈 것이다.

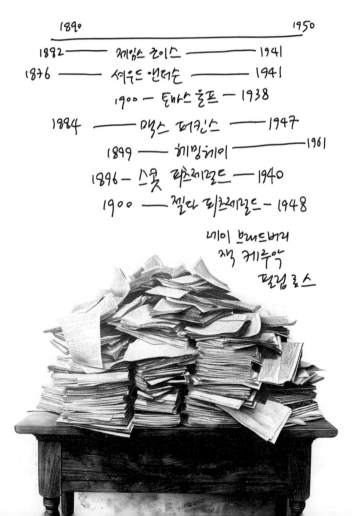

1890 ———————————————— 1950

1892 ——————— 제임스 조이스 ——————— 1941

1876 ——————— 셔우드 앤더슨 ——————— 1941

1900 ——— 토마스 울프 ——— 1938

1884 ——————— 맥스 퍼킨스 ——————— 1947

1899 ——————— 헤밍웨이 ——————————— 1961

1896 — 스콧 피츠제럴드 ——— 1940

1900 ——————— 젤다 피츠제럴드 — 1948

네이 브래드버리
잭 케루악
필립 로스

'천재'라는 단어에 불편함을 느낀다. 생전 그런 말을 들어보지 못한 사람으로서 자격지심 같은 것일까. 뛰어난 사람들에 대한 질투심 같은 것일까. 그보다는 누군가에게 함부로 '천재!'라는 수식어를 붙이는 게 그 사람에 대한 결례일 수도 있다는 생각 때문인 것 같다. 천재라 칭하는 것은 놀라운 능력에 대한 평가일 수도 있지만, 오랫동안 노력해온 그 사람의 시간을 무시하는 일인지도 모른다. 천재는 '선천적으로 타고난, 남보다 훨씬 뛰어난 재주, 또는 그런 재능을 가진 사람'을 일컫고, 문자 그대로 '하늘이 내려준 재능'을 뜻한다. 그렇게 보면 우리는 모두 천재라고 할 수 있다. 우리는 모두 저마다 뛰어난 재주를 분명히 하나씩은 지닌다. 그 재주를 언제, 어디서 쓸 수 있느냐의 차이만 있을 뿐이다.

작가 중에는 천재라고 불리는 사람이 많다. 샤를 피에르 보들레르도 있고, 이상도 있고, 백석도 있고, 버지니아 울프도 있고, 어니스트 헤밍웨이도 있다. 당대에 천재라 불린 사람도 있고, 사후에 천재로 불리는 사람도 있다. 천재 작가로 불리는 이유를 내 기준으로 생각해보면, 지나치게 예민했거나, 예전에 보지 못했던 뛰어난 작품을 발표했거나, 시대를 앞서 당대에는 인정받지 못했거나, 일찍 죽었거나 등등 다양하다. 내가 알기로 글을 쓰는 사람 중에 천재라고 불린 사람들을 포함해 자신이 천재라고 받아들이는 사람은 거의 없다. 그 호칭을 받아들이는 순간 글을 쓸 수 없기 때문이다. 대부분의 작가는 자신이 쓰는 하찮은 글에 짜증나고, 더 나은 문장을 찾기 위해 머리를 쥐어뜯으며, 이번에도 실패했다는 생각 때문에 의기소침해한다. 가끔 자신을 천재라고 여기는 '과대망상'을 펼칠 때도 있지만, 이내 자신을 별것 아닌 작가라 판단한다. 자신이 천재라고 생각한다면, 더 이상 글을 쓰지 못할 것이다. 알베르 카뮈는 이런 말을 남겼다. "나는 천재가 되고 싶지 않다. 보통 사람이 되는 데도 이미 충분히 많은 문제가 있다." 주변에 몹시 싫어하는 사람이 글을 쓰고 있는데 그 사람이 더 이상 쓰지 못하게 하고 싶다면, 방법은 간단하다. 하루에 한 번, 아니면 식후에 한 번씩, '천재 작가'라고 불러주면 된다.

영화 〈지니어스〉는 오해의 소지가 많은 제목이다. 1929년을 배경으로 유명 출판사의 편집자 맥스 퍼킨스와 작가 토마스 울프의 우정을 다루는 내용인데, 영화를 다 보고 나면 '왜 제목이 지니어스일까?'라는 물음이 생긴다. 영화 속 누군가가 천재라는 건데, 두 사람 중 누구일까? 울프는 격정으로 가득 찬 작가다. 머릿속에 수많은 단어가 넘쳐흐르고, 주체할 수 없는 그 단어들을 종이에 쏟아부으며, 함께 있는 사람들의 혼을 뺄 정도로 말을 많이 한다. 우리가 익히 알고 있는 천재의 모습이다. 울프는 미국 현대문학에서 전설로 통하며, 잭 캐루악, 필립 로스 등의 대가들이 존경하는 작가이기도 하다. 서른아홉이라는 이른 나이에 세상을 떠나는 바람에 남긴 작품이 많지 않지만 '재즈적인 글쓰기'로 문학의 영토를 확장했다고 평가받는다. 천재라고 부를 만하다.

영화는 퍼킨스로 시작해 퍼킨스로 끝난다. 울프에 비해 퍼킨스가 나오는 분량이 훨씬 많다. 퍼킨스가 주인공 같다. 퍼킨스는 어리숙한 초보 작가 울프에게 정확한 조언을 해준다. 장황한 문장들을 함께 다듬고, 부정확한 표현을 지적해준다. 독특하지만 대중적이지 않은 울프의 작품을 한눈에 알아본 것도 퍼킨스고, 책 출간을 앞두고 불안해하는 울프를 달래준 것도 퍼킨스였다. 이쯤 되면 진짜 천재는 퍼킨스가 아닌가 하는 생각이 들 정도. 즉흥적이고 말 많고 예의 없이 오만방자한 울프, 규칙적인 삶을 살면서 정확한 문장처럼 하루를 꾸려내는 퍼킨스……. 우리는 대체로 울프 같은 사람을 천재로 부르길 좋아하지만 영화를 만든 마이클 그랜디지 Michael Grandage 감독은 '퍼킨스가 진짜 지니어스'라고 말하는 듯하다.

영어 'genius'에는 여러 뜻이 있다. 라틴어 'genius loci'는 '땅을 지키는 수호신'을 뜻한다. '천재'라는 뜻 외에 '수호신'이라는 뜻도 있는 셈이다. 영화에서 《위대한 개츠비》를 쓴 작가 스콧 피츠제럴드와 울프가 대화를 나누는 장면에서 'genius'가 등장한다.

울프: 자네가 맥스 퍼킨스와 친구인 건 알지만, 아마 짐작도 못 할 거야. 나를 불구자로 만들었어. 내 작품을 변형시켰다고. 본인도 인정했어. 그래 놓고는 내 성공의 공로를 본인이 다 가로챘지.

피츠제럴드: 맥스는 그런 적 없어. 네가 준 상처는 또 어떻고?

울프: 서로 상처를 줬어.

피츠제럴드: 톰, 구며내 말하지 마.

울프: 그가 한 짓을 몰라서 그래.

피츠제럴드: 맥스가 한 짓? 뭘 어쨌는데? 네 꿈을 실현시켜 줬잖아. 경력을 시작하게 해주고 삶을 바꿔줬잖아.

울프: 이거 봐, 출판사에서 퍼뜨린 말을 그대로 하잖아.

피츠제럴드: 모두가 널 외면할 때 믿어준 유일한 사람이야. 꿈과 희망을 너에게 걸었다고. 자기가 쓴 글도 아닌데 모든 노력을 아끼지 않았어. 그런데 이제 와서 못난 자격지심으로 되갚아? 창피한 줄 알아. 맥스는 진실한 우정으로 대하는데 That man has a genius for friendship 그걸 뿌리치는 건 바로 너야. 네가 언젠가는 지금의 자리에서 내려올 거고, 기나긴 고통의 시간이 시작될 거야. 내가 알아. 그 시간을 함께해줄 친구에게 왜 상처를 주나?

영화에서는 '진실한 우정으로 대하는데'로 번역했지만, 나는 '우정을 지키기 위해 애쓰는데'로 옮기고 싶다. 감독이 영화 제목을 '지니어스'로 지은 이유도 퍼킨스가 친구를 대하는 태도야말로 그 어떤 것보다 소중하다고 생각하기 때문이 아닐까.

퍼킨스는 좋은 편집자다. 그는 좋은 편집자가 지녀야 할 다섯 가지 덕목을 모두 갖추고 있다. 이런 덕목은 처음 들어봤을 것이다. 내가 만든 것이니까. 첫째, 좋은 작가를 발견할 줄 아는 눈. 둘째, 작품에서 한 발짝 떨어져서 큰 그림을 볼 줄 아는 거리감. 셋째, 작가가 표현하려는 마음속 풍경을 정확한 문장으로 옮길 줄 아는 언어 감각. 넷째, 작가와의 우정을 지키기 위해 애쓰는 마음. 그리고 다섯 번째는 자신의 일에 대한 끊임없는 회의다.

퍼킨스는 자신이 하는 일의 의미에 대해 끊임없이 되묻는다. "내가 자네 글을 변형시키는 것 같아서 늘 두려워. [……] 우리가 정말 글을 좋게 바꾸고 있나? 그저 변형시키고 있나?"

사람들이 자주 인용하는 "천재는 노력하는 자를 이길 수 없고, 노력하는 자는 즐기는 자를 이길 수 없다"라는 말이 있다. 즐기는 게 무엇보다 중요하다는 의미겠지만, 누가 누굴 이긴다는 표현 자체는 바꿀 필요가 있을 것 같다. 천재는 노력하는 자를 이길 생각이 없고, 노력하는 자는 즐기는 사람이 눈에 보이지 않을 것이며, 즐기는 사람은 그냥 즐기는 거다. 우리는 모든 사람이 평등하다고 말하지만, 은연중에 '천재'와 '일반인'을 나누고, 노력을 통해 천재를 이겨야만 뭔가를 쟁취할 수 있다고 믿는 게 아닐까? 세상에는 다양한 사람들이 각자의 방식대로 잘 살고 있으며 여기서 무엇보다 중요한 점은 내가 하는 일을 '잘 지켜내는' 것이다.

The Child in Time

다 재미손
영화야!!
심지어 대박분
제목도 좋아

9०년 영화들

로크
아비정전   여배우는 다를로
천장지구   옥희의 영화
2046 버티   블루 재스민 (98')
붉은 돼지   소스코드
카메라를 멈추면   크리스몰   판타스틱
안 돼   루시   미스터 폭스
                아이덴티티   미스트리스 아메리카
일회
고스트 스토리   토이 스토리   레이디 맥베스
500일의 썸머   폭스   프랭크
(95')   디태치먼트 (97')

톰보이
스탠 바이 미
스틸 라이프

OTT에 들어가서 '오늘은 어떤 영화를 볼까' 하고 리모컨을 돌리다 수십 분을 허비한 적이 있다. 이런 영화는 너무 무거울 것 같고, 이런 영화는 시간 낭비일 것 같고……. 그러다 보면 내 마음을 나도 모르게 된다. 영화가 너무 많으니 기준도 까다로워진다. 오래전 비디오 가게에 서서 수십 개의 제목을 보면서 고민했던 때와 비슷한 심정이다. 비디오 뒷면을 보면서 스토리도 읽고, 앞면의 정보도 꼼꼼하게 살펴보면서 비디오 대여료가 아깝지 않은 영화를 고르던 마음과 비슷하다. 이제는 달라졌는데, 영화 앞부분을 보다가 마음에 들지 않으면 그만 보면 되는데, 왜 그러나 모르겠다. 그럴 때 쓰는 나만의 검색어가 있다. '90분 영화'.

'러닝타임이 90분인 영화는 재미있다'는 게 나의 주장이다. 일단 이야기를 90분 안으로 압축한다는 것은 관객에게 지루할 틈을 주지 않겠다는 감독의 의지를 보여준다 물론 60분이면 충분할 이야기를 압축하지 못한 90분짜리 영화도 있긴 하다 . 60분은 너무 짧게 느껴지고, 120분은 조금 길게 느껴질 때면 90분이 딱이다. 물론 위대한 영화 중에는 세 시간이 넘는 작품도 많다. 〈바람과 함께 사라지다〉1939 는 226분이고, 〈아바타〉2009 도 162분이다. 시간 가는 줄 모르고 봤던 〈반지의 제왕: 반지 원정대〉2001 도 238분이다. 얼마 전 개봉한 마틴 스코세이지 감독의 〈플라워 킬링 문〉2023 은 206분이다. 장대한 영화를 보려면 극장이 좋다. 모르는 사람들과 세 시간 동안 같은 이야기를 공유하고 나면 세상이 달리 보인다. 집에서 보기에는 80분에서 100분 정도의 영화가 더 알맞다.

차일드 인 타임

'90분 영화'의 검색 결과로 나오는 작품들은 스케일이 크지 않고 하나의 이야기에 집중하는 영화가 많다. 영화 〈로크〉2013는 자동차 안에서 모든 사건이 벌어지는, 90분을 순삭시키는 작품이다. 〈아비정전〉1990이나 〈천장지구〉1990 같은 홍콩의 아름다운 작품들도 러닝타임이 90분이다.

〈차일드 인 타임〉도 내가 무척 좋아하는 90분짜리 영화다. 소설가 이언 매큐언의 동명 소설을 원작으로 만든 작품이다. 동화작가인 아빠 스티븐이 네 살 딸 케이트를 마트에서 잃어버리면서 이야기가 시작된다. 아내 줄리는 남편에 대한 원망과 아이를 찾을 수 없다는 무력감 때문에 집을 나가서 혼자 살고, 평온했던 가정은 순식간에 부서진다. 도입부만 보아도 심장이 덜컥 내려앉는다. 넋이 나간 듯한 얼굴로 마트를 나서는 스티븐. 그는 집으로 가서 아내에게 딸이 실종됐다고 이야기해야 한다. 스티븐이 집에 들어오자 줄리는 예정보다 늦게 돌아온 남편에게 농담을 한다.

"둘이 놀다 왔지? 실종 신고하려던 참이야."

곧 줄리는 비명을 지른다. 영화에서는 딸을 잃어버린 아빠의 마음을 소리로 전달한다. 멍한 아빠의 얼굴 위로 군중 소리와 자동차 소리가 지나간다. 스티븐은 아무것도 듣지 못한다. 경찰이 뭐라고 얘기해도 듣지 못한다. 함께 있던 딸이 사라지면서, 그는 세상에서 가장 외로운 사람이 되었다.

소설도 마트에서 딸을 잃어버린 이야기로 시작하지만, 청각보다는 시각으로 아빠의 마음을 설명한다. 딸이 사라졌다는 사실을 알고 스티븐은 곧장 마트 바깥으로 뛰어나간다. 혹시 큰 도로로 나갔다면 사고가 날 수도 있기 때문이다. 큰 도로에 딸이 보이지 않자 스티븐은 약간 안심한다. 마트 어딘가에서 발견될 것이라는 안도가 생긴다. 시간이 흐르면서 안도는 절망으로 바뀐다. 그는 절규하면서 마트 안을 뛰어다니고, 마트 안의 모든 사람이 그의 상황을 알게 된다.

"갑자기 그들은 더 이상 창고 담당이나 부매니저나 본사 대리인이 아니라 잠재적인, 혹은 실제 아버지들이 되었다. 이제 그들 모두 보도로 나왔고 일부는 스티븐에게 몰려들어 질문이나 위로의 말을 했으며, 다른 이들은 좀더 쓸모 있게 여러 방향으로 흩어져 근처 상점들의 입구를 확인했다. 잃어버린 아이는 모든 이들의 자식이었다. 하지만 스티븐은 혼자였다." 《차일드 인 타임》, 민은영 옮김, 한겨레출판, 2020

마트의 수많은 사람이 함께 딸을 찾기 위해 노력하고, 어떤 사람은 위로의 말을 건네지만, 그 순간 스티븐이 얼마나 외로울지 우리는 알 수 없다. 영화에서는 아내에게 딸을 잃어버린 상황을 설명하려 애쓰지만, 소설에서는 아무런 말을 하지 않는다. 아내는 그저 남편의 표정만으로 알 뿐이다.

"그때 그녀가 눈을 뜨고 그의 얼굴을 보았다. 몇 초가 지나며 그 얼굴을 읽어낸 그녀가 침대 위에서 허둥지둥 일어나 앉았고, 믿을 수 없는 일을 당했을 때 내는 소리, 거친 들숨과 함께 짧은 비명을 질렀다. 한순간, 설명은 가능하지도 필요하지도 않았다."

이야기 후반도 무척 매력적이지만 초반의 묘사가 너무 얼얼해서 한참 동안 잊히지 않는다. 소설과 영화를 보았을 뿐인데 내가 무엇인가 중요한 걸 잃어버렸다는 기분이 들 정도였다.

딸을 잃어버린 부부는 상실감 때문에 부서지지만 서서히 회복한다. 완전한 회복은 불가능하지만 어떻게든 앞으로 나아가려고 노력한다. 쪼그라들었던 풍선에 조금씩 바람이 들어가듯 두 사람은 힘겹게 부풀어 오르려 노력한다. '차일드 인 타임'이라는 제목은 앞으로 살아가는 내내 아이를 기억하게 될 것이라는 뜻일 테다. '딸의 실종'을 일종의 은유로 생각할 수도 있다. 딸이 사라졌다는 의미보다 특정한 시간 속의 딸은 영원하지 않다는 뜻일 수 있다. 아이는 때로는 반항하고 때로는 제멋대로 굴면서 아이였던 때를 기억하기 힘들 정도로 성장할 것이다. 부부는 사랑스러운 딸의 모습이 영원하길 바라지만 그건 불가능하다. 그런 모습은 시간 속에 남겨두고, 아이의 성장을 묵묵히 지켜보아야 할 것이다.

〈택시 드라이버〉1976의 각본을 쓴 폴 슈레이더는, 그토록 어두운 이야기를 쓰게 된 이유가 '살기 위해서'라고 했다. 이십대 중반, 차에서 생활하면서 출혈성 궤양을 앓았는데, 그때 택시라는 노란색 관의 이미지를 떠올렸다고 한다. 슈레이더는 〈택시 드라이버〉의 외로운 젊은이에 대해 쓰면서 자신이 누구인지 알게 됐다. 그리고 그렇게 살지 않는 방법을 알게 됐다. 자신의 정신 건강을 위해 이야기를 지었고, 이야기로부터 배웠으며, 그 작품은 걸작이 됐다.

우리는 뭔가 배우기 위해 이야기를 읽거나 보지는 않지만 이야기를 통과하고 나면 무언가 알게 된다. 이야기를 쓰는 사람도, 이야기를 읽는 사람도 마찬가지다. 딸을 잃어버린 아버지의 이야기를 읽으면서 우리는 딸을 잃은 아버지가 되거나 마트 안 군중이 된다. 딸을 꼭 찾길 바라는 마음으로 위로의 말을 건네는 사람이 된다. 이야기를 통과하는 동안 일어나는 우리 마음의 변화를 들여다보면서, 우리가 어떤 사람인지 더 잘 알게 된다.

극장에서는 그럴 수 없지만 OTT로 영화를 보는 동안에는 잠깐 영화를 멈출 수 있다. 무언가 중요한 질문이 내 마음속에 들어왔다고 느끼면, 그 질문을 종이에 적고 생각해볼 수 있다. 또한 영화가 끝나도 처음부터 그 영화를 다시 볼 수 있다. 한국어 자막이 부족하다고 느끼면 영어 자막으로 볼 수도 있다. 이렇게 다양한 방식으로 영화를 보게 된다면, 우리는 영화라는 이야기로부터 더 많은 질문을 얻어낼 수 있을 것이다.

차일드 인 타임

LUCKY CHAN-SIL

영화는 숫자가 아니야.
별 하나 별 두 개도 아니야.
영화는 ……

66 목이 말라서 꾸는 꿈은   나는 오늘 하고 싶은 일만
행복이 아니에요 99   하고 살아.
   대신 애써서 해.

└ 함께 나누는 것.
   이런 건 그 오히려 외로운 것.

↓ 애 쓴다는 말의 정확.
   나쁘게 쓰인 적이 많다.
   애를 써야 한다.

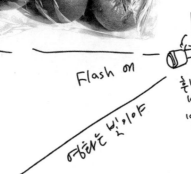

— — — — —

Flash on

후배들의 길을
밝혀주는,
빛으로 이어지는 길

영화는 빛이야

제목만 보면 복이 많으리라 짐작하게 되는 주인공 찬실은 예상과 달리 여러모로 복이 거덜 난 상태이다. 오랫동안 함께 작업하던 영화감독이 술자리에서 갑자기 세상을 떠나는 바람에 영화 프로듀서 일을 그만둘 수밖에 없어졌다. 일종의 재난 상황이 닥친 것이다. 남자도 거들떠보지 않은 채 계속 일했고, 평생 영화만 만들 수 있으면 행복하리라 생각했는데, 그동안의 '일복'을 행복하게만 여겼는데 모든 것이 물거품이 되고 말았다. 자신이 해결할 수 있는 방법은 없었다. 친하다고 생각했던 영화사 대표는 이런 말로 폐부를 찌른다.

"그러니까 누가 주구장창 그 감독하고만 일하래? 그런 영화에 피디가 뭐가 중요해?"

자신이 세상에 꼭 필요한 사람이라고 생각했는데, 존재 자체를 거부당한 셈이다. "그런 영화에 피디가 뭐가 중요해?"라는 물음은 우리 모두에게 적용해볼 수 있다. 우린 저 말의 다른 버전을 수없이 들어왔다.

"네가 할 수 있는 게 뭐가 있겠어?"

"너 하나 빠져도 아무도 몰라."

"네가 죽는다고 해도 세상은 하나도 안 변해."

"너 같은 거 신경이나 쓰는 줄 알아?"

찬실이는 복도 많지

그런 말을 듣는 순간 우리가 알던 세상은 순식간에 무너진다. 허물어져 내린다. 내가 속한 아주 작은 세계에서는 그래도 내가 꼭 필요한 존재라고 생각했는데, 미미하게나마 누군가에게 영향을 주고 있다고 생각했는데, 그게 나의 착각이란 걸 깨닫는 순간 기댈 곳이 사라진다.

찬실의 운명은 새롭게 시작된다. 서울이 한눈에 내려다보이는 높은 곳 그러니까 비교적 값이 싼 동네로 이사 갔고, 그곳에서 새로운 사람들을 만난다. 전에 알던 사람들은 찬실을 불쌍하다고 여기지만, "아, 그 피디님 참 복도 없지", "언니, 이렇게 살지 말고, 남자라도 만나"라며 동정하지만, 새롭게 만난 집주인 할머니는 찬실의 좌절에 별다른 관심이 없다. 젊은데 뭐가 걱정이냐는 투다. 찬실은 자신의 직업을 상세하게 설명한다.

"그 전엔 뭐 했어?"

"피디요."

"뭐?"

"영화 만드는 피디요."

"그게 뭐 하는 건데?"

"돈도 관리하고, 사람들도 모으고, 뭐 이것저것 다 하는 사람인데요."

"그니까, 그게 뭐 하는 사람이냐고."

"저도 잘 모르겠어요."

"얼마나 이상한 일을 했으면 하는 사람도 몰라. 됐어. 내가
다 알아들은 걸로 칠게."

할머니는 '알아들은 걸로 친' 후에 찬실에게 백숙을
먹인다. 한글을 가르쳐달라고 하고, 화분을 함께 옮기고,
콩나물을 함께 다듬는다. 서서히 찬실의 삶에 스며든다.

때로는 나를 아주 잘 아는 사람보다 나에 대해 전혀
모르는 사람에게 위로받을 때가 있다. 나에 대해 너무 속속
들이 다 아는 사람에게는 기대기 힘들다. 내가 왜 아픈지
너무 잘 아는 사람에게는 상처를 보여주기가 무섭다. 그냥
따뜻한 말 한마디가 필요할 뿐인데, 너무 많은 동정과 위로
와 격려와 안부가 쏟아질까 봐 두렵다. 나와 친한 사람들 앞
에서 내가 너무 초라해질까 봐, 내가 너무 작아질까 봐. 찬
실은 할머니에게 은근슬쩍 마음을 기댄다.

찬실은 할머니에게서 인생을 배운다. 할머니가 가르
쳐주는 게 아니다. 찬실이 배우는 것이다. 할머니는 찬실을
가르치려 들지 않는다. 가르칠 수도 없다. 찬실의 부족한 점
을 할머니는 모른다. 할머니는 오히려 무능력하다. 한글도
모르고, 나이도 많이 들었고, 삶에 대한 의욕도 없다. 귀신

을 만나면 자기나 빨리 데려가라고 하소연하고, 나이 드니까 하고 싶은 게 없어져서 '오히려' 좋다고 한다. 찬실은 그런 마음이 가능하냐고, 진짜로 하고 싶은 게 없냐고 묻는다. "할머니, 그런 사람이 세상에 어디 있어요?" 할머니가 콩나물을 다듬으며 심드렁하게 대답한다.

"나는 오늘 하고 싶은 일만 하고 살아. 대신 애써서 해."

지나치게 선문답 같은 말이고, 영화 〈아저씨〉에서 원빈이 부르짖던 처절한 대사 "내일만 사는 놈은, 오늘만 사는 놈한테 죽는다, 난 오늘만 산다"의 할머니 버전 같기도 하고, '현재에 충실하라'는, 수백 수천 번 들었던 어른의 충고 같기도 하지만, 나는 그 말 속에 들어 있는 할머니의 인생 전부를 본 것 같았다. 할머니는 수많은 내일을 기다리면서 살았을 것이다. 어제를 딛고 오늘을 견디며 내일을 바랐을 것이다. 나이 든 할머니는 이제 어쩌면 더 이상 내일이 없을지도 모른다고 생각했는지 모른다. 그래서 내일 같은 건, 사치라고 여겼을 것이다. 몰랐던 한글을 배우려고 하는 건 분명 미래를 위한 일이지만, 그런 미래가 오지 않을지도 모른다고 생각한다. 그러니 오늘을 '애써서' 사는 것이다.

찬실에게 갑자기 귀신 장국영이 나타난다. 어릴 때 좋아했던 홍콩 배우가 '난닝구' 차림의 짝퉁 한국 귀신 버전으로. 귀신은 귀신인데, 무섭지 않고 귀엽고 엉뚱하다. 찬실 앞에 자꾸만 나타나서 계속 같은 말을 한다. "찬실 씨는 자기가 뭘 하고 싶은지 진짜 깊이깊이 생각을 해봐야 해요."

상황은 웃기지만, 내용은 진지하다.

　〈찬실이는 복도 많지〉의 커다란 장점은 쓰디쓴 상황을 웃음에 담아냈다는 사실이다. 영화를 보는 내내 웃어야 할지 울어야 할지 헷갈렸다. 우리는 고통 속에서 웃을 수 있을까? 억지로라도 웃으려고 힘을 낼 수 있을까? 찬실이는 기어코 웃는다. 환하게 웃으면서 후배들이 가는 길에 플래시 불빛을 비춰준다. 영화가 끝날 때쯤에야 우리는 깨닫는다. 찬실이가 복이 많은 이유는, 외부의 조건이 아니라 내부의 마음 때문이란 것을.

Kajillionaire

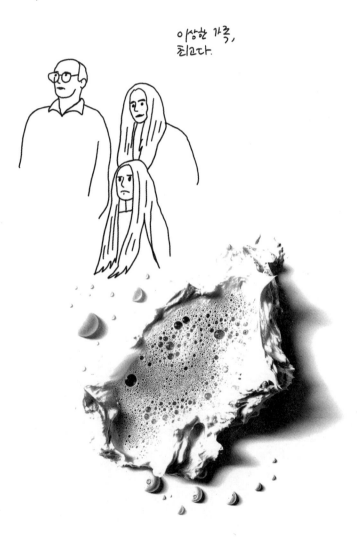

건축 전문 블로거인 제프 마노는 도시를 색다르게 보는 방법으로 '도둑의 관점에서 바라보기'를 제안한다. 진짜 도둑질을 하라는 게 아니라 '만약 내가 도둑이라면 저 건물에 어떻게 침입할 수 있을까?' 질문을 던지며 건물을 보는 순간, 새로운 시각을 가질 수 있다는 의미다.

"어떻게 보면 도둑들이야말로 그 누구보다 건축을 잘 이해하는 자들이다. 건물을 마음대로 사용하고, 무단으로 들락거리고, 건물이 인간에게 부여하는 한계를 무시한다. [······] 건축물을 오용하고, 남용하고, 건축 목적과는 정반대로 이용함으로써 이들은 건물들의 '진짜' 사용법을 밝혀낸다."

마노의 책 《도둑의 도시 가이드》열림원, 2018 는 그런 마음을 실행에 옮겼던 도둑들의 이야기를 담고 있다. 은행을 털기 위해 실제 은행과 똑같은 모형을 3년 동안 제작했던 사람의 집념에는 혀를 내두르게 되고, 도둑질하러 들어갔다가 자기가 침입한 집에 또 다른 누군가가 있다고 생각해 직접 경찰을 부른 멍청한 도둑 이야기에는 배꼽을 잡고 웃게 된다. 책에는 머리가 비상한 도둑보다 멍청한 도둑의 이야기가 좀더 많다. 도둑질하는 건 쉬운 일이 아니고, 도둑질하고 잡히지 않는 건 불가능한 일이란 걸 교훈으로 알려주기도 하다. 책에서 가장 웃겼던 대목은 뉴욕의 아파트 도둑 이야기였다.

그는 식당 옆에 붙어 있는 아파트에 침입해 벽에 구멍을 낸 다음 팔을 넣어 손에 잡히는 대로 음식을 들고 나온

카조니어

도둑이다. 초콜릿 수플레 컵케이크, 삼겹살, 사케 한 병 등을 훔치기 위해 아파트 벽에 구멍을 낸 것이다. 이런 경우를 배보다 배꼽이 더 크다고 해야 하나, 빈대 잡으려다 초가삼간 다 태운다고 해야 하나. 책에 자세한 정황은 생략돼 있어 도둑의 모습을 자꾸만 상상하게 된다. 오늘은 어떤 음식이 손에 잡힐까 기대에 찬 도둑의 표정이 떠오른다. 벽에 얼굴을 밀착시킨 채 팔을 쑥 집어넣고 이리저리 더듬으면서 손끝에 닿는 촉감을 파악하려는 도둑의 절실한 표정이 떠오른다. 보면서 정말 그럴 일인가 싶다. 아마 가난해서 훔치는 게 아니라 벽에서 음식물을 훔쳐내는 재미에 중독된 것 같다.

벽을 통해 음식을 훔치는 사람의 이야기를 읽다 미란다 줄라이 Miranda July 의 영화 〈카조니어〉의 한 장면이 떠올랐다. 영화가 시작되면 버스 정류장에 서 있는 정체불명의 세 사람이 등장한다. 나이 든 남자, 나이 든 여자, 젊은 여자. 나이 든 남녀는 명령을 내리고, 젊은 여자는 마치 체조하듯 점프하고 엎드리고 몸을 낮춰 우체국으로 잠입한다. 우체국 사서함 문을 하나 열어 그 안으로 손을 쑥 집어넣는다. 그 안에 뭐가 들었는지도 모르면서 옆 칸에 있는 우편물을 힘겹게 훔쳐 나온다. 인형, 우편환 20달러, 넥타이가 전부다. 세 사람은 가족 사기단이자 가족 좀도둑이다. 엄마와 아빠, 그리고 딸은 공중전화기에서 잔돈을 긁어모으거나 쿠폰을 현금으로 바꾸어 쓰는 등 어렵사리 살아가는 중이다. 그들이 사는 집도 기묘하다. 버블스 주식회사에 딸린 창고 같은 집인데, 매일 같은 시간 집의 천장에서 거품이 흘러내린다. 월세가 싸지만 거품을 걷어내지 않으면 건물 자체가 썩어버릴 수도 있다.

딸의 이름을 '올드 돌리오'라고 지은 것도 사기의 연장 선상이었다. 복권에 당첨된 어떤 노숙자에게서 이름을 따온 것인데, 그렇게 지으면 상속받을 수 있을지도 모른다는 이유에서였다. 그러나 노숙자 올드 돌리오 아저씨는 암 치료 임상실험에 복권 당첨금을 전부 탕진해버리고, 딸 돌리오는 평생 그 이름으로 살아간다.

딸의 작명에서 알 수 있듯 부모는 딸의 앞날에 큰 관심이 없다. 그저 사기단의 한 명일 뿐이라 여기고, 다정한 말도 해주지 않으며 부모와 자식 사이에 스킨십도 없다. 수익의 3분의 1을 정확하게 배분하는 동료라고 생각한다. 딸역시 그런 삶에 익숙해져서 다른 사람의 몸이 자신의 몸에 닿는 것을 극도로 싫어한다. 공짜 마사지 쿠폰을 얻게 된 딸이 마사지숍에 갔을 때의 에피소드는 가슴 아프다. 마사지사가 최소한의 힘만 실어서 살살 하는데도 '너무 세다'라고 반복한다. 평생 누군가의 손길을 느껴본 적이 없기에 아무리 살살 만져도 아플 수밖에 없다. 마사지를 해주던 사람은 결국 몸에서 손을 떼고 가짜 마사지를 해준다. 그제야 돌리오는 '괜찮다'고 한다.

부모 세대와 딸의 관계는 요즘 한창 거론 중인 '베이비붐 세대'미국에서는 1946년부터 1965년까지의 출생자와 'MZ 세대'1980년대에서 1990년대 중반에 태어난 '밀레니얼 세대'와 1990년대 중반에서 2000년대 중반에 태어난 'Z 세대'를 말하는 것 같다. 집으로 흘러 들어오는 버블을 치우는 설정은 경제를 온통 망가뜨린 세대가 자식 세대와 함께 그 뒷감당을 하는 이야기의 은

카조니어

유 같다. 앤 헬렌 피터슨은 《요즘 애들》RHK, 2021 에서 '좋은 양육'이라는 이름으로 MZ 세대에게 행해진 '집중 양육'이 나쁜 결과를 낳았다고 지적한다.

아이를 아이답게 내버려두는 것이 아니라 함께 일해야 할 파트너로 키운 셈이다. 그러면서 아이는 노는 법을 잃어버렸고 부모의 실패가 자신의 실패인 것처럼 느끼게 되었다. 2019년 코미디언 '댄 시한'은 베이비붐 세대를 두고 "화장실 두루마리 휴지를 마지막 한 칸만 남겨놓은 후 자기가 휴지를 갈 차례가 아닌 척했다. 그것도 사회 전체에"라는 말로 비꼬았는데, 〈카조니어〉에 나오는 부모들의 모습이 딱 그렇다.

영화에는 돌리오가 친구 멜라니 앞에서 춤추는 장면이 나온다. 태어나서 한 번도 춤을 춰본 적이 없는 돌리오는 음악에 맞춰 몸을 움직이기 시작한다. 돌리오의 춤은 영화 시작 부분에 나왔던 바로 그 동작이다. 연방 우체국에 잠입하기 위해, CCTV에 잡히지 않기 위해 점프하고 구르고 몸을 구부렸던 동작이 그녀의 춤이 된 것이다. 세상에서 가장 슬픈 춤 동작이다.

세 가족과 친구 멜라니까지 가세해 죽기 직전의 사람에게 사기를 치는 장면에서는 등골이 서늘해진다. 침대에 누워 임종을 앞둔 늙은 남자는 네 사람이 자신의 집을 털어갈 것이라는 사실을 눈치채지만, 개의치 않는다. 대신 네 사람에게 '사람이 사는 집처럼 소리를 내달라는 주문'을 한다. 사람들의 대화, 텔레비전에서 들려오는 스포츠 채널 소리,

식기 부딪치는 소리가 들려오자 늙은 남자는 평온해진다. '피아노도 쳐달라'는 부탁까지 한다. 늙은 남자가 죽기를 기다리면서 네 사람은 화목한 가족인 것처럼, 일상의 소중함을 마음껏 만끽하는 가족인 것처럼 연기한다. 아빠는 소파에 앉아서 가짜 케이크를 먹으며 잔디를 깎을 계획에 대해 말한다. 엄마는 앞치마를 두르고 주방에서 접시를 닦는다. 딸은 피아노를 연주한다. 일상에서 느껴보지 못했던 여유를 연기로 대신하는 것이다.

죽기 직전의 늙은 남자는 자신의 집에 찾아든 도둑에게 유언을 남긴다.

"부탁인데, 집은 건들지 말아줘. 애들이 물려받아야 해서. 나쁜 애들은 아냐. 그냥 바쁠 뿐이지."

〈카조니어〉를 다 보고 나면 우리가 지금 느끼는 행복이 진짜인지, 혹은 진짜처럼 연기하는 것은 아닌지 되묻게 된다. 스포일러이기 때문에 자세하게 설명할 수 없는 당황스러운 영화의 마지막 반전은, 어쩌면 현재를 살고 있는 우리 모두의 마음의 상태를 보여주는 장면일 것이다. 텅 비어버린 집에서 돌리오는 좌절하지 않는다. 새로운 희망을 찾아낸다.

Arrival

테드창 원작
원작도 좋고 영화도 좋은 경우

그들 물리는 앞뒤 방향이
없다. 연어하과돋도 이를
'비선형영철라법'이라고 부른다.
nonlinear orthography
"이게 그들의 사고방식인가?"

palindrome

초반, 한나(Hannah)와
하께 노는 장면은 Up
처럼 시간을 편집하는
취리의 사례.

HANNAH
WIN-WIN
not zerosum

"기억은 묘한 것이다,
내 생각대로 작동하지
않는다. 인간은 시간에
너무 얽매여 있어. 시간의 순서에."

영화, 편집을 통해 순서를
뒤비꾸며 새로운 기억을
만들어낼 수 있다. 배치가 달라지면
인과관계에서 자유로울 수 있다.

이야기를 대하는
우리의 편견,
시무룩한 주인공을 보고,
우리는 상실감 때문에
생긴 표정이라 생각한다.

인간의 모든 사건은
원인-결과에서 벗어날
수 없나?

영화 보고 오는 길에 글을 썼습니다

도서관이나 기업에서 강의할 때 밸런스 게임을 하곤 한다. 밸런스 게임은 극단적인 두 개의 선택지 중 반드시 하나를 골라야 하는 게임이다. 예를 들면 이런 것. 과거로 돌아간다, 아니면 미래에 가본다. 과거로 돌아가겠다는 사람이 훨씬 많다. 자신의 잘못을 되돌리고 싶다는 이유에서다. 미래에 가보겠다는 사람은 주식 정보를 미리 알고 싶다거나, 자신의 십 년 후 모습이 궁금하다고 말한다. 나는 과거로 돌아가려는 사람의 마음이 더 궁금하다. 돌아가서 뭘 바꾸고 싶을까. 한 사람이 이런 대답을 들려주었다.

"아침에 아이한테 화를 낸 게 미안해서요. 다시 그때로 돌아가서 다정하게 말해주려고요."

　후회하는 사람은 아마도 고치려는 사람일 것이다. 아이에게 화를 냈던 게 미안한 사람은 그러지 않으려고 노력할 것이다. 과거는 끊임없이 우리 앞에 현재로 다가온다. 우리가 소설을 읽고 영화를 보는 이유 역시 비슷할 것이다. 다른 사람들의 이야기 속에서 과거와 현재와 미래를 보고, 그들의 시간을 참고해 우리의 시간을 충만하게 하고 싶어서다. 실수를 덜 하는 삶을 만들고 싶어서다.

　테드 창 작가의 단편소설 〈네 인생의 이야기〉《당신 인생의 이야기》, 앨리, 2016와 이 작품을 토대로 만든 드니 빌뇌브 Denis Villeneuve 감독의 영화 〈컨택트〉는 타인의 시간을 경험하기에 좋은 작품이다. 소설과 영화 둘 다 걸작인데 조금 다른 시각으로 이야기를 다루고 있어 비교해 감상하다 보면 인간의 시간에 대해 많은 생각을 하게 된다.

　　주인공은 언어학자 루이즈 뱅크스. 정부로부터 비밀스러운 요청을 받는다. 지구에 도착한 외계 문명 '헵타포드'의 언어를 해독해달라는 것이다. 물리학자 '게리'영화에서는 '이안'와 함께 언어를 분석하던 루이즈는 그들의 언어에서 특별한 점을 발견한다. 시간을 직선으로 생각하는 지구인과 달리 그들은 과거와 현재와 미래를 동시에 인지하며, 언어를 구사할 때도 과거, 현재, 미래를 동시에 발화한다. 루이즈는 언어를 분석한 결과 그들이 문자와 음성을 분리해 표현한다는 걸 알아냈다. 음성 언어는 '헵타포드 A', 문자 체계는 '헵타포드 B'. 루이즈는 의문이 생긴다. 헵타포드가 과거와 현재와 미래를 동시에 인지할 수 있다면, 그리하여 모든 미래를 미리 알 수 있다면 언어는 왜 필요한 것일까? 우리는 언어를 통해 세상을 배우고 미래를 계획하고 관계를 쌓아나가지 않나.

　　딸에게 동화책을 읽어주던 루이즈는 이야기를 조금 바꾼다. 그러자 딸이 원래대로 읽어달라며 항의한다. 내용을 바꾸지 말고 애드리브도 넣지 말고 원래대로 읽어달라고 한다. 루이즈는 딸에게 무슨 이야기인지 다 알면서 왜 계속 읽어달라고 하는지 묻는다. 딸은 이렇게 대답한다.

"이야기를 듣고 싶으니까."

　　소설의 이 대목을 읽다가 등골이 서늘해졌던 기억이 난다. 소설을 왜 쓰고 읽는가에 대한 대답이, 영화를 왜 만들고 보는가에 대한 대답이 대화에 들어 있었다. 우리는 착한 사람들이 이긴다는 걸 알고 물론 예외도 있긴 하지만 영화를 본다. 소설 속 '나'는 끝까지 살아남을 걸 알면서도 그래야 이 모든 이야기를 전할 수 있으니까 위기에 마음 졸인다. 우리는 얘기가 듣고 싶어서 알고 있는 이야기를 다시 읽고 다시 본다. 이야기는 우리의 삶과도 닮았다. 우리의 목적지는 이미 결정돼 있다. 우리는 죽음이라는 목적지로 달려가지만, 그 과정을 온갖 환희로 채울 줄 아는 존재다. 무슨 얘긴지 알고 있어도 이야기를 보채는 아이처럼, 죽을 줄 알고 있어도 삶 속의 작은 기쁨을 보채는 존재다.

창의 소설이 '이과적'이라면 빌뇌브의 영화는 '문과적'이다. 소설이 헵타포드의 언어를 분석하는 데 많은 시간을 들인다면, 영화는 외계 문명과의 조우를 시각적으로 표현하는 데 공을 들인다. 소설이 '페르마의 원리'를 인용하면서 인간의 자유의지에 대해 논한다면, 영화는 병으로 딸을 먼저 보낸 엄마의 마음에 좀더 감정이입을 하게 한다. 소설에는 딸의 이름이 나오지 않는데, 영화에서는 딸의 이름이 등장한다. '한나Hannah', 회문palindrome의 형태다. 한때 드라마에 등장해 유명해졌던 '우영우'처럼 기러기, 토마토, 스위스, 인도인, 별똥별처럼 똑바로 읽어도 거꾸로 읽어도 한나다. 딸의 이름이 회문인 것도 영화의 주제와 상관이 있다.

소설과 영화의 이야기 방식은 각기 다르지만 던지는 질문은 비슷하다. 만약 당신이 도달할 목적지를 이미 알고 있다면 당신은 그 길을 갈 것인가? 사랑하던 사람과 헤어지고, 누군가는 죽고, 어떤 날은 가슴이 아프고, 비참한 날을

컨택트

맞이할 때도 있다는 걸 알게 되었는데도 삶을 처음부터 시작할 것인가? 영화 속 루이즈는 이렇게 대답한다.

"모든 여정을 알면서도, 그 끝을 알면서도 난 모든 걸 받아들여. 그 모든 순간을 기쁘게 맞이하지."

소설과 영화에 공통으로 나오는 에피소드가 있다. 딸이 루이즈에게 묻는다.

"양쪽 진영 모두가 이길 수 있을 때 쓰는 말이 뭐야?"

루이즈는 답이 떠오르질 않는다. 딸이 보충 질문을 한다.

"흔히 쓰는 '윈윈' 같은 말 말고, 좀더 과학적인 단어였는데…… 협상을 해서 양쪽 다 뭔가를 얻는."

루이즈의 머릿속에 갑자기 어떤 단어가 떠올랐다.

"논제로섬 게임."

우리는 삶이 제로섬 게임이라고 배웠다. 내가 이기면 누군가 져야 하고, 누군가 이기면 내가 져야 하는 무시무시한 게임. 반드시 상대를 물리쳐야 하는 게임. 우리는 모두 제로로 수렴하는 존재인데, 이기고 지는 것보다 더 중요한 게 있을지도 모른다는 생각을 왜 하지 못할까. '논제로섬 게임'이라는 단어에 그런 의미가 함축돼 있다. 논제로섬 게임에서는 승부가 중요하지 않다. 협력이 중요하고 창의적인 아이디어가 중요하다. 더 많은 의미를 만들어내는 게 중요하다. 끝내 제로가 되더라도 우리는 무궁무진한 숫자를 마음껏 상상할 수 있다.

C'mon C'mon

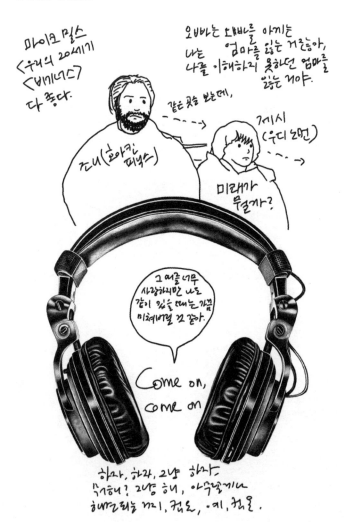

마이크 밀스
〈우리의 20세기〉
〈비기너스〉
다 좋다.

오빠는 오빠를 아끼는
나는 엄마를 잃는 거잖아,
나를 이해하지 못하던 엄마를
잃는 거야.

같은 곳을 보는데,

조니(호아킨 피닉스)

제시
(우디 노먼)

미래가
무얼까?

그 애를 너무
사랑하지만 나도
같이 있을 때는 가끔
미래에버릴 거 같아.

Come on,
come on

하자, 하자, 그냥 하자.
실어해? 그냥 해, 아무렇게나
해버리는 거지, 컴온, 애, 컴온.

영화 〈컴온 컴온〉의 주인공 조니는 라디오 저널리스트다. 주로 하는 작업은 미국 전역을 다니면서 다양한 연령의 청소년을 인터뷰하는 일. 청소년들에게 이런 질문을 던진다.

"미래를 상상하면 어떨 거라고 생각해요? 자연은 어떻게 변화하고, 도시는 어떻게 바뀌고, 가족들은 지금과 같을까요 다를까요? 뭘 기억하고 뭘 잊게 될까요? 뭘 두려워하고 어떤 일에 화가 나죠? 외롭다고 느끼나요? 어떤 일에 행복하죠?"

인터뷰 전에는 꼭 이런 말을 덧붙인다. "마음을 편하게 하고 혹시나 답하기 싫은 질문이 있거든 답하기 싫다고 말하면 돼요."

쉽지 않은 질문에 아이들은 마음껏 자신의 생각을 쏟아낸다. "어른들은 모든 일에 대장이 되려고 해요", "미국은 비극적인 나라예요. 부당한 대우를 받는 사람도 있어요", "세상이 좋아졌으면 좋겠지만 안 그럴 것 같아요".

〈컴온 컴온〉은 다큐멘터리 영화가 아니지만 청소년과의 인터뷰는 실제로 이뤄진 것이다. 마이크 밀스Mike Mills 감독은 다큐멘터리적인 요소와 극의 요소를 절묘하게 배합했다. 감독은 이 영화가 "다양한 경제력, 다양한 인종, 다양한 도시, 다양한 아이들의 생각을 겹친 콜라주가 되길" 원했다.

영화의 설정은 삼촌 조니와 아홉 살 조카 제시가 함께 여행하면서 서로의 마음을 알아간다는 것인데, 아이들의 인터뷰 덕분에 허구 속 인물인 두 사람이 현실 세계에 뛰어든 것 같다. 감독 자신의 경험을 바탕에 둔 이야기여서 더욱 '리얼'하게 보이는 듯하다.

어떤 창작자는 자신과 전혀 상관없는 가상 세계만을 탐구하고, 어떤 창작자는 자신의 경험을 직접 작품에 녹인다. 밀스는 후자다. 모든 창작물에는 창작자의 입김이 스며들게 마련이지만 밀스의 작품에서는 유독 감독의 숨결이 많이 녹아 있다. 커밍아웃한 아버지와 사색적인 일러스트레이터 아들의 이야기를 담은 2010년 영화 〈비기너스〉는 감독의 아버지 이야기에서 출발했다. 밀스의 아버지는 일흔다섯 살이 되던 해에 커밍아웃했다. 2016년 작품 〈우리의 20세기〉는 감독의 어머니 이야기에서 출발했다. 영화의 원제는 '20th Century Women'인데 제목 그대로 감독의 성장을 도왔던 주변 여성들이 주인공이다. 2022년 작품 〈컴온컴온〉은 아홉 살 아들과의 경험이 담겼다. 일관성 있는 감독이고, 그 일관성이 밀스 감독 작품의 고유함이 되었다.

밀스 감독의 작품에서 시작은 대부분 식어버린 커피 같다. 뜨겁던 시간이 지나가버린, 가장 행복했던 시절이 지나가버린, 맹숭맹숭한 나날에서 영화가 시작된다. 조금의 우울, 약간의 슬픔, 삶에 대한 피로를 안고 있는 주인공이 등장한다.

그럼에도 밀스의 영화는 대부분 긍정적이다. 어떻게든 행복해지려고 노력하는 주인공들은 결국 삶에서 의미를 찾아낸다. 그 과정이 억지스럽지 않아서, 물 흐르듯 자연스러워서, 영화를 차분히 따라가다 보면 어느 순간 가슴이 벅

차오른다. 그런 순간을 마주하면 밀스 감독의 영화를 좋아할 수밖에 없다. 손에 들고 있던 식은 커피는 어느새 따끈따끈해져 있다. 신비로운 일이다.

〈컴온 컴온〉의 주인공 조니는 결혼하지 않고 싱글로 살고 있다. 엄마가 돌아가시고 난 후 여동생 비브와는 거의 연락을 끊고 지냈는데, 어느 날 메시지가 도착한다. 남편 폴이 정신적인 문제로 병원에 가야 하니 아들 제시를 잠깐만 맡아줄 수 있겠느냐는 부탁이었다. 조니는 기꺼이 제안을 받아들인다.

제시는 엄마 표현 그대로 엉뚱한 아이다. 토요일이 되면 집이 떠나갈 듯이 볼륨을 높여 오페라를 듣고, 자신을 고아원에서 온 아이로 설정하는 이상한 놀이를 좋아한다. 이야기책을 읽어달라고 하더니 갑자기 삼촌은 왜 결혼하지 않았느냐고 묻는다. 조숙할 뿐 아니라 직설적이기까지 하다. 아홉 살 조카를 돌보는 일쯤은 간단하리라 여겼는데, 만만치가 않다.

여동생의 여행이 길어지면서 조니는 조카를 데리고 뉴욕으로 향한다. 녹음 일정을 바꿀 수 없어서 조카와 함께 뉴욕 여행을 떠나기로 한 것이다. 함께하는 시간이 길어질수록 삼촌은 조카가 버거워진다. 아이는 쉴새 없이 떠들고, 신나서 노래 부르고, 잠은 자지 않고 이야기를 해달라 조르고, 노래가 나오는 칫솔을 사달라고 조르고, 칫솔을 사주지 않자 몰래 숨바꼭질 놀이를 한다. 삼촌은 미칠 지경이 되어서 여동생에게 전화를 건다.

"그 기분 너무 잘 알지. 그 애를 너무 사랑하지만 나도 같이 있을 때는 가끔 미쳐버릴 것 같아. 한시도 쉬지 않고 아무 말이나 막 던지고 머릿속을 뒤집어놓는데."

조카와 함께 시간을 보내면서 조니는 여동생을 점점 이해하게 된다. 정신이 온전치 못한 남편을 돌보며, 산만하기 이를 데 없는 아이를 키우면서, 엄마 병간호까지 해야 했던 여동생의 삶을 어렴풋이 이해하게 된다. 여동생은 조카를 힘들어하는 오빠에게 이렇게 조언한다.

"걔도 인격체야. 솔직하게 대해야 해."

〈컴온 컴온〉은 대화에 대한 영화다. 조니는 아이들에게 질문을 던지고 그 답을 정리하는 역할을 맡지만, 자신의 이야기는 하지 못한다. 여동생 비브 역시 속마음을 잘 꺼내지 못한다. 제시는 아픈 아빠와 병간호하는 엄마가 헤어지게 될까 봐, 단란했던 가족이 붕괴되어 버릴까 봐 눈길을 끌 만한 행동만 골라서 한다.

영화의 진짜 주인공은 '마이크mic'라는 생각도 든다. 마이크가 모든 사람을 하나로 이어준다. 삼촌의 녹음기가 멋있어 보였던 제시는 녹음기와 마이크를 들고 온 동네를 헤집는다. 기차 소리를 녹음하고 스케이트보드를 타는 사람들의 소리를 녹음한다. 삼촌이 마이크를 들이대도 아무 말도 하지 않던 제시는 조니가 잠든 밤에 이런 말을 녹음한다.

"미래에 예상했던 일은 안 일어날 것 같아요. 생각 못한 일들이 일어나겠죠. 그러니까 그냥…… 하면 돼요. 해요, 해요, 컴온 컴온."

조니는 한참 후에야 조카의 녹음을 듣는다. 그리고 조카에게 보내는 긴 편지를 녹음한다.

"넌 잠을 못 자고 쉴 새 없이 떠들었어. 할 말이 얼마나 많은지. [……] 말릴 수도 없었지만 계속 말리려고 했어. 괜히 그랬다 싶어. 네 황당한 생각을 모두 듣고 싶어. 그리고 같이 누웠는데 네가 물어봤어. 삼촌은 나랑 있던 일을 기억할 거예요? 하겠지. 저번엔 기억도 못할 거라고 했잖아요. 네가 기억을 못할 거란 얘기였지. 난 기억할 거야. 그랬더니 네가 말했어. 나도 기억할 거예요. 내가 그랬어. 그래 주면 좋겠다. 네가 속상해 보이길래 내가 말했지. 내가 전부 다 떠올리게 해줄게."

커다란 선물을 받는 것보다 가치 있는 일은 누군가 내 말을 기억해주는 것이다. 나와 함께 있었던 순간을 기억하고, 추억하는 것이다. 밀스의 영화를 보고 나면 우리가 평범하다고 느꼈던 사건과 대화와 표정을 오랫동안 기억하고 싶어진다. 조니가 조카 제시에게 자신이 왜 녹음을 좋아하는지 설명하는 장면이 있다.

"이 소리를 보관할 수 있잖아. 이 평범한 것들을 영원하게 만드는 일은 근사하고 재밌거든.”

　밀스의 영화야말로 근사하고 재미있다. 우리도 쉽게 따라 할 수 있다. 평범한 것들을 영원하게 만들 수 있는 일은 우리 주변에 널려 있다.

CODA

손이 얼마나 수다스러울 수 있는지
보여주는 아빠,
\ 몸짓보다 더 직관적인 전달 체계일 수도)
언어

유머 신이 방귀 냄새를
만드신 이유는?
못 듣는 사람도 즐기라고,
즐기는 건가 싶으면

l Fought the law
l 법이랑 싸웠는데,
법이 이겼어.

분노를
보여주는
몸의 언어

빌리
엘리어트
생각나게

가슴으로(거부)
산더미와 싸웠다.

손가락 욕 뻗어내며
다양한 몸의 분노.

생선,
치즈

들의 냄새
↓
향 오래가기며
청국장집.

리라콜 밸리에
치즈를 따는 집

성난 비트무.
싫은 것냅쳐 함께 가눈다.

재미난 농담을 하나 들었다. "신이 방귀 냄새를 만든 이유를 아니?" 아빠가 방귀를 뿡, 뀌더니 물었다. 딸은 고개를 갸웃거렸다. 아빠가 웃으면서 말했다. "못 듣는 사람도 즐길 수 있으라고." 딸은 냄새 때문에 얼굴을 찡그리면서도 웃는다.

영화 〈코다〉의 한 장면이다. '코다CODA'는 '농인 부모 사이에서 태어난 청인 자녀 Children Of Deaf Adult'의 준말이다. 농담을 했던 아빠는 농인이고 딸은 코다. 딸의 이름은 루비, 여러모로 쉽지 않은 삶을 살고 있다. 아빠, 엄마, 오빠가 모두 농인이기에 어릴 때부터 통역 역할을 도맡아 했고, 생계를 유지하기 위한 고기잡이배도 늘 함께 탔다. 어선을 운행하려면 무선을 들을 수 있는 사람이 적어도 한 명은 있어야 했는데, 그 한 명은 언제나 루비였다.

방귀 농담은 루비의 삶을 압축적으로 보여준다. 듣지 못하고 말하지 못하는 농인에게 냄새는 중요하다. 그런데 루비는 냄새 때문에 미칠 지경이다. 학교에 가면 비린내 때문에 아이들이 놀린다. "어디서 생선 냄새 안 나니?" 루비는 이런 놀림에 익숙하다. 친한 친구 거티는 "그래도 귀머거리 흉내는 이제 안 내네. 발전했다"라며 루비를 위로한다.

〈코다〉의 원작은 프랑스 영화 〈미라클 벨리에〉2014다. 줄거리는 비슷한데, 세밀한 설정은 많이 다르다. 냄새가 대표적이다. 미국 영화 〈코다〉의 루비가 생선 냄새 때문에 힘들어한다면, 프랑스 영화 〈미라클 벨리에〉의 주인공 벨리에에게는 집에서 키우는 소와 치즈 냄새가 늘 난다. 생선 냄새와 치즈 냄새의 차이다. 만약 한국에서 이 영화를 리메이크한다면 어떤 냄새로 바뀔지 궁금하다.

또 다른 차이는 음악이다. 음악영화답게 두 작품에는 모두 아름다운 음악이 가득하다. 〈미라클 벨리에〉는 아름다운 샹송들과 함께 프랑스 국민 가수로 불리는 미셸 사르두의 〈비상Je Vole〉이 가장 극적인 순간에 등장한다. 〈코다〉는 사랑을 노래한 마빈 게이의 노래들과 함께 조니 미첼의 〈보스 사이드스 나우Both Sides Now〉가 흘러나온다. 두 곡을 비교해 들으며 보는 것도 재미있다.

〈코다〉에서 초점을 맞춘 것은 루비의 선택이다. 루비는 가족과 자신의 꿈 중 하나를 선택해야 한다. 가족에게 도움이 되는 존재로 살아갈 것인가, 가족을 벗어나 자신의 꿈에 도전할 것인가. 자신의 꿈을 도와줄 음악 선생과의 약속이 있는 날, 가족들은 텔레비전 방송국 인터뷰를 해야 한다. 루비가 통역해주지 않으면 엉망이 될 것이다. 루비는 어쩔 수 없이 자신의 꿈을 유보하고 가족 곁에 머문다. 음악 선생은 약속을 지키지 않은 루비에게 실망하고 다시는 오지 말라고 한다.

루비에게 가족은 굴레인 동시에 휴식처다. 영화 초반 농인 가족에게 둘러싸인 루비의 현실을 묘사하는 장면이 있다. 소리를 듣지 못하기 때문에 작은 소리에 신경을 쓰지 못하는 가족에 비해, 루비는 사소한 소리 때문에 집중할 수가 없다. 이어폰을 사용하려고 하면 엄마가 한 소리를 한다. "이어폰 빼. 예의 없잖아." 루비가 대든다. "시끄러운 건 예의 있고?" 가족은 아마 오랫동안 소리 문제로 말다툼을 벌였을 것이다.

루비를 가장 잘 이해하는 사람 역시 가족이다. 농인과

청인 사이에서 다리 역할을 한다는 것이 얼마나 힘든지, 어릴 때부터 그 모든 일을 해내느라 얼마나 벅찬지, 가족들은 안다. 제대로 표현하지 못할 뿐.

음악 선생이 루비에게 노래할 때 어떤 감정이 드는지 묻는 장면이 있다. 루비는 말로 표현하지 못한다. 대신 수어로 표현한다. 수어는 문자 언어보다 훨씬 풍요롭게 자신을 설명할 수 있다. 수어로는 형상을 만들어낼 수 있고, 더 세밀하게 마음의 움직임을 묘사할 수 있다. 말하지 못하고 듣지 못하는 사람은 장애인이 아니라 다른 언어로 말하는 사람이다. 영어와 프랑스어가 다르듯 청인의 언어와 농인의 언어도 다르다. 어떤 것이 낫다고 할 수 없다. 우리는 소수 언어로 소통하는 사람들을 무시하지 않는다. 우리는 그들을 존중하며 언어를 배우려 노력한다. 영화 속에서 수어를 배우려고 하는 사람들은 모두 그들의 삶을 존중하는 것이다.

노래를 부를 때 가장 행복하다는 딸에게 엄마는 날카로운 말로 상처를 준다. "내가 장님이었으면 그림을 그리고 싶었겠네." 엄마는 딸이 가족을 떠날까 봐 두렵다. 두려워서 자꾸만 상처를 낸다. 자신이 가장 사랑하는 일을 가족이 공감할 수 없다는 사실은 슬프다. 노래를 얼마나 잘 부르는지 알릴 길이 없다. 자신이 감정을 표출하면서 얼마나 해방감을 느끼는지 설명할 길이 없다.

루비는 두 가지 선택지 중 하나를 반드시 선택할 필요가 없다는 걸 알게 된다. 자신의 꿈을 좇는 것이 가족을 배신하는 일이 아니라는 사실을, 가족을 위해 헌신하는 것만이 가족을 위하는 일도 아니라는 사실을 차츰 깨닫는다. 아빠는 딸의 노래가 너무나 듣고 싶어서 노래 부르는 딸의 목에다 손을 갖다 댄다. 울림을 통해, 떨림을 통해 딸의 노래를 듣는다. 영화의 클라이맥스는 누구나 쉽게 예상할 수 있다. 예상한다 해도 울음을 피할 수는 없다. 말로 설명하기 힘든 노래의 감동을 경험할 수 있을 것이다.

〈코다〉의 감독 션 헤이더 Sian Heder 는 쉽지 않은 도전을 했다. 농인 역할의 주연 배우를 실제 농인으로 캐스팅한 것이다. 촬영 과정이 힘들 수밖에 없었을 것이다. 배우들의 시야에 항상 통역사를 두고, 야간 촬영에서는 통역사의 손이 잘 보이지 않기에 허리에 조명을 설치해 손을 비추게 했으며, 농인들이 집에서 가구를 어떻게 배치하는가에 대해 고민했다. 표정을 강조해야 하므로 항상 손이 보여야 하므로 클로즈업을 할 수 없다는 사실도 알게 됐고, 소리가 아닌 시각 정보 중심으로 편집을 진행해야 한다는 사실도 알게 됐다. 헤이더 감독은 영화 〈반짝이는 박수 소리〉2015 를 연출한 'CODA Korea' 대표 이길보라 감독과 주고받은 편지에서 "수어는 스크린을 통해 탐구하기에 놀라울 정도로 시각적인 언어이며, 그 언어의 힘을 빌려 제가 감독으로서 일해온 시간 중 가장 협업적인 현장을 겪을 수 있었"다고 썼다.

음악 선생은 자신의 목소리에 확신이 없는 루비에게 포크 싱어 밥 딜런의 사례를 들려준다. 데이비드 보위가 딜런에게 했던 말이다. "당신 목소리는 모래와 접착제 같아." 음악 선생은 "할 말이 없는 예쁜 목소리는 차고 넘쳐. 넌 할 말이 있니?"라고 묻는다. 음악 선생은 학생들을 좋은 목소리와 나쁜 목소리로 구분하지 않는다. 할 말이 있는 목소리와 할 말이 없어서 예쁘기만 한 목소리로 구분한다. 할 말이 있다면 그 목소리는 세상에 하나뿐인 유일한 목소리가 된다. 〈코다〉는 자신의 목소리를 찾는 법에 대한 영화다. 그 목소리란 목에서 나오는 것이 아니라, 삶에서 나오는 것이다. 귀로 듣는 것이 아니라 가슴으로 듣는 것이다.

영화 〈코다〉는 2022년 제94회 아카데미 시상식에서 작품상을 받았다.

Concrete Utopia

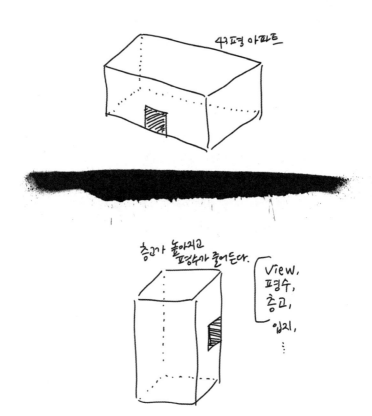

49평 아파트

층고가 높아지고
평수가 줄어든다.

View,
평수,
층고,
입지,
⋮

박해천이 쓴 《콘크리트 유토피아》자음과모음, 2011에는 아파트 자서전이 등장한다. 아파트가 인격체가 되어 자신의 이야기를 길게 늘어놓는다. '비인격체인 나의 말을 아무도 들어주지 않는다'며 '나의 매력은 1962년 완공된 마포아파트에서부터 출발'했으며, '나는 거주 공간이기도 하지만 사람들이 생각하는 방식을 바꾸어놓았다'라고 자신의 길고 긴 이야기를 들려준다. 그중 가장 흥미로웠던 점은 아파트 '거실'에 대한 분석이었다.

아파트에는 여분의 방이 없는 경우가 많기에 친지나 친척들이 오랫동안 머물기 힘들어 혈연 공동체와는 거리가 생길 수 있는 반면 주거 지역 내부의 사회적 네트워크는 강화된다. 종교 모임이나 반상회 등을 통해 서로의 집을 엿보는데, 이때 중요한 것이 바로 거실이다. 거실은 '중산층 가족의 정체성을 진열하는 전시장'이 된다.

박해천의 글을 읽으며 거실이라는 단어를 다시 한번 생각해봤다. 거실은 '머물러 사는 공간'이란 뜻이다. 영어도 비슷하다. 'living room'. 각자의 방에서도 살고, 화장실에서도 살고, 베란다에서도 사는데 거실을 딱 꼬집어 머물러 사는 공간이라고 부른 이유는 함께 머무는 공간이기 때문일 것이다. 대부분의 한국 아파트는 현관 문을 열면 현관과 거실이 나온다. 집에 들어오자마자 함께하라는 뜻이다. 가끔 건너편 아파트 풍경을 유심히 본다. 거실 위에 거실 위에 거실 위에 거실이 차곡차곡 포개져 있다. 그들은 거실에서 함께 잘 살고 있을까?

집 한가운데에 거실이 있다는 것은 중앙집권적 사고 방식 같기도 하다. 모든 통로가 거실로 이어져 있다. 조용히 들어올 수도, 몰래 나갈 수도 없다. 아파트 구조를 두고 감시탑과 닮았다고 하는 사람도 있다. 거실은 손님들에게 우리집의 규모를 보여주는 전시장이기도 하고, 가족이 한꺼번에 모일 수 있는 광장이기도 하고, 텔레비전을 보면서 다른 사람들의 삶을 구경하는 극장이기도 하다. 아파트의 구조가 우리의 생각을 반영한다면, 좋든 싫든 아파트의 거실을 똑바로 바라보아야 한다. 무엇을 바꿀 수 있을지 생각해봐야 한다.

엄태화 감독의 〈콘크리트 유토피아〉는 박해천의 책에서 제목을 가져왔지만 원작은 웹툰 〈유쾌한 왕따〉의 2부 '유쾌한 이웃'이다. 지진으로 서울이 완전히 무너지고 딱 하나 남은 황궁아파트로 생존자들이 몰리면서 벌어지는 이야기다. 포스트 아포칼립스Post-apocalypse, 세계 멸망 이후의 이야기 영화로 그 속에서 벌어지는 사람들의 싸움을 다루지만 이 영화의 주인공은 아파트다.

황궁아파트는 산자락 아래 자리 잡은 낡은 아파트다. 바로 앞에는 드림팰리스라는 고급 아파트가 있는데, 지진으로 세상이 뒤집히는 바람에 관계가 역전됐다. 드림팰리스 사람들이 황궁아파트에 들어가게 해달라고 비는 것이다. 짧은 설정만 들어도 현실 속 아파트 이야기다. 우리가 뉴스에서 자주 보았던 내용이다. 아파트 브랜드로 사람을 차별하고, 아파트 평수로 권력이 만들어지고, 아파트 가격으로 자부심과 열등감을 갖는 사회. 권력, 단결, 전쟁을 낳는 것도 모두 아파트다. 아파트는 영화 속 배후 세력이자 갈등의 밑거름이고, 천국이자 지옥이다. 영화의 시작 부분에 등장하는 오래된 자료 화면 속 뉴스 기자는 이렇게 말한다.

"저는 지금 거대한 시멘트 구조의 아파트 숲속에 하나의 작은 점으로 서서 문득 외로움 같은 것을 느낍니다. 분명히 아파트는 편리하고 건강한 생활의 보금자리여야 합니다. 그래서 우리의 모든 것을 이 아파트에 맡길 수 있어야 합니다."

기자의 말은 아파트가 본격적으로 지어지던 1970~80년대의 이야기인데 요즘의 모습과 크게 다르지 않다. 콘크리트로 유토피아를 만들 수 있을까? 우리가 꼭 던져야 할 질문이다. 만약 우리가 힘을 합쳐 지상의 유토피아를 만들 수 있다면 어떤 재료를 사용해야 할까? 콘크리트는 강력하다. 콘크리트는 우리가 무너지지 않도록 도와준다. 하지만 갈등이 깊어질수록 황궁아파트 사람들은 콘크리트를 다른 용도로 사용한다. 아파트 바깥 사람이 접근하지 못하도록 부서진 콘크리트로 벽을 세운다. 안쪽에 있는 사람들에게 벽은 안전함을 제공하지만, 바깥에 있는 사람들에게 벽은 소외와 분노의 씨앗이 된다.

영화 속 재난 상황 속에서 눈에 띄는 세 사람이 있다. 폐허 속에서 내면의 광기를 서서히 폭발시키는 사람 영탁. 위기 상황에서 사람을 도와주려 노력하지만 자신의 가정을 지키기 위해 점점 난폭해지는 인물 민성. 간호사라는 직업에 걸맞은 희생정신으로 사람들을 살리는 데 앞장서는 민성의 아내 명화. 많은 관객은 민성에게 감정이입을 하면서 영화를 볼 것이다. 명화처럼 헌신하면서 사람들을 살릴 자신은 없지만 영탁처럼 광기로 가득한 인간이 되고 싶지는 않기 때문이다. 민성이 어떤 선택을 할 때마다 그게 올바른 선택이기를 바라지만, 잘못된 선택을 하더라도 민성이 파괴되는 일은 없기를 기대한다.

영화 초반에 주민 투표가 진행된다. '다른 아파트 사람을 황궁아파트 밖으로 내쫓을 것인가, 함께 머물 것인가'. 관객도 마음속으로 투표한다. 하얀 바둑돌은 내쫓는 쪽이고, 검은 바둑돌은 함께 머무는 쪽이다. 투표 결과는 하얀 바둑돌이 압도적으로 많지만, 하얀색은 밝은 마음을 의미하는 것만 같다. 〈콘크리트 유토피아〉는 관객에게 계속 투표를 독려한다. 우리는 마음속에 하얀 바둑돌과 검은 바둑돌을 간직하고 사건이 벌어질 때마다 계속 투표한다. 처음 투표했던 순간으로 돌아가 다른 선택을 하고 싶지만 모든 비극은 돌이킬 수 없다.

영탁이 '대한민국의 공식 응원가'이자 가수 윤수일의 최고 히트작 〈아파트〉를 부르는 장면이 있다. 신나는 곡임에도 노래 부르는 이병헌 배우의 얼굴을 클로즈업해서 보여주는 바람에 어쩐지 기괴한 느낌이다. 가만히 듣다 보면 노래 가사도 쓸쓸하다.

이 노래를 응원가로 불러본 사람은 알겠지만, 노래 사이사이에 '으쌰라 으쌰'라는 추임새를 넣게 된다. 아파트에 아무도 없다는데, 사랑하는 사람을 못 잊겠다는데, 미련이 많다는데, 쓸쓸하다는데, 우리는 그런 사람을 '으쌰라 으싸' 하며 응원하고 있었다. 몹쓸 행동이다. 어쩌면 우리는 모두 아파트라는 공간이 쓸쓸하다는 걸 알고 있어서, "거대한 시멘트 구조의 아파트 숲속에 하나의 작은 점으로 서서 문득 외로움 같은 것을" 느끼는 기자의 마음을 잘 알고 있어서 애써 신나는 척을 해본 것은 아닐까.

영화의 마지막 장면은 몹시 비극적인데 웃음을 터뜨리고 말았다. 등장인물 한 명이 90도로 쓰러진 아파트 거실에 들어서면서 "여기 좋죠? 층고도 높고"라고 말한다. 넓다고 생각했던 거실이 높은 공간으로 변모한 것이다. 우리의 아파트를 90도 바꿔 사용해볼 수는 없을까? 콘크리트로 방어벽을 세우는 대신 다른 용도로 사용할 수는 없을까? 〈콘크리트 유토피아〉를 보고 나면 아파트에 대한 수많은 질문이 떠오를 것이고, 우리집과 건너편 아파트가 전혀 다르게 보일 것이다.

Close

다른 오리도 노란색,
너도 노란색,
근데 넌 아름다워.

어둠 속에서 놀다가
점스리부터 도망치는 두 아이

친구라기엔 너무
가깝잖아.

학교라는
공간이 거의 등장하지 않다가
갑자기 시골빽짝하고
아이들의 공간
들 만의 공간이 사라지고
사회생활.

가까운 정도,
얼마나
가까워야
가깝는거지?
얼마나 멀기
서야 헤어진
거지? 들 뿐일

광장

때는 거게가깝이 없었는데,
광장에 나타 보니 거리가 중요해졌다.
너무 가깝게 비면 안되는 까야.

미국 유타주에 있는 나무 '판도Pando'의 나이는 무려 8만 살이다. 판도에게는 하나의 수식어가 있다. '세계에서 가장 무거운, 살아 있는 유기체'. 북미 사시나무종인 판도의 나무줄기는 4만 개로 이뤄져 있고, 면적은 43헥타르, 무게는 6천 톤에 이르며, 모든 나무는 하나의 뿌리로 연결돼 있다. 그렇기에 숲이라는 말을 쓰지 않는다. 마지막으로 꽃을 피운 것은 만 년 전이고, 그 이후로 식물의 번식을 위한 유성생식을 멈추었다. 오래전부터 살아 있었고, 앞으로도 살아 있을 확률이 높다. 'Pando'라는 이름의 라틴어 어원은 '나는 확장한다'라는 의미다.

우리가 잘 알고 있는 민들레 역시 끈질긴 생명력으로 유명하다. 땅에서 민들레를 꺾으면 다시 돋아난다. 뿌리째 뽑는다고 해결되는 것도 아니다. 땅에 남아 있는 미세한 잔뿌리 조각에서 생명을 되살린다. 뽑힌 민들레와 땅에 남아 있던 잔뿌리로 다시 살아난 민들레는 같은 존재일까? 인간에게는 전혀 다른 존재로 보이겠지만, 민들레에게는 그런 게 중요하지 않다. 생존이 우선이다. 1855년, 독일의 식물학자 알렉산더 브라운은 식물을 이렇게 정의 내렸다.

"식물 그중에서도 나무를 보면 동물이나 사람처럼 단 하나의 개별적인 존재가 아니라 서로 다른 개체들이 결합된 개체들의 총체라는 생각이 든다."

함께 힘을 모아 살아남는다는 뜻이기도 하고, 개체의 생명보다는 군락의 생존이 우선이라는 의미이기도 하다. 아마도 군락을 이룬 식물들은 기억도 공유할 것이다. 상처도 공유할 것이고, 서로에게 비밀도 없을 것이다. 인간으로서 그런 삶을 상상하기는 힘들지만, 나쁘지만은 않을 것 같다. 말없이 서로의 마음을 보듬고, 다음 세대를 위해 모든 에너지를 쏟으며 외부의 적에 함께 맞서는 삶이 이어질 것이다.

2022년 제75회 칸영화제 심사위원 대상을 받은 루카스 돈트Lukas Dhont의 영화 〈클로즈〉에는 꽃과 식물이 자주 등장한다. 주인공 레오의 집이 화훼업을 하고 있기 때문이다. 커다란 밭에 꽃을 재배해 내다 판다. 레오는 색색의 꽃을 배경으로 촬영할 수 있다는 이유만으로 화훼업자를 선택한 것 같지는 않다. 레오는 종종 집안일을 돕는다. 다른 농사일과 크게 다르지 않다. 꽃을 수확하거나 모종을 심는 일을 도우면서 계절이 지나가는 걸 느끼고 생명의 순환을 배운다.

영화의 주인공은 두 사람이다. 레오와 레미. 둘은 어릴 때부터 친하게 지냈으며 '형제나 다름없는' 사이다. 둘은 함께 놀고 같이 잠든다. 서로의 부모와도 친구 같은 사이다. 밥도 같이 먹고, 자전거도 나란히 타고, 함께 꽃밭을 뛰어다닌다. 레오와 레미는 중학생이 되면서 새로운 학교로 진학했다. 서로가 세상의 전부였던 둘은 새로운 친구들에게 관계를 의심받기 시작한다.

"너희가 커플인 거 보면 알아."

"친구라기엔 너무 가깝잖아."

레미는 주변 반응을 신경 쓰지 않는다. 학교에서도 거리낌 없이 행동하고, 잔디밭에서 레오의 배에 머리를 베고 잠이 든다. 레미와 달리 레오는 조금씩 변한다. '호모 같다'는 말에 격하게 화를 내더니 몸싸움이 심한 아이스하키를 배우러 가고, 축구를 하며 실력을 뽐낸다. 연약하고 섬세한 모습 대신 강인하게 힘을 과시하는 수컷으로 각인되고 싶은 것이다.

영화의 첫 장면은 의미심장하다. 어두컴컴한 장소에 숨은 두 아이는, 서로에게 속삭인다.

레오: 빨리 숨어, 빨리.

레미: 왜 그러는데?

레오: 소리 내지 마. 너는 안 들려? 발소리랑 갑옷 소리가 들릴 거 아냐.

레미: 몇 명이나 될까?

레오: 80명은 될 거야. 놈들이 왔나 볼게. [……] 셋을 세면 달리면서 도망쳐.

빨리 숨으라는 레오, 사람들이 우릴 잡기 위해 에워싸는 소리가 들리지 않냐고 말하는 레오, 그렇지만 영문도 모른 채 바깥의 상황을 물어보기만 하는 레미. 두 아이는 역할 놀이를 하는 중이었는데, 놀이가 실제 상황으로 이어진다. 사람들의 시선으로부터 도망치려는 레오, 대체 왜 그래야 하는지 모르는 레미. 레오의 마음이 점점 멀어지고 있다는 걸 느낀 레미는 극단적 선택을 하게 된다. 레미는 죽음으로 향하고, 레오 혼자 남는다.

영화에는 악당이 등장하지 않는다. 친구들이 레오와 레미를 두고 '커플 같다'고 놀리지만 또래 친구들의 장난 정도였다. 레미는 그들에게 상처받은 게 아니다. 어른들 역시 두 아이를 이상하게 보지 않는다. 결국 레미의 죽음에 가장 큰 영향을 끼친 사람은 레오다. 악당이 있다면 레오 자신이다. 내가 악당인 걸 알게 됐을 때 나는 나를 어떻게 벌줄 것인가.

레미의 죽음은 영화의 스포일러가 아니다. 영화 시작 40분 만에 레미는 죽음을 선택한다. 감독이 중요하게 생각한 것은 '레오는 친구 레미의 죽음 이후에 어떻게 삶을 이어나갈 것인가'이다. 우리는 알게 모르게 누군가의 죽음에 영향을 끼칠 수 있다. 6천 톤에 이르는 상실의 무게가 우리를 짓누르더라도 우리는 삶을 계속 이어나가야만 한다. 우리는 상실을 어떻게 이겨낼 것인가.

레오는 레미의 엄마에게 솔직하게 고백하지 못한다. 자신이 레미를 밀어낸 것이, 사람들의 눈치를 보면서 레미에 대한 사랑을 억누른 것이 레미가 죽음을 선택한 이유였을지도 모른다고 레오는 말하지 못한다. 레미의 죽음이 자신과는 상관없다는 듯 공을 차며 웃고 떠들며 놀던 레오는 영화 후반에 이르러서야 레미의 엄마를 찾아간다. 그리고 이렇게 고백한다.

"제 잘못이에요. 제가 걔를 밀어냈어요."

영화의 마지막은 레오가 꽃밭을 달리는 장면이다. 레미와 함께 달리던 꽃밭에서 이제 레오 혼자 달린다. 빨간 꽃들 사이를 빠르게 달린다. 그러다 레오는 문득 멈춰 서서 뒤돌아본다. 거기 누가 있다는 듯, 거기에 레미가 있다는 듯, 거기에서 레미가 자신을 보고 있다는 듯, 사라진 레미가 다시 나타나서 자신과 함께 달리고 있다는 듯 응시한다. 그 장면을 꽃들 사이에서 찍었다는 게 의미심장하다. 레오는 레미의 죽음을 통해 확장되었다. 인간은 누군가를 기억하고 기록하고 고백하고 인정하고 후회하고 반성하면서 확장된다. 꽃과 나무들이 그러는 것처럼, 인간들도 때로는 군락을 통해 단단해지기도 한다. 누군가에게 상처받고, 누군가에게 상처를 주지만, 잘못을 잊지 않으려 애쓰는 그 순간, 우리는 더욱 단단한 존재가 될 수 있다.

8만 살 판도에 비하면 백 년밖에 안 되는 인간의 수명은 초라하게 느껴진다. 그렇지만 인간은 기억하고 기록한다. 한 인간이 죽음을 통해 사라지더라도 그를 기억하려는 수많은 마음의 끈질긴 애정은 다음 세대로 끝없이 이어질 것이다. 레오는 꽃밭 속으로 걸어 들어간다.

Top Gun: Maverick

작전 설명 영상이 너무나
알기 쉽게, 내가 전투에
참가해도 가능할 것 처럼.

10.4

[여기가 어디죠? —
자쿠.

비행기 임무로
끝내기가 아쉬워서
육지 임무를 추가로 맡긴다

— 1편과 거의
똑같은 구조로 이야기가
펼쳐진다.

탐건 + 미션 임파서블

발 킬머

The end is inevitable,
Maverick. Your kind is
headed for extinction
"Maybe So, sir. BUT NOT TODAY"

오늘만 사는 매버릭, ooooh h h —
내일 명중되어도 오늘 나는 작전을
수행한다.

특정 세대를 상징하는 액션 스타가 있다. 나의 세대는 성룡이었다. 친구들과 함께 성룡 영화를 보고 극장을 나설 때면 괜히 발차기를 해보고 높은 곳에서 천막이 있는 곳으로 뛰어내리는 상상을 했다. 본 영화가 끝나고 엔딩크레디트가 올라갈 때 스턴트 영상들을 보여주는 것은 성룡 영화의 시그니처였다. 성룡은 액션 장면을 찍다가 자주 넘어졌고, 크게 다쳤고, 불가능해 보이는 장면을 아무렇지도 않게 성공시켰다. 머리에서 피가 나 구급차로 실려 가는 장면이나 온몸에 불이 붙는 위험천만한 장면을 촬영하면서도 여유를 잃지 않았다. 보이지 않는 곳에서 얼마나 피땀을 흘려야 저런 동작을 할 수 있을까 상상하면서 나는 노력의 의미를 배워갔다. 무엇을 하든 성룡만큼 한다면 불가능은 없을 거야, 그런 마음이었다.

인생은 액션영화와는 달라서 노력한다고 모든 걸 이룰 수 없음을 한참 후에 알게 됐지만, 성룡 영화를 다시 볼 때면 여전히 에너지 넘치고 야심만만했던 어린 시절의 내가 떠오른다. 소중한 추억이 있다는 것만으로도 기뻤다. 얼마 전 성룡의 최근작을 보게 됐는데, 얼굴에 가득 고여 있는 그의 주름에 놀랐고, 여전히 고난도 액션 장면을 보여주는 그의 체력에 놀랐다. 세월이 흘렀다는 걸 성룡의 얼굴에서 느꼈고, 노력한다면 모든 게 여전할 수 있다는 걸 다시 한번 깨달았다. 전과 똑같을 수는 없지만 최소한 비슷하게 유지할 수 있다는 걸 성룡의 액션에서 보았다.

성룡이 추앙하는 액션 배우는 버스터 키튼이다. 무성영화의 양대 산맥 중 하나였던 찰리 채플린에 비해 덜 알려졌지만 액션을 좋아하는 영화광들은 키튼을 숭배한다. 비명이 절로 나는 액션 장면을 대역 없이 연기하는 그의 모습은 경이롭다. 〈우리의 환대〉1923, 〈셜록 2세〉1924, 〈제너럴〉1926 같은 작품은 요즘의 액션영화와 비교했을 때 완성도 면에서 밀리지 않는다.

성룡이 존경하는 또 다른 액션 배우는 이소룡이다. 나의 바로 윗세대는 성룡을 액션 배우로 쳐주지도 않는다. 이소룡이야말로 역사상 가장 멋있는 액션을 보여준 배우이며, 무술을 철학의 경지로 끌어올린 사람이라고 주장한다. 아무리 그래도 나의 우상은 성룡이다. 이소룡 외에도 영화 〈록키〉1976의 실베스타 스탤론, 〈터미네이터〉1984의 아놀드 슈워제네거, 〈다이 하드〉1988의 브루스 윌리스 등이 성룡의 아성을 위협한 적이 잠깐 있었지만, 견고한 성을 무너뜨리지는 못했다.

요즘 세대에게 가장 익숙한 액션 배우는 누구일까? '본 시리즈'의 맷 데이먼이나 '테이큰 시리즈'의 리암 니슨, 중화권의 견자단, '존 윅 시리즈'의 키아누 리브스…… 수많은 이름이 떠오르지만 가장 독보적인 존재는 톰 크루즈일 것이다. 1986년의 〈탑건〉을 비롯해 '미션 임파서블 시리즈', 〈폭풍의 질주〉1990나 〈잭 리처〉2012 같은 작품을 모두 흥행시켰고, 60세의 나이에도 거의 모든 액션을 직접 소화하며 몸 관리도 워낙 잘해서 언뜻 보면 사십대로 보일 정도다. 톰의 영화에는 전력 질주하는 장면이 꼭 한 번씩 등장하는데 여전히 꼿꼿한 자세로 달려가는 모습을 보면 나이가 별로 중요하지 않다는 생각이 든다. 관리만 잘한다면.

2022년 톰이 들고 온 액션영화는 〈탑건: 매버릭〉이다. 무려 36년 만의 속편이다. 〈탑건〉의 흥행과 파급력을 생각하면 36년 동안이나 속편을 만들지 않은 게 이상하지만 톰에게는 제작자로서의 계획이 있었다. 다른 시리즈처럼 속편을 지속적으로 만들면 〈탑건〉의 가치가 훼손될 수 있고, 그저 그런 군대 홍보 영화처럼 보일 수도 있다고 생각한 것이다. 〈탑건: 매버릭〉을 보고 나면 어째서 36년이라는 시간이 필요했는지 이해하게 된다.

〈탑건: 매버릭〉을 온전히 느끼려면 〈탑건〉의 스토리를 미리 알고 있는 게 좋다. 최정예 전투기 조종사를 양성하는 학교 '탑건'에 들어간 매버릭 대위는 본능으로 비행을 하는 사람이다. 팀의 안전을 고려하지 않고 즉흥적으로 행동하는 매버릭과 냉철한 에이스 아이스맨은 사사건건 대립각을 세운다. 매버릭은 비행 훈련 도중 전투기 엔진 고장으로 위험에 빠지고, 탈출을 시도하던 동료 구스의 죽음으로 충격을 받는다. 그는 모든 것을 포기하려 한다. 절망을 딛고 일어선 그는 아이스맨과 함께 임무를 완수한다.

〈탑건: 매버릭〉에서는 36년이 흘러 구스의 아들 루스터가 매버릭의 파트너가 된다. 구스가 죽은 후 빈자리를 가장 크게 느꼈을 두 사람이 파트너가 된 것이다. 아들 루스터는 아버지의 죽음에 매버릭이 책임이 있다고 생각한다. 매버릭은 루스터가 파일럿이 되지 않길 바란다. 서로를 이해하지 못하던 두 사람이 조금씩 서로의 진심을 알게 된다.

36년이라는 시간 동안 영화 산업은 엄청난 발전을 이뤘다. 항공 촬영, 컴퓨터 그래픽, 특수 효과 같은 기술이 특히 그렇다. 톰은 쉬운 길을 선택하지 않았다. 컴퓨터의 도움을 받아 신기한 장면을 마음껏 만들 수 있었지만 그러지 않았다. 마치 키튼이 맨몸으로 모든 액션을 했던 것처럼, 성룡이 고층 빌딩에서 뛰어내린 것처럼, 톰 역시 특수 효과의 힘을 빌리지 않은 아날로그 액션을 고집했다.

직접 비행기에 올라타서 중력을 견디며 속도를 체험해야만 매버릭이 느끼는 감각을 체험할 수 있다고, 톰은 믿는다. 그건 어쩌면 자신이 생각하는 영화라는 장르에 대한 존중이기도 하다. 그는 칸영화제에서 "그토록 위험한 액션을 직접 다 하는 이유가 대체 무엇인가? 죽을 수도 있다"라는 관객의 질문에 이렇게 답했다.

"진 켈리에게 왜 직접 춤을 추는지 물어보는가?"

진 켈리가 자신의 재능을 이용해 뮤지컬이라는 장르를 발전시킨 것처럼 자신의 재능을 이용해 액션 장르를 한 단계 성장시키고 싶다는 이야기다. 톰 역시 좋아하는 영화에 키튼의 작품을 다수 포함시켰다.

우리는 때로 무모하다 싶은 일에 도전하는 경우가 있다. 편한 길이 있는데 돌아가는 경우도 있다. 쉽게 해결할 수 있는 편법이 있는데도 정도를 갈 때가 있다. 성장하고 싶을 때, 스스로 정했던 테두리를 훌쩍 뛰어넘고 싶을 때, 더 나은 인간이 되고 싶을 때 그런 선택을 하는 것 같다.

영화 속에서 매버릭의 상사는 충고한다.

"곧 무인기가 보급되면 파일럿의 시대는 끝날 거야. 자네 자리는 없어질 거야."

매버릭은 문을 나서면서 이렇게 대답한다.

"그럴지도 모르지. 하지만 오늘은 아니야."

수많은 영화 팬이 이 대사에 오열했다. 궁지에 몰린 사람들, 미래가 불확실한 사람들, 하루하루를 힘들게 살아가는 사람들에게 보내는 위안 같은 대사였다. 그래, 적어도 오늘은 아니었어.

우리는 모두 액션영화의 한 장면을 촬영하듯 스턴트맨 없이 우리는 어차피 스턴트맨을 고용할 여유도 없으니 치열하게 하루를 살아가는 중이다.

The Fabelmans

꿈

무서운꿈, 좋은 꿈.

"좋아하는 거면 아껴줘야 하는 거야."

좋은꿈(영화)을 꾸기 위해서 무서운 꿈을 견뎌야 한다.

ART

머리를 사자 입 안에 넣는 건 용기, 사자의 내 머리를 먹지 않게 하는 건 예술.

어둠을 가르는 꿈같은 빛 촬영합니다.

어린 시절 한 번쯤 《이솝 우화》를 읽어 본 적이 있을 것이다. 읽지 못했어도 들어본 적은 있을 것이다. '우화 Fable'는 동식물이나 사물에 인격을 부여한 후 그 안에 풍자나 교훈을 숨겨놓은 이야기다. 대놓고 가르치려 들면 꼰대 같아 보이니까 '이야기'라는 포장을 씌운 게 많다. 재미나지만 한 번쯤 의심의 눈초리로 볼 필요는 있다. 남을 속이고 지혜로 포장한다거나 특정 동물에게 잘못된 선입견을 심어주는 이야기가 그렇다. 동물들이 이솝 우화를 읽는다면 기가 막힐 것이다. "우리를 이따위로 단순하게 그리다니, 동물격 모독이다"라며 판매 금지 가처분 신청을 할지도 모른다. 'fable'이라는 단어에는 '꾸며낸 이야기'라는 뜻도 있다. 터무니없는 이야기, 지어낸 게 분명한 이야기라는 의미도 있다.

사람들은 '터무니없고 황당한' 이야기를 좋아한다. 용이 하늘을 날아다니고 마법사가 등장하는 이야기, 구름을 타고 하늘을 날며 둔갑술을 부려서 여러 명으로 분신하는 이야기를 좋아한다. 터무니없는 이야기를 읽으며 마음껏 상상할 수 있기 때문이다. 이야기는 날개이자 로켓이고 치료제면서 친구다. 인간은 이야기를 발명한 덕분에 더 오래 살 수 있었다. 이야기 덕분에 친구를 만들고 힘을 키워 세력을 확장할 수 있었다. 우리는 이야기를 꾸며내고, 그 이야기 속에서 살아간다.

스티븐 스필버그 감독의 영화 〈파벨만스〉는 부정확한 제목 표기부터 바로 잡아야 한다. '페이블먼스'가 정확한 발음이다. 감독은 자전적 이야기로 영화를 만들고 주인공 가족의 성을 '페이블먼 Fableman'이라고 지었다. 이야기를 만드는 사람이라는 뜻이다. 이 영화를 우화로 만들고 싶었던, 지어낸 이야기처럼 만들고 싶었던 감독의 의도가 반영된 제목일 것이다. "여기에 나오는 모든 이야기는 실제처럼 보이겠지만, 지어낸 이야기입니다"라는 감독의 목소리가 들리는 것 같다.

〈파벨만스〉는 감독의 어린 시절을 바탕에 둔다. 난생처음 극장에서 스크린을 마주한 순간부터 영화와 사랑에 빠진 소년 새미가 주인공이다. 아빠 버트는 천재 기술자이고 엄마 미치는 피아노를 연주하는 예술가다. 기술과 예술적 재능을 모두 물려받은 새미는 8밀리미터 카메라로 일상의 모든 순간을 담아내면서 예술가로 무럭무럭 성장한다. 영화의 가장 극적인 대목은 새미가 찍었던 필름 속에서 가족의 비밀을 발견하는 장면일 것이다. 의도하지 않았지만 필름 속에 진실이 담겼다. 가족에게는 비극적인 사건이지만, 개인에게는 깨달음의 순간이었다.

새미의 외할머니가 세상을 떠나자 외할머니의 오빠인 보리스가 집으로 찾아온다. 서커스단을 거쳐 할리우드에서 영화를 찍고 있다는 보리스는 영화에 빠져 있는 새미에게 이런 충고를 한다.

"가족, 예술, 사람을 반으로 찢어놓지. [……] 우린 약쟁이야. 예술은 우리의 마약이고. 가족은 사랑하지만 예술은 우릴 미치게 하지. 나라고 여동생들과 부모를 떠나서 머리를 사자 주둥이에 처넣고 싶었겠니?"

새미가 보리스에게 묻는다.

"사자 입에 머리를 넣는 게 예술이에요?"

보리스가 미친 듯이 웃으면서 이렇게 대답한다.

"하하하하하, 아니. 사자 입에 머리를 넣는 건 용기지. 사자가 내 머리를 먹지 않게 하는 것. 그게 예술이다."

보리스가 새미에게 해주는 말이 마치 우화처럼 들린다. 예술에 대한 은유일 수도 있고, 자신의 경험에서 직접 뽑아낸 깨달음일 수도 있다. 보리스가 새미에게 해주는 말은 스필버그 감독이 관객에게 던지는 중요한 메시지 같다.

첫째, 우리는 예술의 범위를 너무 좁게 잡고 있다. 새미는 보리스에게 '그런 것도 예술이냐?'라고 묻는다. 세상 어디에나 예술 아닌 게 없는데, 새미는 자신이 앞으로 펼쳐내려는 예술의 범위를 스스로 좁히고 있다. 둘째, 예술의 범위를 넓게 생각한다면 세상에서 아름다운 순간을 맞닥뜨리기 위해서는 용기가 필요하다. 사자가 입 안에 든 사람 머리를 깨물지 않게 하려면, 사자 머릿속에 머리를 넣는 사람이 있어야 한다. 예술은 위험하기 때문에 마약처럼 쾌감이 크다.

〈파벨만스〉는 스필버그 감독의 자전적 이야기지만 감독으로서 영화를 연출하는 장면은 등장하지 않는다. 감독이 되기 직전에서 영화는 끝난다. 새미는 아마추어로 총 네 편의 영화를 만든다. 존 포드 감독의 〈리버티 밸런스를 쏜

사나이〉1962를 보고 감동받아 친구들과 함께 만든 〈건스모그〉, 아빠의 2차 대전 경험담을 토대로 만든 〈도피할 수 없는 탈출 Escape To Nowhere〉은 극영화다. 상심이 큰 엄마를 위로하려고 만든 〈캠핑 장면 편집 영상〉과 졸업식 파티 때 상영하는 〈땡땡이의 날 Ditch Day〉 영상은 일상 기록물이다.

주인공 새미는 일상 기록물보다 극영화를 더 중요하게 여긴다. 자신의 예술혼이 담겼기 때문이다. 일상 기록을 담은 영상은 스스로 하찮다고까지 말한다. 외할머니의 죽음 때문에 상심에 빠진 엄마를 위해 캠핑 영상을 빨리 작업해달라는 아빠의 요청에 새미는 이렇게 대답한다.

"엄마가 돌아가셨는데 그걸로 무슨 힘이 나?"

아빠는 새미에게 대답한다.

"네가 엄마를 위해 만든 거니까."

〈도피할 수 없는 탈출〉을 보러온 친구들과 가족들은 실감 나는 전쟁 장면을 보면서 감탄한다. 피를 흘리며 죽어가는 군인들의 모습에 비명을 지르기도 하고, 쓸쓸하게 걸어가는 군인의 뒷모습을 보면서 눈물을 흘리기도 한다. 연신 '브라보'를 외친다. 캠핑 영상과 졸업 파티 영상을 본 사람들은 자신이 나오는 모습에 신기해한다. 누군가 자신을 보고 있다는 사실에 위안받는다. 어쩌면 〈파벨만스〉는 스필버그 감독의 예술론을 긴 이야기로 풀어놓은 것인지도 모르겠다. 가족과 예술을 모두 포기할 수 없었던 예술가, 새로운 이야기로 사람들을 놀라게 하는 것도 재미있지만 한편으로는 가까운 사람들의 모습을 기록해 '내가 당신을 보고 있다'는 위안을 주는 것도 놓치지 않으려는 영화감독.

스필버그가 그동안 만들었던 영화 리스트를 보고 있으면 소름이 끼칠 정도다. 상어가 나오는 분량은 적지만 모두를 소름 끼치게 했던 〈죠스〉1975, 손가락을 들어서 외계인과 조우하고 싶게 만드는 〈E.T.〉1982, 오락영화의 극치 〈레이더스〉, 공룡의 신세계를 창조해낸 〈쥬라기 공원〉1993, 역사의 어두운 부분을 환하게 밝히고 싶었던 〈쉰들러 리스트〉1993, 총소리만으로도 전장에 뛰어든 것 같았던 〈라이언 일병 구하기〉1998, 인간 존재에 대한 철학적 질문을 던진 〈A.I.〉2001 등 걸작이 즐비하다. 모든 영화의 밑바탕에 〈파벨만스〉가 있다. 그는 기술과 예술 중 어느 것도 포기하지 않았고, 자신만의 이야기를 통해 진정한 '페이블먼스'가 되었다.

Paterson

반복, 차이

월 — 쌍둥이는 본다. Bar — 맥주
화 — 버스의 남자 두 명, 사랑에 빠진 Bar 남자
수 — 랩하는 남자
목 — 시 쓰는 아이, 아버지 파이,　　총!
금 — 기타 배송, 버스 고장, 사랑에 빠진 남자
토 — 컵케이크 팔기, 영화 보러 나가기 마빈!!
일 — 산책, 윌리엄 카를로스 윌리엄스

월 — 다시.

아 하,
A-Ha,
아하, A-Ha

대로는
텅 빈
노트

자두는 맛있었어
아주 달고 아주
시원했어
↳ 머리의 약 올리는 시

운동선수는 저마다 '루틴'이 있다. 루틴이란 선수가 최상의 컨디션을 발휘하기 위해 행하는 반복적인 동작을 뜻하는데, 단순한 것이 대부분이지만 이해하기 힘든 것도 많다. 한 테니스 선수는 서브를 넣기 전 무려 30회 정도 공을 튀겨야 했다. 공 튀기다 체력 소진이 될까 걱정된다. 세계적인 선수 라파엘 나달 역시 서브를 넣을 때 엉덩이에 낀 바지를 정리하는 독특한 루틴이 있다. 똑같은 운동을 반복해야 하는 선수들에게 루틴은 자신의 컨디션을 확인할 수 있는 기회이자 승리를 위한 의식 같은 것이다. 똑같은 운동을 반복하는 중에 즐기는 자신만의 소소한 재미일 수도 있고.

루틴의 원래 뜻은 '일상, 혹은 틀에 박힌 일'이다. 아침이 되면 잠에서 깨어 세수하고 지하철이나 버스를 이용해 회사에 도착해 어제 하던 일을 이어서 하고 집에 돌아와 저녁을 먹고 잠든다. 반복, 반복, 반복되는 일상이다. 사람들 대부분은 반복을 싫어한다. 반복되는 노동을 싫어하고 반복되는 잔소리를 지겨워하고 반복되는 일상에서 탈피하고 싶어 한다. 그래서 여행을 가고, 취미를 만들고, 새로운 사람을 만난다. 반복을 즐기기 위해 운동선수들은 루틴을 만들어내는 것인지도 모른다.

내게도 글을 쓰기 전 루틴이 있다. 우선 비누 거품을 가득 낸 다음 손을 씻는다. 그리고 손톱을 깎는다. 어울리는 음악을 골라서 재생시키고 노트북 앞에 앉는다. 어제 쓴 글을 한 번 읽어본 다음 마음에 들지 않는 부분을 수정한다. 그리고 이어서 써나간다.

루틴을 갖게 된 이유를 추측해보면 마음을 다잡기

위해서였던 것 같다. 대부분의 사람과 마찬가지로 나 역시 '글을 쓰지 못할 이유'를 머릿속으로 계속 만들어낸다. 미룰 수 있을 때까지 미루고 싶어 한다. 글을 써야 하는 직업인데도 그렇다. 지금은 다른 일이 있으니까, 오늘은 어쩐지 컨디션이 별로니까, 비가 오니까, 배가 고프니까, 꼭 봐야 할 책이 떠올랐으니까 글을 나중에 쓰자고 결정한다. 대부분 핑계다. 글 쓰는 일이 두렵기 때문이다. 글을 쓰다가 실패할까봐 겁이 나기 때문이다. 엉망진창인 글을 쓰게 될 것 같고, 쓰다가 마음이 답답해질 것 같기 때문이다. 막상 쓰기 시작하면 글쓰기만큼 재미있는 것도 없는데, 쓰기 전에는 언제나 두렵다. 그럴 때 루틴이 필요하다. 루틴이 있으면 걱정과 두려움 없이 자연스럽게 글쓰기 단계로 진입하게 된다.

모두에게는 각자의 루틴이 있다. 샤워할 때도 운동할 때도 밥을 먹을 때도 일할 때도 자신이 가장 편안하게 생각하는 루틴이 있다.

루틴을 만드는 일은, 반복을 사랑하려는 마음의 움직임이다. 어떻게 반복을 사랑할 수 있을까? 반복 속의 미묘한 차이를 알아내야 한다. 매일 똑같아 보이는 일상의 미세한 틈을 발견해야 한다. 데칼코마니처럼 겹쳐놓은 듯 보이는 어제와 오늘의 '다른 그림 찾기'를 할 수 있어야 한다.

영화 〈패터슨〉에서 '반복 사랑하기'의 힌트를 얻을 수 있다. 〈패터슨〉의 주인공 패터슨은 패터슨시에 산다. 말장난이 아니다. 감독 짐 자무시의 의도다. 패터슨시에 사는 패터슨을 통해 반복이 주는 리듬을 강조한 것이다. 패터슨의 직업은 버스 운전사. 매일 똑같은 경로를 반복해 다녀야 하는 사람이다. 패터슨에게도 자신만의 루틴이 있다. 집에 돌아오면 아내 '로라'가 묻는다. "오늘 어땠어?" "똑같았어." 저녁이 되면 개 '마빈'과 함께 산책을 나가고, 개를 묶어둔 다음 바에서 맥주 한 잔을 마시는 것이 하루의 마무리다. 매일매일이 그야말로 '복붙'일 것 같지만 다른 게 딱하나 있다. 그는 시간이 날 때마다 시를 쓴다. 이런 시다.

"난 집 안에 있다. / 바깥 날씨가 좋다: 포근하니 / 차가운 눈 위의 햇살. / 봄의 첫날 / 혹은 겨울의 마지막. / 나의 다리는 계단을 뛰어올라 문밖을 달린다, / 나의 상반신은 여기서 시를 쓰고 있다."

이런 시도 있다. '운행'이라는 제목의 시다.

"나는 지나간다. 수많은 분자가 옆으로 비켜나 나를 위해 길을 터주면 길 옆으로 더 많은 분자가 그 자리에 머물러 있다. 와이퍼 날이 끼익대기 시작한다. 비가 멈췄다. 나는 멈춰 선다. 모퉁이에는 노란 비옷을 입은 한 소년이 엄마 손을 잡고 있다."

〈운행〉을 쓴 날, "나는 멈춰 선다"라는 구절을 쓴 날, 하필이면 버스가 고장으로 멈춰 선다. 일상에 작은 변화가 생긴 것이다. 아내와도 그 이야기를 하고, 바의 사장과도 그 이야기를 한다. 다들 버스 사고에 대해 걱정하면서도 새로운 이야깃거리에 신나 한다.

월요일부터 시작된 영화는 토요일 밤 절정을 맞이한다. 부부가 시내에 영화를 보러 간 사이, 마빈이 패터슨의 시가 담긴 비밀 노트를 갈기갈기 물어뜯어 놓은 것이다. 패터슨의 시는 허공으로 날아갔다. 패터슨은 '물 위에 쓴 낱말일 뿐'이라고 애써 태연한 척하지만, 상실감을 감추기 힘들다. 비슷한 경험을 해본 사람이라면 패터슨의 속마음을 짐작할 수 있을 것이다. 며칠 동안 공들여 정리한 문서를 마무리하려고 하는데 갑자기 컴퓨터 전원이 꺼진 경험이 있다면, 아끼고 아끼던 노트를 지하철에 두고 내린 후 찾지 못한 경험이 있다면 패터슨의 가슴이 얼마나 찢어졌을지 알 것이다.

일요일 아침, 패터슨은 혼자 있고 싶어 나선 산책길에서 일본 시인을 만난다. 일본 시인은 패터슨시의 유명 시인인 윌리엄 카를로스 윌리엄스의 흔적을 찾아온 사람이다. 일본 시인이 묻는다.

"당신도 패터슨의 시인입니까?"

패터슨이 대답한다.

"아뇨. 전 버스 운전사예요. 그냥 버스 기사."

"아, 패터슨의 버스 기사. 아주 시적이군요."

일본 시인은 패터슨에게 노트 한 권을 선물한다. 그러

패터슨

곤 패터슨의 모든 사정을 알고 있다는 듯, 몇 시간 전에 당신의 모든 시를 개가 찢어발긴 걸 알고 있다는 듯 이렇게 덧붙인다.

"때론 텅 빈 페이지가 가장 많은 가능성을 선사하죠."

패터슨은 일본 시인이 준 노트를 펼쳐 든다. 그러곤 폭포를 바라본다. 그는 새로운 노트에 새로운 시를 쓰기 시작한다. 다시 월요일이 되고 영화는 끝난다.

영화에서는 별다른 사건이 일어나지 않는다. 악당도 등장하지 않는다. 액션도 없고 총격전도 없다. 반복, 반복, 반복 사이에 작은 변화가 있을 뿐이다. 영화 속 인물들은 무료해 보이지만 편안해 보이기도 한다. 반복은 무료함일까, 편안함일까.

우리는 살면서 크고 작은 일들을 겪는다. 가족이 아프기도 하고, 믿었던 사람에게 배신당하기도 하고, 큰돈을 잃기도 하고, 의외의 행운을 만나기도 한다. 일상의 반복에서 무료함을 느낀다는 것은, 실은 큰일이 생기지 않았다는 뜻이고, 별일이 없다는 뜻이다. 얼마나 큰 행운인지 모른다. 반복이 편안함이라는 사실을 깨닫는 순간, 우리는 반복을 자세히 들여다보게 된다. 아주 작은 것들, 예를 들면 바쁜 아침 짬을 내 마시는 커피 한 잔, 문득 바라본 하늘에 펼쳐진 그림 같은 구름의 행렬, 친구에게 들었던 재미있는 이야기, 이 모든 것을 자세하게 기억하게 된다. 그리고 패터슨처럼 그걸 그대로 적으면 시가 된다.

우리 모두 시인이 되어보면 어떨까? 시 쓰기는 어려운 게 아니다. 우리가 겪은 반복을 일렬로 세워서 리듬을 만들고 우리가 만나는 사람들과의 찰나를 기록해 이미지를 만들면 된다. 비밀 노트를 하나씩 만들고, 거기에 시를 쓰고 텅 빈 페이지를 보면서 우리가 겪을 미래의 가능성을 상상해보면 어떨까.

First Cow

특징: 둘 다 착하다.

침묵, 느림
→ 후반의 긴장을
자아내는 속도

영화가 꿈을 꾸고 있는 것 같다.
ㅁㅁ 영화가 꿈을 꾸나?

4 : 3

올해 가장 무섭고도 웃긴 장면

소가 자꾸만 아는 척을 한다.
살 떨린데 웃기고,

Hi   Hi

켈리 라이카트 !!

어둠 속에서
다양한 힘이 서로의
경계심을 없앴다.

새에게는 둥지,
거미에게는 거미줄,
인간에게는 우정을.
— 윌리엄 블레이크

우유 & 쿠키 먹고싶다.

당신이 개와 함께 산책을 나섰다가 두 구의 해골을 발견했다고 상상해보자. 개가 갑자기 땅을 파기 시작했고, 흙 속에서 하얀 해골이 드러났다. 우선 당신은 깜짝 놀랄 것이다. 그곳에서 누군가 죽었다는 뜻이니까. 그렇지만, 해골은 보기에 끔찍하지 않다. 거기에는 진물도 없고 구더기도 없고 악취도 없고 핏자국도 없다. 시체가 썩어서 해골만 남을 때까지 수많은 시간이 흘렀고, 시간은 인체의 윤곽을 없애고 사람의 특징을 지웠다. 두려움이 걷히고 나면 당신은 해골을 가만히 들여다보게 될 것이다. 손가락으로 조심스럽게 흙을 긁어낼지도 모른다.

당신이 과학자라면, '탄소연대측정법'으로 해골이 묻힌 시기를 조사하고 싶을지 모른다. 당신이 사진작가라면, 뼈만 남은 두 사람의 기괴한 모습을 카메라에 담고 싶을 것이고, 화가라면 그림으로 남기고 싶을 것이다. 예술가가 아니더라도 그 장면을 특별한 기억으로 남기고 싶을 것이다. 살아 있는 사람에게 죽음은 낯선 일이고, 일상적이지 않은 경험이다. 갑자기 경험하는 누군가의 죽음은 그게 오랜 시간이 지난 해골을 마주하는 일일지라도 특별할 수밖에 없다. 죽음은 지금의 삶을 도드라져 보이게 한다.

최근에 만난 인생 영화 중 하나인 켈리 라이카트Kelly Reichardt 감독의 〈퍼스트 카우〉는 그렇게 시작한다. 한 여성이 개와 함께 산책하다가 두 구의 해골을 발견하면서 이야기가 펼쳐진다. 그 여성은 아마도 감독의 분신일 것이다. 우연히 두 구의 해골을 발견한 감독의 상상이 시작된다. 해골은 누구의 것일까? 무덤도 아닌 곳에 두 사람이 묻힌 이유는 무엇일까? 두 사람의 성별은 무엇이었을까? 사랑하는 사이였을까? 싸우다가 같이 죽은 것일까? 아니면 사랑하다 함께 죽은 것일까? 감독은 두 사람의 죽음을 발견한 후, 두 사람의 만남까지 거슬러 올라간다. 시간을 되돌려 서부 개척 시대로 우리를 데려간다.

이야기의 구조는 단순하다. 1820년대 미국의 오리건, 사냥꾼들의 식량을 담당하는 요리사 피고위츠_{별명은 '쿠키'}는 중국인 도망자 킹 루를 구해준다. 마을에서 우연히 다시 만난 두 사람은 함께 생활하며 돈 벌 궁리를 하다가 기가 막힌 아이디어를 생각해낸다. 마을에 처음으로 들여온 암소에게서 몰래 우유를 짜낸 다음 비스킷을 만들어 판다는 계획이다. 이 작품의 제목은 여기에서 비롯됐다. '퍼스트 카우', 즉 마을 역사상 최초의 암소란 뜻이다. 제목에서부터 긴장감이 느껴진다. 마을의 유일한 암소에게서 우유를 훔쳐 비스킷과 케이크를 만든다면 주인이 눈치채지 않을까? 우유를 훔쳐 마시는 거라면 들킬 가능성이 적겠지만 비스킷을 만들어 파는 일은 너무 위험한 모험이 아닐까? 비스킷이나 케이크에서 우유 맛을 감출 수 있을까? 귀여운 어른 두 명이 주인공이고, 맛있는 케이크 냄새가 화면 밖으로 흘러나오는 후각 자극 영화인데도 보는 내내 긴장을 놓을 수 없는 이유가 제목에 고스란히 담겼다.

두 사람이 만들어 파는 비스킷 노점은 금세 맛집으로 소문이 난다. 웃돈을 얹어서라도 사 가려는 사람도 있고 새치기도 난무한다. 먹어본 사람은 모두 감탄한다. 밀가루와 물로 만든 퍽퍽한 빵만 먹던 그들에게 우유가 들어간 달콤함은 천상의 맛처럼 느껴졌을 것이다. 비스킷 노점의 장사가 잘되면 잘될수록 관객들은 불안해진다. '어, 저러다가 걸릴 텐데, 저러다가 모든 게 발각될 텐데⋯⋯.'

서스펜스를 만들어내는 감독의 기술은 그저 감탄스럽다. 젖소의 주인인 마을의 권력자 팩터가 비스킷을 먹는 장면은 내가 본 올해의 무척 이상한 장면 중 하나로 기억될 것 같다. 겉으로 보기에는 지극히 평범한 장면이다. 피고위츠는 평온한 얼굴로 바삭한 비스킷에다 꿀을 바르고 시나몬 가루를 뿌린 다음 팩터에게 건넨다. 팩터는 비스킷을 먹으며 '런던에 있을 때 먹었던 바로 그 맛'이라며 감탄한다. 자신의 젖소에서 짜낸 우유로 만든 것이라고는 상상조차 하지 못한다.

맛있는 음식을 만들고 그걸 맛있게 먹는 장면이 이렇게도 초조할 일이란 말인가. 미식가 팩터가 그 속에 든 우유를 눈치채지 못하길 바라는 마음, 꿀과 시나몬 가루를 더 많이 발라서 우유의 맛이 희석되길 바라는 마음 같은 게 복잡하게 뒤엉킨다. 옆에서 초조하게 지켜보는 루의 얼굴은 모든 관객의 표정과 같을 것이다.

피고위츠와 루는 범죄자다. 우유를 훔쳤다. 훔친 우유로 음식을 만들어 팔고 있다. 그런데 우리는 왜 두 사람을 응원하게 되는 것일까? 왜 그들이 처벌받지 않길 바랄까? 물론 처벌받아야 한다고 생각하는 사람도 있을 것이다. 우선 그들은 우리와 같은 약자다. 권력자 팩터는 '처벌이 엄격할수록 더 바람직한 성과를 낸다'는 생각을 공공연하게 드러내고, '잘만 유도하면 사형도 결국은 유용할 수 있'으며 '나태한 자들에게는 사형이 강한 동기로 작용한다'라고 생각하는 사람이다. 그런 팩터에게 걸리면 두 사람은 죽은 목숨이나 다름없으니, 두 사람의 죽음을 막기 위해서라도 범죄가 발각되지 않길 바라게 된다.

두 사람을 응원하게 되는 또 하나의 이유는 그들이 착한 사람이기 때문이다. 다른 사람의 우유를 훔치는데 착하다는 게 말이 되나 싶겠지만, 감독은 두 사람의 선한 마음을 표현하는 데 오랫동안 공을 들인다. 두 사람은 총을 쏘며 사냥하지도, 난투극을 벌이지도 않는다. 그들은 쫓기는 사람들이다.

피고위츠는 쫓기는 루를 살려준다. 루는 갈 곳 없는 피고위츠를 자신의 집에 머물게 해준다. 루가 살 곳을 제공하자 피고위츠는 빗자루를 들고 집을 청소하고, 들꽃을 꺾어 와서 집을 장식한다. 꽃으로 꾸며진 집을 보고 루는 이렇게 말한다. "훨씬 나아 보이네." 피고위츠는 우유를 훔치면서 소와 대화를 나누기도 한다. 긴 여행에서 가족을 잃은 소의 슬픔을 위로하고, 이곳에서 잘 적응할 수 있으리라 응원한다. 소에게서 젖을 훔치면서도 최소한의 예의를 갖추는 사람이다. 후반부 위급한 장면에서도 두 사람은 이기적으로 행동하지 않는다. 서로를 위하고, 배신하지 않는다.

영화는 공정의 의미를 묻는다. 또 다른 장발장의 이야기인 셈이다. 권력자들로부터 노동력을 착취당하는 착한 사람들이 작은 잘못을 저질렀을 때, 어떤 벌을 받아야 하는가? 두 사람이 백인이 아니라는 게 중요할 것이다. 루는 중국인이고, 피고위츠는 유대인이다. 영국인이나 원주민 인디언이 아닌, 완전한 아웃사이더인 셈이다.

마을에 들어온 암소를 보고 나서 사람들이 잡담을 나누는 장면이 있다. "여기선 암소 못 키워, 그래서 애초에 없던 거야"라고 누군가 말하자 건너편에 있는 사람이 이렇게 대꾸한다. "애초에 없던 건 백인도 마찬가지지." 애초에 없던 백인이 갑자기 들어와서는 모든 게 자신의 것이라고 주장하고, 물건을 훔치는 사람을 죽이는 일이 미국 땅에서 벌어졌던 것이다.

결론은 정해져 있다. 두 사람은 죽는다. 어떻게 죽는지는 영화에서도 자세히 보여주지 않는다. 하지만 두 사람의 마지막은 평온하고 다정하다. 처음 이야기로 돌아가서 당신은 두 구의 해골을 보고 어떤 이야기를 떠올릴까? 당신이 떠올리는 그 이야기가 당신이 어떤 사람인지 잘 설명해줄 것이다.

The Farewell

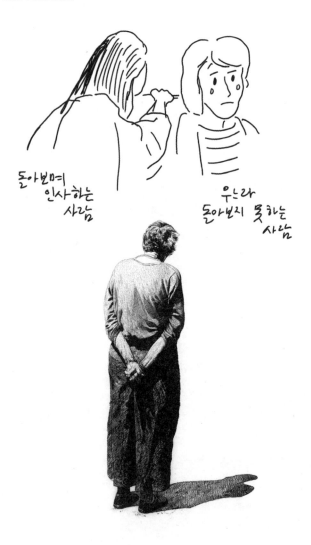

돌아보며
인사하는
사람

우느라
돌아보지 못하는
사람

헤어질 때 하는 인사에는 그 사람의 마음이 드러나는 것 같다. "잘 가", "조심해서 가"처럼 상대방의 안전을 걱정해주는 인사가 있는가 하면, "다음에 봐", "곧 만나"처럼 '조만간 당신을 다시 만나고 싶다'는 마음을 담는 인사도 있다. 어떤 사람과 헤어지느냐에 따라 인사가 달라지기도 한다. 연인과 헤어질 때면 다시 만날 시간을 손꼽게 되므로 "들어가서 연락해", "헤어지기 싫다" 같은 깨소금 볶는 인사를, 조만간 만나기 힘든 사람과 헤어질 때는 "건강하세요" 같은 인사를 건네게 된다. 속뜻은 이렇다. '한동안 당신을 만나기 힘들 테니 알아서 건강을 잘 챙기시길 바랍니다.' 물론, 상대의 건강을 진심으로 걱정해서 그러한 인사를 할 때도 있을 것이다. 가장 몰인정한 인사는 후닥닥 도망치듯 던지는 "먼저 가볼게요" 같은 말이 아닐까.

나라마다 작별 인사는 조금씩 다르지만 가장 흔한 것은 '조만간 다시 보자' 같다. 중국에서 쓰는 '再见 짜이찌엔', 프랑스에서 쓰는 'Au revoir 오흐브아', 영어권에서 쓰는 'See you'는 모두 '다시 만나자'는 뜻이다. 이보다 안심되는 말이 있을까. 오늘이 끝이 아니라 다음에 또 다른 기회가 있을 것이라는 인사보다 포근한 말이 있을까.

룰루 왕 Lulu Wang 감독의 영화 〈페어웰〉은 작별 인사에 대한 이야기다. 뉴욕에 사는 빌리는 중국에 살고 있는 친할머니의 폐암 4기 소식을 전해 듣는다. 할머니의 살날이 3개월밖에 남지 않았다는 것이다. 빌리는 당장 할머니에게 달려가고 싶지만, 빌리의 부모님과 다른 가족들은 할머니에게 병명을 알려주지 않기로 결정한다.

'시간이 얼마 남지 않았는데 당연히 알려줘야 하는 게 아니냐'고 반박하는 빌리에게 엄마는 이렇게 말한다.

"중국에 그런 말이 있어. 암에 걸리면 죽는데, 사람을 죽게하는 건 암이 아니라 공포라고."

그렇게 가족들의 거짓말이 시작된다. 빌리의 사촌 하오하오는 3개월을 만난 여자친구와 결혼을 급조하고, 그 핑계로 온 가족이 할머니 집에 모인다. 할머니는 손자의 결혼식이 기쁘고 오랜만에 함께 모인 가족들이 반갑지만, 아들과 손주들은 표정 관리가 쉽지 않다. 울고 싶은데 웃어야하는 상황에서 코미디가 만들어진다.

〈페어웰〉은 '죽음'에 대한 무거운 질문을 가벼운 코미디로 풀어내는 작품이다. 죽음을 앞둔 사람에게 어떻게 작별을 고해야 하는가. 본인에게 병명을 그대로 알리고 준비할 시간을 줄 것인가, 아니면 병을 숨기고 일상을 살아가게할 것인가. 할머니 입장에서 생각해보자. 내가 죽을 날을 알고 준비하는 게 좋을까, 아무것도 모른 채 기쁘게 살아가다가 갑자기 죽음을 맞이하는 게 좋을까. 답하기 쉽지 않은질문이고, 답변이 제각각 다를 수밖에 없다.

미국의 개인주의 문화에 익숙한 빌리는 "환자에게 병명을 알려주지 않는 건 미국에서 불법이에요. 그리고 다 같이 속인 걸 알면 할머니 입장에서는 화나시지 않을까요?"라고묻는다. 이모할머니는 "네 할아버지가 암 선고받았을 때할머니도 똑같이 했어. 이제 진짜 얼마 남지 않았다 싶을 때 말했지"라고 설명해준다. 할머니가 남편에게 그런 행동을 했으니 자신의 경우도 이해할 것이라는 얘기다.

영화의 시작 부분에 감독은 이런 설명을 넣어둔다. "실제 거짓말에 기반한 이야기입니다." 영화는 감독의 실제 경험에서 비롯됐고, 할머니에게 했던 거짓말 경험으로 이야기를 채운 것이다. 영화 속 가족들의 거짓말이 좋은 거짓말인지는 모르겠지만 슬픈 거짓말인 건 확실하다. 사람들이 거짓말을 하는 이유는 보통 자신에게 이로운 상황을 만들기 위해서인데, 영화 속 가족들은 그렇지 않다. 눈물을 흘리면서 거짓말을 한다. 빌리의 삼촌은 이렇게 설명한다.

"빌리, 할머니께 사실대로 말하고 싶지? 책임지고 싶지 않아서 그런 거야. 너무 큰 짐이니까. 다 말해버리면 죄책감을 안 느껴도 되니까. 나는 말씀드리지 않을 거다. 할머니 대신 그 짐을 지는 게 우리 몫이니까."

맞는 말일까? 할머니에게 병을 알리지 않는 게 짐을 대신 지는 행동일까? 그런 것 같기도 하고 아닌 것 같기도 하다. 빌리의 고모는 할머니에게 병을 알리지 않는 이유를 이렇게 설명한다. "작별 인사? 그건 너무 슬프잖아. 그런 상황을 만들어드리기 싫어. 지금 이모 상태 엄청 좋은데 괜히 얘기하면 좋은 기분 다 망칠 거야."

할머니에게 병을 알리지 않는 이유는 가족들 모두 슬픔을 회피하고 싶어서인지도 모른다. 슬픔을 피하는 게 좋은 걸까? 슬픔을 정면으로 응시해야 하지 않을까? 그냥 기쁘게 웃다가 갑작스럽게 죽음을 맞이하는 게 좋은 걸까? 그럴 수도 있고, 아닐 수도 있을 것이다. 영화를 보는 내내 끊임없이 질문을 던지게 된다.

영화는 시종일관 경쾌하지만 마냥 웃게 되지는 않는다. 죽음을 앞둔 할머니를 보는 주변 사람들의 표정은 슬프지만, 마냥 울게 되지는 않는다. 빌리의 구부정한 자세처럼 우리는 웃음과 울음 사이에서, 삶과 죽음 사이에서 엉거주춤 서 있다.

내 마음을 가장 뒤흔들었던 장면은 빌리와 할머니가 작별 인사를 할 때였다. 빌리는 할머니를 좋아하고, 할머니도 빌리를 무척 아끼지만, 두 사람은 무척 오랜만에 만났다. 그리고 언제 다시 만날지 기약할 수 없다. 아마 이번이 마지막일 것이다. 두 사람은 오랫동안 껴안는다. 빌리는 할머니에게 말한다.

"할머니 보러 또 올게요."

할머니가 대답한다.

"알지, 알지. 우리 곧 또 보자꾸나. 얼른 가라. 인사는 이제 그만하자. 더 힘들어질 것 같아. 얼른 가라."

빌리의 엄마, 그러니까 할머니의 며느리는 이렇게 인사한다.

"몸 잘 돌보세요. 들어가세요, 어머니."

할머니는 대답한다.

"너희 차 타면 들어갈게."

빌리의 아빠, 그러니까 할머니의 아들은 이렇게 인사한다.

"들어가세요, 어머니."

할머니가 대답한다.

"빨리 가, 비행기 놓칠라. 잘 지내라, 내 새끼."

이어지는 장면은 빌리의 시점이다. 택시의 뒤창을 통해 할머니를 본다. 할머니는 손을 흔들고 있다. 할머니의 모습은 점점 멀어진다. 할머니는 울음을 터뜨린다. 할머니가 시야에서 사라졌지만 빌리는 뒷창문에서 눈을 뗄 수가 없다.

어떤 인사도 빌리의 마음을 정확하게 표현할 수는 없을 것이다. 다시 만날 수 없는 게 분명한 사람에게 어떤 마지막 인사를 할 수 있을까? 뉴욕으로 돌아온 빌리는 어두운 자신의 방을 우두커니 본다.

빌리와 할머니의 이별 장면에서 많은 이가 공감하지 않았을까 싶다. 우리의 마음은 복잡하다. 빨리 일상으로 돌아가 일을 하고 사랑을 하며 내 생활을 해나가고 싶은 의욕에 차기도 하다가 어머니를, 할머니를 거기에 남겨두고 왔다는 죄책감에 사로잡히기도 한다. 부모님은 고향에 그대로 계신데, 우리는 왜 부모님을 남겨두고 왔다고 느끼는 것일까? 그건 아마 사랑의 크기 차이 때문일 것이다. 부모가 내 생각을 하는 것에 비하면, 나는 부모를 자주 떠올리지 못한다는 죄책감 때문일 것이다. 빌리의 아빠는 "곧 다시 어머니 보러 올 거예요"라는 말을 하지 못한다. 거짓말이기 때문이다. 마지막까지 거짓말을 할 수는 없었을 것이다. 빌리의 엄마는 몸 잘 돌보시라는 말밖에 할 수 없다. 빌리만이 할머니에게 다시 보러 오겠다고 인사한다. 할머니에게 거짓말을 하기 싫어했던 빌리는 결국 가장 거짓말을 잘하는 사람이었다.

우리가 일상에서 나누는 인사 역시 일종의 거짓말일지 모른다. "조만간 봐요", "밥 한번 먹어요", "연락할게요" 같은 말들. 때로는 그런 거짓말들이 우리의 마음을 더 잘 보여주기도 하는 것 같다. "할머니 보러 또 올게요"라고 했던 빌리의 마지막 거짓말처럼.

Pain and Glory

삶이 인생의 스승이다.
지역적으로는 영화의 로케이션으로,
개인적으로는 통증과 병 때문에,
창작 → 우울증, 종교도 믿어서
신에게 기댈 수도 없다.

66 그는 죽음이 뭔
가장 고독한
사람이었다 99

세계 최초 헤로인
GV.

에릭 뷔야르
< 그들의 일기 >
2차 세계대전 전야를
다룬 작품.

쓸모 없는 약인데도
인생을 입게 쓰다

영화

체너빌라
바르가스
페레스 빌랄타
장 콕토

모든 고통을
밤으로 약으로
전락시기는 예술가의
마법, 마법은
진실을 터득하게

여름의 기억
암모니아 냄새, 자스민 향기, 산들바람
물소리. 제목과 연결되는 감각들.

소설을 읽거나 영화를 보다 보면 과몰입하게 되는 캐릭터가 생기기 마련이다. 처지나 상황이 다르고, 국적이나 나이도 다른데 주인공이 나처럼 느껴질 때가 있다. 그것은 아마도 풀어야 할 숙제가 비슷해서일지도 모른다. 비슷한 종류의 응어리가 마음 밑바닥 깊숙한 곳에서 녹지 않고 있기 때문인지도 모른다. 〈페인 앤 글로리〉의 주인공인 살바도르 말로는 신학교를 졸업하고 세계적인 영화감독이 되었지만, 어머니의 사망 이후 척추 수술과 우울증이 겹치면서 영화를 만들지 못하고 있는 상태다. 내 경력과 비슷한 점이 거의 없고, 현재 상태도 전혀 다른데 나는 왜 그렇게 말로에 몰입했던 것일까?

말로는 사랑하는 엄마와 함께 지독한 가난을 버티며 살았다. 사람이 살기 어려워 보이는 동굴을 어머니와 함께 아름답게 꾸미면서 지냈다. 동굴에서 살던 어린 시절, 그에게 큰 영향을 준 두 사건이 있다. 첫째, 이웃집 벽돌공 청년 에두아르도와 함께 지내면서 자신의 성 정체성을 이른 나이에 깨달은 것이다. 에두아르도의 벗은 몸을 보면서 말로는 아름다움을 느꼈고 사랑의 열병을 온몸으로 느끼며 기절하고 만다.

둘째, 신학교에 다니면서 배운 게 하나도 없다는 사실이다. 뛰어난 노래 실력 덕분에 성가대에 들어가게 된 말로에게 신부님들은 수업에 들어오는 대신 성가대에 집중하라고 지시했다. "신부님들은 나를 시험도 치지 않고 과목을 이수한 무식쟁이로 만들었다. 시간이 흘러 나는 영화감독이 되었다. 내가 만든 영화를 홍보하느라 여행을 다니면서

비로소 스페인 지리를 알게 됐다. 나는 통증과 병을 겪으며 내 몸에 대해 알게 되었다."

어린 시절에 겪었던 두 가지 결정적 사건은 '어른 말로'를 만든 두 개의 기둥이라 할 수 있다. 말로는 그 기둥을 중심으로 벽을 만들었고 천장을 얹었고 창을 냈다. 인간은 모두 하나의 건축물과 같아서 기둥을 세워야 벽과 천장과 창문을 추가할 수 있다. 벽은 개조 공사를 할 수 있고, 창문은 다른 방향으로 낼 수 있지만 기둥만큼은 변경이 불가능하다. 기둥은 집이 없어질 때까지 그 자리를 굳건하게 떠받친다. 말로가 겪었던 두 가지 사건은 기둥인 동시에 지워지지 않는 흉터였을 것이다. 그는 흉터를 가리기 위해 노력했거나 흉터를 인정하기 위해 애썼을 것이다.

말로는 이른 나이에 깨닫게 된 성 정체성 때문에 숱한 불면의 밤을 보냈을 것이고, 세상에 대한 지식을 뒤늦게 배우면서 환희 가득한 순간을 맛보기도 했을 것이다. 격정과 환희와 깨달음이 뒤엉킨 불면의 밤이 말로를 예술가로 만들었을 것이다. 그렇게 그는 많은 사람의 사랑을 받는 영화감독이 되었고, 한편으로는 온몸이 고장 난 사람이 되었다.

영화 내내 말로는 새로운 영화를 만들지 못하는 상태다. 사방이 벽으로 꽉 막혀 있어서 돌파구를 찾지 못한다. 일종의 '글 길 막힘 Writer's Block'을 겪는 셈이다. 그가 새로운 창작품을 만들지 못하는 가장 큰 원인은 우울이다. 과거를 아름답게 채색해주던 어머니가 세상을 떠났고, 늙은 몸은 여기저기 고장이 난 상태니 이런 우울로는 도저히 미래로 나아갈 수 없는 것이다. 그는 앞으로 나아가려고 온 힘을 다한다. 수십 년 전에 싸웠던 배우와 화해하고, 오래전에 썼던 글을 무대에 올리고, 사랑했던 사람과 재회한다.

괴로움 때문에 시작했던 마약을 끊고 병원에서 제대로 된 처방을 받고, 첫사랑이었던 에두아르도의 편지를 우연히 발견한 말로는 조금씩 희망을 되찾는다. 컴퓨터 앞에 앉아 오랜만에 글을 쓰는 말로를 보면서 나는 울컥했다. 마음 깊은 곳에서부터 무언가 끓어올랐다. 고통을 딛고 일어선 사람의 모습은 얼마나 감동적인가. 게다가 벽을 뚫고 나와 글을 쓰기 시작하는 작가의 모습은 더욱 그랬다. 수술을 앞둔 말로는 의사에게 말한다.

"선생님, 다시 글을 쓰기 시작했어요."

의사가 대답한다.

"그래요? 좋은 소식이군요. 아주 기쁩니다. 어떤 이야기죠? 드라마? 코미디인가요?"

대답하려던 말로는 수면 마취 상태로 빠져든다. 대답은 중요하지 않다. 예전에 그가 했던 답으로 대신 해보자.

"영화를 못 찍는다면 내 인생은 의미가 없어."

드라마든 코미디든 액션이든 호러든 상관없다. 글을 쓰고 영화를 만드는 사람에게 중요한 것은 장르가 아니라 무엇이든 만들어내는 일이다.

　'페인 앤 글로리'라는 제목은 의미심장하다. 말로는 영화감독이 된 후 수많은 지식을 하나씩 알아가면서 이런 깨달음을 얻었다.

"내 머리와 그 안에 있는 것이 기쁨과 지식의 원천인 동시에 고통의 무한한 가능성을 지녔다는 걸 깨달았다."

　고통과 영광은 어떤 관계일까. 우리는 고통과 영광을 떨어뜨려 놓으려는 습성이 있다. 어떤 사람은 '고통을 겪어야 영광을 얻을 수 있다'라고 말할 것이다. 어떤 사람은 '영광을 얻으면 고통이 뒤따를 수밖에 없다'라고 말할 것이다. 하지만 말로는 '고통과 영광은 양립할 수 없는 운명 공동체 같은 것'이라고 말한다. 인생은 달콤하기만 하지도 않고, 쓰디쓰기만 하지도 않은 '단쓴단쓴'의 연속이라고 말한다. 그렇다면 우리가 할 수 있는 일이란 무엇일까? '하지 않으면 내 인생이 의미가 없어지는' 일을 하는 것이다. 더 늦기 전에.

FORD V FERRARI

7,000RPM

7,000RPM 근처에는 그런 게 있어,
모든 게 희미해지는 지점, 차는 무게를
잃고 그대로 사라지지. 남는 건 시공을
가로지르는 몸뿐. 7,000RPM, 바로 거기서
만나는 거야, 그 순간은 질문 하나를 던지지.
세상에서 가장 중요한 질문.

퍼펙트
랩은
가능한가!

엔초 페라리,
<u>헨리 포드</u>

<u>넌 누구인가?</u>
세상엔 장인도 필요하고,
혁신가도 필요하다,
포드를 오늘 수준께 그래게만
들 모두 인정한다.

전혀 다른
두 인물,
두 자동차,

<u>캐롤 셸비 / 켄 마일스</u>
<u>V 의 걸맞은 비교</u>

(파트너) 계속되는 대비
순수함이란 무엇인가!

양자택일은 인간의 숙명이다. 이거냐, 저거냐, 골라, 골라. 둘 중 하나를 골라야 하는 상황은 죽을 때까지 이어진다. 죽느냐, 사느냐, 그것이 문제라던 햄릿부터 짜장과 짬뽕 사이에서 언제나 행복한 갈등 중인 사람들에 이르기까지 인간 앞에는 언제나 두 갈래 길이 펼쳐진다. 화장실에 나타나는 귀신은 빨간 휴지와 파란 휴지 중 하나를 선택하라고 강요하고 휴지는 하얀색이 진리 아닙니까, 귀신님?, 영화 〈매트릭스〉 1999 에서도 주인공은 빨간 알약과 파란 알약 중 하나를 선택해야 한다 나는 빨강과 파랑이 믹스 앤드 매치된 알약이 그렇게 예뻤던데…….

양자택일을 놀이로 삼는 사람들도 있다. 인터넷의 커뮤니티에는 양자택일 질문으로 가득하다. "이소룡과 타이슨이 싸우면 누가 이길까?"라는 시대 초월적인 질문부터 "아프면서 2백 세 살기 대 몸 건강하게 80세 살기" 같은 존재론적인 선택을 강요하는 질문에 이르기까지. 이쯤 되면 인간이 양자택일을 몹시 사랑한다고 볼 수밖에 없다.

모든 일에 두 개의 선택지만 있을 리 없지만 우리는 요약해서 고민하기를 좋아한다. 오지선다보다는 양자택일이 쉬워 보인다. 하나만 포기하면 금방 답을 얻을 수 있으니까. 나도 양자택일로 고민을 해결할 때가 많다. 1번부터 8번까지의 고민이 있다고 치자. 한꺼번에 모든 고민을 해결할 수는 없으므로 가장 커다란 고민 두 개를 뽑아낸 다음 둘 중 어떤 걸 먼저 해결할지 결정한다. 반대 방법을 쓸 때도 있다. 가장 사소해 보이는 고민 두 개를 뽑아낸 다음 둘 중 하나를 해결한다. 고민을 간추리고 요약하고 무거웠던 머리를 가볍게 하는 데 양자택일만큼 좋은 게 없다. 나에게는 그렇다.

드라마나 영화에서도 양자택일이 자주 등장한다. 드라마 속 삼각관계란 결국 '이 사람과 저 사람 중 누구를 선택할 것인가'를 보여주기 위한 장치다. 우리는 둘 중 한 사람을 응원하며 사랑이 이뤄지길 바란다. 시청률을 올리는 데 이만큼 효과적인 장치는 없다.

흔히 사용하는 '라이벌 구도' 역시 마찬가지다. 타고난 천재 일인자와 성실한 노력형 이인자 중 우리는 한 사람을 골라서 응원한다. 우리가 둘 중 누구를 응원하느냐에 따라 자신이 추구하는 가치를 확인할 수 있고, 삶의 목표를 다시 한번 되새길 수 있다. 라이벌은 사람으로 포장된 두 개의 과녁인 셈이다. 〈보리 vs 매켄로〉2017, 〈러시: 더 라이벌〉2013 같은 스포츠 라이벌 영화에서부터 시인 윤동주와 송몽규를 훌륭한 라이벌로 묘사한 〈동주〉2016에 이르기까지 재미있는 라이벌 영화는 무척 많다. 그중 내가 가장 좋아하는 라이벌 영화는 〈포드 V 페라리〉다.

〈포드 V 페라리〉의 라이벌은 자동차 회사 '포드'와 '페라리'가 아니다. 그리고 영화는 둘을 라이벌로 묘사하기보다 대놓고 한쪽 회사 편을 든다. 1960년대 매출 감소에 빠진 자동차 회사 포드는 스포츠카 레이스의 절대 1위 페라리와 인수 합병을 추진한다. 막대한 돈을 쏟아붓고 계약에 실패한 것도 모자라 엔초 페라리로부터 모욕까지 당한 헨리 포드2세는 화가 머리끝까지 치밀어 오른다. 그는 르망 24시간 레이스에서 페라리를 박살 낼 차를 제조하라는 지시를 내린다. 영화 내내 포드2세는 명예와 승부욕으로 똘똘 뭉친 사람으로, 페라리는 자동차의 장인으로 묘사된다.

애초에 라이벌이 될 수가 없다. 기울어도 너무 기운다. 진짜 라이벌은 포드2세가 페라리를 이기기 위해 고용한 두 사람, 캐롤 셸비와 켄 마일스이다.

셸비는 르망 레이스 우승자 출신이지만 더 이상 레이싱을 할 수 없는 상태다. 셸비는 자동차에 미친 마일스를 끌어들인다. 두 사람은 르망 레이스에서 포드를 우승시키기 위해 힘을 모은다. 두 사람이 르망 레이스에서 우승하는지 못하는지는 영화를 보면 알 수 있고, 실화를 바탕으로 한 영화라 인터넷 검색만 해도 쉽게 알 수 있으니 더 이상의 설명은 생략하겠다. 부연하자면, 〈포드 V 페라리〉는 내가 2020년에 본 영화 중 가장 흥미진진하고 재미있었다. 자동차 음향도 끝내주고, 연기는 말할 나위도 없으며, 감동도 있는 데다 대사도 무척 좋다. 그 무렵 "뭐 재미있는 영화 없어?"라고 누군가 물었을 때 나는 무조건 이 영화를 추천했다. 그만큼 많은 사람이 좋아할 만한 영화다.

영화를 보고 나서도 셸비와 마일스를 라이벌로 생각하지 않는 사람이 있을지 모르겠다. 두 사람은 애들처럼 치고받고 싸우지만 단 한 번도 공통의 목표에서 벗어난 적이 없다. 늘 같은 편이다. 목적지로 가는 방법이 달라서, 의견 차이 때문에 싸우기는 하지만 상대방의 재능을 시기하거나 질투하지도 않는다. 상대방을 이기기 위해 음모를 꾸미지도 않는다.

우리는 라이벌이라는 단어를 떠올릴 때마다 고정관념에 사로잡힌다. 질투하고, 승리에 집착하고, 대립하고, 경쟁하는 관계를 라이벌로 생각한다. 일반적인 의미에서의 라이벌은 그런 의미다.

포드의 간부들은 자신 마음대로 움직이지 않는 고집불통 마일스를 껄끄러워했다. 그때 셸비는 마일스를 두둔하며 이렇게 설명했다.

"돈으로 살 수 없는 게 뭐냐고 물었죠? 운전대 뒤에 있는 순수한 레이서. 그게 바로 마일스예요."

셸비는 마일스의 재능을, 순수함을, 자동차에 대한 사랑을 진심으로 존경했다. 그것은 자신이 더 이상 가질 수 없는 재능이었다. 마일스도 마찬가지다. 마일스가 영화의 마지막 장면에서 한 선택은 셸비의 삶을 존중하는 선택이었다. 능글맞아 보이고 말만 번드르르하게 잘하는 자동차 딜러처럼 보이는 셸비의 밑바닥에 있는 자동차에 대한 애정을 마일스는 끝까지 존중했다.

두 사람은 자신이 가지지 못한 재능을 인정했고, 상대방의 재능을 존경했다. 팀을 위해 자신의 고집을 꺾었고, 함께 바라본 목표를 위해 자신의 궤도를 조금 수정했다. 마일스가 아들에게 하는 자동차에 대한 설명은 삶에 대한 은유같다.

"빨리 달리면 차의 속도는 올라가지만 나머진 모두 느려져……. 기계를 한계까지 밀어붙이면서 버텨주길 바라려면 한계가 어디인지 알아야 해. 퍼펙트 랩은 존재해. 대부분은 존재도 모르지만 분명히 있어."

퍼펙트 랩이란 레이스에서 선택할 수 있는 최상의 코스를 최상의 실력으로 달리는 것이다. 삶의 모든 순간에 최고의 선택을 할 수 있을까? 한 번도 실수하지 않고 최고의 스피드, 최고의 코너워크, 최고의 가속, 최고의 제동으로 완벽한 '한 바퀴'를 돌 수 있을까? 바꿔 말하자면, 우리는 단 한 순간도 실수하지 않는 완벽한 하루를 만들 수 있을까? 자신의 한계를 알면 그런 순간이 올 수 있다고 마일스는 믿는다.

셸비와 마일스를 계속 대비시키는 이유는, 우리에게는 두 사람이 모두 필요하기 때문이다. 사람들과 함께 일할 때, 우리에게는 셸비의 유연함이 필요하다. 어딘가에 몰두할 때, 우리에게는 그 어떤 것과도 타협하지 않는 마일스의 순수함이 필요하다.

포드와 페라리의 역할 역시 그렇다. 포드2세를 바보로 만드는 영화처럼 보이지만, 실은 포드와 페라리 모두 우리에게 필요하다고 이야기한다. 많은 사람이 자동차를 구입할 수 있도록 한 포드도 소중하고, 자동차를 예술의 경지로 끌어올린 페라리도 필요하다. 세상에는 사업가도 필요하고 장인도 필요하다.

자극적인 라이벌 스토리는 어느 한쪽에 감정이입을 해 선택할 것을 강요하지만, 〈포드 V 페라리〉는 두 사람 모두에게 감정이입을 하도록 만든다. 양자택일이 무의미하다는 것을 알려준다. 우리가 모든 순간에 선택을 할 필요는 없다. 보기가 두 개일 때 답이 하나만 있다고 생각하지 말자. 답은 네 개일 수 있다. 1번, 혹은 2번, 혹은 1번과 2번, 혹은 답 없음.

Free Guy

우리는 자주 후회한다. 흐르는 시간 위에 살기 때문이다. 과거로 되돌아갈 수 없고, 같은 시간을 다시 살 수 없다. 우리는 과거에 끊임없는 질문을 던지며 시간 위를 걸어간다. '그때 다른 걸 선택했다면 내 삶이 달라졌을까?' 혹은 '그때 그 선택을 하지 않았다면 내 삶이 나아졌을까?' 시간은 한참 후에야 우리의 질문에 답해준다. 때로는 끝내 알 수 없기도 하다.

그러니 시간을 소재로 한 소설이나 영화가 많은 것은 당연한 일이다. 후회하기 좋아하는 인간들은 자신이 가보지 못한 길을 이야기로 만든다. 상상력을 발휘한다. 가상의 인물을 만들어 경험해보게 한다.

영화나 소설 속 주인공은 잘못된 선택을 하는 경우가 많다. 고를 수 있는 것 중에 가장 나쁜 길을 선택하는 주인공을 보면서 우리는 혀를 끌끌 차며 '그 길로 가지 마!'라고 속으로 외치지만, 우리 역시 비슷한 선택을 자주 해왔다는 걸 깨닫는다. 주인공은 대개 잘못된 선택을 하고, 후회하고, 반성하고, 더 나은 길을 찾기 위해 노력하다가, 다시 실패하고, 잘못된 선택을 반복하다가 누군가의 도움으로 겨우 살아남거나, 끝내 비극적인 결말을 맞는다. 해피엔딩이거나 새드엔딩이거나. 우리의 미래도 아마 그럴 것이다.

타임 루프 장르 중 가장 유명한 영화는 1993년 작품 〈사랑의 블랙홀〉이다. 자고 일어나도, 차에 부딪혀서 죽어도, 자살을 시도해봐도 계속 2월 2일이 반복된다. 같은 하루가 반복된다는 걸 알아챈 주인공이 맨 처음 떠올린 일은 여자의 마음을 사로잡는 것이다. 마음에 드는 여성을 매일 만나 조금씩 정보를 얻은 다음, 마치 자신이 운명의 남자라도 되는 양 사기를 치려는 것이다. 성공하지만, 별 의미는 없다. 다음 날이면 새로운 날이 펼쳐지는데, 또다시 2월 2일. 관계의 발전이 불가능하다.

주인공은 은행을 털기도 하고, 난폭 운전도 한다. 어떤 사건을 벌이든 자고 일어나면 다시 2월 2일이다. 주인공은 마음을 고쳐먹는다. 반복되는 시간을 다른 방식으로 이용하기로 마음먹는다. 매일 얼음 조각을 연습해 훌륭한 조각가가 되고, 뛰어난 피아노 연주자가 되며, 책을 끊임없이 읽어서 달변가가 되는가 하면, 수많은 사람에게 닥친 불행을 미리 알아챈 다음 위기에서 사람들을 구한다. 아직 영화를 보지 못한 사람들을 위해 자세한 설명은 하지 않겠지만, 카즈너의 두 가지 삶의 방식은 곧 우리가 시간을 대하는 두 가지 태도라고 할 수 있다. 매일 반복되는 삶이 따분해서 삶의 의욕을 잃는 사람이 있는가 하면, 매일 미세하게 달라지는 시간의 틈을 이용해 더 나은 존재가 되기 위해 노력하는 사람도 있다.

타임 루프 장르 중에는 인간과 시간의 관계를 생각하게 하는 작품이 많다. 〈엣지 오브 투모로우〉2014는 게임 속에 던져진 것 같은 인간의 숙명을 탁월하게 그리는 작품이고, 〈소스 코드〉2011는 주어진 8분이라는 시간을 반복해 겪으면서 열차 테러범을 추적한다는 설정이 돋보이는 멋진 스릴러다. 마지막 장면은 가슴 뭉클해서 눈물이 나기도 한다.

시간이 반복되는 타임 루프 형식의 영화들은 편집이 무척 중요하다. 어떤 장면을 반복해서 보여주고, 어떤 장면을 생략할 것인지 선택해야 한다. 잠에서 깨어나는 장면을 연속해 보여주면 똑같은 하루가 지겹도록 반복된다는 걸 전할 수 있다. 똑같아 보이는 하루의 미세한 차이를 부각시키면, 관객의 시선을 곧바로 잡아챌 수 있다. 그때그때 어떤 장면에 힘을 실을지 결정해야 한다.

생각해보면, 우리는 모두 각자의 삶을 편집한다. 매일 똑같은 일을 반복해야 할 때 우리는 별다른 생각을 하지 않고 의미도 두지 않는다. 출근 버스를 타고 똑같은 길을 달리면서 비슷한 음악을 듣고, 비슷한 사람들에 둘러싸인 채 목적지에 도착한다. 출근 장면은 기억 속에서 편집해버리는 셈이다. 하루를 마치고 잠자리에 들기 전, 우리는 눈앞에 그날의 단편영화를 상영한다. 어제와 거의 비슷했던 하루의 틈에 다른 날과는 조금 달랐던 순간의 감흥을 집어넣는다. 스르르 잠이 들었다가 깨어나면, 어제와 비슷한 오늘이 시작된다. 타임 루프는 아니지만, 거의 타임 루프라고 여겨질 만큼 비슷한 하루다.

2021년에 개봉한 영화 〈프리 가이〉는 타임 루프 장르와 게임 형식을 결합시켰다. 주인공 가이는 폭력과 총격전이 난무하는 도시 프리 시티에 살고 있지만, 직장과 친구와 한 잔의 커피 같은 반복되는 일상을 사랑하는 사람이다. 그런데 꿈에 그리던 이상형 밀리와 마주친 날, 충격적인 사실을 알게 된다. 프리 시티는 실재하는 도시가 아니라 '오픈 월드' 게임 속 세상이며, 자신은 인간이 아니라 게임 속의 NPC Non-Player Character 라는 것이다. NPC는 플레이어들이 게임을 재미있게 할 수 있도록 얻어맞고 살해당하고 도망치는 역할을 하는 게임 속 배경이다. 자신이 삶의 주인공인 줄 알았는데 하찮은 존재인 걸 알게 된 순간, 가이는 실망한다. 이상형에게 반했던 떨리는 마음 역시 프로그래밍된 것이라는 이야기를 듣는 순간, 가이는 절망한다. 가이는 자신의 이상형이었던 밀리에게 소리친다.

"평생 이게 전부가 아닐 거라고 생각하다가 당신을 봤어요. 그때서야 내가 옳았다는 생각이 들었어요. 그 순간만큼은 날아갈 것 같았어요. 당신은 몰라요. 우린 다르니까요. 당신은 진짜잖아요. 난 뭐죠? 진짜가 아닐지 몰라도 그 순간만큼은 살아 있는 것 같았어요."

〈프리 시티〉 속에는 여러 영화가 녹아 있다. 자신이 갇힌 세계 속에 살고 있다는 걸 깨닫는 장면은 〈트루먼 쇼〉 1998를 떠올리게 하고, 반복되는 게임 속에서 능력치를 올리는 임무를 부여받는 장면은 〈엣지 오브 투모로우〉와 흡사하다. 스포일러가 될까 봐 자세하게 말할 수 없는 영화의 마지막 장면은 〈사랑의 블랙홀〉과 닮은 데가 있고, 〈데드풀〉 2016의 주인공인 라이언 레이놀즈가 주연을 맡은 덕분에 대사를 들을 때마다 데드풀이 떠오르며, '어벤져스' 시리즈의 등장인물들이 부분부분 인용되고, 게임 속 액션 장면은 〈주먹왕 랄프〉 2012의 질감이며, 아바타와 현실의 사람들이 뒤얽히는 부분은 〈레디 플레이어 원〉의 세계관을 이어받은 것 같다.

〈프리 시티〉가 아주 독창적인 영화는 아니라는 얘기

다. 가이는 평범한 NPC에서 슈퍼 히어로로 변모한다. 영화가 던지는 메시지 역시 '배경으로 사는 평범한 삶을 벗어던지고, 자신만의 고결함을 되찾자'류의 자기계발서에서 많이 본 듯한 내용으로 가득하다. 모든 게 뒤엉켜 있고, 어수선하고, 때로는 도식적이고 진부한데, 한편으로는 새롭기도 하다. 가장 큰 장점은 재미있고 유쾌한 데다 영화를 보는 내내 우리의 시간과 삶을 생각하게 한다는 점이다.

영화가 어수선한 만큼 보는 사람마다 다른 질문을 떠올릴 것이다. 잠들기 전, 이 영화를 본 사람들은 꿈에서 자신만의 영화를 상영하게 될 것이다. 나의 질문은 이랬다. 결국 모든 사람은 자신을 NPC라고 생각하는 플레이어들이 아닐까? 아니면 반대로. 모든 사람은 자신을 플레이어라고 생각하는 NPC가 아닐까? 우리는 주인공이면서 동시에 어딘가의 배경이 되고, 어딘가의 배경으로 살면서도 주인공이라고 생각한다. 내일 다시 생각해봐야겠다.

The Florida Project

무ㅡㅡㅣㅡ
스쿠ㅡㅡㅡㅡㅡ티
와ㅡㅡㅡㅡㅣ
새친구 젠시. 놀이

이름 부르는 것만으로 재미있다.
침 뱉기,
어른들이 혼내려고 하면 바로 울고
예수랑 결혼한 여자
수영장 선베드 여자 병 때문에 발이 큰
훔쳐먹기, 선풍기 앞에서 소리지르기,
모텔길 정전시키기, 숨바꼭질, 떼까 구경,
물건 부수기, 소 훔써씨기.

마지막 장면에서
잠깐 오열하였다
잘살아라, 무니~

영화 보고 오는 길에 글을 썼습니다

새해 일출을 보기 위해 동해까지 달려가는 사람들의 열정을 부러워한 적이 있다. 태양이 떠오르는 게 아니라 지구가 태양 주위를 도는 것일 뿐이고, 12월 31일의 태양과 1월 1일의 태양은 크게 다르지 않은데, 새로운 시작을 위해 그곳까지 차를 몰고 달려가는 사람들의 마음가짐이 대단하게 여겨졌다. 나도 그런 마음을 닮고자 일출을 보기로 결심했다.

텔레비전으로.

텔레비전이란 무엇인가. 말 그대로 멀리 떨어진 tele 곳의 움직임을 볼 수 있게 vision 해주는 기계다. 굳이 동해까지 차를 몰고 가지 않아도 멀리서 일출을 볼 수 있는 것이다. 나는 텔레비전으로 유튜브를 보았다.

요즘 유튜브에서는 온갖 CCTV 화면을 라이브로 볼 수 있다. 한강을 가로지르는 다리 위의 풍경을 볼 수 있고, 한적한 석촌호수의 풍경도 볼 수 있고, 포항 호미곶 광장의 모습도 라이브로 볼 수 있다. 포항 바닷가에서 해 뜨는 모습을 실시간으로 볼 수 있다는 얘기다. 실제로 보는 일출과는 사뭇 다르겠지만 말이다. 가로등 몇 개가 광장을 은은하게 비추고 있는 새벽의 호미곶을 보다가 나는 잠이 들었다. 깨어나 보니 새해의 첫 해가 중천에 떠 있었다.

실시간 라이브 CCTV 중에서 가장 자주 보는 채널은 놀이공원이다. 놀이공원을 한눈에 볼 수 있도록 카메라가 설치돼 있다. 또렷하지는 않지만 놀이기구를 타고 까마득한 높이에서 떨어지는 사람들도 보이고, 롤러코스터에 탄 사람도 보이고, 놀이기구를 타려고 줄을 서 있는 사람도 보인다. 사람들의 표정은 보이지 않는다. 소리도 들리지 않는다. 상상은 가능하다. 대체로 웃고 있을 것이다. 그늘 없는 표정일 것이다. 행복한 비명으로 가득할 것이다. 서로를 보면서 웃음을 터뜨리고, 맛있는 걸 먹으면서 행복하게 웃을 것이다.

놀이공원을 볼 때마다 떠오르는 영화가 있다. 션 베이커 Sean Baker 감독의 걸작 〈플로리다 프로젝트〉다. '플로리다 프로젝트'는 디즈니의 프로젝트 이름이다. 1965년, 디즈니는 디즈니월드를 건설하기 위해 플로리다주 올랜도 지역의 부동산을 매입했고, 주변에는 모텔들이 들어섰다. 플로리다 프로젝트로 인해 거대한 놀이공원 마을이 생겨난 것이다. 디즈니를 찾은 관광객으로 붐볐던 모텔들은 경기 침체로 문을 닫거나 직장과 집을 잃은 홈리스들의 거주지로 변해갔다. 2008년 서브프라임 모기지 사태 이후 직장과 집을 잃은 사람들은 주 단위로 방세를 지불하면서 모텔을 전전했다. 〈플로리다 프로젝트〉는 모텔에서 살아가는 '숨은 홈리스'의 삶을 다룬 작품이다.

정처 없이 떠돌아다니는 사람들이 주인공이지만 영화는 밝은 기운으로 가득하다. 우선 건물들 색감이 화사하다. 디즈니월드에 맞춰서 모든 모텔을 알록달록하게 꾸몄기 때문에 영화는 원색으로 채워져 있다. 주인공들의 마음은 어두운 색깔이지만 그들 주변은 정반대다. 이 영화의 주인공은 어른들이 아니라 아이들이다. 아이들은 집이 없다는 게 정확히 어떤 뜻인지 알지 못하고, 가난하다는 것의 의미도 어림짐작할 뿐이다.

아이들은 아이스크림 가게 앞에서 손님들에게 잔돈을 구걸해야 하는 형편이지만 슬픈 기색이 전혀 없다. 개발을 중단한 모텔 주변은 황량하기 이를 데 없으나 아이들은 어디에서나 잘 뛰어논다.

아이들이 살고 있는 모텔의 이름은 '매직 캐슬'. 마법의 공간에서 노는 아이들은 별다른 불만이 없다. 폐허 같은 곳에서도 다양한 놀이를 개발한다. 선풍기 앞에서 소리 지르기, 모텔 정전시키기, 숨바꼭질, 폐가 구경하기, 폐가의 물건 부수기, 소 흉내 내기, 새로 들어온 자동차 앞 유리에 침 뱉기 등.

여섯 살 주인공 무니는 엄마 핼리와 살고 있다. 핼리는 미래에 대한 대책이 없다. 변변한 직장도 없고, 친구들과 놀러 다니는 걸 좋아하며, 약에 찌들어 산다. 길거리에서 물건을 팔기도 하고, 돈 되는 일이면 닥치는 대로 한다. 그렇지만 무니와 함께 행복하다. 무니 역시 엄마와 함께 있는 시간이 세상에서 제일 행복하다. 엄마와 딸이 행복한데도 영화를 보는 우리는 한숨을 쉬게 된다. 두 사람의 행복이 곧 끝날 것 같은 예감이 들기 때문이다. 아슬아슬한 행복이기 때문이다. 커다란 호텔의 식당에 들어가 몰래 뷔페를 먹을 때, 직원이 투숙객이냐고 묻자 방 번호를 아무거나 말하고 태연스럽게 식사할 때, 우리는 마음을 졸일 수밖에 없다. 한 끼 식사라도 무사히 마치길 바라게 된다.

커다란 사건이 없는데도 영화는 롤러코스터를 타는 것처럼 아찔하다. 기쁨과 근심이 롤러코스터처럼 변화무쌍

하게 펼쳐지고, 희망이 자이로드롭처럼 낙하해서 절망이
되고, 생활은 범퍼카처럼 좌충우돌하고, 모녀의 지긋지긋
한 가난은 회전목마처럼 반복될 것 같은 예감이 든다.

무니는 자라서 엄마 핼리처럼 살게 될까. 어른들의 삶
에는 한숨이 절로 나오지만 아이들이 신나게 노는 모습을
보면 마냥 웃음이 난다. 저 아이들을 지켜주고 싶다는 생각
이 든다.

무니가 살고 있는 매직 캐슬은 만남과 이별이 수시로
일어나는 곳이다. 영화는 딕키가 달려오며 무니와 스쿠티
의 이름을 부르며 시작한다. 이름만 불렀을 뿐인데 아이들
은 꺄르르르 웃음을 터뜨린다. 무니는 새로운 친구 젠시를
만난다. 딕키는 이사 가면서 가지고 놀던 모든 장난감을 아
이들에게 남긴다. 아마 무니는 이전에도 많은 친구를 떠나
보냈을 것이다. 핼리는 단짝이었던 애슐리를 폭행하고 절교
당한다. 엄마와 딸 모두 이별과 떠돌아다니는 삶에 익숙하
다. 그들에게 희망이 있을까.

영화 속에 중요한 대사 두 개가 있다. 무니가 환하게
뻗은 무지개를 보면서 젠시에게 말한다.

"무지개 끝에 황금이 있대."

젠시는 무니의 희망을 단박에 깬다.

"근데 황금 옆에 난쟁이 요정이 있어서 못 가져가게 한대. 착
한 요정이면 좋겠다."

무니는 굴하지 않는다.

"때려눕혀버리자."

무니의 환한 앞날을 예견하는 대사 같지만, 우리는 무니의 미래가 순탄치 않을 거라는 걸 알고 있다. 무니는 쓰러진 나무에 걸터앉아서 젠시에게 이런 말도 한다.

"내가 왜 이 나무를 제일 좋아하는지 알아?"

젠시가 묻는다.

"왜?"

무니는 빵에 묻은 잼을 핥으면서 이렇게 대답한다.

"쓰러졌는데도 계속 자라서."

아마도 무니는 자신의 순탄치 않은 미래조차 이미 알고 있는지도 모른다. 자신은 곧 쓰러질 테지만 굴하지 않고 계속 자랄 것이라는 선언인지도 모르겠다.

〈플로리다 프로젝트〉는 우울한 영화지만, 무니를 보면서 힘을 얻게 된다. 젠시와 무니는 영화 마지막 장면에서 처음으로 디즈니월드에 입장한다. 환하게 웃고 있는 디즈니 관광객들 사이로 뛰어가는 두 아이의 뒷모습을 보면서 우리는 속으로 외치게 된다.

"빨리 여기에서 멀리 벗어나렴. 그리고 제발 행복하길 바란다."

Pig

시골 버섯 타르트
프렌치 토스트와 가리비 요리
새, 병, 소금 바게트

pub,
파인다이닝,
해체주의

Sometimes it's like someone
took a knife baby, edgy and dull
and cut a six-inch valley
through the middle of my soul.

"
항상 파스타를 너무 익혀서
내가 해리라던가? 해리슨이 맛있다더라.
알 덴테를 지키지 못하는 요리사는 해고!! ㅋㅋ

인간의 욕망에   클래식 음악,
러커지하는 중,   요리,   ◯◯
영속성이란 무의미   역사와 전통,
하다.
  \ 해체하라.
친숙한 것을 낯설게   프렌치토스트기는
                                        묵은 빵을 써야돼.

요리하는 게 즐거우니,
          어느 것도 진짜가 아니야.

외식 전문 잡지의 기자로 일하면서 당황했던 순간이 여러 번 있었다. 추어탕 특집을 위해 하루 종일 추어탕만 먹다가 급기야 토할 뻔했던 순간 다행히 토하지는 않았는데, 지금까지도 추어탕을 잘 못 먹는다, 와인 취재를 위해 프랑스 보르도에 갔을 때 시음 와인을 너무 많이 마셔서 카메라를 떨어뜨렸던 순간 수리비가 엄청 나왔다, 잦은 외식과 마감 스트레스와 폭식 때문에 몸무게가 최고점을 찍었던 순간 등이다. 신선했던 순간도 당연히 많았다. 식재료, 음식, 와인, 조리법의 신세계를 알아갈 때마다 신났다.

기자로 일하던 시기는 2000년대 초반이었는데, 당시는 한국 외식 산업의 전성기였다. 매일 새로운 스타일의 식당이 생겼고, 오래된 식당이 문을 닫았다. 취재할 거리가 많았고, 공부해야 할 것도 많았다. 그때 '분자 요리'라는 단어를 들었다. 베트남 요리 '분짜'는 들어봤어도 '분자'는 처음이었다. 분자 요리는 말 그대로 음식을 분자 단위까지 철저하게 연구한다는 의미다. 과학적인 분석을 토대로 요리 과정을 혁신하고, 새로운 식감을 창조해 예술로 만들겠다는 의도가 담겨 있다. 대표적인 조리법이 액화질소를 이용하는 것인데, 재료를 액화질소로 순간 냉각하면 경험하지 못했던 새로운 맛과 질감을 만날 수 있다.

'외국의 유명 분자 요리 레스토랑에서 근무한 셰프가……'라는 홍보 문구를 보고 식당을 찾아간 적이 있다. 가게 이름은 기억나지 않지만, 분위기만큼은 또렷하게 남아 있다. 널찍한 가게에 테이블은 몇 개 없었다. 어딘지 모르게 휑한 기운이 강했고, 북유럽 어딘가에서 연구하는 과학자의 실험실 같았다. 음식에 대한 설명이 길고 장황했다. 새로운 음식이 나올 때마다 까다롭고 복잡한 조리법과 어떻게 먹어야 하는지에 대해 모두 설명해야 하니, 홀에서 서빙을 하는 직원에게는 극한 임무일 게 분명했다. 식감이 인상적이었다는 점 외에는 별다른 감흥이 없었다.

전 세계에서 분자 요리로 가장 유명한 요리사는 페란 아드리아다. 스페인의 엘불리에서 일했던 그는 색다른 요리법으로 음식을 만든다. 《외식의 역사》소소의책, 2022를 쓴 윌리엄 시트웰은 그의 요리를 이렇게 설명한다. "그의 요리에 사용된 기법은 점차 전 세계의 주방에서 채택되었다. [……] 따뜻한 액체와 찬 액체를 한 컵에 서로 섞이지 않게 해서 나란히 담고, 풍미가 있는 액체를 젤리로 만들어 그 안에 작은 구체들이 만들어지게 하여 먹을 때 입안에서 톡톡 터지게 하고, 음식을 동결 건조한다."

아무나 쉽게 아드리아가 될 수 없는 법인데, 많은 요리사가 분자 요리를 흉내 냈다. 영국의 유명한 요리사 고든 램지는 아드리아를 '요리계의 지도자'로 평하면서, 그처럼 되려면 "최소 5년에서 8년간 연습하고, 온전히 이해하기 전에는 흉내도 내지 말아야" 한다고 조언했다. 내가 먹었던 분자 요리 역시 뭔가 어설픈 맛이었다.

마이클 사노스키 Michael Sarnoski 의 영화 〈피그〉를 보다 분자 요리가 떠올랐다. 영화에는 분자 요리를 상업적으로 이용하는 요리사 데릭이 등장한다. 직원의 설명이 거창하다. "우리 모두는 주변 세계에 대해 일련의 고정관념을 갖고 있습니다. 그런 관념에 도전하는 것은 우리의 기반이 모래라는 사실을 인식하는 겁니다. 한편 그것은 더 위대한 뭔가에, 순수한 소통에, 진정한 삶에 다다르게 합니다. 오늘의 여행은 바다의 깊이와 숲의 풍요를 통합하는 것으로 시작됩니다.”

〈피그〉의 주인공이자 한때 포틀랜드 최고의 셰프였던 로빈 펠드는 데릭에게 이렇게 조언한다. “요리하는 게 즐거운가? 이것들은 진짜가 아니야. 자네도 알고 있지? 어느 것도 진짜가 아니야. [……] 왜 고객들한테 신경을 쓰지? 이 사람들은 자네를 염두에 두지 않는데? 아무도. [……] 진정으로 소중한 것은 쉽게 얻어지지 않아.”

〈피그〉는 셰프 로빈이 잃어버린 돼지를 찾는 여정을 그린다. 포틀랜드에서 가장 유명했던 로빈은 이름을 버리고 숲속에서 트러플 돼지 트러플 버섯을 찾아주는 돼지 와 함께 살고 있었다. 어느 날 낯선 이들이 오두막에 들이닥쳐 소중한 돼지를 훔쳐 가자, 푸드바이어 아미르와 함께 돼지를 찾아나선다. 로빈은 잃어버린 돼지를 찾기 위해 사람들을 찾아다니는 과정에서 자신의 과거와 마주한다. 로빈이 데릭에게 했던 말은 과거의 자신에게 하는 말이기도 했다. 진정으로 소중한 것은 쉽게 얻어지지 않으며, 쉽게 잃어버릴 수도 있다. 과거의 로빈은 그걸 깨닫고 숲으로 도망쳤다.

로빈은 셰프로 일할 때 철두철미한 사람이었다. 완벽을 추구했고, 주변 사람들에게 관대하지 않았다. 그는 스스로를 이렇게 표현했다. “난 내가 요리했던 모든 식사를 기억해요. 내가 서빙했던 모든 사람을 기억해요.” 그게 과연 가능할까? 아마 모든 마음을 쏟는다면 가능할지도 모르겠다.

로빈은 요리에 모든 마음을 쏟는 바람에 주변 사람들을 놓쳤다.

우리의 마음 크기는 모든 면에서 무한정 확장되지는 않는 것 같다. 어떤 곳에 마음을 쏟으면 다른 쪽은 소홀할 수밖에 없다. 일에 집중하다 소중한 사람을 놓치는 경험을 한 적이 있을 것이다. 친구에 집중하다 연인을 놓치는 경우도 있고, 그 반대도 있다. 마음의 방향은 영원불변하지도 않다. 일에 마음을 빼앗길 때도 있고, 사람이나 사랑에 빼앗길 때도 있다. 마음은 우리 몸을 휘젓고 다니면서 제멋대로 날뛰고 종잡을 수 없이 방황한다.

로빈이 데릭에게 과감하게 "이것들은 진짜가 아니야"라고 말할 수 있었던 이유는 그의 과거를 알기 때문이다. 데릭은 로빈의 식당에서 견습 생활을 하다가 '항상 파스타를 너무 익힌다'는 이유로 해고당했다. 식당을 떠날 때 데릭은 '언젠가 영국식 펍을 열 것'이라고 말했다. 진짜 하고 싶은 일은 따로 있지만 사람들 눈치를 보다가 상업적으로 더 나을 것 같아서 꿈을 포기했던 것이다. 로빈은 그런 데릭에게 진짜가 아니라고 말한다. 그리고 식당에 온 마음을 쏟다가 가까운 사람에게 마음을 주지 못한 자신 역시 진짜가 아니라고 말한다.

누군가의 면전에 '당신은 진짜가 아니야'라고 말할 권리는 없다. 진짜는 상대적인 개념이기 때문이다. 그렇지만 어떤 음식을 먹으면서, 어떤 글을 읽으면서, 어떤 공연을 보면서 '이건 진짜다'라고 느낄 때가 있다. 마음을 보았기 때문이다. 진짜 하고 싶었던 일을 신나게 하고 있을 때의 마음을 우리는 느낄 수 있다. 그런 마음을 읽었을 때 얼마나 즐거운가.

수십 년 동안 글을 쓰는 작가로서 '글에 마음을 담는 비법'을 소개해보겠다. '따뜻한 감성과 차가운 지성을 한 컵에 서로 섞이지 않게 해서 나란히 담고, 풍미가 있는 문장을 젤리 형태가 되도록 잘 다듬고, 그 안에 작은 은유들을 만들어 읽을 때 뇌 속에서 톡톡 터지게 하고, 한 시절을 동결 건조한다.' 요리나 글쓰기나 마음을 담는 일은 언제나 참 힘들다.

Pinocchio

코는 감출 수 없는 것.
눈는 감을 수 있고,   (잘 보이지도 않고)
입은 다물 수 없지만,
코는   코는 제어가
                   힘들다.

기예르모   로버트 저메키스
델 토로

From 1940
When You Wish Upon A Star

거짓말을 하면
코가 길어진다,
겁주기에 좋은 이야기.
↳ 거짓말 / 이야기
   차이와 닮은점.

적극적인 거짓말
소극적인 이야기,
속이려는 거짓말,
지키려는 거짓말.
⇓
현실을 이용한 거짓말
현실을 넘어서는 이야기

세상 모든 이야기 중 재미있고 유명한 설정 하나를 꼽자면 피노키오 이야기가 아닐까. 특히 거짓말을 하면 코가 길어진다는 부분. 어린 시절 피노키오에 대해 들었던 사람들은 '에이, 말도 안 되는 이야기네'라고 여기면서도 자신의 코가 자라나는 상상을 한 번쯤은 해봤을 것이다. 거짓말을 한 번도 하지 않은 사람은 없을 테고, 코는 감출 수 없다. 눈은 감을 수 있고 입은 다물 수 있지만 코는 제어가 불가능하다. 거짓말을 들킬지도 모른다는 두려움과 내 마음대로 제어할 수 없는 코가 만나 피노키오가 탄생했다.

가장 유명한 피노키오는 1940년에 만든 디즈니의 애니메이션이다. 다시 봐도 걸작이다. 디즈니가 두 번째로 만든 장편 애니메이션인데, 1940년에 어떻게 저런 기술이 가능했을까 싶은 장면이 많다. 영화 도입부에 흘러나오는 명곡 〈웬 유 위시 어폰 어 스타 When You Wish Upon a Star〉를 비롯한 사운드트랙은 감미롭고, 원작을 조금 비튼 각색도 일품이다. 이후 수많은 피노키오 영화가 만들어졌다. 대부분 애니메이션이 아닌 실사였고, 1940년 애니메이션만큼의 인기를 얻지는 못했다. 2022년에는 걸출한 감독이 연출을 맡은 두 편의 피노키오가 동시에 개봉했다.

〈포레스트 검프〉1994, '백 투 더 퓨처 시리즈'로 유명한 로버트 저메키스 Robert Zemeckis 감독의 〈피노키오〉는 디즈니에서 만든 것으로, 1940년 애니메이션을 리메이크한 작품이다. 실사에 컴퓨터 그래픽이 추가되었고, 설정이 조금 바뀌긴 했지만 귀뚜라미의 역할, 피노키오의 디자인에 1940년 애니메이션의 정서가 그대로 담겨 있다.

또 한 편의 작품은 기예르모 델 토로Guillermo del Toro 감독이 만들었다. 〈판의 미로〉2006, 〈헬보이〉2004, 〈셰이프 오브 워터: 사랑의 모양〉2017 등 기괴한 아름다움으로 충만한 작품을 만든 감독이다. 괴수를 좋아하고, 잔인한 장면을 인상 깊게 만들던 감독이 어떤 피노키오를 만들었을지 궁금했는데, 완전히 새로운 걸작 〈피노키오〉가 탄생했다.

토로 감독의 〈피노키오〉는 두 가지 점에서 독특하다. 우선 시대 배경이다. 고전적인 이야기에 20세기의 시대상을 결합시켰다. 무솔리니의 파시즘이 세계를 위협하던 시절로 피노키오를 데리고 왔다. 제페토 할아버지는 폭격으로 아들 카를로를 잃었고, 그 슬픔을 이기기 위해 피노키오를 만들었다.

두 번째 특징은 제작 방식이다. 1940년 애니메이션은 그림을 한 장 한 장 넘기는 '셀 애니메이션'이었는데 토로 감독의 〈피노키오〉는 '스톱 모션 애니메이션'이다. 스톱 모션 애니메이션은 촬영할 대상의 모형을 만든 다음 모형을 조금씩 움직여 가면서 만드는 애니메이션이다. '월레스와 그로밋 시리즈', 〈팀 버튼의 크리스마스 악몽〉1995, 〈판타스틱 Mr. 폭스〉2009 등이 스톱 모션 기법으로 만든 작품이다. 모든 캐릭터와 배경을 직접 만들어야 하기에 많은 사람의 노력과 오랜 시간이 필요하다. 〈피노키오〉에는 무척 어울리는 방식이다. 손으로 직접 깎아서 만든 목각 인형 피노키오의 질감을 살리기에 이보다 더 나은 방식은 없는 것 같다.

한 해에 개봉한 두 편의 〈피노키오〉에는 공통점이 하나 있다. 사랑하는 아들을 먼저 떠나 보낸 제페토가 아이를 대신할 존재로 피노키오를 창조한다는 설정이다. 1883년에 출판된 동화와는 다르다. 원작은 제페토 할아버지가 친구에게서 말하는 나무토막을 얻는 장면으로 시작한다. 우연하고 신비로운 만남을 강조한 원작에 비해, 2022년 작품들에는 인간의 의지가 좀더 반영된 셈이다. 모든 이야기는 시대에 따라 의미가 달라질 수밖에 없고, 창작자들은 고전을 끊임없이 각색하면서 이야기에 시대를 담고 싶어 한다.

〈피노키오〉는 앞으로 다가올 미래에 대한 이야기 같기도 하다. 머지않아 인공지능이나 로봇이 인간을 대체할 수 있을까? 사랑하는 사람이 세상을 떠났을 때, 누군가를 영원히 기억하고 싶을 때, 인공지능과 로봇이 그 자리를 대신할 수 있을까? '인간적'이라는 단어의 뜻은 앞으로 어떻게 달라질까? 수많은 질문이 〈피노키오〉 속에 숨어 있다.

두 편의 작품 중에서 토로 감독의 〈피노키오〉가 좀더 많은 질문을 던진다고 생각한다. 토로는 '피노키오'라는 존재를 통해 죽음의 의미를 묻는다. 제페토는 죽은 아들 카를로의 빈자리를 메우기 위해 피노키오를 만들지만, 피노키오는 그런 역할을 할 마음이 없다. 카를로처럼 차분하게 아빠의 말을 듣는 아이가 아니다. 신나게 뛰어놀고 마음껏 행동하는 피노키오는 제페토에게 짐이 될 뿐이다. 피노키오는 심지어 죽지 않는다. 목각 인형이므로 영원히 산다.

피노키오도 처음에는 영원한 삶을 좋아했다. 죽었다가도 계속 되살아나는 자신의 삶이 마음에 들어서 〈난 세상에서 가장 운 좋은 아이에요〉라는 노래까지 불렀다. 트럭 사고를 당하고도 살아나고, 총을 맞고도 살아난다. 하지만

'죽음'이라는 존재는 피노키오에게 이렇게 말한다.

"내가 보기엔 뭔가 큰 짐을 진 것 같은데. 삶에는 큰 고통
이 따르지. 영원한 삶에는 영원한 고통이 따르게 돼 있어.
[……] 넌 영원히 살겠지만 네 친구들과 사랑하는 이들은 그
렇지 않거든. 그들과 함께하는 매 순간이 마지막이 될 수도
있어. 언제가 마지막이 될지는 마지막이 되어봐야 알지."

　　토로 감독이 피노키오의 새로운 배경으로 전쟁터를
설정한 이유도 그 때문일 것이다. 폭격기는 비행기의 무게
를 덜기 위해 민가에 폭탄을 떨어뜨리고, 청소년들을 군인
으로 키우기 위한 캠프에서는 사살하는 법을 가르친다. 제
페토는 한 생명을 대체하기 위해 새로운 생명을 만들었지
만, 파시스트들은 한 생명을 죽여야만 내가 살 수 있다고 가
르친다.
　　피노키오는 자신의 재능을 탐내는 서커스단에서 겨
우 도망치고, 전쟁터에서 죽었다 살아나면서 삶의 의미를
조금씩 깨닫는다. 인간의 삶이 귀하고 의미 있는 건 너무나
짧기 때문이라는 사실을 깨닫는다.
　　토로의 〈피노키오〉는 폭력적인 세계 속에서 예술이
얼마나 고귀한 가치를 지니는지 알려주는 영화다. 거짓말
을 하면 코가 길어진다는 건 저주일 수도 있고, 재능일 수
도 있다. 피노키오는 위급한 순간에 사람들을 살리기 위해
거짓말을 쏟아낸다. 제페토 할아버지도 거짓말을 허락한다.
길어진 코로 사람들을 구해낸다.

이야기는 근본적으로 거짓말이다. 어떤 이야기는 과장해 상대를 헐뜯고, 어떤 이야기는 몰랐던 세계를 상상하게 한다. 어떤 이야기는 누군가를 죽이지만, 어떤 이야기는 죽어가던 사람의 마음을 살리기도 한다.

영화의 마지막에 등장하는 솔방울은 〈피노키오〉라는 영화에 대한 상징처럼 느껴졌다. 스톱 모션 애니메이션이라는 어려운 방식을 선택하고, 15년이라는 제작 기간을 거쳐 수많은 사람이 한 편의 이야기를 완성시켰다. 솔방울의 빽빽하고 가지런한 껍질 속에는 수많은 씨앗이 숨어 있다. 마지막 장면에서 솔방울이 툭 떨어진다. 씨앗은 널리 퍼질 것이다. 감독 토로는 자신의 영화를 '내가 어렸을 때 봤더라면 좋았을 영화'라고 소개했다. 어떤 아이들은 이 영화를 보고 나서 이야기의 신비를 체험할 것이고, 도움이 되는 거짓말의 매력에 푹 빠질 것이며, 한 사람의 삶에 대해 생각하게 될 것이다.

Seymour: An Introduction

재즈 피아니스트 허비 행콕에 대한 이야기 중에 인상 깊게 남은 것이 하나 있다. 행콕은 마일스 데이비스, 론 카터, 웨인 쇼터 같은 전설적인 뮤지션들과 함께 마일스 데이비스의 명곡 〈소 왓 So What〉을 연주하던 중 피아노 코드를 잘못 치는 실수를 하고 말았다. 행콕은 자신의 잘못을 바로 알아차리고 얼음처럼 굳어버렸지만 데이비스는 당황하지 않았다. 잠깐 멈추더니 행콕이 잘못 연주한 코드에 어울리는 트럼펫 솔로를 이어서 연주했다. 행콕은 음악의 대가 데이비스의 순발력에 감탄했고, 이런 깨달음도 얻었다.

"데이비스는 내가 '잘못 wrong' 연주한 소리를 '올바른 right' 소리가 되도록 바꿔놓았어요. 마일스는 내 실수를 실수라고 생각하지 않았어요. 그냥 공연 중에 일어날 수 있는 해프닝으로 생각한 거죠. 우리는 세상을 나 편한 방식대로 보죠. 우리가 성장하려면 열린 마음으로 상황을 받아들여야 한다는 걸 배웠어요."

잘못된 코드를 올바른 코드로 바꾼다는 말이 정확히 어떤 의미인지는 알 수 없지만 아, 놀라운 재즈의 세계여! 우리는 일상 대화에서 이와 비슷한 경험을 자주 한다. 여러 사람이 모여 대화를 나누다 보면 누군가의 말실수를 유난히 잘 받아주는 사람이 있게 마련이다. 그런 친구들은 대체로 '열린 마음으로' 상황을 받아들이고, 실수에 대한 책임을 묻지 않는다. 예술과 이야기의 공통점은, 누가 이기고 지느냐보다 전혀 다른 세계들이 충돌하며 새로운 세계가 만들어지는 과정이 중요하다는 것이다. 삶 속에서 예술을 발견하고, 예술을 통해 삶을 이해하는 순간이다.

에단 호크 Ethan Hawke 가 감독한 다큐멘터리 〈피아니스트 세이모어의 뉴욕 소네트〉는 '삶과 예술의 관계'에 대한 기나긴 질문과 답변으로 이뤄져 있다. 여섯 살에 피아노를 치기 시작해 아흔 살이 되도록 한평생을 피아노와 함께 살아온 세이모어 번스타인이 주인공이다. 세이모어는 한때 촉망받던 피아니스트였지만 현재는 뉴욕의 작은 스튜디오로 무대를 옮겨 학생들을 가르치면서 소박한 삶을 이어가고 있다.

호크는 저녁 식사 자리에서 우연히 세이모어 옆자리에 앉게 됐다. 그날 대화에서 호크는 지금까지 연기를 하며 배운 것보다 더 많은 것을 배웠다고 고백한다. 영화에 담긴 세이모어의 이야기는 한 인터뷰에서 드러난 호크의 감탄으로 요약할 수 있다.

"나는 늘 삶이 내 연기에 영향을 미친다고 생각했습니다. 그런데 세이모어를 통해 내가 연기하는 모든 것이 삶에 영향을 줄 수도 있다는 것을 배웠습니다. 그런 생각은 한 번도 해보지 못한 것이었죠."

삶은 예술에 영향을 미친다. 그렇지만 반대로 예술이 삶에 영향을 미칠 거라고 생각하는 사람은 많지 않다. 세이모어는 삶과 예술을 통합해야 한다고 믿는다. "예술가들은 어렵게 얻은 예술적 성취를 일상으로 끌어들이기 위해 노력해야 합니다." 예술의 완성도를 위해 삶의 한 부분을 바쳤다면, 완성된 예술을 다시 삶으로 끌어들여 자신의 삶을 아름답게 만들어야 한다는 말이다. 말처럼 쉽지는 않을 것 같다.

세이모어가 "삶과 예술이 분리되었다"라며 예로 든 대표적인 뮤지션이 그 유명한 글렌 굴드다. 굴드는 자신의 음악을 완성하기 위해 삶을 송두리째 갈아 넣은 인물이다. 주변에서는 그를 '괴짜', '미치광이', '음악에 영혼을 판 사람'으로 묘사한다. 세이모어는 굴드를 이렇게 설명한다.

"글렌 굴드는 굉장히 위태로운 사람이었어요. 굴드는 바흐 연주로 가장 유명한데, 그의 바흐는 바흐를 듣는 느낌이 아닙니다. 굴드를 듣는 느낌이에요. 굴드는 자신의 괴팍함을 음악과 결합시켜 버려요."

세이모어식으로 말하자면 삶이 예술에 잠식되어버린 경우라고 할 수 있다. 세이모어의 의견에 반대하는 사람도 많을 것이다. 완벽한 예술을 위해서라면 영혼을 팔 수도 있으며, 삶보다 예술이 더 숭고하고, 삶이 아무리 비루하더라도 자신만의 예술을 지킬 수 있다는 가능성만으로도 살아갈 이유가 충분하다고 말하는 사람이 있을 것이다. 어느 쪽이 맞는지는 모르겠다. 세이모어가 생각하는 예술의 정의를 들어보면 좀더 그에게 설득될지도 모르겠다.

"나에게 음악이란 뭘까 생각해볼 때마다 늘 같은 답을 얻게 돼요. 우주의 질서입니다. 하늘에 있는 별자리들이 우주의 질서를 눈으로 보여준다면 음악은 그걸 소리로 표현하는 거예요. 음악이라는 언어를 통해 우리는 별과 하나가 되지요. 음악은 조화로운 언어로 괴로운 세상에 말을 걸며 외로움과 불만을 달래주죠. 이 세상 속에서 음악은 우리 마음속에 있던 생각과 감정을 찾아 그 안의 진실을 일깨워줘요. 음악 안에서 우리는 진정한 자아를 느낄 수 있어요."

예술이 예술가만을 위한 것이 아니라는 사실은 분명하다. 우리 모두 예술을 통해 자아를 느낄 수 있다. 잘하든 못하든 예술을 체험하는 과정에서 우리는 취향을 발견하고, 아름다움을 깨달으며, 우리가 어떤 사람인지 분명하게 알 수 있다.

번스타인의 이야기를 더 깊이 담은 책도 있다. 영화에도 등장하는 종교학자 앤드루 하비와 세이모어의 대담집 《시모어 번스타인의 말》마음산책, 2017 이다. 원제는 'Play Life More Beautifully'. '삶을 더 아름답게 연주하라'라는 원제에서 삶과 예술을 통합해야 한다는 그의 의지를 느낄 수 있다. 이 책에도 굴드의 이야기가 등장한다.

"굴드의 신경증적 성격이 그의 연주에 나쁜 영향을 미쳤는지, 아니면 그의 신경증적 연주가 성격에 나쁜 영향을 미쳤는지 이야기해봅시다. 어쩌면 둘은 나란히 가는 건지도 모르겠습니다. 다큐멘터리에서 호크는 음악과 연기에서 위대한 예술가였지만 개인적 삶에서는 괴물이었던 사람들을 언급했습니다. 그는 비범한 재능에 있는 뭔가가 영혼에 악영향을 미치는 것은 아닐까 생각했습니다."

우리 사회는 예술가에게 예술과 삶 중 하나를 선택하길 은연중에 강요한다. 첫 번째, 삶을 포기하고 유명한 예술가가 되거나 두 번째, 건강한 삶을 사는 예술가이지만 유명해지지는 못하거나.

번스타인의 말처럼 예술가들이 예술과 삶을 하나로 통합하는 게 가능할까? 오랫동안 소설을 써왔지만 나 역시 명확한 답을 내릴 수는 없다. 끝내주는 소설 한 편만 쓸 수 있다면 나머지 삶이 망가져도 상관없을 것 같은 밤이 있는가 하면, 건강하게 오랫동안 쓰다 보면 언젠가 아주 뛰어난 작품을 쓸 수 있을 거라는 생각이 드는 낮도 있다. 정답은 없을 것이다.

예술을 직업으로 선택하지 않은 사람들에게는 답이 있다. 대담자 하비가 아마추어 연주자로서 바흐나 쇼팽을 연주할 때 어떤 음반을 들으면 좋을지 물었다. 세이모어는 강한 어조로 대답했다.

"음반은 듣지 말아요. 당신이 악보를 읽을 줄 안다고 가정하고 하는 말입니다. [……] 먼저 이해하고 싶은 작품을 골라요. 음악에 마음을 활짝 열어요. 자신이 카메라의 필름이라고 생각해요. 어떤 선입견도 갖지 마요. [……] 그러면 작곡가의 메시지가 당신에게 와닿을 겁니다."

행콕의 실수가 데이비스에 의해 '옳은 소리'로 변했듯

우리가 아마추어로서 음악을 연주할 때 보이는 미숙함은 새로운 감각의 확장으로 연결되는 통로가 될 것이라는 이야기다. 그림, 문학, 음악, 춤과 같은 예술에 뛰어들면 자신의 모습을 좀더 선명하게 볼 수 있을 것이다.

HUNT

좋은 시나리오의 가능성.
한국 현대사 + 픽션 + 장르.
SPY.

전혜진, 허성태,
주지훈, 김병길, 이성민.

북한 스파이가
대통령을
살리려하니,
남한 스파이가 죽이려하는,

신념이 다른
두 명의 스파이.

웃음기가 전혀 없다.
약간의 웃음 포인트는
헌남한 비행사
(황정민)

아이러니의
발생.

1980년의 재현
타란티노의 〈바스터즈〉,
떠올리며, 독재자가 죽는
모습을 상상.

S → → → E

생각보다는
이른 타이밍에
밝히고,
액션에 집중.
타이밍에 따라
장르가
바뀌게 될거다

타이밍
스파이들의
정체를 밝히는
타이밍.
스릴을
자아내는 방식.

스파이를 소재로 한 영화가 끊임없이 제작되는 이유는 긴장을 쉽게 만들 수 있기 때문이다. 관객을 집중시키기에도 좋다. '누가 스파이인지 알아맞혀보세요.' 감독은 단서를 슬쩍슬쩍 흘리면서 관객을 꼬드기고, 관객들은 이야기를 따라가면서 나름의 추리를 한다. 너무 쉽게 스파이가 드러나면 맥이 빠지고, 마지막까지 스파이의 정체가 드러나지 않으면 스릴을 고조시키기가 힘들다. 적당한 시점에 스파이가 누군지 드러나야 한다. 반전이 있으면 더 좋고.

'스파이는 매춘에 이어 두 번째로 인류가 가장 오랫동안 해온 직업'이라는 말이 있다. 상대의 비밀을 거머쥐고 싶은 인간의 욕망이 얼마나 원초적인지 알 수 있다. 싸움에서 이기기 위해서는 약점을 잡아야 하고, 약점을 잡기 위해서는 적의 깊은 곳까지 침입해야 하므로 스파이의 역할이 클 수밖에 없다. 역사상 가장 위대한 스파이는 누구일까? 답은 간단하다. '아무도 모른다.' 대단한 성과를 거뒀더라도 적에게 발각된 스파이는 능력 부족이다. 자신이 얼마나 위대한 정보를 수집했는지 입으로 떠드는 스파이 역시 직업의 의미를 훼손시킨 사람이다. 가장 위대한 스파이는 아무도 모르는 곳에서 엄청난 정보를 빼낸 다음, 이름도 남기지 않고 사라진 사람일 것이다.

물 위로 드러난 스파이, 알려진 스파이는 전체 중 1퍼센트에 불과하다는 게 정설이다. 빙산의 일각, 그 아래에 무수히 많은 스파이가 암약하고 있다. 그들은 때로 자신의 신념을 지키기 위해 위험을 감수하고, 자신의 조국을 위해 목숨을 내던지기도 한다. 때로는 자신의 목숨을 구걸하기 위

헌트

해 스파이가 되기도 한다. 최동훈 감독의 영화 〈암살〉2015 에는 열혈 독립투사였다가 죽음 앞에서 변절한 염석진이라는 스파이가 등장한다. 배우 이정재가 맡은 역할이다. 해방 후 옛 동지들이 염석진을 처단하러 찾아와 이렇게 묻는다.

"왜 동지를 팔았나?"

염석진은 두려움에 떨면서 이렇게 대답한다.

"몰랐으니까. 해방될 줄 몰랐으니까. 알면 그랬겠나."

해방될 것이라는 믿음 하나로 자신의 목숨을 바치는 스파이가 있는가 하면, 해방되지 못할 것이라는 체념 때문에 적에게 아군의 정보를 갖다 바친 스파이도 있다. 역사의 한가운데서는 우리 모두 아는 게 전혀 없다.

스파이를 소재로 한 한국 영화 중 재미있게 본 작품들은 공교롭게 제목이 두 글자다. 〈밀정〉2016, 〈공작〉2018, 그리고 2022년에 개봉한 〈헌트〉. 아마도 첩보물 특유의 차가운 분위기를 내기 위해 제목 역시 짧게 지은 게 아닐까 싶다. 또 다른 공통점도 있다. 김지운 감독의 〈밀정〉은 1920년대 일제강점기, 의열단 내에 잠입한 스파이와 일본 제국 경찰에 잠입한 스파이를 다룬 영화다. 윤종빈 감독의 〈공작〉은 1990년대, 북핵의 실체를 캐기 위해 북의 고위층 내부로 잠입한 스파이 '흑금성'의 이야기를 다룬다. 이정재 감독의 〈헌트〉는 1980년대, 안기부에 잠입한 스파이 '동림'

을 색출하려는 두 요원의 대결을 그린다. 세 작품 모두 한국 역사와 깊은 관련을 맺는다. 스파이에 관한 역사에는 빈구석이 많아 사실을 토대로 영화를 만들기가 힘들지만 오히려 그 때문에 상상력을 발휘하기에 좋은 장르이기도 하다. 시대의 흐름을 밑그림 삼아 멋진 캐릭터를 탄생시킬 수 있다. 스파이는 역사의 산물이며, 우리가 알고 있는 세계 밑바닥에 또 다른 역사가 흐른다는 사실을 증명한다.

배우 이정재가 감독으로 데뷔한 영화 〈헌트〉는 〈밀정〉이나 〈공작〉과는 달리 픽션에 가깝다. 실제 역사를 참고했지만 허구가 자주 등장한다. 영화가 시작되자마자 등장하는 한국 대통령의 테러 시도는 역사에 없었던 일이다. 쿠데타로 군을 장악한 독재자를 처단하기 위해 양심적인 군인들이 힘을 모으는 사건도 실제로는 없었다. 영화의 후반부 테러 장면은 '아웅산 테러'라는 실제 사건에 기반한 것 같지만 사실과는 많이 다르다. 역사와 현실을 이리저리 엮어서, 우리 모두 아는 것 같지만 한편으로는 생소한 새로운 시간을 탄생시켰다.

이정재는 일부러 1980년대를 선택했다고 했다. 우리의 이분법적 사고와 극단적인 대립이 시작된 것이 바로 1980년대라고 여겼기 때문이다. 영화의 구도도 대립에서 출발한다. 안기부 해외팀 박평호와 국내팀 김정도의 대결을 바탕으로 혼란스러운 1980년대의 시대상을 풍성하게 묘사한다. 이정재는 시나리오 작업에도 참여했는데, 이야기를 구성하는 능력이 인상적이다. 보통 조직 내 스파이를 소재로 한 영화에서는 누가 스파이인지 최대한 늦게 알려주는 경우가 많다. 〈헌트〉에서는 영화의 3분의 1 지점에서 스파이의 정체를 밝힌다. '엇, 너무 빨리 밝히는 게 아닌가' 싶은데, 이후부터 이야기가 급물살을 타면서 3분의 2 지점에 이르면 생각지도 못한 반전이 펼쳐진다. 질질 끌지 않고 곧장 혼돈 속으로 뛰어들어서는 숨 쉴 틈을 주지 않고 몰아붙이는 힘이 대단하다.

평화를 떠올리게 하는 박평호라는 이름, 바른 길만 걸을 것 같은 이름 김정도에서 알 수 있듯 두 사람은 각자의 신념을 지키며 앞으로 나아간다. 그러다 두 사람은 정면으로 부딪치고, 신념과 신념이 맞붙을 때 어떤 파편이 튀는지 영화는 면밀하게 살핀다. 1980년대라는 시대처럼 양극단이 대립하여 싸우는 일이 얼마나 처참한 일인지 보여준다.

영화를 보는 내내 스파이로 산다는 것이 얼마나 피곤한 일일지 생각했다. 한순간도 긴장을 놓을 수도 없고, 옳다고 믿는 것들을 지켜내기 위해 많은 비밀을 품어야 한다. 가장 가까운 사람에게도 말할 수 없다. 때로는 큰 희생이 따를 때도 있다. 아마도 스파이의 삶은 무척 불안하고 외로울 것이다. 〈헌트〉에 스파이가 웅크리고 있는 모습이 자주 등장하는 이유도 그 때문일 것이다.

'베테랑 스파이들의 비법'을 소개하는 리스트를 읽다가 깜짝 놀랐다.

- 누군가 정보를 빼내기 위해 당신을 조종하고 있을지 모른다.
- 인터넷을 사용할 때는 공공장소를 조심하라.

– 모든 정보를 파쇄하라.

– SNS를 조심하라.

– 친한 사이라고 해서 경계 태세를 풀어서는 안 된다.

– 당신의 직감을 믿어라.

– 파티는 모든 일이 성공할 때까지 아껴두어라.

자기계발서에 나올 것 같은 문장들이다. 생각해보면 우리 모두의 삶이 이렇게 변하는 중인 것 같다. 점점 외로워지고, 들인 노력에 비해 성과가 적고, 기댈 만한 사람을 찾기 어렵다. 정체가 발각되어 처형당할 일은 없지만 우리 모두 위태로운 삶을 살아가는 중일지도 모른다. 스파이처럼.

마침내 _{부사}

유의어 드디어 마지막에는.
결국 그예 기어이
ᄆ춤내 (15c ~ 19c) > ᄆ춤내 (18c)
                    > 마침내 (현재)

상처가 마침내 곪아 터졌다.
마침내 그 두 사람은 헤어지게 되었다.
지루한 장마가 마침내 끝났다.
산에 가서 안 오면 걱정했어요.
                마침내 죽을거니만

우는구나, 마침내

국내 영화감독 중에서 한글에 대한 센스에 한해서는 박찬욱 감독을 따라올 사람이 없다. 그의 영화 곳곳에 한글로 하는 말놀이가 넘쳐난다. 〈친절한 금자씨〉2005에는 "가불은 불가"와 같은 회문 대사를 넣는가 하면 영화 〈박쥐〉2009에서는 주인공 이름을 '현상현'이라는 회문으로 짓기도 했다. 〈아가씨〉2016는 '아저씨들이 앞장서 오염시킨 그 명사에 본래의 아름다움을 돌려주'겠다는 마음으로 제목을 지었다고 했다. 〈헤어질 결심〉에도 박찬욱 감독의 소소한 말장난이 넘쳐난다. 원자력 발전소에 다니는 캐릭터를 소개하면서 '핵 원전의 핵인싸'라는 별명을 붙이는가 하면 '원전 완전 안전'이라는 말놀이도 하고, 달리기가 약한 후배 형사에게 주인공이 "총 차면 뭐 하냐, 숨차서 뛰지도 못하는데"라면서 운을 맞춰 구박하기도 한다.

2013년 〈스토커〉로 할리우드에 진출한 박찬욱은 한국과 외국에서 번갈아 가며 작품을 만든다. 한글로 적극적인 말놀이를 하는 데는 그런 상황도 반영되어 있을 것이다. 영국에서 드라마 〈리틀 드러머 걸〉2018을 만들 때, 한국어가 그리워서 구상한 영화가 〈헤어질 결심〉이었다고 한다. 영어로 모든 소통을 해야 했으니 한국어로 얼마나 장난을 치고 싶었을까.

박찬욱의 영화는 유행어 제조기이기도 하다. 그만큼 적재적소에 기묘한 단어를 잘 사용한다. 뜻밖의 대사에 놀라고, 어울리지 않아 보이는 단어에 충격을 받는다. 〈친절한 금자씨〉에서는 "너나 잘하세요"를 대국민 유행어로, 〈올드 보이〉에서는 "누구냐, 넌?"을 '짤 친화적 유행어'로 만들었다. 〈아가씨〉에서는 '내 인생을 망치러 온 나의 구원자'라는 아이러니 가득한 문구를 유행시켰다. 유행어를 만든다는 것은 그만큼 언어에 예민한 영화를 만든다는 뜻이다.

〈헤어질 결심〉에서는 '마침내'라는 짧은 단어를 유행시켰다. 영화의 중요한 순간마다 주인공들이 이렇게 말한다.

"마침내."

일상생활에서 '마침내'를 쓸 일은 많지 않다. 친구들과 함께 있는 자리에서 '마침내'를 썼다가는 놀림당하기 좋을 것이다. 하지만 영화에서 쓰이는 '마침내'는 아주 매력적이다. 마침내의 뜻을 다시 생각하게 한다.

〈헤어질 결심〉은 남편을 죽였다는 의심을 받는 서래와 그를 신문하다가 점점 이성적인 관심을 갖는 형사 해준의 이야기다. 의심이 관심으로 변하는 셈이다. 여기서 중요한 점은 서래가 중국에서 살다 와서 한국어에 능숙하지 않다는 것. 남편이 죽었다는 소식에 서래는 조용히 이렇게 말한다.

"산에 가서 안 오면 걱정했어요. 마침내 죽을까 봐."

해준은 뜻밖의 단어에 놀랄 수밖에 없다. 우리는 '마침내'라는 단어를 언제 쓸까. 오랜 시간 기다리고 기다리던 일이 이루어졌을 때 쓴다. "마침내 죽을까 봐"라고 하니까 죽기를 바랐던 것처럼 들린다. 평범한 문장으로 바꾸면 '산에 가서 안 오면 걱정했어요. 혹시라도 사고를 당해 죽으면 어떡하나' 정도일 것이다.

남편의 죽음에 아무런 동요를 일으키지 않던 서래가 혼자 담배를 피우다가 눈물 흘리는 모습을 본 해준은 이렇게 말한다.

"우는구나, 마침내."

이 문장 역시 무언가 석연치 않다. '이제야 본색을 드러내는구나'로 읽을 수도 있고, '결국 감정을 주체 못하고 뒤늦게 울음을 터뜨리는구나'로 읽을 수도 있다. 수수께끼 같은 말이다. 하지만 그 순간 서래는 울지 않았다. 우는 것처럼 보였지만 웃고 있었다. 마침내 해준은 서래를 오해하기 시작한 것이다.

해준은 서래를 향해 이런 말도 남긴다. "슬픔이 파도처럼 덮치는 사람이 있는가 하면, 물에 잉크가 퍼지듯이 서서히 물드는 사람도 있는 거야." 슬픔에 대한 말일 뿐 아니라 사랑에 대한 말이기도 하다. 〈헤어질 결심〉은 두 사람의 '마침내'가 만나서 서서히 물들어가다 마침내 '운명적인' 사랑에 빠졌다가 문득 오해했다가 파도치는 슬픔 속으로 걸어 들어가는 이야기다.

영화에 등장하는 모든 대사와 이야기는 사랑의 은유로 해석할 수 있다. 피의자를 신문하는 과정과 사랑하는 사람의 마음을 알기 위해 벌이는 일들이 거의 흡사하다. 한국어가 서툰 서래 때문에 핸드폰 통역기를 자주 사용하는데, 번역되는 언어는 부정확할 수밖에 없다. 말 때문에 오해가 생기는 과정이 연애 과정과 무척 닮았다. 해준은 형사 후배와 통화하는 중에 '잠복을 줄이고 제발 잠을 자라'라는 조언에 이렇게 대꾸한다.

"잠복해서 잠 부족이 아니라 잠이 안 와서 잠복하는 거야."

사랑에 빠져본 사람은 알 것이다. 어느 쪽이 먼저였는지 잘 기억나지 않는다. 사랑에 빠졌기 때문에 모든 것이 예뻐 보이는 것인지, 예쁜 모습 때문에 사랑에 빠진 것인지 헷갈리기 시작한다. 모든 모습이 미워 보여서 사랑이 식은 것인지, 사랑이 식어서 모든 모습이 미워 보이는 것인지 알 길이 없다. 사랑은 인과관계가 아니라 두서없는 감정의 진흙탕이며, 논리로 상대를 제압하는 체스 게임이 아니라 안개 속에서 벌이는 술래잡기와 같다. "살인은 흡연과 같아서 처음만 어렵다"는 대사에서 '살인'을 '사랑'으로 바꾼다면? "핸드폰 패턴을 알고 싶은데요?"라고 묻는 해준의 말을 "당신의 패턴을 알고 싶은데요"로 바꾼다면? 〈헤어질 결심〉의 모든 대사는 사랑에 대한 말들이다.

〈헤어질 결심〉에서 주인공들의 마음을 시각적으로 표현한 것은 '안개'다. 영화의 배경인 가상 도시 '이포'는 안개로 유명한 곳이다. 곳곳에 곰팡이가 즐비하고, 불이 난 것인지 안개가 깔린 것인지 헷갈릴 정도로 모든 곳이 자욱하다. 이포시의 주제곡도 〈안개〉다. 영화에도 배경음악으로 쓰인다. 정훈희가 불렀던 트윈폴리오가 부르기도 했던 〈안개〉는 애타는 마음과 외로운 심정을 안개 속에 있는 사람으로 표현한다. 누군가 안개 속에서 눈을 뜬다면, 눈물을 감추었다면, 그 사람은 아마도, 헤어질 결심을 하고 난 다음일 것이다.

The Translators

디럴러스 마르셀 프루스트,
제임스 조이스?

러시아, 이탈리아, 덴마크,
스페인, 영어, 독일어, 중국기
포르투갈, 그리스.

→ 액세서
코러드티.

번역은 → 한국을 빼먹으며니.....
반역이다

반은은 반격
다 뒤집는다.

100 page 공개
→ 인터넷서점
미리보기?

프랑스
↓
문학의 자존심?

ㅋㅋ

→ 후반부의 트릭.
생동감 넘치는 쿠반,

"예술이 주런 배들
채워주런 얺으니까요."

오래전 번역가를 인터뷰한 적이 있는데, 그때 들었던 한 문장을 지금도 기억한다. "번역은 반역이다." 여기에는 두 가지 뜻이 담겨 있었다. 첫째, 번역은 참으로 어려운 작업이어서 아무리 열심히 노력해도 원문의 반 정도만 제대로 번역할 수 있다는 의미. 둘째, 완벽한 번역은 불가능하기에 번역가들은 원문을 훼손하지 않는 선에서 새로운 반역을 꿈꾼다는 의미. 귤이 회수를 건너면 탱자가 되듯 모든 글은 국경을 넘는 순간 또 다른 의미를 품을 수밖에 없고, 번역가는 그 의미를 포착해내는 사람이라고 했다. 한참 후에 내 소설이 다른 나라 언어로 번역될 때, '번역은 반역'이라는 말의 진짜 의미를 알 수 있었다.

내 소설을 번역하는 사람들과의 만남은 언제나 재미있다. 예상치 못한 질문으로 가득하다. 소설의 주제보다는 디테일에 대한 질문이 많다.

"창문이라고만 써두었던데 어떤 모양, 어느 정도 크기의 창문인가요?"

"재떨이라고 적었던데 그 재질은 무엇인가요?"

"주인공이 살고 있는 집은 이층집인가요? 계단은 어떤 모습인가요?"

"집 뒤에 야산이 있다고 했던데 집과는 얼마나 떨어져 있나요?"

번역을 하려면 필요한 정보라고 했다. 나라마다 삶의 환경이 다르고 쓰는 용어가 다르다 보니 확인할 것이 한두 개가 아니다. 나는 그럴 때마다 "제 소설을 그대로 옮기려 하지 마시고 새로운 창작이라 생각하신 후 마음껏 '반역'해 주세요"라고 말하곤 했다. 번역가들은 알겠다고 하지만 떨떠름한 표정을 지었다. 번역가들은 더 많은 정보를 원했다. 이런 말을 들어본 적도 있다. "작가님 머릿속에 한번 들어 갔다 나왔으면 좋겠어요."

내 얘기가 그 얘기다. 나도 정말 내 머릿속을 통째로 열어서 보여주고 싶지만, 불가능하다. 그리고 그 불가능성 때문에 문학을 더욱 사랑하게 된다. 번역은 반역이어서, 내 소설이 다른 언어의 옷을 입을 때는 내 것이 아닌 것처럼 느껴지고, 그런 생경함 때문에 마음이 설렌다. 내 소설이 새로운 옷을 입고 새로운 생명을 얻는 것 같은 기분이 든다.

레지스 로인사드Regis Roinsard 감독의 영화 〈9명의 번역가〉는 한 편의 소설을 번역하는 아홉 개국 번역가의 이야기다. 화제의 베스트셀러 시리즈 '디덜러스'의 마지막 권 출판을 앞두고 아홉 개국의 번역가들이 한자리에 모인다. 결말 유출을 막기 위해 아무도 나갈 수 없는 지하 밀실에서 작업을 시작한 그들에게 이상한 일이 벌어진다. 첫 10페이지가 인터넷에 공개된 것이다. 편집장 에릭은 미칠 지경이다. 범인은 번역가 중 한 명이 분명하다. 돈을 보내지 않으면 다음 100페이지를 공개하겠다는 협박 메일을 받은 에릭은 범인을 밝히기 위해 번역가들에게 폭력을 행사하기 시작한다.

우선 아홉 개국 번역가들이 같은 소설을 번역한다는 것은 엄청난 베스트셀러라는 의미다. 실제로 작가 댄 브라운의 소설 《인페르노》문학수첩, 2013의 출판을 앞두고 비슷한 일이 있었고, 영화는 그 일을 모티프로 만들어졌다고 한다. 아홉 개국에서 동시에 책을 출간하는 베스트셀러 작가를 생각하면 부럽기도 하지만, 소설이 아무리 훌륭하다고 해도 지하 밀실에서 번역하는 번역가의 모습을 생각하면 눈물이 앞을 가린다. 마감을 어길 수도 없고, 유출 가능성이 있으니 인터넷을 할 수도 없고, 외부와 연락할 수도 없는 번역가들은 얼마나 안쓰러운가. 수능 출제위원 생각이 나기도 했다. 출제위원들끼리 족구를 하다가 공이 담장 밖으로 넘어갔는데, 보안요원이 즉시 공을 찾아서 갈기갈기 찢은 일이 있었다는 이야기를 들은 적이 있다. 축구공 속에 유출된 문제가 있을지도 모른다고 생각한 것이다.

〈9명의 번역가〉처럼 '7백 명의 수능 출제위원'이라는 영화를 만들어도 재미있을 것 같다. 수능 문제를 만들기 위해서는 출제위원뿐 아니라 인쇄소 직원과 시험지를 배달하는 인력, 듣기 평가를 녹음해야 하는 성우, 급식과 보안을 담당하는 직원까지 총 7백 명이 함께 생활하니 훨씬 규모가 큰 영화를 만들 수 있을 것 같다.

〈9명의 번역가〉는 프랑스와 벨기에가 합작으로 만든 영화다. 번역가 역시 중국을 제외하고는 대부분 유럽 사람이다. 예술의 나라라는 자부심으로 가득한 프랑스 사람들이 이 영화를 만들었다는 점이 중요하다. 영화 속에는 수많은 문학작품에 대한 찬사가 군데군데 담겨 있고, 대형출판사에 대한 노골적인 비판도 있다.

이 영화에 등장하는 소설의 제목 '디덜러스'는 제임스 조이스의 소설 《젊은 예술가의 초상》민음사, 2001 과 《율리시스 1·2》문학동네, 2023 에 등장하는 인물의 이름에서 가져온 것이다. 또한 마르셀 프루스트의 소설 《잃어버린 시간을 찾아서》민음사, 2012 는 극 중에서 중요한 복선 역할을 한다. 스포일러 때문에 정확하게 밝힐 수는 없지만 주인공이 들고 다니는 애거서 크리스티의 소설 《오리엔트 특급 살인》황금가지, 2013 은 극 후반에 등장하는 반전의 중요한 뿌리가 되는 작품이며, 셰익스피어의 문구는 사건의 암호가 된다. 영화에서 여러 번 반복되는 문장 "얼굴 붉히는 사람은 이미 유죄다. 진정 무고한 자는 아무것도 부끄럽지 않다"는 장 자크 루소의 소설 《에밀》한길사, 2003 에 나오는 것이다.

가장 인상적인 장면은 벙커에 갇힌 9명의 번역가가 나누는 대화다. 덴마크의 번역가 헬렌 툭센은 소설을 쓰고 싶었지만 아이를 원하는 남편의 바람 때문에 출산을 했고, 결국 점점 자신만의 시간이 줄어들었다. 이에 가족을 원망하기 시작했다. "너희들 때문에 고작 번역가가 됐다고! 작가가 아니라 번역가!" 하지만 헬렌은 다른 번역가들 앞에서 자신이 작가가 되지 못한 이유가 가족 때문이 아니라 능력이 없어서라고 고백한다. 나머지 여덟 개국 번역가들은 헬렌의 말에 공감하고 눈물을 흘린다.

번역가라는 존재는 조연에 가깝다. 거만한 편집자 옹스트롬은 번역가를 이렇게 표현한다. "번역가는 대리인의 인생을 사니까. 아무도 기억 못할 이름으로 늘 관심 밖이고 표지에 오르지도 않고." 그리고 옹스트롬 역시 그의 스승으로부터 이런 이야기를 듣는다. "내 애제자들이 작가는 되지 않고 돈을 좇는 사업가를 택했지 뭐요."

〈9명의 번역가〉는 조연과 조연이 격돌하는 이야기다. 작가는 등장하지 않고, 번역가와 편집자가 전쟁을 벌이는 이야기. 그렇다면 글을 쓰는 작가는 자신이 주연이라고 생각할까? 물론 작가는 자신만의 세계를 만들고 거기에 심취할 때도 많지만 작가 역시 자신을 주연이라고 생각하는 시간은 많지 않다. 작가는 더 유명한 주변의 작가를 시샘하거나 직업을 잘못 선택한 것 같다며 후회를 하거나 돈이 없어서 아무런 생각도 하지 못할 때가 많다.

〈9명의 번역가〉에는 중요한 반전이 두 번 나온다. 마지막 반전은 예상이 쉽지 않다. 처음부터 영화를 다시 보고 싶게 한다. 영화를 다 보고 나면 주연과 조연을 가르는 기준은 역할이나 지위나 유명세가 아니라 '관점'임을 알게 된다. 누구나 주연과 조연을 겸하며, 여러 역할을 동시에 수행해야 한다는 사실을 알게 된다. 우리는 삶의 작가이자 주변 사람들의 번역가이자 타인과 영향을 주고받는 출판인이기도 하다.

옹스트롬은 스승에게 이렇게 항변한다. "예술이 주린 배를 채워주진 않으니까요." 헬렌은 작가가 되지 못한 이유에 대해 가족들을 핑곗거리로 삼았다. 우리가 선택한 역할에 대해 핑계를 대는 순간, 어쩔 수 없이 이런 일을 하고 있다는 자조 섞인 생각을 하는 순간, 우리는 자신의 삶에서 주연도 조연도 아닌 엑스트라일 수밖에 없다.

Three Thousand Years of Longing

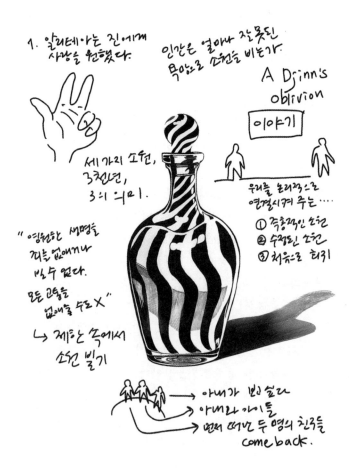

1. 알리테아는 진에게 사랑을 원했다.

인간은 얼마나 잘못된 욕망으로 소원을 비는가.

A Djinn's Oblivion

이야기

세 가지 소원, 3천년, 3의 의미.

우리를 논리적으로 연결시켜 주는 ....
① 즉흥적인 소원
② 수정된 소원
③ 처음으로 회귀

"영원한 생명을 거두는 없애거나 빼앗 없다. 모든 고통을 없애줄 수도 ✕"

ㄴ 제한 속에서 소원 빌기

→ 아내가 비니 싫다
→ 아내와 아이들
→ 멀리 떠나보낸 두 명의 친구들 comeback.

램프를 문지르면 '펑' 하는 소리와 함께 거인 요정 지니가 등장한다. "세 가지 소원을 이야기하세요." 주인공의 고민이 시작된다. '천일야화'를 아는 사람이라면, 자신 앞에 지니가 나타났을 때 어떤 소원을 말할지 고민해본 적이 있을 것이다. 내게 필요한 게 뭘까? 꿈일까? 돈일까? 건강일까? 관계일까? 권력일까? 실제로 지니가 나타난 것도 아닌데 우리는 깊이 고민한다.

세 가지 소원에 대한 농담도 많다. 가장 많이 알려진 것은 부부와 소시지에 대한 이야기다. 부부에게 요정이 나타나서 물었다. "소원 세 가지를 들어줄 테니 일주일 동안 고민해보세요." 부부는 깊이 고민했다. 요정이 나타난 며칠 후, 아내가 잘 익은 감자를 먹으면서 별생각 없이 이렇게 중얼거렸다. "아, 잘 구운 소시지 하나 같이 먹으면 소원이 없겠네." 펑, 소시지가 나타났다. 첫 번째 소원 완료. 남편이 화를 내기 시작했다. "귀한 소원을 소시지 만드는 데나 쓰고, 바보 같으니라고. 이놈의 소시지, 저 여자 코에 가서 붙어버려라." 펑, 두 번째 소원 완료. 부부는 낙담했다. 두 개의 소원을 썼는데 상황은 악화됐다. "세 번째 소원은, 소시지를 원래 있던 장소로 보내주세요." 모든 게 처음으로 돌아왔다.

현대판 천일야화라 부를 수 있는 조지 밀러 George Miller 감독의 영화 〈3000년의 기다림〉에서는 주인공 알리테아가 이런 농담을 한다.

"친구 셋이서 바다에서 표류 중 소원을 들어준다는 마법 물고기를 잡았어요. 첫 번째가 집에 가서 아내와 있는 것이라 하자 배에서 사라졌어요. 두 번째가 자식들과 뛰어노는 것이라 하자 이번에도 사라졌죠. 세 번째는 친구들이 그립다고 여기 있으면 좋겠다고 했죠. 소원에 대한 이야기는 다 경고성이에요. 해피엔딩이 없죠. 웃긴 이야기마저 결말이 안 좋아요."

감독의 전작 〈매드 맥스: 분노의 도로〉2015 같은 액션을 기대했던 관객이라면 실망할 수도 있겠지만 〈3000년의 기다림〉에는 이야기의 본질에 대한 밀러의 고민이 담겨 있다. 소원은 왜 세 개일까? 왜 소원을 비는 사람들은 다 비극을 맞을까? 소원을 빌면서 행복한 결말을 맞을 방법은 없을까? 영화를 보고 나면 이런 질문을 던지게 된다.

알리테아는 세상의 모든 이야기에 통달한 서사학자다. 골동품 가게에 갔다가 우연히 구입한 작은 램프에서 소원을 이루어주는 정령 지니를 깨우게 된다. 마음속 가장 깊은 곳, 가장 오랫동안 바라온 소원을 말해야 한다. 알리테아는 망설인다. 서사학자인 그는 수많은 이야기의 패턴을 알고 있는데, 소원을 말하고 해피엔딩을 맞은 경우가 별로 없기 때문이다. 정령은 계속 소원을 말하라 요구하고, 주인공은 계속 회피하는 이상한 상황이 이어진다.

소원을 말하기 위해서는 우리 내면을 들여다봐야 한다. 어떤 욕망이 있는지, 진짜로 원하는 게 무엇인지 되짚어봐야 한다. 소시지처럼 바로 앞에 놓인 욕망 말고 전체 인생을 되짚어봐야 한다. 원한다고 여겼던 것을 이미 가지고 있는 것은 아닌지, 원하던 걸 얻는 순간 지금 가지고 있는 것

　　　　영화 보고 오는 길에 글을 썼습니다

을 놓치는 것은 아닐지, 인생의 대차대조표를 짜봐야 한다.

〈3000년의 기다림〉의 특이한 점은 지니와 소원을 비는 사람의 관계다. 지니는 알리테아가 계속 소원을 빌지 않자 자신의 이야기를 시작한다. 세 가지 소원을 완성해야 지니도 자유로워질 수 있으니 살길을 마련하는 셈이다. 어쩌다 램프에 들어가게 됐는지, 램프에서 자신을 불러냈던 사람은 누구였는지, 그 사람들은 어째서 소원을 이루지 못했는지, 자신의 길고 긴 인생 이야기를 알리테아에게 들려준다. 정령은 훌륭한 이야기꾼이다. 정령의 이야기 속에는 사랑도 있고, 전쟁도 있고, 배신도 있고, 살인도 있다. 정령의 장대한 이야기를 듣고 난 알리테아는 사랑에 빠진다. 정령에게 첫 번째 소원을 말한다.

"당신을 사랑하게 됐어요. 당신도 날 사랑했으면 좋겠어요."

알리테아가 정령에게 사랑에 빠지는 과정은 우리가 누군가를 사랑하게 되는 과정과 아주 비슷하다. 우연히 램프를 발견하듯 갑자기 사랑에 빠지고, 소원을 말해야 하는 난감한 상황처럼 낯선 사람을 받아들이는 과정에서 자신의 인생 전체를 되짚어본다. 그 사람을 사랑할 이유와 사랑하지 않아야 할 이유가 번갈아 떠오른다. 서로를 알게 되고, 상대가 어떻게 살아왔는지 이야기를 듣다 보면, 그 사람이 아니라 그 사람이 살아온 삶 자체를 사랑하게 된다. 우리가 한 사람을 사랑하게 되는 이유는 그 사람의 현재 조건이 아니라 그 사람의 스토리텔링 전체 때문인 셈이다.

정령의 왕국에 정령들이 모이면 서로 이야기를 들려준다고 한다. 그들에게는 이야기가 호흡 같고, 이야기가 의미를 만든다. 알리테아는 정령에게 대답했다. "인간들도 마찬가지"라고. 이야기는 무한하게 변화하는 모자이크의 한 조각이라고.

알리테아의 이야기를 조금 더 확장해보면, 우리는 다함께 힘을 모아 삶의 퍼즐을 맞추는 놀이를 하고 있는지도 모르겠다. 다른 사람에게 내 이야기를 하면서 서로에게 필요한 조각을 교환하고, 부족한 부분을 메꾼다. 우리는 서로의 이야기가 필요하다.

소설가 존 업다이크는 "서사란 가짜 문이 수없이 달린 방과 같다. 서사 속에는 탈출구임이 확실해 보이는 문들이 수없이 많지만, 작가가 어떤 문 앞으로 이끌 때에야, 그 문이 열릴 때에야 우리는 진짜 문이 뭔지 알게 된다"라고 했다. 서사 속에 가짜 문이 없다면 어떨까? 문이 딱 하나뿐이라면, 답은 쉽다. 거기로 탈출하면 된다. 우리가 이야기에 흥미를 느끼는 이유는 가짜 문이 있기 때문이다. 가짜 문이 많을수록 이야기는 풍성해지고, 진짜 문을 찾았을 때 쾌감이 커진다.

소원을 말해야 하는 스토리텔링 역시 마찬가지다. 수많은 생각 중 내가 진짜로 원하는 게 무엇인지 알아내려면 최대한 많은 생각을 끄집어내야 한다. 최대한 다양한 경우를 떠올려야 진짜 소원을 발견할 수 있다. 소원이라는 진짜 문을 발견하기 위해 내 인생의 무수히 많은 가짜 문들을 떠올려야 하는 셈이다.

알리테아는 정령에게 말한다.

"인간들은 혼란한 감정을 억누르지 못할 땐 불안과 공포로 가득 차 서로에게 등을 돌려요. 증오가 승리하죠. 증오는 널리 퍼지고 사랑보다 오래가요. 나는 사랑 이야기만 하고 싶은데."

정령이 알리테아에게 대답한다.

"인간은 정말이지 모순덩어리군요. 인류는 수수께끼입니다. 어둠 속에서 더듬거리면서도 최선을 다해 지능을 발휘하죠."

증오를 원하는 사람들은 서둘러 문으로 직진하는 길을 찾는다. 하지만 사랑을 원하는 사람들은 최대한 많은 가짜 문을 경험하고 싶어 한다. 어둠 속에서도 서로에게 이야기를 들려준다는 건 사랑한다는 뜻이다. 가짜 문에 최대한 진심으로 속아주고, 그 이야기를 다른 사람에게 전달하고, 텔레비전 앞에서 드라마 주인공을 진심으로 욕하고, 사랑이 이루어지지 않으면 진심으로 슬퍼서 울고, 빨리 속편을 만들어 달라고 항의하고, 가짜 이야기를 실제로 있었던 일인 양 헷갈리는 것은, 우리가 서로를 사랑한다는 뜻이다.

영화 보고 오는 길에 글을 썼습니다
김중혁 영화 에세이

©김중혁, 2024

초판 1쇄 발행 2024년 9월 4일
초판 3쇄 발행 2024년 10월 16일

지은이
김중혁

펴낸곳
(주)안온북스

펴낸이
서효인 · 이정미

출판등록
2021년 1월 5일 제2021-000003호

주소
서울시 마포구 월드컵로14길 28 301호

전화
02- 6941-1856(7)

홈페이지
www.anonbooks.net

인스타그램
@anonbooks_publishing

디자인
텍스토
textor.kr

제작
제이오

ISBN
979-11-92638-46- 1 (03810)